ハヤカワ文庫 NV
〈NV1227〉

時の地図

〔上〕

フェリクス・J・パルマ
宮﨑真紀訳

早川書房

6774

EL MAPA DEL TIEMPO

by

Félix J. Palma

Translated by
Maki Miyazaki
First published 2010 in Japan by
HAYAKAWA PUBLISHING, INC.
This book is published in Japan by
direct arrangement with
ALGAIDA EDITORES S.A.
c/o ANTONIA KERRIGAN LITERARY AGENCY
through THE GRAYHAWK AGENCY.

ソニアへ、なぜならけっして終わらない小説もまた存在するから。

「過去・現在・未来の区別は幻想である。たとえその幻想がはなはだ頑強なものだとしても」

——アルベルト・アインシュタイン

「人類が創造した最も完全で、最も恐ろしい芸術作品は、時間の単位である」

——エリアス・カネッティ

「ぼくが選ばなかった道には、なにが待っているんだろう？」

——ジャック・ケルアック

目次

時の地図〔上〕

登場人物

H・G・ウエルズ……………………………作家
ジェーン
（エイミー・キャサリン）……………ウエルズの妻
アンドリュー・ハリントン……………大富豪の息子
ウィリアム・ハリントン………………アンドリューの父親
チャールズ・ウィンズロー……………アンドリューのいとこ
シドニー・ウィンズロー………………チャールズの父親
メアリー・ジャネット・ケリー………娼婦
ギリアム・マリー…………………………マリー時間旅行社の社長
オリヴァー・トレマンカイ……………ナイル川の源流を探検した男
ジョゼフ・メリック………………………ロンドン病院で暮らす男。〈エレファント・マン〉
クレア・ハガティ…………………………上流階級の娘
ルーシー・ネルソン………………………クレアの友人
デレク・シャクルトン……………………西暦2000年の人類軍の総司令官
ソロモン………………………………………自動人形の帝王
コリン・ギャレット………………………ロンドン警視庁警部補
ネイサン・ファーガソン…………………自動ピアノの製造業者
イーゴリ・マズルスキー…………………西暦2000年ツアーのガイド
トム・ブラント……………………………マリー時間旅行社の従業員
マーティン・タッカー
マイク・スパレル
ジェフ・ウェイン
ブラッドリー・ホリウェイ
（以上4名）…………ブラントの同僚

第一部

親愛なる読者のみなさま、さあ、どうぞ！　一度ページをめくりはじめたら止まらない、この魅惑の物語をたっぷりお楽しみあれ。夢にも見たことがないような冒険の数々に必ずや出会えるはずです！

＊

時とは、この世に生まれしものすべてを、その存在さえ定かでないはるか彼岸へと否応なく押し流す急流だとお考えの方がいらっしゃるとすれば、過去に引き返すことはけっして不可能ではなく、みずから残した足跡をもう一度踏み直すことさえできるのだということを、ここでご覧に入れましょう。そう、時を旅する機械《マシン》さえあれば。

＊

驚きと感動があなたをお待ちしています。

1

居間の飾り棚にいくつも並んだ、父の拳銃コレクションのなかから一挺《ちょう》だけ選ばなければならない、その重圧さえなければ、アンドリュー・ハリントンはもう何度だって死のうとしたはずだった。昔から、どれかひとつを選ぶということが苦手なたちだった。実際、灯りに照らし出された自分の姿は、誤った選択の積み重ねのように見え、そしてその過ちの最後のひとつが、未来に長く暗い影を投げかけていた。とはいえ、けっして人様のお手本にはならないこんな情けない人生にも、ようやくピリオドが打たれようとしている。選ぶのをやめる道を選んだのだから、こんどばかりは正しい選択だったはずだ。これで将来間違いを犯すおそれもなくなる。なにしろ将来自体がもうなくなるのだ。ここにある銃のどれかを右のこめかみに押しつけ、容赦なく未来を破壊しよう。ほかに解決策はない、そう思えた。未来を消すことが、過去を葬り去る唯一の方法だ。

アンドリューは飾り棚の中身をながめた。前線からもどって以来、父が大事に大事に集めてきた人殺しの道具の数々。父はこれらの武器をいまも愛《め》でているが、これほど熱心に収集するのはけっして戦場を懐《なつ》かしむ思いからではなく、人の命を途《みち》なかばで奪うために大昔から人類が知恵を絞ってきたさまざまな形の銃器を見つめていると、その抗《あらが》いがたい魅力に引き込まれるせいなのではないか、とアンドリューは思う。父の情熱とは対照的に、彼はおよそ気のない様子で展示品に目を走らせる。一見従順で、飼い馴らされた犬のようにさえ見えるが、いざ引き金を引けば手に雷鳴の衝撃が走り、その一方で、敵にじかに刃をつきつける白兵戦の苦労から兵士たちを解放する役割を果たしてきた銃器の数々。それらのひとつひとつに、じっと待ち伏せをする害獣のごとく、いったいどんな死の記憶が隠れているのか？　頭蓋《ずがい》に穴を穿《うが》つのに、父ならどれを勧めただろう？　発砲のたびに銃口に火薬やら弾やらを詰め、紙の小片で栓をしなければならない、いまでは骨董品《こっとうひん》のマスケット銃なら、高貴な死がもたらされるかもしれないが、悠長すぎるし面倒でもある。ビロードで内張りされた贅沢《ぜいたく》な木箱のなかの最新式リボルバーを使って、もっと華々しい性急な死を迎えるほうがいい。扱いやすくて性能もいいコルト・シングルアクションを考えたが、バッファロー・ビルが彼の興行〈ワイルド・ウェスト・ショー〉のなかでこの銃を振りかざしていたのを思い出し、やめにした。そのなんとも痛々しいショーは、わざわざヨーロッパにまで連れてきたアメリカ先住民や、阿片でおとなしくさせているらしい一ダースほどのバッファローを使って、新大陸でのバッファロー・ビルの冒険の数々を再現するものだ。アンドリューとしては、自殺を冒険活劇にはしたくなかった。おなじように、無法者ジェシー・ジェイムズを射殺したときに使われたスミス&ウェッソンも、そんな大物と自分を同列には並べられないという理由から却下したが、植民地拡大の戦いで頑強な先住民たちを制圧することを目的に作られたウェブリーのリボルバーは、少々重すぎるように思えた。次に、ちょっと形が滑稽《こっけい》で、父のお気に入りでもある回転式ペッパーボックスピストルを検討したものの、この乙《おつ》に構えた銃は暴発の危険性が高く、信用できない。結局、グリップに真珠貝が象嵌《ぞうがん》された、気品あふれる一八七〇年製コルトに決めた。これなら乙女の愛撫のようにそっと命を絶つことができる。

アンドリューは不敵な笑みを浮かべながら、飾り棚からそれを取り出した。銃にさわるなと、父に何度叱られたことか。だが、かの偉大なるウィリアム・ハリントンはいまごろイタリアにいて、例の鋭いまなざしでトレビの泉を震えあがらせているはずだ。それにしても、命を絶とうと決めたまさにその日に、両親がヨーロッパ旅行に出かける予定を組んだのは、運がよかった。父か母どちらかが、彼の態度に隠された本当のメッセージ――生きているときもひとりだったように、死ぬときもひとりで死にたい――を解読してしまうのではないかと心配したが、父のいつものしかめ面を見て、杞憂《きゆう》だったと知った。息子が留守中に許可もなく死んだことを知ったら、きっとそれとおなじ渋面をこしらえるにちがいない。

弾薬がしまってある戸棚を開け、リボルバーの弾倉に弾を六発こめる。一発で足りるとは思うが、なにが起きるかわからないから用心に越したことはない。なにぶん自殺するのは初めてなのだ。そのあと銃をタオルで包み、フロックコートのポケットに入れた。まるで、散歩中に食べるつもりの果物かなにかのように。さらにもう一歩大胆になって、飾り棚の戸を開けたままにした。この勇気をもっと前に振り絞っていたら、つまり対決すべきときに思いきって父と対決していたら、彼女はまだ生きていただろう。だがもう遅すぎる。そして、そののろまさ加減のつけを、八年の長きにわたって払いつづけてきた。この八年間、痛みは収まるどころか強くなる一方で、たちの悪い蔦《つた》のように彼の内側にじわじわとはびこり、湿った触手で臓器を覆《おお》い、魂を腐らせた。いとこのチャールズにどんなに励まされても、ほかの女でどんなに気を紛らそうとしても、メアリーの死がもたらした苦しみはいっこうに消えなかった。だがそれも今夜ですべて終わる。二十六歳は死ぬには若すぎるなと思いながら、満足げにポケットのふくらみに触れる。武器は手に入れた。あと必要なのは決行する場所だけだ。そしてその場所はひとつしかなかった。

ポケットのリボルバーの重みを心強いお守りに、アンドリューはハリントン屋敷の荘厳な階段をおりた。屋敷はハイドパークの西門にほど近い、高級住宅街ケンジントン・ゴアにある。三十年近く暮らしたとはいえ、壁にわざわざ別れを告げる気などなかったのに、玄関ホールのいちばん目立つ場所に掛かる肖像画の前でつい立ち止まらずにいられなかった。金メッキをほどこされた額縁から、父が彼に非難の目を向けている。若かりし日にクリミア戦争に従軍したときの古い歩兵隊の軍服に無理やり身を押し込んで、ふんぞり返る父ウィリアム・ハリントン。だがじつはその戦争でロシア軍の銃剣に腿《もも》を突かれ、除隊となったばかりか、片脚が不自由になり、身体を大きく左右に揺らす厄介な歩き方を余儀なくされることになったのだ。とにかくその絵のなかの父の目は、長いあいだ行方不明になっていた出来の悪い絵画作品でもながめるかのように、世の中を皮肉まじりに咎《とが》めていた。包囲したセバストーポリの陥落が目前に迫ったとき、よりによってそのタイミングで戦場を霧で覆い、銃剣の切っ先さえ見えないようにしたのは、どこのどいつだ？　イギリスの統治を女なんぞに託すと決めたのはだれだ？　日が昇る方角は、本当に東がふさわしいのか？　激しい敵意で膿《う》んだ双眸《そうぼう》を持つ父しかアンドリューは知らないので、生まれつきそういう目なのか、それとも参戦の折に獰猛《どうもう》なオスマントルコ人から感染してそうなったのか、知るよしもないが、とにかく、それは疱瘡《ほうそう》の痕《あと》のごとく、ついぞ顔から消えることはなかった。とはいえ、たとえ兵士として前線にもどっても先は見えていたのだから、負傷除隊となったのはむしろ幸運だったといえる。戦場に復帰するにしても杖を使うほかなかったはずだが、まあ、いまとなってはどうでもいいことだった。なにせ、その油絵に描かれた、清潔感あふれる整った顔立ちの濃い口髭をたくわえた男は、悪魔と契約を交わしたわけでもないのに、ほとんど一夜にしてロンドンでも指折りの大富豪になったのだから。いま父の手元にある財産は、はるか遠い戦場で銃剣を構えてふらついていたときには、夢にも思わなかったほどの大金だ。しかし、どうやってその富を築いたのかはハリントン家最大の秘密であり、もちろんアンドリューもなにひとつ知らされていなかった。

さて、死ぬにしても、やはり見栄えは気にしなければならないとばかりに、この若者が玄関ホールのクローゼットにある帽子という帽子、外套《がいとう》という外套すべてを試して、どれを選ぶかうじうじ思案する、じつに退屈な時間が近づいてきた。アンドリューという男をよく知っている私としては、決まるまで待っていたらこの場面がいつまで続くかわからないし、事細かに描写する必要もないと思うので、この機会を利用して、いま幕を開けたばかりのこの物語をひもといてくださったみなさんに、歓迎の言葉を申し述べようと思う。アンドリューが自殺を決意する、まさにこの場面から物語を始めることに決めたのは、あれこれ悩んだすえのことだった。アンドリュー同様私もまた、無数の可能性が詰め込まれたクローゼットのなかから冒頭シーンをひとつ選ばなければならなかった。おそらく、私が物語を語り終えたとき、読者のみなさんのなかには、綛《かせ》から最初の糸端を引っぱり出すタイミングを間違えている、どうせなら時系列を尊重して、ハガティ嬢の話から始めるべきだったのではないのかと考える方もいらっしゃるだろう。それはそうかもしれないが、順序よく始められない物語もなかにはあり、たぶんこれもそのひとつなのだと思う。

というわけで、読者のみなさんにはしばらくハガティ嬢のことも、私がうっかり彼女の名前を出してしまったことも忘れていただき、アンドリューに話をもどすことにしよう。

折しもアンドリューはようやく帽子と外套を身につけ、冬の寒さから両手を守るために仰々《ぎょうぎょう》しく手袋までつけて、屋敷を出たところだった。いざ外に出ると、彼は前庭に続く、足元に打ち寄せる大理石の波にも似た石段の上で足を止めた。そこから彼は自分が生まれ育った場所を見上げ、ふいに、すべてが首尾よくすめば、二度とこの家を目にすることもないのだと悟った。ハリントン屋敷の上にはいまや、ベールをそろそろとおろすようにゆっくりと夜が忍び寄っている。さえない白さの満月が空の特等席を占め、屋敷を取り囲むごてごてした成り金趣味の庭に乳白色の光を注ぐ。庭は花壇や生垣、いくつもの噴水で埋めつくされ、とくに巨大な石造りの噴水は、人魚や牧神など、それらと同類の想像上の生き物たちの派手な彫刻でこれでもかと飾りつけられている。洗練に欠ける父は、贅沢《ぜいたく》で役に立たない代物《しろもの》をわんさと山積みすることでしか、富の力を誇示するすべを知らないのだ。ただ、こと噴水については、これだけの数があっても許せる。夜になるとそれらは力を結集して、水の奏でるやさしい子守唄で眠りを誘う。心酔わせるその単調な音が頭に満ちると、ほかのことを忘れられた。庭の向こうには手入れの行き届いた芝生がどこまでも広がり、その奥に、空を舞うハクチョウを思わせる巨大な温室の姿が見える。母はほとんど一日じゅうそこに引きこもり、植民地から取り寄せた種子から咲かせた魅惑の花々にただ酔いしれている。

アンドリューはしばしば月をながめ、胸の内で問う。ジュール・ヴェルヌやシラノ・ド・ベルジュラックの小説のように、いつかそこに人間がたどりつく日が来るのだろうか？　螺鈿《らでん》にも似たその表面にたどりついたとき、なにが待っているのだろう？　方法はどうする？　飛行船で？　大砲で砲弾を弾き飛ばして？　あるいはシラノ・ド・ベルジュラックの小説の主人公よろしく、水蒸気が空に上昇する原理を利用して、水を入れた瓶をいくつも身体にくくりつける？　イタリア人詩人のアリオストは、狂人が失った理性を瓶詰めにし、月をその瓶を貯蔵する倉庫に仕立てたが、アンドリューとしては、生者の地を旅立った高貴な魂の移り住む場所と考えたプルタルコスの空想に惹《ひ》かれる。彼とおなじくアンドリューも、あの天上に死者の住処《すみか》があると思いたかった。大工の天使たちが建てた象牙の城、あるいは月の白い岩山に掘った洞窟でみんなが仲良く暮らし、生者たちが死者の国への通行許可証を手に入れて、第二の人生を再開しにそこにやってくるのを心待ちにしている。ときどき、そうした洞窟のひとつにいまもメアリーがいるのではないか、わが身に起きたことをすべて忘れ、生きていたときより安寧《あんねい》な暮らしを得て、幸せに過ごしているのではないかと空想する。純白の風景のなか、たたずむ美しいメアリー。ぼくがきっぱり心を決めて頭を銃で撃ち抜き、彼女のベッドの隣の空席を埋めにくるのを辛抱強く待っているはずだ。

御者のハロルドが命令どおりに馬車をしつらえ、階段の下で待っているのに気づき、アンドリューは月の観賞を中断した。彼が石段をおりてくるのを見ると、御者は急いで馬車の扉を開けた。老ハロルドはあり余る体力が自慢だ。六十歳を超える年寄りにしてはたいしたものだとアンドリューはいつも面白がるのだが、とにかくハロルドは相変わらず元気だった。

「ミラーズ・コートへ」アンドリューが告げる。

ハロルドは目を剝いた。

「でも坊ちゃん、あそこは……」

「なにかまずいことでも、ハロルド?」アンドリューはさえぎった。

御者は呆けたように口を半開きにしたまましばらく彼を見つめていたが、結局ぼそりと言った。

「いえ、なにも」

アンドリューはうなずき、会話を切りあげた。馬車に乗り込み、赤いビロードの座席に腰をおろす。ガラス窓に映る自分の顔が目にはいり、深いため息をついた。このやつれた男がぼくなのか? 枕のほころびからこぼれる羊毛のように、命がいつのまにか身体から脱け出していても、気にも留めない人間の顔だ。そしてそれはある意味当たっていた。生来の端正な顔立ちは健在だったが、灰の山に彫った面のごとく薄ぼんやりしていて、中身のない卵の殻のように空疎だ。魂を呑み込んだ悲痛が、外見すら浸食しはじめていた。こけた頰、憔悴《しょうすい》したまなざし、無精髭。ひどく老け込んで、自分だとわからないほどだった。いまこそ青春の花を咲かせんとしていたそのとき、アンドリューを襲った痛烈な悲しみと痛みが、彼をしおれた陰気な男に変えてしまった。さいわい、主人の言葉に呆然としていたハロルドがようやく我に返って御者台に上がり、馬車を大きく揺らしたのをいいことに、アンドリューは夜の画用紙に水彩で描かれたその顔を見て見ぬふりをした。さんざんな人生だったが、それもこれが最後。細かい準備に見落としがないか、よく注意しなければならない。頭の上のほうで鞭がうなるのが聞こえ、アンドリューはポケットの冷たいふくらみを撫《な》でながら、馬車が進むやさしい音で心を静めた。

屋敷を出た馬車は、ナイツブリッジをめざし、緑豊かなハイドパークに沿うようにして進んだ。アンドリューは窓から街の様子をながめながら、イーストエンドまで三十分もかからないだろうと計算し、過ぎゆく景色に目を細めた。車窓を流れる光景はいつしかまじりあい、均等にならされて、愛するロンドンの街並みを一望に収めている気分になる。世界一の都ロンドン。いわば、腹をすかせたタコの怪物クラーケンが海からのぞかせている頭頂部のようなものだ。そいつは海面下で触手を四方に伸ばして、カナダ、インド、オーストラリア、そしてアフリカの大部分という、地球上の陸地のほぼ五分の一を手中に収め、ぎりぎりと締めつけて窒息させようとしている。馬車が西に向かうにつれ、どこか森を思わせる健全なケンジントンの風景が、しだいに都会ならではの雑然とした大衆的な景色に変わり、やがてピカデリー・サーカスに至る。このロータリーにそびえる、人の心臓を弓矢でぴたりと狙うアンテロース像は、かなわぬ愛に報復する神だ。その後フリート・ストリートにはいると、セント・ポール大聖堂を取り囲むようにして建つ中流階級の家並みが見えはじめ、イングランド銀行とコーンヒル・ストリートを通りすぎたところで、それを最後にあたりは貧困に埋めつくされる。アンドリューが住むウエストエンドの住民たちには、《パンチ》誌の風刺漫画でしか知りえないたぐいの貧困――それは空気さえも汚染して、テムズ川の悪臭にまみれた、肺に送り込むのもおぞましい代物にしてしまう。

アンドリューがこの道をたどるのは八年ぶりだったが、遅かれ早かれここにもどることはずっとわかっていたし、もどればそれが最後になることも承知していた。だから、ホワイトチャペルへの入口オールドゲイトに近づくにつれ、なんとなくそわそわしだしたのも不思議ではない。その界隈《かいわい》にはいると、アンドリューはかつて体験したのとおなじ脂汗《あぶらあせ》が滲《にじ》み出すのを感じながら、そろそろと馬車の窓から外をのぞいた。自分が所属している場所とはまったく異なる世界を、昆虫を観察するような冷ややかな好奇の目でじろじろと詮《せん》索《さく》してしまう自分に、毎度のことながら恥じ入り、いいようのない決まりの悪さを感じる。

もっとも、時間が経つにつれ、この当初の拒絶感は、街から弾き出された吹き溜まりのような場所で暮らす人々への憐れみへと必然的に変化した。こうしてあたりをながめるにつけ、いまもってその憐れみを禁じえない。そのロンドン一の極貧地区は、八年経ったいまもほとんど変わっていないように見えるのだ。貧困とはつねに富の反動だと、喧騒に包まれた陰惨な通りを見渡しながらアンドリューは思う。物売り台や荷馬車で歩く隙間さえなく、クライスト教会の不吉な影の下に、まもなく解体される家畜が群がっている。最初、燦然《さんぜん》と輝く世界都市ロンドンの虚飾の陰に、女王陛下に祝福されつつだれもがたやすく極道に身を落とす、こんな地獄の出張所のような場所が隠れていると知ったとき、アンドリューは心底驚いた。しかししだいに、彼のそんな青臭さも消え失せた。科学の進歩とともにロンドンはその様相を変え、上流階級の人々にとっては、愛犬の吠え声を蓄音器の蠟管《ろうかん》に刻んで楽しんだり、ロバートソン電球で煌々《こうこう》と照らされた部屋で電話でおしゃべりしたり、その妻たちがクロロホルムで痛みを散らしながら出産する世の中になりつつあったが、おそらくホワイトチャペルは依然そんなものとはまったく縁がなく、人々は貧困の鎧《よろい》をがっちり着込んで外部の影響をすべてはねのけ、ひたすらおのれの不幸にあえいでいるのだろう。いま、あたりを一瞥《いちべつ》しただけで、その予想が間違いではないとわかる。そこに足を踏み入れるのは、いまもやはりスズメバチの巣に手をつっこむのと変わらない。そこでは貧困が特別卑劣な顔を見せ、暗く悲しいメロディがつねに流れている。居酒屋では喧嘩《けんか》が始まり、耳を澄ませば通りの奥から悲鳴が聞こえ、酔っぱらいが地面で伸び、その靴を悪童の一団が剝《は》ぐ。そうこうするうちに、通りの角でカモを待ち伏せしていた、いかにも喧嘩っ早そうなやくざ者たちと目が合う。彼らこそ、この悪徳と犯罪が蔓延する、大英帝国内に隠れたもうひとつの小帝国の王だ。

彼が乗っている高級馬車に目を留めて、娼婦たちがスカートをまくり上げ、胸元を広げて、「安くしとくよ」と媚《こ》びるように声をかけてきた。そんな見世物小屋まがいの悲しい光景を見ると、アンドリューは胸が引き裂かれんばかりだった。女たちは衛生状態の悪さから健康を害し、身体がぼろぼろになるまで、毎日入れ替わり立ち替わりやってくる客の相手をする。どんなに若くて美人でも、この界隈の荒廃から脱け出すのは難しい。彼はかつて、悪徳の烙印《らくいん》を押された女をひとりそこから救い出し、神の定めた運命を返上させようとした。だが結局できなかった。アンドリューはあらためてそのことを思い出し、心が沈んだ。やがて馬車が居酒屋テン・ベルズ亭の前を通りすぎ、ギシギシと車輪をきしませながら角を曲がってクリスピン・ストリートからドーセット・ストリートへとはいり、居酒屋ブリタニア亭の前を通過する段になると、悲しみがいよいよ彼を圧倒した。そこはメアリーと初めて言葉を交わした場所なのだ。そしてその通りが最終目的地だった。ハロルドがミラーズ・コートのアパートの入口代わりの石造りのアーチの前で馬車を停め、御者台から降りて扉を開けた。アンドリューはめまいを覚えながら震える足で馬車を降り、あたりを見まわす。なにもかも記憶どおりだ。アパートの大家であるマッカーシーが中庭の入口に構える薄汚いガラス器の店まで変わっていない。ホワイトチャペルにも時は流れているはずなのに、その証拠が見つからない。ロンドンを訪れるお偉方や司教がこの地区を避けて通るように、時もここを迂回《うかい》しているのか。

「もうもどっていいぞ、ハロルド」無言で脇に立っている御者に、アンドリューは命じた。

「いつお迎えにうかがいましょうか、坊ちゃん」御者が訊き返す。

アンドリューはどう答えていいかわからず、御者をただ見つめた。お迎えだって？　思わず大笑いしたくなる。気の滅入るような悲しい大笑いを。迎えにくる馬車があるとしたら、それはゴールデン・レーンの死体安置所に彼の骸《むくろ》を運ぶ馬車だけだ。八年前、このおなじ場所に愛しいメアリーの残骸《ざんがい》を回収に来たあの馬車。

「ぼくをここに連れてきたことは忘れてくれ」アンドリューは答えた。

御者の顔に暗い影がさし、アンドリューはどきっとした。まさか、ぼくがここに来た理由を察したのだろうか？　アンドリューは釈然としなかった。御者にしろほかの使用人にしろ、彼らに知性があるかどうかわざわざ考えたことがなかった。そう呼べるものがあったとしても、せいぜい生きるうえで必要な悪知恵程度なのではないか。アンドリューのような上流階級の人間がのんびり船に乗って航海してきた人生という大河を、彼らは子供の頃から流れに逆らって自力で泳がなければならなかったのだ。とはいえ、老ハロルドは本当にひどく心配そうだった。アンドリューの推理が的中していなければ、ありえないことだ。そして、二人の視線がいつになく絡みあうそのわずかな時間にわかったのは、ハロルドの分析能力についてだけではなかった。そんなものが存在するとは思いも寄らなかったのだが、使用人の主人に対する愛情を、そのときたしかにアンドリューはひしひしと感じていたのである。アンドリューは彼らのことを、なにかの用事であちこちの部屋を出たり入ったりしている影のようなものだとしか思えなかったが、酒のグラスを盆にもどしたいとき、あるいは暖炉に火を熾《おこ》したいときなど、必要があったときに初めて存在に気づいた。だがそんな幽霊たちにも主人を心配する心があり、実際にこうして心配している。当のアンドリューにとってそうした面々——ささいな失敗で母に解雇されたメイド、古くからの慣わしどおりに厩番《うまやばん》の若造に体よく孕《はら》まされた料理女、たいそうな推薦状を携えてそこと似たほかの屋敷に鞍替えする執事——は、わざわざ気に留めるまでもない、折々に変化する景色の一部でしかなかった。

「承知いたしました、坊ちゃん」ハロルドはしゅんとした。

そしてアンドリューは、御者はいまのひと言で彼に永遠の別れを告げたのだと悟った。御者にとっては、それが主人にさよならを言う唯一の方法だった。肩を抱くことなどとうてい許されないのだから。アンドリューは胸を揺さぶられながら、自分の三倍近い年齢のたくましいその御者——もし二人の乗った船が難破して無人島にでも流されたら、主人役は彼に譲るほかないだろう——が、迷いをふっきるように御者台に上がり、馬をけしかけ、ロンドンの街を薄汚れた泡のように覆《おお》いはじめた霧のなかに姿を消すのを見守った。遠ざかっていく蹄《ひづめ》の響きも、やがて霧に溶けた。それにしてもおかしなめぐりあわせだ。自殺するまえに別れの挨拶をしたたったひとりの人間が、両親でもいとこのチャールズでもなく、あの御者だったとは。人生とはえてして気まぐれなものだ。

おなじことを、命など三ペンスの価値しかないその呪われた界隈から脱け出すため、馬車でドーセット・ストリートを飛ばすハロルド・バーカーも考えていた。……わしだって、このロンドンの片隅の腐りきった地区でかろうじて生をつなぐ、運に見放された連中のひとりになっていたかもしれない。もし、父が息子をどん底の生活から引きずり上げ、御者台に上がれるようになったその日から御者として働かせようと考えなかったら。そう、たしかにあの無愛想な老いぼれの酔っぱらいがわしを職業陳列コーナーへ連れ出し、早く選べと急《せ》きたててくれたおかげで、名士ウィリアム・ハリントンの御者という生業《なりわい》への道が開け、結局その仕事に半生を捧げることになったのである。穏やかな人生だったと認めないわけにはいかない。実際、ご主人たちがまだ寝静まり、朝の日課を始めるにもまだ早い夜明け前、じっくり来し方を振り返ってみると、しみじみそう思う。妻を娶《めと》り、健康で丈夫な二人の子供に恵まれ、そのうちひとりはやはりミスター・ハリントンの庭師として雇われている。自分の本来の運命とは別の人生を築くことができたのは、本当に幸運だった。だからこそ、いま周囲にあふれる恵まれない人々を、同情に満ちた目で、しかしどこか他人事としてながめられるのだ。八年前のあの恐怖の秋、わしは不承不承アンドリュー坊ちゃんを乗せてホワイトチャペルに頻繁に通い、ときには空が赤々と朝焼けに染まるまでそこにいた。神にも忘れられたその土地で起きた恐ろしい事件については新聞で読んだだけだが、衝撃は坊ちゃんの瞳にくっきりと映し出されていた。アンドリュー坊ちゃんがいまだにそれを克服できていないことはわかっていた。いとこのチャールズ様に御者ともども連れられて、酒場や売春宿で乱痴気《らんちき》騒ぎをくり返した（もっとも、わしはいつも馬車に残り、骨の髄《ずい》まで凍えさせられたものだが）ものの、いっこうに功を奏さず、坊ちゃんの瞳から恐怖を追い払うことはできなかった。そしてその晩、どうしても太刀打ちできないことが明らかになった敵を前に、坊ちゃんはついに抵抗をやめ、降伏しようとしているように見えた。ポケットのふくらみは、ひょっとして銃だったんじゃないか？　このわしになにができる？　もどって止めるべきか？　使用人がご主人の運命を変えてもかまわんだろうか？　ハロルドは首を振った。なに、考えすぎだ。坊ちゃんはポケットの銃をお守りに、幽霊どもが歩きまわるあの部屋で一夜を過ごしたいだけさね。

くよくよ考えるのをやめたとき、霧のなかから見覚えのある馬車がふいに姿を現わし、こちらに向かって近づいてきた。ウィンズロー家の馬車だ。そしてもし錯覚でなければ、御者台で背中を丸めているのは御者仲間のひとりエドワード・ラッシュらしい。馬車の速度をゆるめたところを見ると、向こうも彼に気づいたようだ。ハロルドは同僚に無言で会釈して、乗客にちらりと目を向けた。つかのま、彼とチャールズ・ウィンズローの陰鬱な視線がかちあった。言葉は交わさない。その必要はなかった。

「もっと急いでくれ、エドワード」チャールズ・ウィンズローは御者に命じ、馬車の天井を杖の握りでキツツキのようにコンコンと二度こづいた。

そしてハロルドは、ミラーズ・コートのアパートメントのほうに向かう馬車がふたたび霧に呑み込まれるのを、ほっとしながら見送った。彼が出しゃばる必要はこれでなくなった。チャールズ様が間に合うのを祈るだけだ。結果を見届けるため残りたい気持ちもあったが、主人の命令には従わなければならない。その命令をくだした張本人が、すでにこの世の人ではない気がしないでもなかったのだが……とにかく、彼はあらためて馬をけしかけ、その不穏な界隈から脱け出す道を探しにかかった。げにここは、命など三ペンスの価値しかない場所だ——くり返しになって申し訳ないのだが、実際にハロルドがいままた考えたことなのでご容赦のほどを。この表現がその地域の本質を的確にとらえていることは事実だし、御者の頭にそれ以上複雑な言いまわしを期待するのも酷というものだろう。御者ハロルド・バーカーは、無駄な命などこの世にひとつもないという言葉どおり、価値ある人間のひとりではあるが、すこしでも目端のきく読者であれば、彼はこの物語にとってさして重要な登場人物ではないとおわかりのはずである。彼を主人公にした小説を書こうと考える奇特な御仁《ごじん》が現われ、よくよく探せば、物語を書きとおすのに必要な情熱をかきたててくれる材料もたくさん見つかるかもしれないが――たとえば彼と妻レベッカのなれそめとか、抱腹絶倒間違いなしのフェレットと熊手のエピソードとか――とりあえずこの物語の本筋とは関係がない。

とにかくハロルドからは離れるとしよう。今後物語を進めるうちになにかの機会に彼の姿が垣間見えたとしても、私としてはわざわざ名前を出す気はない。この物語に出入りする登場人物はそれこそ数えきれないほど大勢なので、いちいち言及するわけにはいかないのである。さて、アンドリューに話をもどそう。いま彼はミラーズ・コートのアパートメントの入口にあるアーチをくぐってぬかるんだ砂利道を進み、フロックコートのポケットにあるはずの鍵をしきりに探りながら、十三号室に向かおうとしている。暗闇のなかをうろうろするうちに部屋を見つけ、ドアの前で立ち止まる。近くの窓からその様子をのぞいている者がいたとしたら、どうかしていると思われそうなうやうやしさでこうべを垂れる。だがアンドリューにとってそこは、死に場所もないようなあぶれ者が身を隠す、みじめなねぐらとはわけが違うのだ。あの不吉な夜以来ここにはもどってないが、彼が自腹を切って記憶どおりの状態を維持させている。この八年間、毎月使用人に家賃を払いにいかせ、だれにも住まわせないようにしてきたのだ。いざもどる気になったとき、メアリー以外の

金《がね》だったし、大家のマッカーシーも、見るからに変人の金持ちが、あのあばら家をいつまでも借りつづけるという気まぐれを起こしてくれたことに大喜びしていた。あんな事件が起きたあとでは、そこで眠る度胸のある人間などまずいないと思えたからだ。あらためてアンドリューは、いつかはここにもどると心の底でわかっていたことに気づいた。ようやく実行する気になった儀式を執《と》りおこなうとしたら、その場所以外に考えられなかった。

ドアを開け、暗い面持ちで室内を見まわす。ごみ捨て場と見紛うような小さな部屋で、壁は崩れ、お粗末な家具がひと揃い置いてあるだけだ。がたのきたベッド、黒ずんだ鏡、質素な木製の衣装行李《ごうり》、薄汚い暖炉、蠅《はえ》が一匹でもとまったらばらばらになりそうな椅子がひと組。まったく、こんなところでよく人が暮らせたものだと思う。だがあの壮麗なハリントン屋敷より、ここにいるときのほうがはるかに幸せだった……そうだろう？　ものの本で読んだように、人によって楽園の場所が違うのだとすれば、彼の場合は間違いなくここだ。川や谷ではなく、口づけや愛撫を記した地図に導かれてたどりついた場所。

そのときなにかが彼を撫《な》でた。うなじの付け根のあたりをひんやりと。それでアンドリューは、玄関の左側にある窓がいまだに壊れたままだと気づいた。だれも修理しようとしなかったようだ。だが考えてみれば、修理してなんになる？　大家のマッカーシーは必要ないことはしない主義らしく、万が一ガラスを換えないことでだれかに文句をつけられたら、借り主が現状維持を望んでいることを盾に、窓だって勝手にはいじれないと言い訳するつもりなのだろう。アンドリューはため息をついた。なにも手元にないので、外套とかぶっていた帽子でガラスの割れめをふさいだ。それから椅子に腰をおろし、ポケットから布の包みを取り出すと、礼拝の準備でもするかのようにゆっくり開いた。現われたコルトは、垢《あか》だらけの小窓からかろうじてさし込む月明かりを受けて輝いている。

アンドリューは膝で丸まる猫をかわいがる手つきで銃を撫でながら、脳裏に浮かぶメアリーのほほえみにふたたび心を奪われていた。摘《つ》んだばかりの薔薇《ばら》のように、記憶が当時のみずみずしさをそのまま保っていることに、アンドリューはいつもながら驚かされる。ふつうでは考えられないほど、鮮明にすべてを覚えている。八年という月日の深淵さえ、二人を割《さ》くことはできないと証明するかのように。いや、むしろ実物より記憶のほうが美しいような気さえした。原本より複製が勝るというのは、どんなからくりだろう？　答えは簡単だ——時の流れのしわざである。それは生々しく沸騰する〈現在〉を、〈過去〉という名の、もはや手直しはできない完成品の油絵に変えてしまう。人はつねに筆のおもむくままに無我夢中で絵を描くが、全体をながめられるだけ遠ざかって初めて、その意味を理解するものだ。

2

初めて二人の目と目が合ったとき、彼女はそこにいなかった。アンドリューは目の前にいないメアリーと恋に落ちた。それは奇妙な矛盾でありながら、だからこそよけいにロマンティックだった。自然史博物館の向かいのクイーンズ・ゲイトにある、アンドリューにとってはもうひとつのわが家ともいうべき叔父の屋敷で、それは起きた。

いとこのチャールズとはおない年だったため事実上いっしょに育ったも同然で、それぞれの乳母でさえ、どちらが自分のご主人の息子だったかときどきわからなくなるほどだった。そしてまた容易に想像できることではあるが、どちらの家も裕福だったおかげで不足や不幸とは無縁に育ち、運命の女神も心やさしい一面だけを彼らに見せたので、すぐに二人の毎日はなんでもありの愉快なパーティで埋めつくされた。子供の頃はおもちゃの交換だったものが、思春期にはいると射落とした娘の交換へと発展し、さらには、自分たちの免罪符はどこまで効力がおよぶのか試してみたいという好奇心から、ここまでならよしといちおう線引きをしたうえで、さまざまな遊びの計画を練るまでになった。彼らはそれはみごとに連携して、奇想天外なおふざけや手に負えないいたずらを次々に企て、しばらくは文字どおり一心同体のように見えた。それは二人が双子に特有の共犯関係にあったせいでもあるし、人生をある意味なめてかかるような態度が共通していたせいでもあるし、また外見が似ているせいでもあった。どちらも細身で、チェスのビショップのように溌剌《はつらつ》としており、大天使を思わせる繊細な美男子。そのせいかなにをしても憎まれず、ことに女性関係においてそれは顕著で、ケンブリッジ大学に進んでからも相変わらずその才能を活かし、彼らが樹立した女性征服記録はこんにちに至るまで破られていないという。おなじ仕立屋、おなじ帽子屋にしょっちゅう出入りするうちに、二人はますます似ていき、永遠に物真似ごっこが続くようにさえ見えたが、やがてついに、二人の個性の欠如は目に余ると神の堪忍袋の緒が切れたのか、その浮かれた双頭の怪物はいきなりめりめりと真っ二つに裂け、まったく異なる個体に分かれた。無口で思慮深い若者に変身したアンドリュー、その軽薄さをあくまで追求しつづけるチャールズ。とはいえ、血の絆によって二人が培《つちか》ってきた友情に、それでひびがはいるようなことはなかった。突然正反対の性格になって、距離が離れたというより、むしろたがいを補完するようになったのである。チャールズの豪快で無頓着《むとんちゃく》な軽さと、アンドリューの洗練された憂いは好対照だった。彼には、チャールズのように気まぐれにまかせて人生を享受する生き方は、もう満足できなかった。人生になにか意味を見出そうと躍起《やっき》になり、内心失望しながらも右往左往して、まだ訪れぬ天啓を待ちつづけているアンドリューを、チャールズは皮肉まじりの目でながめていた。一方アンドリューはアンドリューで、若者らしく過激にふるまってはいるが、その態度や言い分から、じつは自分とおなじく世の中に幻滅していることが透けて見えるチャールズを、ほくそ笑みながら観察した。それでもチャールズは、自分の持つ特権を思う存分楽しむ生き方を返上するつもりはないように見えた。彼は、どうせ一度の人生だ、楽しまなければ意味がないとばかりに派手に生き、一方のアンドリューは、部屋の片隅で何日も座りつづけ、手のなかの薔薇《ばら》がしおれていくさまをただ観察して過ごすことすらできた。

すべてが起きたその八月、二人は十八歳になったところだった。どちらもいっこうに落ち着く気配はなかったとはいえ、その怠惰な日々もそう長くは続かないという予感はあり、早晩親たちもうんざりして、家業のなかでも比較的軽微な仕事を見つくろってあたえ、当面は彼らのお手並み拝見とばかりに静観するものと思われた。じつはチャールズはすでに、週何日か午前中に会社に顔を出して、ちょっとした業務に従事するようになっていたのだが、アンドリューのほうは、仕事は刑罰ではなくむしろ気が休まると思えるほど、いまの退屈に嫌気がさすまで待つことにした。いずれにせよ、後継ぎという点では兄のアンソニーがすでに充分役目を果たしていたので、名士ウィリアム・ハリントンも、次男にはもう何年か〝高等遊民〟を続けさせてやってもいいと考えていたらしい――父親の目の届く範囲にいるかぎりは。しかし、アンドリューはすでに父親の目の届く範囲にはいなかった。

そこから遠く離れ、そしていま、さらに遠くに行こうと考えている。この世界から完全に姿を消し、もうなにをしても取り返しがつかなくなるだろう。

まあ、ドラマチックな演出はこれくらいにして、話を先に進めよう。その晩アンドリューは、ケラー美人姉妹と日曜にピクニックする計画をいとこのチャールズと立てるため、ウィンズロー屋敷を訪れた。いつものように、行く先はハイドパークにあるサーペンタイン池。花であふれる岸辺の草原《くさはら》は、二人が恋の罠を仕掛けるのに使うお決まりの場所なのだ。だが到着したときチャールズはまだ惰眠を貪っており、執事は彼を書庫に通した。そこでチャールズが起き出すのを待つのは、べつに苦ではなかった。明るい部屋に独特の濃密な匂いを充満させるたくさんの本に囲まれていると、幸せな気分になれる。父は自宅の書庫の立派な蔵書を自慢にしているが、いとこの家の書庫には、政治やら退屈な学問やらの難解な本ももちろんあるものの、古典文学や、ヴェルヌやサルガーリなどの冒険小説のほか、一般にはくだらないと決めつけられている、新手の奇抜な小説もずらりと並んでいる。じつはアンドリューにはこれがいちばん楽しめた。ぎりぎりのところでばかばかしさを免《まぬが》れているにしろ、とことんばかばかしいにしろ、要は作者がいっさいの偏見を捨て、想像の翼を思いきりはばたかせて書いた空想小説である。チャールズはというと、あまたの感性豊かな読者同様、盲目の詩人ホメロスの『オデュッセイア』や『イリアス』を好むが、じつは、ホメロスがみずからをパロディ化した作品で、ネズミとカエルの合戦を叙事詩風に描いた『バトラコミュオマキア』に没頭しているときがいちばん楽しいようだ。アンドリューの記憶では、ほかにも似たような本を貸してもらったことがある。たとえば、空飛ぶ船で月に到着する話や、巨鯨のお腹のなかを探検する話まで登場する驚くべき旅行記、古代ローマ時代の作家サモサタのルキアノス作『本当の話』や、宇宙旅行について書かれた最初の小説で、主人公であるドミンゴ・ゴンサレスというスペイン人が野生のガチョウの群れに引かれて飛ぶ機械で月に行く物語、フランシス・ゴドウィン作『月の男』。アンドリューには、この手のほら話は単に大風呂敷を広げただけの代物で、大きな音で脅かすばかりで後になにも残らない式典の空砲やお祭りの爆竹みたいなものとしか思えなかったが、だからこそチャールズはあんなに夢中になるのだと納得できたし、そう納得したかった。ある意味、世間では拒絶されているこのたぐいの小説は、チャールズの精神の平衡を保たせるための錘《おもり》なのだ。アンドリューのように真剣さや憂鬱に心が傾いてしまわないように、釣りあいをとるための錘。いまやアンドリューは、その手のおふざけに接してもそれに伝染するのを拒み、なんでも深刻にとらえ、人生のはかなさを思うとどんなにささいなしぐさも馬鹿みたいにもったいぶらずにいられなかった。

だがその日の午後、アンドリューが本を手に取ることはなかったし、そもそも書棚にもたどりつけなかった。なぜなら、いままでお目にかかったこともないような魅力的な女性に行く手を阻まれたからである。彼は当惑しつつ彼女をながめていた。時間が濃縮され、つかのま流れが止まる。もっと近くで見るために彼がおそるおそる足を踏み出すと、やっとまた時間も流れだした。肖像画に描かれたその女性は黒いビロードの小ぶりな帽子をかぶり、首に花柄のスカーフを結んでいる。世間一般の基準を当てはめれば、美人とはいえないだろう。当のアンドリューもそう認めないわけにいかなかった。鼻があまりに大きいし、目が寄りすぎているうえ、赤毛は傷《いた》んでいるように見えたが、同時にその見ず知らずの女性には、いわくいいがたい、だがけっして否定できない魅力があるのも確かだった。彼女のどこにそんなに惹《ひ》かれるのか、アンドリューにはわからなかった。おそらく、たたずまいははかなげなのにまなざしは力強く、その対照の際立ちに胸を打たれたのかもしれない。いままでに征服した女たちにはついぞ見たことのないまなざし。猛々《たけだけ》しいほど決然としていながら、幼子《おさなご》の無垢《むく》さを宿している。あるいは彼女は、世の中の邪悪な一面に日々無理やり面と向かわされているのかもしれない。だから夜になり、暗闇のなかベッドにもぐり込むと、すべては折悪しく現われた幻なのだ、すぐに消えてもっと寛容な現実がもどってくるにちがいないと、自分に言い聞かせる。あるいはそれは、なにかを手に入れようと一心に祈るまなざしかもしれない。もしかしたら手にはいらないかもしれないという恐怖など、彼女はけっして受け入れない。彼女の手元に残されているのは、もはや希望だけだからだ。

「魅力的な女だろう?」背後でチャールズが言った。

アンドリューはぎくりとした。肖像画に夢中で、彼が部屋にはいってきたことに気づかなかったのだ。飲み物のカートに近づくいとこに、アンドリューはうなずいた。その肖像画にかきたてられた感情を、ぴたりと表現するのは難しい。あえていうなら、彼女を守りたいという思いと称賛する気持ちが入りまじっている。こんな喩《たと》え方をするのは少々照れくさくもあるが、猫に対する気持ちにどこか似ている。

「父の誕生日祝いにと、ぼくが贈ったものなんだ」チャールズがブランデーを注ぎながら説明した。「ここに飾られて、まだ二日しか経っていない」

「だれだい、いったい？」アンドリューは尋ねた。「レディ・ホランドやブロートン卿のパーティでは見たことがない顔だ」

「連中のパーティで？」チャールズは笑った。「その画家にも、もしかすると才能があるのかもしれないな。まんまときみの目を欺いたんだから」

「どういう意味だ？」アンドリューはいとこにさし出されたグラスを受け取り、尋ねた。

「父の絵画コレクションの充実のために贈ったとでも思うか？　この絵がぼくのお眼鏡にかなったと？」チャールズはアンドリューの腕を取り、絵に二、三歩近づかせた。「よく見ろ。筆のタッチに注意するんだ。ほら、才能などかけらもないさ。この画家はエドガー・ドガの亜流にすぎないよ。ドガの筆運びはやわらかいが、こっちは荒々しくて暗い」

アンドリューはいとこと議論を闘わせるほど絵に詳しくないし、本当のところ、興味があるのはモデルがだれかということだけだったから、大きくうなずいて彼の意見に賛成だということを伝えた。たしかにこの腕前では、画家などやめて自転車の修理でも始めたほうがましだろう。チャールズは、いとこが最初から議論を拒んで、絵画に関する教養を披露するせっかくの機会を自分から奪ったことがなんとなくおかしくて、にやりとした。それから含みを持たせて打ち明けた。

「動機はほかにあるんだよ、アンドリュー」

チャールズはブランデーをぐいっとあおり、しばらく絵をながめて満足げに首を振った。

「動機ってなんだよ、チャールズ？」こらえきれず、とうとうアンドリューは急《せ》かした。

「まるで下等動物みたいに一般大衆を忌み嫌う父の書庫にこれが掛かっているかと思うと、無性にうれしくてね——下品な娼婦の肖像画が」

チャールズの言葉に、アンドリューは呆然とした。

「娼婦？」思わず訊き返す。

「ああそうさ」チャールズは満面を笑みにして答えた。「それも、ラッセル・スクエアにあるえり抜きの娼館の娼婦でも、ヴィンセント・ストリートの公園に姿を現わす女たちでもなく、かの汚らわしきホワイトチャペルの悪臭ふんぷんたる売春婦さ。わずか三ペンスと引き換えに、世にもみじめな連中の不幸を、その堕落した肉体で引き受ける女たち」

アンドリューはブランデーを一気に飲み干し、いっしょにいとこの言葉を呑み込んだ。

たしかにチャールズの話には驚かされたし、それはこの絵を見た者ならだれでもそうだったはずだが、同時にアンドリューは妙にがっかりもしていた。肖像画にあらためて目をやり、なぜそんなふうに失望したのか考える。この美しい女性は卑しい娼婦だった。いままは、その瞳に怒りと幻滅が渾然一体となって煮えている理由が理解できたし、作者はそれを的確に絵筆でとらえていた。だがアンドリューは、この失望感がもっと自分本位なものだということを否定できなかった。彼女とは住む世界が違う。それはつまり、彼女と知りあう機会はまずないということだ。

「ブルース・ドリスコルの仲介で買ったものなんだ」チャールズがそれぞれのグラスにふたたびブランデーを注ぐ。「ブルースのことは知ってるよな？」

アンドリューはそっけなくうなずいた。ブルースはチャールズの友人で、あり余る暇と金を美術品の収集に注ぎ込み、すこしでも機会があれば絵画に関する知識をまくしたてるせいで、みんなに煙たがられていることにちっとも気づいていない、傲慢《ごうまん》で怠惰な若者だ。

「ご存じのように、彼は絨毯の下に隠れているような掘り出し物を漁るのが好きなんだ」チャールズはブランデーのグラスをアンドリューに渡した。「最後に会ったときに、青空市をぶらついていて見つけた画家の話を聞いてね。ウォルター・シッカートとかいう男で、イギリス新芸術家協会の創設者だ。クリーヴランド・ストリートにアトリエがあって、イーストエンドの娼婦たちをあたかも貴婦人のように描きつづけている。彼のアトリエを訪ねたぼくは、最新作を買わずにいられなくなってね」

「モデルについてはなにか聞いたのかい？」関心をひた隠しつつ、アンドリューは尋ねた。

「この娼婦について？　名前だけ教えてくれた。たしか、メアリー・ジャネットといったかな」

メアリー・ジャネット。アンドリューはささやいた。絵のなかでかぶっている帽子のように彼女によく似合う。

「ホワイトチャペルの娼婦とはね……」ショックがまだ尾を引いていた。

「そう、ホワイトチャペルの娼婦さ！　父はその肖像画を堂々と書庫に飾ってるんだぜ！」チャールズは勝ち誇ったように両手を広げ、声を張りあげた。「いやはや、まったくもって傑作だ！」

そのあとチャールズはアンドリューの肩に腕をまわして居間のほうへいざないながら、話題を変えた。アンドリューは内心の動揺に目を向けまいと必死に努力したが、ケラー美人姉妹にどんな罠を仕掛けるか計画するあいだも、肖像画の女のことがどうしても頭から離れなかった。

その晩、寝室でベッドにもぐり込んだあとも、アンドリューはなかなか眠れずにいた。あの絵の女はどこにいるんだろう？　いまなにをしているのか？　疑問が四つめ、五つめともなると、まるで本当に彼女を知っていて、親しい間柄でもあるように、彼女の名前を気安く口にするようになった。しかし、わずか数ペンスで手にはいるものが、裕福な自分には手が届かないなんて妬《ねた》ましい――そんな馬鹿げた考えが湧き出すに至って、これはいよいよ病気だと思いはじめた。だが本当に手が届かないものだろうか？　実際、彼の財力をもってすれば、すくなくとも物理的には、たやすく彼女を一生自分のものにできるはずだ――彼女を見つけられさえすれば。ホワイトチャペルには一度も行ったことがないが、とくに彼女のような上流階級の人間には、とても勧められる場所ではないと再三耳にしている。だからひとりで足を踏み入れるのは賢明ではないだろうし、かといってチャールズにも頼れない。彼には、なぜアンドリューがそんな場末の娼婦のだらしのない肉体を好むのか、理解できないだろう。ケラー美人姉妹がペチコートの下に隠している甘い果物のシロ《コンポ》ップ《ート》漬けや、チェルシーにいる香水の芳香漂う高級娼婦たちの蜂蜜菓子――ウエストエンドの品位ある紳士たちの半数は賞味したことがあるはず――のほうがはるかにおいしそうなのに。単なる気まぐれだと説明すれば、チャールズもたぶんわかってくれるだろうし、気晴らしに同行する気になってくれるかもしれない。だがアンドリュー自身は、自分の気持ちが気まぐれといういい加減な言葉では割りきれないほど強いものだとわかっていた。いや、それとも思いすごしだろうか？　彼女をこの手に抱いて初めて、惹《ひ》かれる理由がわかるのかもしれない。彼女を見つけるのは、本当にそんなに難しいことなのか――もう一度自分に問いかける。眠れぬ夜が三日続き、ついに彼は作戦を立てはじめた。

さて、相変わらず浮ついた雰囲気のロンドンの街――。ガラスと錬鉄でできた巨大なお腹に大英帝国の誇る産業の粋を納めた万博が終わったあと、シドナムに移された水晶宮では、オルガン・コンサートや子供たちのバレエ発表会、腹話術の見世物などが催され、美しい庭では、ウィールド地方で発見された化石から再現された恐竜やらイグアノドンやらメガテリウム（新生代に生息していたナマケモノの祖先）やらをお供に、おやつを楽しむこともできた。また、マダム・タッソーの蠟人形館を訪れた客たちは、〈恐怖の部屋〉のおかげで夜ごとうなされた。なにしろその部屋には、マリー・アントワネットの首を落としたギロチンのほか、イギリスじゅうに鮮血をまき散らしたありとあらゆる異常者や死刑執行人、毒殺者がひしめきあっているのだ。しかしアンドリュー・ハリントンはそんなお祭り騒ぎをよそに、使用人のひとりから借りた地味で質素な服で変装し、鏡に姿を映していた。着古された上着、なかば擦《す》り切れたズボンに身を包み、ブロンドの髪を目深にかぶった格子縞のひさし帽で隠した自分をながめ、悦に入る。これならだれが見ても、靴屋か床屋か、とにかく一介の庶民としか思えないだろう。そんな恰好をした彼を見て目を丸くしたハロルドに、アンドリューはホワイトチャペルに行ってほしいと頼み込んだ。そして、出発するまえに固く念を押した。ロンドン一いかがわしい地区に自分が出かけたことを、けっしてだれにも洩らさないこと。父にも、母にも、兄のアンソニーにも、いとこのチャールズにさえ。絶対にだれにも。

3

アンドリューは、人目を引かないよう、贅沢《ぜいたく》な馬車をレドンホールで停め、ひとりでコマーシャル・ストリートまで歩いた。その悪臭漂う通りを端から端までぶらぶらしたのち、勇気を振り絞って、ホワイトチャペルという名の、路地の複雑に絡みあう迷宮に足を踏み入れた。十分も歩くと、すくなくとも一ダースの娼婦が霧のなかから立ち現われて、わずか数ペンスと引き換えにヴィーナスの丘への招待を申し出たが、肖像画の女は見当たらなかった。もし彼女たちの身体に海藻《かいそう》でも巻きついていたら、古ぼけて無残に汚れた船首像と見誤っていたところだ。アンドリューは足も止めずににこやかに断わりつつも、ほかに糊口《ここう》をしのぐすべも持たずに寒さに身を縮めている、みすぼらしい案山子《かかし》のような姿の女たちに、同情を禁じえなかった。歯の抜けた口に浮かんでいる好色な笑みは、人をその気にさせるというより、むしろ嫌悪感をもよおさせる。メアリーにもあの絵には描かれなかったそんな一面があるのだろうか？　彼女を天使に生まれ変わらせた絵筆でもとらえきれなかった、そんな一面が？

すぐに、行き当たりばったりで彼女を見つけるのはとても無理だとわかった。直接だれかに尋ねれば、すこしはチャンスがあるかもしれない。変装がばれないことを確認すると、フルニエ・ストリートとコマーシャル・ストリートの交差する角、幽霊屋敷のような様相のクライスト教会の真正面にある、テン・ベルズ亭という混みあったパブにはいることにした。窓からのぞいたところでは、そこは娼婦が客を物色に来る場所らしい。アンドリューがなかにはいると、カウンターにたどりつきもしないうちに、娼婦が二人近づいてきた。彼はいかにも屈託《くつたく》のない調子で黒ビールでも奢《おご》るよと声をかけながら、できるだけ丁重に彼女たちの申し出を断わり、メアリー・ジャネットという名の女を探していると告げた。娼婦のひとりはむっとした様子でさっさと立ち去った。たぶん、金にならない客とかかずらって時間を浪費するのはごめんだと思ったのだろう。だがもうひとりの背の高いほうの女はその場に残り、彼の誘いに応じた。

「メアリー・ケリーのことだろう？　あのすれっからしのアイルランド女、このあたりじゃいちばんの売れっ子さ。たぶん夜も更けたこの時間なら、もう大勢のお相手をすませて、ブリタニア亭にいると思うよ。あたしたちはみんな、その晩の寝床をまかなえるだけの稼ぎを手にすると、そこに行って休むんだ。もっと儲《もう》かったときは、みじめな毎日を忘れるために、大急ぎで酔っぱらう」生活への嫌悪感はたいしてうかがえず、むしろ自嘲気味な言葉に聞こえた。

「その居酒屋はどこにあるんだい？」アンドリューは尋ねた。

「その先さ。クリスピン・ストリートとドーセット・ストリートの角」

アンドリューは、たった四シリングでこれだけの情報をくれた彼女に感謝のしようもなかった。

「宿を探しなよ」彼はにっこりほほえんで言った。「今夜は通りで過ごすには寒すぎる」

「おや、ありがとう、旦那。あんたやさしいね」娼婦は心から喜んでいるようだった。

アンドリューは帽子に手をやり、礼儀正しく別れを告げた。

「メアリー・ケリーで満足できなかったら、あたしをお探しよ」彼女はありったけの媚《こび》をなすりつけるようにして言ってよこしたが、歯抜けの笑みがそれをぶち壊しにしていた。

「あたしの名前はリズ、リズ・ストライドだよ。忘れないどくれ」

ブリタニア亭を見つけるのはそう難しくなかった。店の正面にずらりと窓が並び、ランプの数は充分足りているのに、店内はたちこめる煙草《たばこ》の煙で薄暗い。奥に長いカウンター、左手にボックス席が二つ。中央の広い空間には木製のテーブルが所狭しと置かれ、床は一面のおがくず、そしてそこに騒々しい客たちが群がっていた。油じみた前掛けをつけた給仕たちが、苦労してテーブルの隙間を動きまわっている。ビールであふれんばかりの真鍮《しんちゅう》のジョッキを両手に持って人ごみを縫《ぬ》うその姿は、まるで軽業師だ。部屋の片隅ではおんぼろのピアノが汚れた歯並びをむき出しにして、夜会を盛りあげようとするだれかの指を待っている。アンドリューはカウンターに近づいた。その上は、ワインの甕《かめ》やら石油ランプやら皿やらで埋まり、手の置き場もない。皿の上にチーズのかたまりがのっていて、その一片がまたやけに馬鹿でかく、どこかの瓦礫《がれき》の山から持ってきた壁のかけらのようだ。アンドリューはランプの炎で煙草に火をつけ、ビールを一パイント注文すると、厨房から漂ってくる腸詰を焼く強烈な匂いに思わず顔をしかめながら、人ごみを見渡した。あの娼婦に教えられたとおり、店内はテン・ベルズ亭に比べれば、かなり落ち着いている。テーブルを占める大半は、休暇中の水夫か、アンドリューと似たような質素ないでたちの地元の男たちだったが、手早く酔っぱらうのに忙しい娼婦の一団も見受けられる。彼はゆっくりビールをすすりながらメアリー・ケリーを探したが、容貌の一致する女はいなかった。ビールが三杯めともなるとしだいに気持ちもしぼんで、蜃気楼《しんきろう》を追いかけるなんて、ぼくはいったいなにをしてるんだ、と自問自答しはじめる始末だった。

そろそろ退散しようと思ったそのとき、彼女が店にはいってきた。アンドリューにはすぐに彼女だとわかった。間違いない、あの絵の女だ。だが、動いているおかげではるかに美しく見える。疲れているようだが、肖像画から彼が感じたのとおなじ、みなぎる生気が身体から発散されている。だが、彼女が店に現われても、客の大部分は気づきもしなかった。この酒場に起きようとしている小さな奇跡に、なぜだれも目を向けようとしない？　こうしてみんなが揃って無視しているという事実そのものが、奇跡を見届ける特権が自分だけにあたえられた証拠だと思えた。そしてふと、幼い頃の経験がよみがえった。少年だったアンドリューは、そよ風が見えない指で枝から木の葉を一枚ちぎって運び去り、池の水面《みなも》で独楽《こま》のように踊らせるさまに目を奪われた。ところが、折しも通りかかった荷車の振動が水面を揺らしたとたん、たちまち木の葉のダンスは乱れて終わった。その一部始終を目撃した彼は悟ったのだ——自然がみんなでしめしあわせて、ぼくというたったひとりの観客のために魔法を見せてくれたのだと。宇宙は、傲《おご》り高ぶる人間をひれ伏させるために突然火山を爆発させたりするけれど、たとえば彼みたいに、折りたたんだ紙に隠された意外な絵を懸命に見透かそうとするように周囲の世界をじっくり観察する者には、ときどきそんな特別なご褒美《ほうび》をあたえてくれるのだ。アンドリューは、まるで彼を知っているかのようにメアリー・ケリーがこちらに近づいてくるのを、あっけにとられて見つめていた。口から心臓が飛び出すかと思ったが、彼女がカウンターに肘をつき、彼には目もくれずにビールを半パイント注文するのを見て、すこし気持ちが落ち着いた。

「今晩の景気はどうだった、メアリー？」女主人が尋ねた。

「まずまずだよ、リンガーさん」

アンドリューは気が遠くなりそうになり、ごくりと唾《つば》を呑み込んだ。そこに彼女がいる、ぼくのすぐ横に。信じられなかったが、事実だった。いま聞いたのはたしかに彼女の声だ。疲れた、すこししわがれた、だがとびきり美しい声。もし嗅覚を研ぎ澄まし、煙草やら腸詰やらの無意味な匂いを排除すれば、たぶん彼女の香りも嗅《か》げるだろう。メアリー・ケリーの匂い。アンドリューは恍惚となりながら、畏敬の念をこめて彼女を見つめ、そのしぐさのひとつひとつを確認した。ホラ貝が海の怒りを殻の内に溜め込むように、一見華奢《きゃしゃ》に見える彼女の肉体には生来の強靭さが隠れているように思えた。

女主人がビールをカウンターに置いたとき、アンドリューはふいに、いまを逃せばもうチャンスはないと悟った。あわててポケットを探り、小銭を置いた。

「奢《おご》らせてもらえないか、娘さん」彼は言った。

紳士的ではあるがやけに唐突でもあり、当然ながらメアリー・ケリーは訝《いぶか》しげに彼をじろじろ見た。彼女の視線に射られ、アンドリューは金縛りになった。肖像画で見てわかっていたように、彼女の瞳はたしかに美しかったが、悲しみの被膜に覆《おお》われているように見えた。まるで、だれかの一存で勝手にごみ捨て場にされた、ヒナゲシの咲く草原だ。それでも彼は、自分があふれんばかりの光に満たされるのを感じ、つかのま視線が交わった瞬間の衝撃を自分とおなじくらい彼女にも感じ取ってほしい、そう強く念じた。だがもし読者のなかにロマンティックな方がいらっしゃったなら、どうか許してほしい――視線だけでは表現しきれないこともままあるのだ。その瞬間、アンドリューの胸を打った、ほとんど神秘的なまでの気持ちを、瞳でどう伝えればいいというのだろう？　生まれてからずっと無意識のうちに彼女を探しつづけていたのだといま気づいた、その驚愕の事実を、まなざしだけを頼りにどう説明しろというのか？　それに、これまでのメアリー・ケリーの生きざまから考えるに、感情の機微のようなものを理解する訓練を彼女が特別積んできたとは思えず、だとすれば、この魂の邂逅《かいこう》（とアンドリューとしては呼びたい）の最初の企てが失敗に終わったとしてもしかたがないだろう。アンドリューはたしかにできるだけのことをした。だがメアリー・ケリーのほうは、彼の熱い視線を、毎晩彼女に寄ってくるその他大勢の男たちのそれと寸分変わらないものと解釈した。

「ありがとう、旦那」彼女はそう言葉を返し、淫《みだ》らな笑みを添えた。職業がら、たぶん惰性でつい浮かべてしまう笑みなのだろう。

彼女との初めての会話という重大な出来事に、軽くうなずくにとどめて努めて何気《なにげ》なくふるまったあと、アンドリューはふいに愕然とした。あんなに綿密に計画を練ったというのに、いまこうして彼女と向かいあってみると、どんな話をしたらいいのかなにも考えていなかったことに気づいたのだ。彼女になにを話す？　いや、もっといえば、娼婦を相手になにを話す？　さらに正確には、ホワイトチャペルの娼婦を相手に？　チェルシーの高級娼婦の場合、話をするとしてもせいぜい体位や部屋の灯りをどうするかという程度で、わざわざ気を遣ったりしない。ケラー美人姉妹を始め親しい女友だちなら、政治の話やダーウィンの進化論を持ち出して彼女たちをあわてさせぬよう、つまらない世間話に終始する。たとえばパリの最新モードや園芸、いよいよのときは降霊術など、その時節に流行していることを面白おかしくおしゃべりするだけなら、これまでの経験にまかせればいい。だが、仲人《なこうど》好きな幽霊を呼び出して、あまたのお金持ちの求婚者のうちだれと結婚することになるのかわくわくしながら尋ねることになど、これっぽっちも興味を持たない女性を相手に、茶飲み話がふさわしいとは思えない。だからアンドリューはただうっとりと彼女を見つめるばかりだった。さいわいメアリー・ケリーのほうが、その沈黙の氷の割り方をよく心得ていた。

「あんたの望みは承知してるよ、旦那。はにかみ屋で、自分からは言いだせないみたいだけどさ」彼女は例の笑みをいよいよ強調しつつアンドリューの手をすっと撫《な》で、とたんに彼の全身の毛が逆立った。「わずか三ペンスであんたの夢が本当になる。すくなくとも今夜だけは」

アンドリューは身じろぎもせずに彼女を見つめた。どうしていいかわからなかったのだ。ここ数晩、彼女は彼のたったひとつの夢であり、身体の奥から湧き出す情熱であり、抑えきれない欲望だった。それがいま、まだとても現実とは思えないのだが、ついに自分のものになる。彼女に触れ、着古された服の下に隠されたほっそりとした肉体を愛撫し、その唇から痛切なうめき声を引き出し、同時に彼も、手荒くあつかわれて調教できなくなった獰猛《どうもう》な動物のような、ひと筋縄ではいかないその女の視線にさらされながら、炎をあげて爆発する——そう考えただけで、爪先から頭のてっぺんまで興奮がぞわぞわと駆け上がってくる。しかしその興奮はすぐに深い悲しみに変わった。この堕天使が、汚らわしい路地の隅で誰彼かまわずいじくりまわされても、世界じゅうのだれひとりとして抗議の声をあげようとしない。それほど彼女は理不尽でみじめな境遇にいるのだ。だからこそ、こんなに特別な女性になったのだろうか？　これでは、ほかの客たちとなんら変わらぬ目的で彼女に近づいたかのように、おなじ方法で肌を重ねることになってしまう。そう思うと無性に悲しくて喉が詰まり、ただうなずくことしかできなかった。とたんにメアリーはうれしそうにほほえんだが、機械的にそうしたとしかアンドリューには思えなかった。彼女が通りのほうにかぶりを振り、二人はいっしょに居酒屋を出た。

アンドリューは、こんなふうに娼婦の後にくっついて歩いている自分が不思議だった。メアリー・ケリーの背中を見ながら、スズメのようにちょこちょこ小股で歩いていると、彼女の太腿《ふともも》のあいだを探検しにいくというより、彼女に導かれて断頭台に向かう気分だ。だが、関係が別の方向に発展する可能性だってある。いとこが買ったあの肖像画を目にしたその瞬間、彼は見知らぬ領域に足を踏み入れ、奥へ奥へと分け入った。どの通りを見てもまるで見覚えがなく、自分では進路を定めることもできない場所。すべてが目新しく、そしていましも横断した人気《ひとけ》のない大通りから判断するに、おそらく危険でさえある場所。ひょっとして、なんの知識も持たないぼくを、娼婦のヒモが用意した罠かなにかに導こうとしているのでは？　ここで悲鳴をあげたら、ハロルドには聞こえるだろうか？　もし聞こえたとして、彼は危険をかえりみずに主人を助けにきてくれるだろうか？　それとも、これまで受けてきたひどいあつかいに復讐する絶好の機会と考えるか？　通りの角にある弱々しい石油ランプの街灯にかろうじて照らされているだけの、泥でぬかるんだハンベリー・ストリートをしばらく進んだあと、メアリー・ケリーは狭い路地に彼を引き入れた。そこは濃密な闇に閉ざされ、一歩先すらおぼつかない。アンドリューは彼女につき従って歩きながら、ここで死ぬのだと覚悟した。あるいはすくなくとも、彼よりひとまわりもふたまわりも大きな二人組の男に袋だたきに遭い、靴下まで奪われたすえ、血まみれの残骸となった身体に唾を吐きかけられる。この土地では万事がそんなふうに運び、彼の馬鹿げた冒険はそれにふさわしい終幕を迎えるのだ。しかし、恐怖が彼の胸で熟す暇もなく、すぐに小道は空き地のようなところに通じた。薄汚い水浸しの空間だったが、そこにはだれもおらず、アンドリューは拍子抜けした。それでも疑心暗鬼になって、あたりを見まわしてみる。やっぱりだ。信じられないが、その悪臭漂う小さな空き地に、やはり彼らは二人きりだった。巷《ちまた》の喧騒はいまやかすかなざわめきでしかなく、どこか遠くの教会で鳴る鐘の音が際立って聞こえる。足元の水たまりに月が映り、嫉妬に狂った恋人が地面に投げ捨てた皺《しわ》くちゃの手紙のように見えた。

「ここならだれにも邪魔されないよ、旦那」メアリー・ケリーはそうささやくと、壁にもたれてアンドリューを引き寄せた。

ふと気づくと、彼女はすでにアンドリューのズボンの留め金をはずし、ペニスを取り出していた。その要領のよさといったら！　チェルシーの娼婦たちを相手にするときはいつもここで前戯の儀式が始まるはずなのに。ペニスを手に取ってまくり上げたスカートの下に淡々とたくし込むしぐさに、彼にとっては魔法のひとときも、彼女にはただの日課にすぎないのだとあらためて思い知らされた。

「さあ、これでなかにはいったよ」彼女が念を押した。

なかに？　嘘だとわかるだけの経験はアンドリューにもあった。彼女はペニスを腿《もも》にはさんで締めつけているだけだ。きっと、娼婦仲間では広く知られたテクニックなのだろう。もし運よく客が気づかなかったり、へべれけに酔っぱらっていたりしたら、まんまと挿入を回避して、あわてて無理やりつっこまれて痛い思いをすることも、もろに射精されて妊娠などという厄介な事態に至る可能性も減る。そう認めながらも、アンドリューは勢いよく身体を彼女に押しつけ、おとなしくそのお芝居に参加しはじめた。なぜなら、彼にはそれで充分だったからだ。そのごっこ遊びが続くかぎり、堂々とそそり立った男性自身を彼女の絹のようになめらかな内股にすべり込ませ、身体の触れあいを実感できる。たとえ幻の交わりでも、それで階級の壁を越え、恋人同士にしか分かちあえないひとときが手にはいるなら、演技だろうがなんだろうがかまうものか。耳元で彼女の熱いため息を感じ、うなじのひそやかな香りを嗅《か》ぎ、彼女の身体の丸みを確かめられるほどに身体を押しつけ、抱きしめる。それで三ペンスなら安いものだ。そしてそれは、行為を完全な形でまっとうしたときとおなじ効果を彼にもたらした。なにしろ、彼は早々に彼女のペチコートのなかにすべてをぶちまけてしまったのだから。そう気づいたときはさすがに動揺した。しかし、こらえきれなかったことに恥じ入りつつも、無言のまま夢中になって最後の最後まで絞り出す。その後も天にも昇る恍惚感に浸りながらしばらく彼女に抱きついていたが、ついには彼女のほうからもどかしげに身を引くのに気づいた。アンドリューは気まずい気分で彼女から離れたが、メアリー・ケリーはおかまいなしにスカートをもとにもどすと、手をぐいっとつき出して料金を請求した。アンドリューも落ち着きを取り戻そうと努めながら、急いで約束の分だけ渡す。ポケットには彼女をひと晩じゅうでも買い占められるだけの金がはいっていたが、いまの感動をゆっくり味わうことを優先して、明日の予約を取りつけた。

「ぼくの名前はアンドリューだ」彼はうわずった声で自己紹介した。彼女が愉快そうに眉を吊り上げる。「明日も会えるかな？」

「もちろんだよ、旦那。どこで会えるかもうおわかりだろ？」メアリー・ケリーはそう言うと、さっき通ってきた暗い路地をさっさと引き返しはじめた。

アンドリューも彼女に続いて歩きながら、腿のあいだに射精した仲なのだから、肩に腕をまっすぐ許されるだろうかとうじうじ考える。いいはずだとひとり決めして、それを実行に移そうとしたとき、狭い路地を手探りするようにしてこちらに歩いてくるカップルと正面衝突した。アンドリューはぶつかった相手に謝罪の言葉をつぶやいた。暗いので影しか見えなかったが、それでもかなり大柄な男だとわかった。男は娼婦を抱いており、メアリー・ケリーが相手の女におどけて告げた。

「あの場所はこれであんたの独壇場だよ、アニー」いま彼らが後にしたばかりの背後の空き地のことなのだろう。

アニーという娼婦は耳障りな笑い声をあげてメアリー・ケリーに礼を言い、連れを路地の奥へと引っぱった。アンドリューは、二人がよたつきながら暗い空き地に姿を消すのを見守った。あの大男もペニスを股にはさんでもらうだけで満足するのだろうか？　とたんにメアリー・ケリーを抱きしめたいという強烈な欲望に駆られる。

「ね、つまりあそこは静かな場所なのさ」メアリー・ケリーは、ハンベリー・ストリートに出たところで、よそよそしく彼に言った。

ブリタニア亭の入口にたどりつくと、二人は言葉すくなに別れた。行為が終わるや手のひらを返したように彼女が冷淡になったことにがっかりして、アンドリューは陰鬱な細道の迷路をさまよい、馬車を探した。三十分以上かかってやっと見つけると、彼はハロルドの視線を避けるようにして馬車に乗り込んだ。

「屋敷へお帰りですよね、坊ちゃん？」ハロルドは嫌みっぽく尋ねた。

翌晩アンドリューは、昨日のような経験不足のせいで臆病風に吹かれている若造などではなく、自信に満ちた一人前の男としてふるまう覚悟でブリタニア亭に向かった。不安を忘れ、臨機応変に〝やり方〟に適応できるところを見せなければならない。メアリー・ケリーの前であらんかぎりの魅力を発揮するのだ。ふだんまわりにいる淑女たちならうっとりすること請けあいの、伊達男《だておとこ》のお手本みたいなほほえみと歯の浮くようなお世辞の数々。

ところがメアリー・ケリーは店の片隅にあるテーブル席に座り、ビールの一パイントジョッキを前にがっくり肩を落として首を振っていた。アンドリューはその落ち込みようにひるんだものの、いまさら作戦を変更するわけにもいかなかったので、計画どおりに進めることにした。カウンターでビールを注文すると、彼女の正面に座り、できるだけ軽い調子で「ぼくがそのしかめ面を消してやろうか」と告げた。とたんに彼女がこちらに投げた鋭い視線は、アンドリューが恐れていたことを決定的にした。しまった、神経を逆撫《さかな》でしてしまったらしい！　そんな反応だったので、つべこべいわずにとっとと失せろと、しつこい蠅かなにかのように手のひと振りで追い払われるかと思いきや、メアリー・ケリーは怒りをこらえてアンドリューをしげしげとながめたのち、この男なら人が好さそうだから、悩みを打ち明けてもいいだろうと判断したようだった。喉のつかえを取ろうとするかのように、ジョッキを持ってビールをぐびりとひと口飲んだあと、袖で口を拭い、昨日の晩、路地ですれ違ったあのアニーという娼婦仲間が、例の空き地で死体となって発見されたのだと言った。かわいそうに、首がもげそうになるほど深々と喉を掻《か》き切られ、腸を引きずり出され、子宮は持ち去られていたという。アンドリューは遺体の綿密な描写にもぞっとしたが、犯行の直前に自分がそこに居合わせたことがまた恐ろしくて、消え入りそうな声で「気の毒に」とつぶやいた。どうやらあの客はふつうのサービスでは満足しなかったようだ。だがメアリー・ケリーが心配しているのはそれだけではなかった。彼女の話では、この一カ月に、ホワイトチャペルの娼婦が三人も殺されているというのだ。八月三十一日に、バックスロウ・ロードのエセックス埠頭の前で見つかったポーリー・ニコルズは首を切り落とされていた。おなじ月の七日には、マーサ・タブラムという娼婦がポケットナイフでめった刺しにされて、下宿屋の階段に打ち捨てられていた。メアリー・ケリーによれば、売春婦を脅して稼ぎの一部を巻きあげている、オールドニコル・ストリートの一味のしわざにちがいないという。

「あのろくでなし連中は、あいつらの下で働くとあたしたちが言うまで、やめやしないんだ」彼女は歯を食いしばるようにして言い捨てた。

そういうやり方が通用しているのか。アンドリューは愕然としたが、考えてみればここは腐敗と堕落の街ホワイトチャペルだ。ロンドン市民に見捨てられ、代わりにドイツ、ユダヤ、フランス人移民、そして数えきれないほどの娼婦がひしめきあっている。切った張ったは日常茶飯事なのだ。メアリー・ケリーはとうとうあふれだした涙で頬を濡らし、しばらくは祈りを捧げるようにじっと押し黙っていたが、突然ふっきれたようになまめかしくほほえんでアンドリューの手を取り、彼を驚かせた。なるようになるさ、人生は続く。いまのしぐさで、彼女はそう言おうとしたのだろうか？　結局のところあたしが殺されたわけじゃなし、これからだって、ねぐらを手に入れる小銭のために、この悪臭漂う通りを這いずりまわって生きていかなきゃならないんだ。アンドリューはいま自分の手に重ねられている、爪の手入れもしていない、ぼろぼろの手袋をはめた彼女の手を悲しげに見つめた。アンドリューはアンドリューで、公演前に楽屋で別人に変身しようとする役者のように、しばらく集中して顔につける仮面を取り替えなければならなかった。彼の人生だって、やはり続くのだ。娼婦が殺されても世界は立ち止まらない。だからアンドリューはメアリー・ケリーの手をやさしく撫《な》で、作戦を再開した。端正な顔に浮かべた魅力的な笑みで、あたかも曇ったガラス窓を磨くように、彼女を覆《おお》っていた悲しみのベールをさっと引き剝《は》がすと、初めて彼女の目をまっすぐに見て言った。

「ひと晩きみを買い占められるだけの金はある。だが寒空の下で、ってのはごめんこうむる」

メアリー・ケリーはぎょっとして身を固くしたが、アンドリューの穏やかな笑みを見てすぐに落ち着いた。

「じつはミラーズ・コートに部屋を借りてるんだ。だけど、そこが旦那のお眼鏡にかなうかどうか」少々媚《こ》びるように彼女は言った。

「きっと気に入るさ」アンドリューは思いきって言った。ようやく屈託《くったく》のない言葉が交わせたような気がしてうれしくなる。洒脱《しゃだつ》な会話ならお手のものだ。

「その前にうちのぐうたら亭主を追い出さなきゃ」メアリー・ケリーは言った。「あいつ、あたしが家に仕事を持ち込むと怒るんだよ」

何事も計画どおりにいかない奇妙な夜ではあったが、いまの彼女の言葉にまたもや啞然とさせられたアンドリューは、落胆を顔に出さないように努めた。

「でも、あんたのお金のことを話せば、きっと大喜びで部屋を空けると思うよ」逆上する様子もないアンドリューを見てほっとしながら、メアリー・ケリーは断言した。

こうしてアンドリューは、その薄汚れた狭苦しい部屋に楽園を見つけた。その晩、二人のあいだのすべてが変わった。アンドリューは彼女を畏敬の念をこめて愛した。ついに一糸まとわぬ姿となって横たわる彼女を愛しげにながめるアンドリューの視線が、魂を守るためにメアリー・ケリーがこれまで築いてきた分厚い城壁にひびを入れた。彼女がまとう冷たい霜のマントは、肌の内にはなにも沁《し》みとおらせまいと阻み、すべてを締め出した。

それにくるまれていれば、彼女はけっして傷つかずにすむのだ。ところが驚いたことに、甘い疱瘡《ほうそう》さながらアンドリューが彼女の身体にキスで印をつけていくにつれ、いつもは機械的な彼女の愛撫がしだいに熱を帯び、いまやそのベッドに横たわっているのは娼婦ではなく、いままで頑《かたく》なにそうなるまいと拒んできた、やさしい愛の言葉を求めるひとりの女だった。同時にアンドリューも、自分の愛の行為が本物のメアリー・ケリーを解放しつつあることに気づいた。舞台の上の魔術師が、手足を縛った美しい助手を水槽の水に浸し、のちにものみごとに生き返らせるように。あるいは、恋人たちを惑わす心の迷路に足を踏み入れた彼が、上手に道を選んで、いままでだれもたどりつけなかったメアリー・ケリーの魂が眠る闇の小部屋をみごと探しあてた、とでもいおうか。二人はひとつの炎に身を投じて激しく燃えあがり、やがて炎が収まると、メアリー・ケリーは天井をうっとり見上げながら、数年前に絵のモデルをしながら暮らしたパリの春のことを、ウェールズやラトクリフ・ハイウェイで過ごした子供時代のことを話しはじめ、アンドリューはそれを聞きながら、生まれて初めて経験するこの胸を締めつけられるような気持ちこそ、きっと恋だと悟った。そう望んだわけでもないのに、いやがおうにも詩人のごとく感傷的になった。パリの広場を彩るペチュニアやグラジオラスのこと、ロンドンにもどったとき、苛酷な毎日を耐えるよすがとなるパリの思い出をなんとか保存するため、無理やりみんなに自分の名前をフランス語風に呼ばせたことなど、古き良き日々について語る彼女の声に、アンドリューはほっこりとやさしい気持ちになり、また、テムズ川の増水で溺《おぼ》れさせるため、ラトクリフ・ハイウェイの橋に海賊たちが吊るされたときのことを話すつらそうな口調には、本気で胸が痛んだ。まさにその多彩な声色こそ、メアリー・ケリーそのものだった。甘さと苦さが好対照をなす外見。自然が誤って創造した傑作。神の純粋な脱線。その気になればあたしの身体を一生分買うことさえできそうなくらい羽振りがよさそうに見えるけど、仕事はなにしてるの、と訊かれたとき、アンドリューは危険を冒してでも本当のことを打ち明けることに決めた。もしこの愛が開花するとしたら、それは真実のもとでしかありえない。それにこの真実——あの肖像画に魅せられて、なにかに憑《つ》かれたように見知らぬ場所に足を踏み入れ、そしてついに彼女を見つけたこと——は、小説でしかお目にかかれない愛のように美しく、特別だった。ふたたびたがいを求めはじめたとき、アンドリューは知った——彼女を愛することはけっして狂気ではなく、おそらく彼の人生で最も完璧な行為なのだ。唇に残る彼女の肌の記憶を確かめながら部屋を出たアンドリューは、壁に寄りかかって寒さに身を縮めていた彼女の内縁の夫ジョーには目を向けないようにした。

ハロルドの操る馬車で帰宅したとき、すでに夜明け近くになっていた。メアリー・ケリーと過ごしたひとときの記憶を味わい直せるとしても、ベッドにはいるには気が高ぶりすぎていたので、そのまま馬小屋に向かい、馬に鞍《くら》をつけた。早朝にハイドパークで馬を駆るのは久しぶりだった。夜明けは彼の好きな時間帯だ。草原《くさはら》は露に濡れ、世界はまだだれにも踏みにじられていないように見える。この機会を逃す手はなかった。まもなくアンドリューは、ハリントン屋敷の前に広がる森を颯爽《さっそう》と走りだした。ひとりほくそ笑み、ときどき、勝利の雄叫びをあげる兵士のように、宙に向かって声をかぎりに叫ぶ。明日の晩また会おうと約束して別れを告げたとき、彼を見返したメアリー・ケリーの愛に満ちたまなざしを思い出すと、大声を出さずにいられなかった。ほら見ろ、彼女はアンドリューのまなざしからちゃんと気持ちを読み取ったみたいじゃないか、とロマンティックな読者のみなさんは私を責めるかもしれない。この機会に、昨日あんなふうに疑って申し訳なかったとみなさんに謝罪し、たしかに、目で伝えられないことなどひとつもないと潔く認めよう。どうやら瞳とは、思いのほか包容力のある、底なしの井戸のようなものらしい。そういうわけで、アンドリューは胸の奥で激しく暴れまわる生まれて初めての感情を持て余し、闇《やみ》雲《くも》に馬を駆った。せっかくなら名前で呼んでやるのが礼儀というものだろう――そう、その感情こそ幸福感だった。荒れ狂う恋情が、彼の横を流れていく世界の部品のひとつひとつを光り輝かせた。落ち葉に覆われた小道が、転がる石が、下生えが、木々が、枝から枝へすばやく飛び移るリスたちでさえ、それ自身内側から発光しているかのようにまぶしくきらめいている。しかし私としても、光り輝き、ほとんど蛍光色と化した広大な森の描写にいつまでもうつつを抜かすつもりはない。そういう冗漫さは私の好みではないし、正確さにも欠ける。第一、アンドリューの視線がいかに変質したとはいえ、自分の好きに行動することに慣れたリスなどの小動物をはじめ、周囲の景色はあまりにも変化に乏しい。

一時間以上夢中で馬を走らせたあと、アンドリューはふと、ふたたびメアリー・ケリーの粗末な寝床にもどるまでにほとんど丸一日残っていることに気づいた。〝お預け〟のもどかしさから気を紛らす用事を見つけなければならない。いらいらすることは目に見えていた。早く時間が過ぎてほしいのに、いや、そう願うからこそ、時間はいつもの速度を変えないどころか、意地悪してわざと歩みを遅くするものだからだ。アンドリューはいとこのチャールズを訪ねることにした。彼とはいつも喜びを分かちあってきたから、つい習慣で足が向いたのだが、今回ばかりは事情を打ち明けるつもりはなかった。結局のところ、なにを見ても賞賛したくなるいまの彼のきらめく目に、いとこがどんなふうに見えるか確かめてみたいだけなのかもしれない。リスのように、彼もきらきら輝いているだろうか？

4

ウィンズロー家の食堂では、チャールズ坊ちゃまのための朝食の用意がすっかり整っていたが、彼がまだベッドでのらくらしているのは間違いなかった。窓のそばの巨大なテーブルには、小型のパンやビスケット、マーマレードを盛った一ダースもの皿や、縁までグレープフルーツ・ジュースやら牛乳やらで満たされたいくつものピッチャーが、すでに使用人の手で並べられている。ところが、そのほとんどが捨てられる運命にあった。一見、これから大勢の人がそこで食事をするように思えるが、じつはそのテーブルが待っているのはいとこひとり。彼のためにこんなにたくさんの食べ物が仰々《ぎょうぎょう》しく並んでいるというのに、朝は食欲がないことで有名なチャールズは、パスタかなにかを申し訳程度に口に押し込むだけなのである。しかし、だれが食べるわけでもない食べ物であふれるテーブルを、ここだけでなく、自分の家でも昔からずっと目にしてきたのだから、アンドリューがいまになって急に気にするなんておかしな話だ。これはきっと、ホワイトチャペルに行ったことがこれから彼の内面に引き起こすいくつもの変化の先触れなのだろう。あの魔境には、いとこがいやいや齧《かじ》るビスケットのかけらのために人を殺せる連中が大勢暮らしているのである。

はてさて、愛情とともに社会意識まで目覚めたのだろうか？　愛情については確かだが、社会意識についてはかなり疑わしい。しょせんアンドリューは、自分の心の庭の世話にばかりかまけて世情を心配する暇などないたぐいの人間なのだ。とくに彼の場合それが顕著だった。おのれとはなにかという謎をつきつめ、自分の感覚や心の動きを研究し、魂という名のとても難しい楽器を、満足のいく音が出るまで徹底的に調律する毎日。興味がころころ変わるので、たとえば池の魚に芸を仕込むといった、まず不可能と思える仕事に没頭することもある。しかし、そんな絵空事を実現するのは無理だとわかっても、社会とじかに関わることもできそうにないと感じていた。彼にとって世の中とは、注意の行き届いた穏やかな日常が終わる場所から始まるものなのだ。とにかく、いままで感じたことのなかった社会悪に対するこの懸念がどこまで本物なのか、じっくり間近で観察してみようではないか、とアンドリューは思った。ひょっとすると、その懸念と対決するときの自分の反応に、アンドリュー・ハリントンという男の謎の答えが見つかるかもしれない。

彼は果物鉢から林檎《りんご》をひとつ取って安楽椅子に座り、いとこが生者の世界にもどってくるのをあらためて待つことにした。笑みを噛《か》み殺し、泥で汚れたブーツを足台に置いて、愛に飢えた長い歳月をおたがい埋めあわせるように、やさしくそして狂おしくメアリー・

ケリーと交わした口づけについて考えていると、テーブルの上の新聞に気づいた。《スター》紙の朝刊で、ホワイトチャペルの娼婦アニー・チャップマン殺人事件が大見出しで報道されている。記事には、残忍に切り刻まれた遺体の様子が細かく記されており、メアリー・ケリーから聞かされたように子宮が持ち去られていたほか、膀胱《ぼうこう》とヴァギナも摘出されていたらしい。記事がとくに強調していたのは、彼女が指にはめていたはずの安物の指輪が二つなくなっていたことだ。警察は、犯人につながる明確な手がかりをつかんでいるようには見えなかったが、イーストエンドの娼婦たちに聞き込みをした結果、容疑者がひとり浮かんだらしい。〈革の前掛け〉と呼ばれるユダヤ人靴屋で、ナイフで娼婦を脅しては金を奪う常習犯だ。記事の横には、歩道に横たわる血まみれの女の死体をカンテラで照らす警官を描いた気味の悪い挿《さ》し絵が添えられている。自分の天国が事件の起きた地獄にあることを、愛する女性は悪魔の地に囚われた天使だということを、アンドリューはいま初めて思い出した。彼は、これまでにホワイトチャペルで起きた事件を三ページにわたっておさらいしている記事を注意深く読んだ。いま座っているその贅沢《ぜいたく》な食堂は、人間の不道徳や狂気とは、使用人たちが毎日水拭きする埃《ほこり》と同様まったく無縁で、恐ろしい事件も遠い外国の出来事のような気さえする。メアリー・ケリーの話では、犯人は恐喝犯の一味だということなので、それなら連中を黙らせるために彼女に相当の金を渡そうかとも考えていたのだが、記事では一味についてはまったく触れていなかった。遺体の切断の痕《あと》の正確さからすると、犯人には手術の心得があると推測され、つまり容疑者には大半の医者が含まれるほか、皮革職人や料理人、理髪師といった、要するに刃物のあつかいに慣れている者である可能性も捨てきれなかった。加えて、ヴィクトリア女王のお抱え霊媒師が犯人の顔を透視したとの記述まであった。アンドリューはため息をついた。霊媒師のほうが、犯行直前に本人と鉢あわせしたこのぼくより犯人を知っているというわけか。

「大英帝国の行く末をいつから心配するようになったんだい？」チャールズがにやにやしながら、背後から声をかけてきた。「ああ、きみが興味を持っているのは三面記事のほうか」

「おはよう、チャールズ」アンドリューは挨拶し、単なる退屈しのぎだとでもいうように、気のない様子で新聞をテーブルに放り出した。

「たかが娼婦の殺人事件にそこまで紙面を割《さ》くなんて、信じられないよな」チャールズは果物鉢から、つやつやしたいかにも新鮮そうな葡萄《ぶどう》をひと房取り、アンドリューの正面に座った。「とはいえ、はなはだ不愉快な事件もそこまで大騒ぎされると、さすがのぼくもじつは興味津々《しんしん》なんだ。事件を担当することになったのは、ロンドン警視庁《スコットランド・ヤード》の切り札、フレッド・アバーラインらしいぜ。どうやら連中もこの一件をかなり重要視しているようだ」

アンドリューは窓の外に目を向けて、飛行船の形をした雲をそよ風が散らすさまをながめ、うわの空でうなずいた。いとこに不審がられないよう、事件にはなんの関心もないふりをしたが、本当は、愛する人が暮らす地域で集中して起きているように見えるその一連の犯罪のことならなんでも知りたかった。ゆうべホワイトチャペルの暗い路地で、彼がその血も涙もない殺人鬼と遭遇したと知ったら、チャールズはどんな顔をするだろう？　残念ながら犯人については、悪魔の匂いがする巨漢だったということ以外、なにも話せることはないのだが。

「とにかく、スコットランド・ヤードが介入しているにもかかわらず、いまのところ容疑者として数人の名が挙がっているだけで、それも見当違いな連中ばかりだ」チャールズは葡萄の粒をひとつもいで、指でもてあそびながら続けた。「いったいだれが疑われていると思う？　先週きみといっしょに観たバッファロー・ビルのショーに出演していたアメリカ先住民だとか、リセオ劇場で『ジキル博士とハイド氏』の主役を演じている役者リチャード・マンスフィールドにまで嫌疑がかけられているんだ。あの作品はお勧めだよ、絶対。マンスフィールドの変身ぶりには心底ぞっとさせられる」

アンドリューは行くよと約束して、林檎の食べ残しをテーブルに置いた。

「とどのつまり」チャールズもこの話題に少々飽きたのか、はしょって話を切りあげようとしているようだ。「ホワイトチャペルの住人が自警団を結成して、あたりを夜まわりしているらしい。こんなことになったのも、ロンドンがあまりに急拡大して、警察力がそれに追いつかなくなったせいだ。だれも彼もがこの呪われた街に住みたがる。すこしでもましな暮らしを求めて遠くの州から押しかけてきて、結局工場で搾取《さくしゅ》されて、チフスにかかったり、地下室や、そうでなくても換気の悪い穴ぐらみたいな部屋の法外な家賃を払うため、犯罪に手を染めたりする。犯罪者予備軍をこれだけ野放しにしているわりには、殺人や強盗がすくないことに、むしろ驚くね。もし犯罪者が組織でも作ったら、間違いなくロンドンは連中に支配されるぜ、アンドリュー。女王が民衆の蜂起を恐れるのも無理はないよ。お隣のフランスで、王妃とその家族全員が断頭台の露と消えることとなった、あの市民革命みたいな形でね。彼女が支配するこの帝国は、崩壊を食い止めるためにどんどんつっかえ棒ばかりしている、いわば張りぼてさ。この国で消費する羊や牛はアルゼンチンで飼育され、お茶は中国とインドで栽培され、金は南アフリカやオーストラリアで採掘され、葡萄酒はスペインとフランスから運ばれる。なあアンドリュー、犯罪以外にお国自慢などなにがある？　ならず者たちが暴動を企てたら、この国はやつらのものだよ。さいわい、悪事と民意が手を携えることはめったにないがね」

　いとこがそんなふうに話を茶化し、たいしたことじゃないというように軽い調子でしゃべるのを聞くのが、アンドリューは好きだったし、どんな矛盾もすっぽり包み込んでしまうそのおおらかな性格を内心では称賛していた。チャールズの精神構造は、中身が無数の小部屋に分かれているがたがいに交流はなく、ひとつの部屋でなにかが起きてもほかの部屋にはまったく響かない、ある種の長屋みたいなものだ。だからこそチャールズは、たとえ贅沢《ぜいたく》な暮らしをしていても、ひどくただれた社会の傷口に気づき、しかし次の瞬間にはきれいさっぱり忘れることができる。一方アンドリューは、たとえばわかりやすい例を挙げると、病院で手足を失った人を見たりすれば、たちまちインポテンツになってしまう。アンドリューの内面はいうなれば巻貝に似ており、あらゆるものがそこに吸い込まれて、いつまでも残響が続く。まさにその点で二人は大きく異なり、補完しあっているのだ。チャールズは理で動き、アンドリューは情で動く。

「だがこういう残虐な事件が起きていることを考えると、いまホワイトチャペルは、夜中の散歩にお勧めできる場所ではない」チャールズは、いつもの超然とした態度をかなぐり捨て、テーブルに身を乗り出してアンドリューを見据えた。「娼婦を連れて歩くのはとくに」

アンドリューは驚きを隠さずに、彼を見返した。

「知ってたのか?」

チャールズはにやりと笑った。

「使用人たちは噂好きなんだぜ、アンドリュー。だれにも知られないよう大事に胸にしまっておいた秘密でも、足元の豊かな大地の下を流れる地下水路みたいに、いつしか四方八方に行き渡る。このことは肝に銘じたほうがいい」彼は意味ありげに絨毯をとんとんと踏みつけた。

アンドリューはため息をついた。チャールズがテーブルに新聞を置きっ放しにしたのは偶然ではない。じつは眠ってさえいなかったのだろう。彼はこの手のゲームが大好きなのだ。ここまでの経緯を考えると、広々とした食堂を仕切るついたてのどれかの陰に隠れ、仕掛けた罠にうっかり者のいとこがまんまとかかるのをうずうずしながら待っていたにちがいない。

「父には知られたくないんだ、チャールズ」アンドリューは頼み込んだ。

「まあ、落ち着けよ。こんなことが知れたら家じゅうが大騒ぎになることは、ぼくにだってわかる。だがひとつだけ訊きたい。その娘に恋しちまったのかい？　それとも単なる気まぐれ？」

アンドリューは黙りこくった。どう答えろというんだ？

「まあいいさ」チャールズはあきらめた様子で言った。「いずれにしろ、残念ながらぼくには理解できそうにないから。ただ、自分がなにをしているのかちゃんと心得て行動してほしい、それだけだよ」

とはいえアンドリューは自分がなにをしているかまるでわかっていなかったし、自分を止めることもできなかった。毎晩、灯りに引き寄せられる蛾《が》のようにミラーズ・コートのみじめな部屋に通い、メアリー・ケリーという奔放に燃える炎に飛び込んで、なすすべもなく身を焼かれる。そして抑えきれない欲望に駆られ、ひと晩じゅう愛しあった。まるで、食事に毒を盛られた男が、いつ尽きるとも知れない命を惜しむかのように。あるいは、突然勃発した疫病によって、扉の向こうの世界が崩壊しつつあるかのように。まもなくアンドリューは、ナイトテーブルに充分な小銭を転がしさえすれば、夜明けを迎えたあともたがいの身体をやさしく愛撫しつづけることができるのだと知った。彼の財力が二人の熱狂を日光から守り、メアリー・ケリーの内縁の夫ジョーさえどこか遠くに追いやってしまえる。とにかく、質素な服をまとって、ホワイトチャペルの入り組んだ泥まみれの通りを彼女と歩くときは、ジョーのことは頭から締め出すようにしていた。それはとても気持ちのいい、穏やかな散歩だった。歩いていると、メアリー・ケリーのお仲間や知りあいとそこかしこで出会う。彼らはある意味、塹壕《ざんごう》もないのに辛抱強く戦場で身を縮めている歩兵隊であり、毎朝、生存本能だけを頼りに逆境に立ち向かうため、寝床から身を引き剝《は》がす哀れな貧者の群れだ。そしてしだいにアンドリューは、世にも珍しい異国の花かなにかのように彼らに魅せられ、感嘆している自分に気づいた。自分がこれまで属してきた贅沢《ぜいたく》な絨毯敷きの土地での生活より、そこの暮らしのほうがはるかに身近で、人間の本質に迫るものだと思えはじめたのである。

ときどき金持ちのお坊ちゃん連中が気まぐれでホワイトチャペルにくり出してくること

があり、そんなときは帽子を目深にかぶって、正体を見破られないようにしなければならなかった。彼らは贅沢な馬車で乗りつけると、征服者のようにいばりくさって通りをわが物顔で闊歩《かっぽ》し、場末の売春宿を見つけては、ここでなら罪に問われる心配はないとばかりにやりたい放題をする。ウエストエンドのシガーサロンでたびたび耳にする噂話によれば、連中はホワイトチャペルの娼婦相手に、金と想像力の続くかぎり、あらゆる非道を働くという。アンドリューは、その騒々しい一団が通りを練り歩くさまを盗み見るにつけ、身を呈してでも彼らの前に立ちはだかりたいという、自分でも思いがけない衝動に駆られた。どうやら無意識のうちに、ホワイトチャペルを自分の縄張りかなにかのように感じはじめているらしい。縄張りならちゃんと巡回して警備しなければならない。しかし結局はなにもできず、悲しみと無力感に打ちひしがれて、愛する人の腕に抱かれてすべてを忘れようとした。メアリー・ケリー自身、アンドリューの慈しみの力で、つらい人生によっていつしか奪われていた本来の輝きを取り戻したかのように、日に日に美しくなっていった。

だが、知ってのとおり、蛇のいない楽園などないし、メアリー・ケリーと過ごすひとときがどんなに幸福でも、結局アンドリューの唇に残るのは後味の悪さばかりだった。いま彼が手にしているメアリー・ケリーは彼女のほんの一部にすぎず、たとえ物足りなさに苛《さいな》まれ、日ごとにもっともっという思いが募っても、我慢するしかないと思い知らされた。その愛がどんなに強く激しいものであっても、ホワイトチャペルの外に持ち出すことができない以上、しょせんその場かぎりの幻でしかないのだ。そして、怒りに駆られた群衆が〈革の前掛け〉と呼ばれるユダヤ人靴屋を通りで袋だたきにする一方で、アンドリューは自分の鬱憤《うっぷん》と恐怖心を、貪欲なメアリー・ケリーの身体に糧《かて》としてあたえた。夢中で彼を求めるメアリー・ケリーを見ていると、疑問が湧いてくる。もしかすると彼女も、二人が実りのない情熱の海に座礁していることに気づいており、彼らにできるのは、予期せず訪れた幸せという名の薔薇《ばら》を力のかぎり握りしめ、手に刺さる棘《とげ》の痛みを忘れることだけだと、空しく考えているのだろうか？　あるいは逆に、そうして狂おしく情熱を燃やすことで、彼女なりに伝えようとしているのか——まもなく消える運命にあるその愛をなんとしても救ってみせるという、彼女なりの決意を。たとえそれには、地球の自転の向きを変えるくらいの奇跡が必要だとしても。だがそうだとしたら、最初から負け戦《いくさ》と決まっているように見えるこの戦いに挑むだけの強い覚悟が、彼にもあるだろうか？　メアリー・ケリーにその意思があっても、彼女が洗練された淑女たちの仲間入りができるとは、やはり思えなかった。なにしろ淑女たちの生き甲斐《がい》はといえば、お腹に子を宿し育《はぐく》むたくましさがあることを世に証明し、愛する夫の友人たちにピアノの腕前を披露することだけなのだから。はたしてメアリー・ケリーは、間違いなく彼女を窒息させようともくろむはずの、社会的拒絶という名の潮の流れに逆らいながら、淑女の役目を果たせるだろうか？　それとも、アンドリューの屋敷の温室に置き場が見つからなかった異国の花として、朽ち果てることになるのか？

そうしてひそかに悶々《もんもん》と悩んでいたアンドリューは、相変わらず娼婦連続殺人事件でもちきりの新聞も心から楽しめなかった。ある朝、朝食を食べながら新聞を広げた彼の目に、犯人が大胆にも《セントラル・ニューズ・エイジェンシー》紙に送りつけてきたという手紙の模写が飛び込んできた。犯人はそのなかで、自分はそう簡単には捕まらない、これからも殺人は続けるし、ホワイトチャペルの娼婦で愛しきナイフの切れ味をせいぜい試させてもらうと宣言していた。思わせぶりに赤いインクでしたためられたその手紙には、〈切り裂きジャック〉と署名されていた。それまでの通り名だった〈ホワイトチャペルの殺人鬼〉という独創性に乏しいあだ名に比べれば、いかにも人の不安を煽《あお》るあざとい名前だということは、アンドリューも認めざるをえなかった。新聞がわめきたてるその新しい呼び名は、当時はやりの低俗な三文小説の登場人物で、女性をなぶりものにする悪党〈バネ足ジャック〉と当然ながら引き比べられることになったものの、実際にあちこちでその名がささやかれているところを見ると、たちまち世間に浸透したようだった。人がその名を口にするとき、そこには必ずほの暗い興奮が滲《にじ》んだ。研ぎ澄まされた切れ味のいいナイフを手に血も涙もない殺人鬼がうろついているなんて、ホワイトチャペルの哀れな住民にとってはわくわくする出来事じゃないか、それこそ流行の最先端だ、といわんばかりに。おまけに、その不穏な文書に触発されて、それを真似した手紙がスコットランド・ヤードの各分署に続々と送られてきた。自称犯人たちは、手紙のなかで警察を揶揄《やゆ》し、犯行を子供のように自慢し、次なる殺人を予告した。アンドリューはその様子を見て思った——イギリスには、自分を殺人犯だと思い込むことで人生を面白くしたがっている連中、さいわい表に芽は出ていないが、サディスティックな欲望や病的な衝動を内に秘めたごくふつうの市民があふれている。人々の無意識の集団心理は、警察の捜査を邪魔しただけでなく、アンドリューがハンベリー・ストリートの路地で鉢合わせしたあの陳腐な悪党を、人類の根源的な恐怖を体現する怪物に仕立てあげてしまった。九月三十日の夜にこれまでにも増して恐ろしい事件が起きたのも、かの禍々《まがまが》しい死の作品群の作者として名乗りをあげる者たちがやたらと増殖したことで、真犯人が俄然《がぜん》奮起したせいではないだろうか。その日、アンドリューが初めてホワイトチャペルに行ったときにメアリー・ケリーの手がかりをくれたスウェーデン人娼婦エリザベス・ストライドが、ダットフィールド裏手にある製材所で、それから一時間も経たないうちにキャサリン・エドウズがマイター・スクエアで、それぞれ殺害された。とくにキャサリンに関しては、よくそんな時間があったものだと思うのだが、恥骨から胸骨にかけてざっくりと切り裂かれ、左の腎臓など内臓がいくつか切除されていたのみならず、鼻まで持ち去られていた。

肌寒い十月を迎える頃になると、ホワイトチャペルの哀れな住人たちのあいだには宿命を受け入れるあきらめムードが垂れ込め、スコットランド・ヤードの努力も空しく、だれもがすっかり運に見放された気分に浸っていた。孤立無援の娼婦たちの目には、やり場のないあせりが見て取れたが、運命のときをおとなしく待つ妙な諦念のようなものもうかがえた。ただ縮こまって恐怖を耐え忍ぶだけの毎日となったいま、アンドリューはメアリー・ケリーの震える身体を強く抱きしめて、「心配いらないさ。警察が切り裂き魔を捕まえるまでやつの猟区に近づきさえしなければいいんだ。やつが血に飢えたナイフを持ってうろつくのは、建物の陰の空き地や、人気《ひとけ》のない狭い路地だからね」とやさしくささやくことしかできなかった。だが彼の言葉は、取り乱したメアリー・ケリーの耳にはすこしも届かなかった。彼女はとうとう通りは危険だからと、娼婦仲間をミラーズ・コートの小さな部屋に泊めてやることまでしはじめ、そのせいで亭主のジョーと喧嘩して、かっとなった彼が窓ガラスを壊す始末だった。次の晩、窓が割れていては寒いからと、アンドリューはメアリー・ケリーに修理代を渡したが、結局彼女はその金をナイトテーブルにしまい込んで、彼に抱かれるためにベッドに身を横たえた。いまや彼女がアンドリューにさし出すのは、肉体と、冷めた情熱と、痛々しいほど不安げなまなざしだけだった。最後の日々、その不安が彼女の瞳からついぞ消えることはなかった。その瞳は助けてと必死に叫び、手遅れになるまえにここから連れ出してと無言で懇願しているように見えた。

アンドリューはこのあからさまな彼女の願いを、ひどく不器用に見て見ぬふりをした。

瞳はあらゆる思いを伝えることができるという事実を、急に度忘れしたかのように。自分に世の流れを変える力などないと思っていたし、メアリー・ケリーの気持ちに応えるということは、彼にとって最大の関門を乗り越えなければならないということだった。すなわち、父との対決である。たぶんそのせいだろう、メアリー・ケリーはアンドリューの腰ぬけぶりを無言で非難するかのように、客漁りに出かけてはブリタニア亭で娼婦仲間と飲んだくれるようになった。そこでは娼婦たちが口を揃えて警察の無能さをこきおろし、相変わらず警察を挑発し嘲笑《あざわら》う殺人鬼を呪った。こんどは、ホワイトチャペル自警団の団長を名乗る好戦的な社会主義者ジョージ・ラスクに、人の腎臓がはいった箱を送りつけてきたのである。アンドリューは自分の意気地のなさに歯嚙みしながらも、毎晩部屋に酔って帰ってくるメアリー・ケリーを黙って迎えるほかなかった。そして彼女が床に倒れ込んだり、暖炉の前の犬のように身体を丸めて寝入ってしまったりするまえに、抱きとめてベッドに寝かせ、ナイフに通せんぼされることなく無事に帰ってこられてよかったと胸を撫《な》でおろした。しかしアンドリューにはわかっていた。こんな毎日をいつまでも続けてはいられない。たとえここしばらくは殺人鬼も鳴りをひそめ、八十人もの警官があたりを警邏《けいら》していたとしても、彼女を救えるのは自分だけなのだ。だから、ベッドにもぐり込んだメアリー・ケリーが、全身をずたずたにされた仲間たちが出てくるアルコールの霧にまみれた悪夢を紡ぐあいだ、アンドリューは暗がりのなかでひとり座って、明日こそ父に打ち明けようと固く決意するのだが、実際に翌日になると、父の書斎の前をうろうろするだけで、どうしてもなかにはいることができないのだった。そして夜の帳《とばり》がおりるなか、自分に恥じ入り、こうべを垂れ、ときには酒瓶さえ携えて、またメアリー・ケリーの部屋に舞い戻り、彼女の無言の非難の視線に甘んじてさらされる。そんなとき彼は、二人の絆を固めるために熱に浮かされて口走った言葉の数々を思い出す。この世に生を受けた十八年前から、ずっときみを待っていた。いや、百年前か、五百年前か、ぼくにもわからない。もしこの世に輪廻《りんね》なるものが本当にあるなら、きっと生まれ変わるたびにきみを探していたんだと思う。なぜならぼくらの魂は、たとえ時の迷路に迷い込んでも必ず出会う運命だからだ……。状況が変わったいま、メアリー・ケリーはこの手の言葉を、発情期の獣と変わらない劣情をごまかし、貧民街に足を踏み入れる観光客気分を覆《おお》い隠すための、見かけ倒しのロマンティシズムだとしか思っていないはずだ。〝あなたの愛はどこに行ってしまったの、アンドリュー?〟——彼女は怯《おび》えたガゼルのような目で訴えたあと、ブリタニア亭の方角に姿を消し、数時間後に千鳥足で帰ってくる。

しかし十一月七日の寒い夜、メアリー・ケリーがまた居酒屋に姿を消したとき、アンドリューのなかでなにかが起きた。適量を飲めば、ときに人にひらめきをあたえる酒のおかげか、はたまた、そのひらめきが自然に孵化《ふか》するだけの充分な時間が経過したおかげか、とにかくついにアンドリューは、メアリー・ケリーなしではもはや生きる意味はないし、彼女との未来のために命がけで戦うとしても失うものはなにもないと悟った。突然むくむくと湧いてきた勇気で全身をみなぎらせ、肺に積もった枯れ葉の重しを何度も深呼吸して追い散らしながら、彼は部屋を出ると力まかせにドアを閉め、ハロルドがいつも彼を待つ場所へと大股で歩きだした。ハロルドは今夜も、坊ちゃんがお楽しみのあいだ馬車の御者台でフクロウのように縮こまり、コニャックの瓶を傾けて寒さを追い払っているのだろう。

そう、今夜こそ父は、次男坊が娼婦に恋をしていると知ることになるのだ。

5

もちろん、私がこの物語の冒頭でタイム・マシンの奇跡的出現についてお知らせしたことはちゃんと覚えている。必ず登場するとお約束するし、冒険小説に欠かせない勇敢な冒険家や危険な蛮族だってこれから続々と姿を見せる。ただ、それぞれに決められた出番が来てからの話だ。だいたい、チェスを始めるときだって、まずは枡目《ますめ》の所定の位置に駒を並べることから始めるものではないか。だからどうか、じっくり着々とゲーム盤の準備を進めることをお許しいただくとして、いまごろハリントン屋敷への長い道のりを馬車で飛ばしているはずのアンドリュー青年に話をもどそう。

ところがそのアンドリューは、頭をできるだけはっきりさせておかなければならないこういうときに、ポケットに入れた酒瓶をあおりつづけ、むしろますます脳みその回転を鈍らせていた。父との対決に、筋道の通った説明や明晰《めいせき》な理論など、結局はなんの役にも立たないとわかっていた。この一件について話をするのに、洗練された会話など成り立つはずがない。だから、舌がもつれない範囲で、できるだけ頭を麻痺《まひ》させる必要があった。用心のため、きちんと包んでいつも座席に置いてあるふだんの服にわざわざ着替える気もなかった。今夜はもう秘密を守る必要などないのだ。屋敷に着くと、アンドリューは馬車を降り、ここにいてくれとハロルドに命じると、玄関に走りだした。御者は、ぼろ服を着て階段を駆け上がっていく坊ちゃんを見守りながら、ミスター・ハリントンのどなり声がはたしてここまで響くだろうかと考えていた。

勢いよく扉を開けて書斎に飛び込んだアンドリューは、あっけにとられて彼を見つめる十人あまりの面々を見て初めて、その晩そこで父が企業家たちを集めて会合をおこなっていたことを思い出した。予想外の展開だったが、全身に行き渡ったアルコールが彼を大胆にした。居並ぶ身なりのいい男たちのなかに父の顔を探し、暖炉のそばで、兄アンソニーの横に立つその人を見つけた。二人とも片手にグラス、片手に葉巻を持ち、アンドリューの全身をまじまじと困惑気味にながめている。だが、服装など小さな問題だったとまもなく思い知るはずだ、とアンドリューは心のなかでつぶやき、観衆がいることを内心喜んでいた。どうせ恥をかくなら、書斎で父と二人きりより、証人に囲まれていたほうがいい。出席者たちに見つめられながら、アンドリューは大きく咳払いし、口を開いた。

「父上、お話があってまいりました。じつは、ぼくには愛する人がいます」

だれかの咳払いの声を除けば、全き静寂がたちこめていた。

「アンドリュー、ここがそういう話をするのにふさわしい場とは思えない……」見るからにいらだった様子で応じた父を、いつものアンドリューならありえないことだが、手をひと振りして乱暴にさえぎった。

「どこだろうと、ふさわしい場などありませんよ、父上」アンドリューは、この無謀な挑戦を最悪の失敗に終わらせないためにも、懸命に対等に会話しようとした。

父は不機嫌そうにしかめ面をしたが、無理に口を結んだ。アンドリューは大きく息を吸い込んだ。人生を棒に振る瞬間がついにやってきた。

「ぼくの心を盗んだ女性は……」ついに打ち明ける。「メアリー・ケリーというホワイトチャペルの娼婦です」

彼はそう宣言すると、一同に向かって挑むようにほほえんだ。出席者たちは目を丸くし、頭をかき、大仰に手を振り上げたりしているが、だれも言葉は発しなかった。台詞《せりふ》を言うとしたらここはやはり父ウィリアム・ハリントンの番だと思われ、全員がその二人芝居を固唾《かたず》を呑んで見守っていた。ウィリアムは絨毯の柄に目を据えたまま首を振り、かろうじて押し殺したしゃがれ声を洩らして、急に邪魔になったかのようにグラスを暖炉の上に手探りで置いた。

アンドリューは、父の内側にふつふつと沸き返りはじめた怒りの気配を無視して続けた。

「一般の認識とは裏腹に、娼婦たちはけっして悪徳まみれの日々を送っているわけではありません。みな、もっとまともな仕事がしたいと願いながらも、そこから脱け出せずにいるのです。ぼくは現実を知っています。どうか信じてください」父の仲間たちは相変わらず口をつぐんだまま、顔やしぐさだけで巧みに驚きを表現している。「この数週間、ぼくは彼女たちと長い時間を過ごしました。朝、馬の水飲み場で身体を洗い、ベッドが確保できないときは、身体を壁に紐《ひも》でくくりつけて座ったまま眠る姿をこの目で見たんです……」

そうして話すうちに、アンドリューはメアリー・ケリーに対する愛情の深さをいまさらながらに思い知り、秩序に縛られた人生をたどるすべての人々、愛に身をまかせることなど考えたことさえない、情熱とは無縁に生きる味気ない連中に、心底憐れみを感じた。理性を失う、我を忘れて心を燃やすとはどういうことか、ぼくなら説明できる。身体の奥からこみ上げる愛情とはどんなものか、解説することだってできる。なぜならたしかにぼくは、果物の皮を剝《む》いて果肉をあらわにするように、あるいは針を動かす歯車やそのメカニズムを調べるため時計の蓋《ふた》をはずすようにして、愛の本質を見つけたのだから。だがアンドリューがそれ以上説法を続けることはとうとうできなかった。ちょうどそのとき父ウィリアムが憤怒《ふんぬ》のうなり声を発しながら、絨毯を穿《うが》つほどの勢いで杖をつき、大儀そうにのしのしとアンドリューに近づいてきたかと思うと、いきなり手加減もせずに平手打ちを食らわせたからだ。アンドリューは気圧《けお》されたようによろよろと後ずさった。ようやくなにが起きたか理解したとき、彼は痛む頬を撫《な》でながら、挑戦的な笑みをなんとかもう一度浮かべた。そこに会する人々にとっては永遠にも思えた数秒間、父と息子は部屋の中央で睨《にら》みあい、やがて父親のほうが言った。

「今夜を境に、わしには息子はひとりしかおらん」

アンドリューは気持ちを顔に出すまいとした。

「どうぞご勝手に」冷ややかに言葉を返す。「みなさん、失礼ながら、ぼくはここから永久に姿を消すことになります」

彼はできるかぎり堂々と胸を張ってきびすを返し、部屋を出た。夜の冷え込みのおかげで、胸を締めつける怒りもすこしは収まった。転ばないように玄関前の石段をおりながら、いまの出来事を、父に平手打ちされたことを思い返したアンドリューは、想定外の観客のことは別にしても、結局こうなるほかなかったのだと心のなかでつぶやいた。父は怒りにまかせて次男坊を勘当した。ロンドンでも指折りの実業家たちが居並ぶ前で、つとに有名な癇癪玉《かんしゃくだま》をみごと破裂させて見せた。それも今回はわが子に向けて、これっぽっちのためらいもなく。いまやアンドリューは無一文だった。手元に残ったものといえば、メアリー・ケリーへの愛情だけ。実際に対決するまえは、もしかすると父も彼の話にほだされて、彼女との仲を大目に見てくれるかもしれない、あわよくば、ホワイトチャペルを徘徊《はいかい》するあの怪物から遠ざけるために、彼女を屋敷に匿《かくま》うことさえ許してはくれまいか、と淡い期待を抱いていた。だがいまや、自力でなんとかしなければならないことがはっきりした。

アンドリューは馬車に乗り込むと、ミラーズ・コートにもどってくれとハロルドに命じた。いままでずっと、世紀のドラマの結末を待ち、馬車の横でうろうろ行ったり来たりしていたハロルドは、ふたたび御者台に上がり、馬をけしかけながら、屋敷のなかで起きた出来事の顚末《てんまつ》を想像した。彼の名誉のために申しあげておくが、そうして洞察力のかぎりを尽くして彼が組み立てた推理はびっくりするほど正確だった。

馬車がいつもの場所で停まると、アンドリューは客車から降りるやいなや、ドーセット・ストリートに向かって駆けだした。早くメアリー・ケリーを腕に抱き、愛していると何度も告げたかった。ぼくは彼女のためにすべてを捨てた。だがすこしも後悔していなかった。強いていえば、先行きがやや不安なだけだ。だが二人で未来に向けて踏み出そう。きっとチャールズが頼りになる。彼にお金を借りて、ヴォクソールかワーウィック・ストリートに家を借り、適当な仕事を見つけて自活できるようになったら返せばいい。メアリー・ケリーは仕立屋かどこかで働けるだろう。だがぼくは？　いったいなにができる？　大丈夫、まだ若いし、健康だし、頭もいい。そのうちなにか見つかるさ。大事なのはついに父と対決したことであって、結果はどうでもいいことだ。言葉に出さなくても、メアリー・ケリーはホワイトチャペルから連れ出してとぼくに訴えた。だからぼくは、人の手を借りようと借りまいと、彼女の願いをかなえるつもりだ。あの悪の巣窟から、そして地獄の使者から、逃げるのだ。

ミラーズ・コートのアーチ型の入口の前で足を止め、息を切らしながら時計を見る。午前五時。メアリー・ケリーももう部屋にもどっている時間だ。たぶん彼とおなじくらいへべれけで。酔いのまわったぼやけた頭で会話するのも楽しいかもしれない、とアンドリューは思う。ダーウィンの進化論に登場する霊長類のように、身ぶり手ぶりとうなり声でおたがいの考えを伝えあうのだ。子供みたいに胸を躍らせながらアパートの敷地にはいる。十三号室のドアは閉まっていた。何度かノックをしたものの応答がない。どうやら彼女は眠っているらしい。でも問題はない。窓枠に残っているガラスの破片で手を切らないよう気をつけながら、アンドリューは窓の割れめから手を入れ、掛け金をはずした。鍵をなくしたとき、当のメアリー・ケリーがそうしているのを見たことがあった。

「メアリー、ぼくだ」ドアを開けて彼が言った。「アンドリューだよ」

ここですこし物語を中断することをお許し願いたい。このあと続いて起きる出来事は、語るのがとても難しいということを、ひと言申しあげておきたいのだ。じつは、ここは時間にすればわずか数秒の場面なのに、それにしてはアンドリューの内面に去来する思いがあまりにも多すぎるように見えるかもしれない。そこで読者のみなさんには、時間の柔軟性についてお考えいただきたいのだ。時間は、時計の気づかないところで、まるでアコーディオンのように伸び縮みできる。これはきっとみなさんも日常的に経験しているはずで、たとえばトイレにはいっているときと待っているときがそうだろう。この場合、アンドリューの頭のなかで時間はぐんぐん伸長し、ほんの数秒がほとんど永遠に近くなったのである。ここからは彼の目線で物語を書き進めるつもりなので、出来事と時間の相関関係が一致しないように見えても、どうか私の語り口がまどろっこしいせいだとは思わないでいただきたい。

初め、ドアを開けて部屋に一歩足を踏み入れたとき、アンドリューは目の前の光景が理解できなかったし、もっと正確にいえば、いま見ているものを受け入れるのを拒んだ。先ほどご了解いただいたように、この短くて長い時間のあいだ、アンドリューはなんとか自分を保ってはいたが、それでも、かろうじて機能している脳みそのどこかで、いま目にしている光景がいずれ自分を死に追いやるだろうとすでに確信しはじめていた。こんなものに直面して生きていける人間などこの世にいやしない。いや、生き永らえたとしても、すくなくとも正気ではいられない。いま目の前にあるもの、それは単刀直入にいえば、メアリー・ケリーでありながらメアリー・ケリーでなかった。シーツや絨毯に飛び散ったおびただしい血飛沫《ちしぶき》のなか、ベッドに横たわっているものが彼女だと認めるのは困難なことだったし、いま目にしているものを、これまでに見たことがあるなにかに喩《たと》えようとしても、アンドリューにはできなかった。考えてみれば、細かく切り刻まれた人体を見た経験がある人間などめったにいないはずだ。田園でのパーティや高価な帽子やらであふれていた楽しい人生のなにが教えてくれたわけでもないが、とうとう彼も、いま目の前にあるのは入念に切り分けられた人間の屍《しかばね》だと理解し、しかし、それでもそういうときにお決まりの吐き気を覚える暇さえなかった。なぜならいったんそう認めてしまえば、あとはずるずると推理の鎖をたぐらないわけにはいかず、それは否応なく、破壊のかぎりを尽くされたその死体は愛するメアリー・ケリーだという結論に結びつくからだ。切り裂きジャック――やつのしわざとしか思えなかった――は顔面の皮膚を剝《は》いでいたので、被害者がだれかわからないような状態だったが、たとえどんなにめちゃくちゃになっていても、アンドリューにはメアリー・ケリーであることを否定できなかった。素人《しろうと》による、すこぶる幼稚な推論の結果だ――身長や体形も根拠のひとつだが、なによりこの遺体が見つかった場所を考えれば、やはり彼女以外に考えられない。そのときいきなり悲しみがこみ上げてきた。胸が張り裂けんばかりの悲しみ。当然といえば当然だったが、しかしそれも、やがて彼を襲う恐ろしいほどの苦しみを思えば、ほんの前触れでしかなかった。いまはまだ衝撃のあまり感覚が麻痺《まひ》し、感情らしい感情を失っていた。ある意味そのおかげで彼は守られていたのだ。

いざそれが愛する人の遺体だと知ったからには、たとえ死者となっても彼女に忠実であるために、愛をこめてながめるべきだとわかってはいたが、皮膚を剝がれ、その切れ間から頭蓋骨《ずがいこつ》のやけに大仰な禍々《まがまが》しいほほえみが垣間見える顔を見たとき、目をそむけずにはいられなかった。だがその頭蓋骨こそ、彼の情熱あふれる口づけの究極の対象だったのだ。なのにどうして拒絶する？　それは、毎夜彼が崇《あが》めた肉体にしてもおなじで、こうして大きく中央で切り裂かれ、なかば皮膚を剥がれたとたん、彼に否応なく吐き気をもよおさせた。こんな反応をしてしまうということは、それはメアリー・ケリーとおなじ素材でできてはいても、やはりすでにメアリー・ケリーではなくなっているのだと、アンドリューは気づいた。切り裂きジャックは人間の体内の構造を知るため、彼女から人間性を奪い、ただの肉の器に変えてしまったのだ。そう考えたとき、やっとアンドリューの目にも室内のさまざまな要素が具体的に見えはじめた。彼は恐怖に駆られながら、どこか魅了されてもいた。彼女の足のあいだにある焦げ茶色のかたまりは、おそらく肝臓だろう。ナイトテーブルの上に置いてあるのは片方の乳房で、本来あるべき場所から遠く離れ迷子になったそれは、菫《すみれ》色の乳首がてっぺんにのっていなかったら、やわらかめのドーナツのようだった。すべてが手際よく慎重に並べられ、犯人がいかに冷静にことにおよんだかがはっきりわかる。室内が暖かいことにもそのとき初めて気づいたのだが、それはつまり、仕事に集中するためにわざわざ暖炉に火まで熾《おこ》したということだ。アンドリューは目を閉じた。もうたくさんだ。これ以上なにも知りたくない。人は同胞に対してどこまで残酷に、どこまで冷淡になれるか、時間と想像力とよく切れるナイフさえあれば、どんなに残虐なことができるか、切り裂き魔はそれを示してみせたうえ、ぞっとする話だが、解剖学の講義までこころみたらしい。そしてアンドリューはいまこそ知った——命のともしびは、人それぞれの暮らしぶりとはいっさい関係ない。唇にだれかのキスを受けようとも、勲章を賜わろうとも、靴の修理を生業《なりわい》にしようとも。命のともしびはわれわれの内側にひっそりと息づき、地下河川のごとく流れ、外科医や検死医、それにおそらくはこの冷血非道な切り裂き魔しか目撃できない、秘密の奇跡として存在する。そう、彼らしか知りえないことなのだ——ヴィクトリア女王もロンドン一みじめな物乞いも、最期を迎えたそのとき、まったくの同等になる。しょせん人間は、神の呼気を燃料にして動く、骨と内臓と組織が複雑に組みあわさった装置にすぎない。

ここまでが、メアリー・ケリーの遺体と対面していたわずか数秒間に、アンドリューの脳裏に去来した考えを詳しく述べたものである。この描写を見たかぎりでは、まるで何時間も彼女をながめていたかのように思えるかもしれないが、いまとなっては彼にももうどちらかわからなかった。しまいに、ついに彼を征服した苦痛と吐き気の霧のなかから、罪悪感がそろそろと立ち現われた。彼女が死んだ責任は自分にある——アンドリューはたちまちそんな思いにとらわれた。ぼくなら彼女を救えたのに、行動が遅すぎた。なにもかも、ぼくに勇気がなかったせいだ。愛する人がなすすべもなく無残に解体されていくさまを想像すると、怒りと無力感に胸を締めつけられ、うめき声がこぼれた。しかしふと、もし容疑者になりたくなければ、人に見られるまえにここを立ち去らなければならないと気づいた。それに犯人がまだ近くをうろついていて、どこかに隠れてみずからの会心作をほれぼれとながめているおそれもある。やつならためらいもなく、そこにもうひとつ死体を積み上げてみせるだろう。アンドリューは遺体には触れもせずに目で別れを告げると、彼女をそこに置き去りにしたまま、気力を振り絞って部屋を後にした。

室内を発見時の状態にしたまま、宙にふわふわ浮いている気分で扉を閉めた。アパートメントの共同の出入口を探すうちに、突然激しい吐き気に襲われ、やっとのことで石造りのアーチにたどりついた。アンドリューはそこでなかばひざまずき、思いきり吐いた。胃の中身をすべて、といっても、その晩飲んだ酒を除けばたいしてなにもはいっていなかったが、とにかくすべてを出しきってしまうと、塀に背中をもたせかけた。身体が冷え、骨抜きになり、力のかけらも残っていない。そこはちょうど十三号室が見える位置だった。幸せいっぱいだったあの楽園に、いまは夜の闇に抱かれた愛する人の切り刻まれた遺体が隠されている。一歩、二歩と足を踏み出し、やっと吐き気も収まって転ばずに歩けることを確認すると、よろけながらドーセット・ストリートをめざした。

気が動転してどちらに行っていいかもわからず、うめき、すすり泣きながら、当てずっぽうに歩きはじめる。馬車を探す気にもなれなかった。いまさら屋敷にもどっても歓迎されないはずだし、ハロルドに行く先を命じたくてもどこにもあてがない。ただ足の向くまま、路地から路地へとさまよい歩く。やっとホワイトチャペルから脱け出せたと知ると、人気《ひとけ》のない横丁を見つけて、ごみ箱のなかに疲れきった震える身体を横たえた。胎児のように身体を丸め、夜の名残が消えゆくのをひたすら待つ。最前もそうだったように、茫然自失状態からすこしずつ回復しはじめると、こんどは悲痛がぶり返した。悲しみがしだいに彼を圧倒し、ついには現実に身体が痛みはじめる。まもなく彼の肉体は、まるで内側が一面棘《とげ》になった石棺のごとく、痛みの住処《すみか》と化した。自分自身から逃げ出したい、いまや苦痛のかたまりでしかない身体から自由になりたい、そう願ったが、しょせんは囚われの身だった。彼は怯《おび》えながら自問した——ぼくは一生この疼痛《とうつう》とともに生きていかねばならないのか？　死者の目には、最後に見た光景が焼きついているとどこかで読んだことがある。メアリー・ケリーの瞳には、切り裂き魔の残忍な笑みが映り込んでいたのだろうか？　わからない。だがひとつ確かなのは、もし本当にそんな決まりがあるのだとすれば、ぼくだけは例外となるだろう。ぼくが死ぬとき、そのときの自分にまだなにか見るべきものがあるかどうかは別にして、瞳に映るのは切り刻まれたメアリー・ケリーの顔にちがいないからだ。

気力も体力も失い、アンドリューはただ身体を丸めて激痛をこらえ、時間は彼に触れもせずに行き過ぎていった。あるときは、両手で抱え込んでいた頭を上げて怒りの雄叫びをあげ、その夜起きたこと、そしてもう取り返しのつかなくなってしまったことすべてに抗議し、またあるときは、たぶん彼の後をつけ、怯えて震える彼を嘲笑《あざわら》いながらナイフを手に路地の入口で彼を待ちかまえているはずの切り裂き魔に対し、威嚇《いかく》の言葉をとりとめもなく口走り、しかしほとんどの時間は、恐怖に溺《おぼ》れながら、すべてを忘れて哀れにむせび泣くばかりだった。

朝が来て、しだいにあたりが明るくなると、アンドリューにもすこしは分別がもどってきた。横丁の入口から喧騒が伝わってくる。彼は苦労して身体を起こし、寒さに震えながら使用人の擦《す》り切れた上着の前をかきあわせて、大通りに出た。びっくりするほど人でごった返している。

建物の壁面に吊るされた小旗を見て、その日は新市長就任の記念式典があることを思い出した。できるだけふらつかないように努めながら、人ごみに紛れる。服が汚れてひどいありさまだったものの、その辺にいくらでもいる物乞い程度にしか関心を払われていないようだ。そこがどこか見当もつかなかったが、どこに行くべきか、なにをするべきかわからなくなったいま、どうでもいいことだった。歩くうちに最初に見つけた居酒屋が、まずは目的地としてうってつけに思えた。新市長ジェイムズ・ホワイトヘッドが儀装馬車に乗って到着するのを待ちかまえる人波にもまれ、そのまま王立裁判所まで運ばれていくよりはるかにましだ。酒は、内臓に沁《し》みわたる悪寒を追い払ってくれるし、思考が危うい方向に暴走するまえに頭を朦朧《もうろう》とさせてくれる。店内にはほとんど客がいなかった。厨房《ちゅうぼう》から洩れ出す腸詰とベーコンの強烈な匂いで思わず吐きそうになり、コンロからできるだけ離れた場所に避難してから、葡萄酒をひと瓶注文した。怪訝《けげん》そうにこちらを見る給仕を納得させるため、テーブルの上に硬貨をひとつかみ置いてみせなければならなかった。待つあいだに、店内の客を観察する。通りの喧騒をよそに、静かに酒を飲んでいる常連が二人いるだけだ。そのうちひとりがこちらを見た。とたんにアンドリューの身体を痛いほどの恐怖が駆け抜けた。切り裂きジャックだろうか？　ここまでつけてきたのか？　人を襲うようにはとても見えない並はずれた小男だとわかり、ほっとしたものの、葡萄酒が来るまで震えが止まらなかった。いまやアンドリューは、人間にどれほどの所業がなしうるか、いやというほど知っている。どんな人間でも、あそこで穏やかにジョッキを傾けているチビでさえ。システィーナ礼拝堂の天井画を描く才能がないのはまず間違いないだろうが、人を切り刻んで、内臓を遺体のまわりに並べる狂気の持ち主でないとは断言できない。アンドリューは窓の外に目をやった。往来する人々は、自分の命のことなどこれっぽっちも意識していない。なぜ立ち止まって、世界ががらりと変質してしまったことを、もはや人の住めない場所になってしまったことを確かめようとしないのだろう？　アンドリューは深いため息をついた。世界が変質したのは、自分にとってだけなのだ。彼は席でだらしなくふんぞり返り、そうなるのは時間の問題だったが、酔っぱらうことに精を出した。金をちらりと見る。そのしけた居酒屋にある酒を全部飲みつくしても余るだろう。どうせほかにやることもないのだ。テーブルに身をもたせ、脳みそがなにか考えようとする端から酒でそれをぶち壊しにかかる。自分以外の人々の時間は進んでいるのに、アンドリューだけは刻一刻と感覚が停滞し、意識喪失の断崖絶壁にしだいに近づいていった。しかし新聞売りの大声が聞こえてきたとき、反応せずにいられるほどには、まだ酔いがまわっていなかったらしい。

「《スター》紙だよ！　号外だ！　切り裂きジャックが捕まったよ！」

アンドリューはびくっと身体を起こした。切り裂きジャックが捕まった？　嘘だ。彼は窓の外に半分霞《かす》んだ目を凝らし、通りをながめ渡して、ようやく角に立っている新聞売りの少年を見つけた。急いで少年を呼び、窓越しに新聞を買う。震える手で酒瓶を脇にどけ、テーブルの上に新聞を広げた。やはり空耳ではなかった。〈切り裂きジャック逮捕！〉という見出しが躍っている。かなり酔っていたのでなかなか読み進めず、いらいらしたが、辛抱強く目をしばたたきながらなんとか解読していく。記事はまず、ゆうべ切り裂きジャックが犯した最後の殺人の報道で始まった。被害者はウェールズ出身のメアリー・ジャネット・ケリーという娼婦で、ドーセット・ストリート二十六番地にあるミラーズ・コートに借りていた本人の部屋で見つかった。次の段落には、犯人が遺体をどんなふうに切り刻んだか事細かに列挙され、アンドリューは思わず目を覆《おお》いたくなったが、すぐに犯人逮捕の顛末《てんまつ》がそれに続いた。新聞の説明によれば、四カ月にわたってイーストエンドを恐怖のどん底に陥れた殺人鬼は、犯行後一時間もしないうちにジョージ・ラスク率いる自警団によって捕らえられたという。なんでも、どこのだれとも知れない目撃者が、メアリー・ケリーの悲鳴を聞いてすぐに自警団に通報したらしいのだが、彼らがミラーズ・コートに駆けつけたときは残念ながら時すでに遅し。しかし、ミドルセックス・ストリートを抜けて逃亡しようとしていた犯人を取り押さえることには成功した。当初は犯行を否定していた犯人だが、身体検査の際にポケットからまだ温かい被害者の心臓が発見されると、たちまち自供を始めた。犯人はブライアン・リースという貨物船スリップ号の料理人で、バルバドスを発《た》って七月にロンドンの港に到着し、来週またカリブ海に向けて出港する予定だった。事件の捜査を担当するフレデリック・アバーライン警部補による取り調べが始まると、リースは先の五件の犯行に関わったことを認め、さらには、寒空の下で殺すのにはいい加減嫌気がさしていたから、ロンドンに別れを告げる血の送別会には、落ち着ける部屋と暖かい暖炉があったほうがいいと考えた、と喜々として語った。「だからあの酔っぱらいの娼婦と出くわしたとき、家までつけようと心に決めた」と犯人は満足げに告白した。彼は、やはり身体を売って生活していた母親のことも、ナイフを振りまわすだけの体力のつく年齢になるとすぐ殺したというが、この話は犯行の動機の解明につながるとはいえ、事実かどうかはまだわからない。そこには犯人の写真も掲載されていて、これでやっとアンドリューにも、ハンベリー・ストリートの暗い路地で遭遇した男の顔を拝むことができたわけだが、正直いってかなり期待を裏切られた。身体はがっしりしているが、いたってふつうの男で、特徴といえばちぢれたもみあげと濃い顎髭、それにめくれ上がった上唇ぐらいのものだ。顔を歪《ゆが》めているのでいかにも恐ろしげな顔つきだとはいえ、それはたぶん写真を撮ったときにたまたまそうなっただけで、血も涙もない殺人鬼にも、正直者のパン職人にも見える。要は、ロンドン子たちが思い描いてきた怪物とは遠くかけ離れているのだ。次のページには事件の関連記事が続き、警察の無能ぶりを認めて警視総監サー・チャールズ・ウォーレンが辞任したとか、貨物船のリースの同僚たちの驚きの談話などが掲載されていたが、アンドリューが知りたかった情報はすでにすべて手にはいったので、第一面にもどった。記事の内容からすると、彼は犯人が立ち去った直後、そしてラスク率いる自警団が到着する直前に、メアリー・ケリーの部屋に行ったことになる。あと数分部屋を出るのが遅れて、みんながみんな、振り付けどおりに舞台に入退場する踊り子のようだ。まるで、メアリー・ケリーの遺体のそばにいるところを自警団の連中に見つかったらどうなっていたか。とにかく、運がよかったことだけは間違いない。アンドリューは第一面を切り取って小さく折りたたみ、上着のポケットにしまうと、もう一本葡萄酒を注文した。張り裂けた心はとても修復できそうにないが、すくなくとも怒り狂った男たちに袋だたきになることだけは避けられたのだ。祝杯をあげようじゃないか。

八年経ったいま、アンドリューはポケットからその切り抜きを取り出してみる。彼同様、時の経過のせいで醜く黄ばんでいる。何度その記事を読み、自分を罰するかのように、メアリー・ケリーが無残に切り刻まれた様子をおさらいしただろう？　この八年間になにをしたか、ほかにはひとつも覚えていない。あのときあれからどうしたんだっけ？　答えるのは難しい。ぼんやり覚えているのは、近所の居酒屋を何軒もはしごして、薄汚い道端で倒れているところをハロルドが発見し、家に連れ帰ってくれたことぐらいだ。それから何日も熱を出して寝込んだ。そのあいだずっとうわ言を言ったり、悪夢を見たりするばかりだった。夢のなかでは、いつもメアリー・ケリーの遺体が現われて彼のベッドに横たわり、部屋じゅうに内臓をまき散らして、彼にはまるで解読できない暗号を描き、あるいは、満足げにこちらを見守るリースの前で、アンドリュー自身が巨大なナイフでメアリー・ケリーの身体を切り刻んでいる。熱の靄《もや》の切れ間に、背筋をぴんと伸ばしてベッドの縁に腰かけ、わしが悪かったと謝る父の姿が垣間見えたこともあった。いまとなっては、謝るのは簡単なことだ。もはや父が譲歩する必要はなくなり、ただとにかくアンドリューをいたわろうと示しあわせたかのように沈鬱な表情を浮かべる家族（ハロルドも含め）の猿芝居に、参加すればいいだけの話だった。アンドリューはいらだたしげに手をひと振りして父を邪険に退けた。だがこれほど腹立たしいこともないのだが、誇り高きウィリアム・ハリントンにとっては、むしろそうされて本望だったらしい。部屋を出る父の顔には、まんまと和平条約が締結できたとばかりに、満足げな笑みが浮かんでいた。ウィリアム・ハリントンは罪滅ぼしをしたがっていた。アンドリューは、好むと好まざるとにかかわらず、父の思う壺にはまったのである。父はこれであの出来事をすっかり清算した気になり、今日からまた気持ちよく仕事に打ち込むのだろう。だがアンドリューにとっては、じつのところどうでもいいことだった。父と自分はいままで一度だってわかりあえたためしがないし、この期におよんでわかりあえるとも思わなかった。

熱がなかなか引かず、メアリー・ケリーの葬式には参列できずじまいだったが、犯人の処刑には間に合った。リースのような異常者の精神構造はとても貴重な研究材料だ、脳みその皺や胼胝《たこ》状突起に生まれつき将来の犯罪計画が刻まれているにちがいない、と主張する一部の医学者の反対を押しきって、切り裂きジャックはウォンズワース刑務所で絞首刑に処された。アンドリューは、あたかも幽体離脱したかのようにそこに立ち会い、死刑執行人がリースの命を奪う様子を目撃した。だがそうしたところでメアリー・ケリーはおろか、彼女の仲間たちのだれひとり、もどってはこない。それがものの道理であり、創造主は貢物《みつぎもの》を歓迎するだけで、物々交換には応じない。切り裂き魔の首が縊《くく》られたそのおなじ時刻に、どこかでだれかの赤ん坊が生まれたということはあっても、死者が生き返るわけではない。だからこそ神の力を疑い、ひいては、この世をお造りになったのは本当に神なのだろうかと訝《いぶか》しむ者が大勢いるのだろう。その晩、ウィンズロー家の書庫に掛かっていたメアリー・ケリーの肖像画が燃えた。ランプの火花が飛び散ったことが原因だという。

いや、すくなくとも、燃え広がるまえに火を消し止めたいとこのチャールズはそう説明した。

アンドリューはチャールズの思いやりに感謝したが、たとえすべてのきっかけとなったものがなくなっても、物語はそう簡単には終わらない。いや、あの絵だって彼の心から消せはしないのだ。寛大なる父の取り計らいで、アンドリューは勘当を解かれ、父と兄がせっせと蓄えつづける莫大な財産の相続人に返り咲いたとはいえ、なにが変わるわけでもなかった。富は心の病を癒《いや》す薬にはならず、ただ、あり余る金はポーランド・ストリートの阿片窟に入り浸る役には立つことにアンドリューは気づいた。さんざん飲みすぎたせいか、酒では酔えなくなったが、阿片ならもっと効率的にすべてを忘れさせてくれた。ギリシャ人が諸般の病の治療にこれを利用したことには、それなりの理由があるのだ。アンドリューは阿片窟で毎日をやり過ごすようになり、東洋風のカーテンで仕切られた部屋に所狭しと敷かれた敷物に横たわって、日がな一日パイプをふかした。室内の壁には蠅の糞で汚れた鏡が張られ、ガスバーナーのかすかな光しか灯りらしい灯りがないせいで、どこまでが自分の居場所でどこからが他人の領分かはっきりしない。そうしてアンドリューが天上世界の夢の迷路を延々さまよって痛みを紛らすあいだ、ときどき貧相なマレー人がやってきては、火皿に阿片を詰め直した。しまいにハロルドかチャールズが現われてカーテンを剝《は》ぎ、彼をそこから引きずり出すまで、アンドリューは阿片窟を離れようとしなかった。

「カリエスの痛みなんてたいしたことないくせに、コールリッジ（十九世紀初めのイギリスのロマン派の詩人）だって阿片を使っていたんだ。このとてつもない心痛をやわらげるのにおなじことをして、なにが悪い？」中毒の危険性についてチャールズに警告されるたび、アンドリューはそう言い返したものだった。だが、いつもながらチャールズの言うことはもっともだ。心痛が癒《い》えるにつれて、アンドリューの足も阿片窟から遠のいたとはいえ、しばらくはどこに行くにもポケットに阿片チンキの小瓶をいくつも忍ばせておかないと気が気ではなかった。

二、三年はこの状態が続き、ついに痛みが消えると、こんどはもっと始末に負えないものがそれに取って代わった。虚無感、無気力、無感覚。これではもはや人間として終わったも同然だった。生きる気力や、現実世界と通じあおうとする意欲をも失って、目も耳もふさぎ、無が支配する世界の片隅にわが身を打ち捨てる。彼はいわば自動人形に、ただ惰性で呼吸し、生きる意志すらない陰気な生物に、変身した。いまや命のともしびは日々の暮らしから遠ざけられ、彼の内側の暗闇に否応なく閉じ込められた秘密の宝物となってしまったのだ。しまいに彼は、昼間は部屋に閉じこもり、夜になると幽霊さながらハイドパークをうろつく、哀れな煉獄の虜囚に成りさがった。生者の世界にはまったく興味を失い、花々の開花さえ、軽率で不毛な現象に思えるのだった。そうこうするうちに、いとこのチャールズはケラー姉妹のどちらか——ヴィクトリアだったかマデリンだったか忘れてしまった――と結婚し、エリスタン・ストリートに瀟洒《しょうしゃ》な家を買って暮らしはじめたが、それでも毎日のようにアンドリューを訪ね、ときには贔屓《ひいき》の娼館に無理やり連れ出して、新入りの娼婦のなかに、いとこのしなびた魂にふたたび生気を吹き込んでくれるような名器の持ち主がいないものかと根気よく試した。だがすべては徒労に終わり、井戸のなかからどうしても出てこようとしないアンドリューを救い出すことはできなかった。チャールズから見ると（この部分はチャールズの視点で話を進めさせてもらおう。ひとつの段落のなかに二つの視点をあえて混在させることをどうかお許し願いたい。私としては、これで劇的な効果が狙えると思うのだ）、いとこの目には、犠牲者役を甘んじて引き受けるあきらめが見て取れた。結局のところたしかにこの世界は、創造主の残酷さを、人に悲惨な運命を負わせる段になると俄然《がぜん》発揮される〈彼〉の独創性を、身をもって人々に伝える殉教者を必要としているのだ。いやひょっとするといとこは、自分の身に起きたことをみずからの魂を探求するいい機会だと、魂の奥の最も暗く住みにくい場所を探検するチャンスだと思い至ったのかもしれない。生皮を剝《は》がすような真の苦しみなど経験しないまま生きる人間が、大多数を占める世の中だ。だがアンドリューは幸福の絶頂に続いて不幸のどん底を味わい、いわば魂を減価償却した。言い方を変えれば、魂のすべてを開拓しつくしたのである。そしていま、針の筵《むしろ》に横たわる修行僧のように、彼は心地よさげに痛みに身を投げ出し、なにかを待っているように見える――それはもしかすると、きみは人間としての役割を立派に果たしたと彼を称《たた》えるだれかの拍手なのかもしれない。いとこがまだ生きつづけているのは、痛みを経験主義的に研究するためにしろ、罪滅ぼしをするためにしろ、とにかく苦痛というものを徹底的に知る必要があると感じているからにちがいない、そうチャールズは確信していた。だから任務が完了したと納得できれば、彼は深々とお辞儀をして、それを最後に舞台をおりるだろう……ハリントン屋敷に出向いてアンドリューと顔を合わせるたび、憔悴《しょうすい》していてもかろうじて呼吸は続けていることを確認すると、チャールズは胸を撫でおろした。結局なんの収穫もなく帰宅し、なにをしても無駄だと思い知らされながらも、彼は人生の不思議に思いを馳せた。絵を一枚買っただけで方向ががらりと変わってしまうほど、脆《もろ》く気まぐれな人生行路。一度それてしまった道を軌道修正することはできるのだろうか？　手遅れになるまえに、いとこを別方向に導いてやれるのか？　わからない。だが、ひとつ確かなのは、周囲の無関心ぶりを考えると、アンドリューに手をさしのべる人間は自分しかいない、ということだった。

さて、ドーセット・ストリートの小部屋では、アンドリューがたたんであった新聞の切り抜きを開き、祈禱《きとう》でもするかのように、最後にもう一度メアリー・ケリーの解体目録を読み返していた。終わるとまたたたみ直し、コートのポケットにしまい込んだ。ベッドに目をやるが、八年前の事件の痕跡はなにも残っていない。だが違っているのはそこだけで、ほかはすべて当時のままだ。内側にあの出来事を永遠にとらえたままの黒ずんだ鏡、メアリー・ケリーの香水の小壜、衣装行李、できるだけ快適に切断作業を進めるため犯人が火を熾《おこ》した暖炉の灰さえも。命を絶つなら、この場所以外に考えられなかった。銃口を顎の下にあてがい、引き金に指をすべらせる。あの壁はふたたび血にまみれるだろう。そして遠い月の国で、ようやく彼の魂は、メアリー・ケリーの乳房を失った胸の窪みに、すっぽりとあつらえたように居場所を見つけるだろう。

6

リボルバーの銃口を顎の下につきつけ、引き金に指を置きながら、アンドリューは自分がことここに至った不思議さ、死をみずからの手でたぐり寄せることになった奇妙さについて考えていた。思えば、ぼくだってずっとほかのみんなとおなじようにふるまってきたのだ——死を恐れ、病を患《わずら》うたびに死を予感し、すぐそばで死神が自分を待ち伏せしているような不安に駆られた。余が創造の国の王であると勝手に宣言する人間たちの愚かしさと非力さを嘲笑《あざわら》う、破滅と刃の国の不実な女帝。そこでは地面は凍てついてすべりやすく、馬たちは性悪でいっこうに人の言葉に耳を貸さない。ついにいま、彼女をこの腕に抱くことになる、この恐怖！　だがもうここまで来てしまったのだ。生きていても不毛なだけでなんの報いもないと思ってしまえば、命など捨てたくなるのが当然だろう。そしてその方法はひとつしかない。じつは、彼の胸を騒がせるこのぼんやりとした不安は、彼の複雑な性格のせいではけっしてなかった。死ぬこと自体はすこしも怖くない。死が天国への架け橋であるにしろ、なにもないところに意地悪く渡された板であるにしろ、それを恐ろしく思うのはつねに、自分が死んでも世界は死なず、なにもなかったように進んでいくからだ。ダニを駆除したあともぴんぴんしている犬のように。一般に、引き金を引けばそれはゲームを棄権することであり、すなわち、次の順番でいいカードを引くかもしれない可能性を捨てることである。だがアンドリューにはそんな可能性があるとは思えなかった。もはやなにも信じられない。運命の女神が、いままでの苦しみの埋めあわせを用意してくれているわけがないし、第一そんな埋めあわせなど存在しないにちがいない。そう、彼の恐怖の原因はもっと陳腐なものだった——銃弾が顎を貫くとき、きっとものすごく痛いんだろうな、という思い。心楽しいことではない、ああ、そりゃもちろんだ。だが自殺を決行する以上避けられないのだから、しかたがあるまい。引き金に置かれた指の重さを意識し、歯を食いしばり、自分という哀れな存在にいよいよけりをつけるのだ。

そのときだれかがドアをノックした。驚いて目を開けるアンドリュー。いったいどこのどいつだ？　ミスター・マッカーシーか？　ぼくがここに来たのを見て、窓ガラスを張り替える金を請求しに来たのだろうか？　ノックの音がどんどん激しくなる。ごうつくばりめ。ガラスの割れめからその鼻面をつき出しでもしたら、絶対に一発ぶっ放してやる。この期におよんで、人に発砲してはならないなんてくだらない法律、守るまでもない。ましてや相手があのミスター・マッカーシーなら。

「アンドリュー、きみがそこにいることはわかってる。開けてくれ」

アンドリューは顔をしかめた。いとこのチャールズの声だ。そう、いつだってチャールズだ。どこへでもぼくをつけまわし、監視している。まだミスター・マッカーシーのほうがましだった。相手がチャールズではさすがに発砲できない。どうやってぼくがここにいるとわかったんだろう？　そしてここにいるとわかったなら、どうして放っておいてくれないんだ？

「なあチャールズ、ぼくにはやることがあるんだ」彼は返事を返した。

「やめろ、アンドリュー！　メアリーを救う方法を見つけたんだ！」

彼女を救う？　アンドリューは暗く笑った。いくらチャールズが創造力に恵まれているとはいえ、こんどばかりは趣味が悪い。

「忘れたかもしれないが、メアリーは死んでいる」アンドリューは告げた。「八年前、この薄汚い部屋で殺されたんだ。たとえ救えたとしても、そのときは救えなかった。いまになってどうやって救える？　タイムトラベルでもする気かい？」

「そのとおりさ」いとこはそう答えて、なにかを扉の下にすべり込ませた。

アンドリューはちらりとそれに目をやった。広告のチラシのようだ。

「そいつを読めよ、アンドリュー」チャールズは、こんどは窓ガラスの割れめから話しかけてきた。「お願いだ、読んでくれ」

馬鹿みたいに顎の下にリボルバーをつきつけているところを見られて、アンドリューは気恥ずかしくなった。顎を撃つなんて、もしかして自殺にはいちばんふさわしくない方法かもしれない。チャールズが立ち去る気配もないので、アンドリューはいまいましげにため息をつき、しぶしぶ銃をおろしてベッドの上に置くと立ち上がった。

「わかったよ、チャールズ。きみの勝ちだ」ぼそりと言う。「そいつを見ようじゃないか」

彼は床にあるチラシを手に取り、しげしげと見た。八つ折判の淡い水色の紙だ。読むうちに、アンドリューは目を疑った。彼が手にしているのは、マリー時間旅行社という会社の告知広告で、信じられないことに、タイムトラベルの宣伝をしていた。内容はこうだ。

> 三次元空間の旅には飽き飽き？
> ついに時の流れに乗って、四次元空間を旅することができるようになりました。
> 私たちの提供するツアーに参加して、西暦二〇〇〇年に行ってみませんか？
> あなたは、本来ならあなたの孫にしか見られない、未来の目撃者となるのです。
> わずか百ポンドで、西暦二〇〇〇年に三時間滞在できます。
> ぜひその目でじかに、世界の命運を賭けた人類対自動人形《オートマタ》の決戦をご覧ください。
> どうぞお見逃しなく！

その宣伝文句には、意欲は買うがお世辞にも上手とはいえない挿《さ》し絵が添えてあり、どうやら、強力な二つの軍隊の激しい戦闘シーンらしい。背景に見えるのは、たぶん倒壊した建物や瓦礫《がれき》、焼け野原で、その前で敵対する軍隊が対峙している。一方は明らかに人間だが、もう一方は人間のような姿をした、おそらくは金属製の奇妙な人形のように見える。ひどく稚拙《ちせつ》な絵なので、それ以上の類推はできなかった。

いったいなんなんだ、これは？　答えを知るには、扉を開けるほかなかった。チャールズがなかにはいってきて後ろ手にドアを閉める。寒そうに手に息を吹きかけながら満足げにほほえみ、とりあえず一時的にでもいとこの自殺を食い止めることに成功してほっとしているようだった。彼は部屋にはいるや、いの一番に、ベッドの上のピストルに飛びついた。

「どうしてここだとわかった？」鏡の前で銃をさっと振り上げてみせるいとこを横目に、アンドリューが尋ねた。

「見損なうなよ、アンドリュー」チャールズは丸めた手のひらの上で弾倉を空《から》にし、コートのポケットに弾をつっこんだ。「きみの父親のショーケースの扉が開けっ放しになっていて、ピストルが一挺なくなっていた。それに今日は十一月七日だ。ここ以外のどこを探す必要がある？　足りなかったのは、きみが歩いたあとに落ちているはずのパン屑くらいのものさ」

かったのだ。

「そうか」アンドリューはうなずき、なるほどと思う。じつは隠蔽《いんぺい》工作をする余裕さえな
チャールズはピストルをくるりとまわし、銃身をつかむと、いとこにさし出した。

「さあどうぞ。これならもう何回頭にぶっ放してもかまわないぜ」

アンドリューは煩《わずら》わしげに受け取ると、ポケットにしまった。その場にすっかりそぐわない存在となった代物をできるだけ早く隠してしまいたかった。残念ながら、自殺はまたの機会に延期だ。チャールズがわざと怖い顔を作ってこちらを睨《にら》み、説明を待っている様子だったが、その気力はいまのアンドリューにはなく、いとこが説教を始めるまえに、チラシに興味があるふりをして自殺の話題は回避することにした。

「で、これは？　冗談のつもりかい？」チラシを振りながら尋ねる。「どこで印刷したんだよ？」

チャールズは首を振った。

「冗談でもなんでもないよ、アンドリュー。マリー時間旅行社は実在する。本店はソーホー地区のグリーク・ストリートにある。この広告どおり、タイムトラベルのツアーを企画してるんだ」

「で、でも、タイムトラベルなんて、まさか……？」アンドリューは驚いて、つかえながら尋ねた。

「それができるんだよ、ほんとに」チャールズが大真面目で答えた。「ぼく自身、参加した」

二人はしばし無言でただ目を見交わしていた。

「信じられない」とうとうアンドリューが言った。しかつめらしいいとこの顔に、すこしでも真相が垣間見えないかと探したが、チャールズはただ肩をすくめただけだった。

「嘘じゃないよ」彼は断言する。「先週マデリンと二人で西暦二〇〇〇年に行ってきた」

アンドリューはぷっと噴き出し、大声で笑いはじめたが、いとこの真剣な顔を見つめるうちに笑いはしだいに小さくなった。

「本当なのか？」

「本当さ」チャールズは答えた。「とはいえ、たいして面白いものでもないけどね。西暦二〇〇〇年は寒くて不潔だし、そのうえ人間は機械と戦争中だ。だが見ずにいたら、話題のオペラを見逃すようなものだよ」

アンドリューは驚きを隠せぬまま、彼の話に聞き入った。

「それでも、めったに味わえない経験ではある」チャールズは付け加えた。「たとえ期待していなくても、いろいろ刺激を受けると思うよ。あのマデリンでさえ、友だちみんなに勧めていた。彼女、人類軍のブーツがいたく気に入ってね。パリで買おうとしたんだが、見つからなかった。残念ながら、流行をあまりに先取りしすぎたようだ」

アンドリューはあらためてチラシを読んだ。いまチャールズが言ったとおりのことがそこにも書かれている。

「だけどまだ信じられないな……」彼はぼそりとつぶやいた。

「わかるよ、きみの気持ちは。だが、きみが幽霊みたいにハイドパークをさまよっているあいだにも、世界はどんどん進歩していたんだぜ？　時間だっておなじさ。きみの気づかぬあいだにどんどん過ぎていく。驚くかもしれないが、この一年、社交場の話題はタイムトラベルでもちきりだったんだ。去年の春に、とある小説が出版されてから一気に火がついた」

「小説？」アンドリューは尋ねた。どんどん頭が混乱していく。

「そのとおり。H・G・ウエルズ作『タイム・マシン』さ。貸した本のなかにあったはずだぜ？　まだ読んでないのかい？」

　チャールズがいとこを生者の世界に連れ戻そうと企てた、居酒屋やら売春宿やらを詣《もう》でる巡礼の旅に同行するのをアンドリューが拒み、家に閉じこもるようになると、チャールズは訪ねてくるたびに本を抱えてきた。たいていは、最近のさまざまな科学的発見に触発されて、いままでに大勢の発明家が挑んでは破れた奇跡をついに実現させる機械について書いた、新人作家による新刊ばかり。これらの作品群は〈科学ロマンス〉と呼ばれ、もともとはジュール・ヴェルヌの〈驚異の旅〉シリーズを訳すときにイギリス人編集者が使った表現だったが、あっというまに人々のあいだに根づき、科学にまつわるあらゆる空想小説をさす言葉として使われている。チャールズによれば、〈科学ロマンス〉は、シラノ・ド・ベルジュラックやルキアノスの系譜を受け継いで、幽霊城が舞台になるような往年の怪奇小説に取って代わる形で台頭したのだという。アンドリューも、そういった新手の小説に登場するへんてこな装置については、いくつか覚えていた。たとえば悪夢防止兜《かぶと》。これは小さな蒸気機関と接続しており、悪夢を吸い込んで楽しい夢にしてもどす装置だ。だがいちばん印象深かったのは物を大きくする機械で、あるユダヤ人科学者がそれを昆虫に用いるという物語だった。飛行船にも負けない大きさの蠅が大発生してロンドンを襲うのだが、そいつらがとまっただけで塔が曲がり、建物が崩壊するさまを想像すると、妙にぞっとしたものだった。こんなときでなければ、アンドリューもそれらの本を貪るように読んだだろうが、何事にも興味が持てない彼にとっては、あとでどんなに後悔するとしても、書物も例外ではなかった。とにかくどんな慰めも欲しくなかったし、ただ底知れぬ虚無をじかに見つめていたかった。だから文学という秘密の抜け道を利用して、アンドリューに近づこうとしたチャールズのこころみも失敗に終わったのだ。いとこがいま引きあいに出したウエルズとかいう作家の本は、大きな櫃《ひつ》の底で、ざっとひととおりページをめくっただけの同様の小説の雪崩《なだれ》の下敷きになっているのだろう。

チャールズはいとこの虚《うつ》ろな表情を見て悲しげに首を振り、彼に手ぶりで椅子を勧めると、自分も別の椅子をその正面に置いて腰をおろした。信者のひとりになにか告白しようとしている司祭のように軽く身を乗り出し、彼によればイギリスじゅうに衝撃をあたえたというその小説の筋をかいつまんで話しはじめた。題名から推察できるように、時を超えて旅することができるタイム・マシンを発明したある科学者が主人公だ。その機械の座席に座り、レバーをおろしただけで、彼は未来に向かって勢いよく出発する。啞然としながら、周囲の様子に目を凝らす科学者。野ウサギのように走るカタツムリ、地面から噴水のように湧き出る樹木、一瞬で昼から夜に変わる空で瞬《また》く星々……。頭がどうにかなってしまいそうなこの驚くべき時間航海ののち、彼は八〇万二七〇一年に到着した。そこでは二つの対立する種族によって、社会が真っ二つに分断されていた。美しくしかし無能なエロイと、地下で暮らし、地上に住むエロイを家畜化して食料としている怪物モーロック。それを聞いてアンドリューが顔をしかめると、チャールズは笑みを洩らし、「話の筋自体はたいして重要じゃない。現代社会の他愛のない風刺にすぎない」と急いで説明した。なにがイギリス人の心を揺さぶったかといえば、それはウエルズが時間を四次元と見なし、通行可能な一種のトンネルのようなものとして描いたことなのだ。

「物体に三つの次元があることは周知の事実だ」チャールズはそう言って帽子を脱ぎ、手品師のように両手のあいだでくるりとまわした。「高さ、幅、奥行き。しかし、物体が実存するためには、たとえばこの帽子がいまぼくらがいるこの現実世界の一部となるには、もうひとつ必要な要素がある――継続性さ。空間に広がりを持つだけでなく、時間上に存続しなければならない。ぼくらがいまこの帽子を見ているのは、これが空間上のみならず、時間上にも場所を占めているからであり、だからこそ目の前でぱっと消えずにすんでいる。つまりぼくらは四次元世界に住んでいるんだよ。でも、時間がもうひとつの次元なのだとしたら、どうしてそこを行き来できないのか？　いや、事実そのなかを進んではいる。ぼく同様きみだって、この帽子とおなじく時間のなかで前進している。ただしそれは退屈な一本道で、一秒だって跳躍できないし、立ち止まることも許されず、死の瞬間に向かって容赦なく歩きつづけるしかない。ウエルズが著書で問いかけたのは、この旅を加速することはできないか、さらには、まわれ右して過去と呼ばれる場所へ逆行する、つまり自分の時間のねじだけ巻き戻すことはできないか、ということだった。もし時間のなかに空間があるなら、ほかの三つの次元のように自由に行き来できるはずなのでは？」

チャールズは自分の説明に満足し、帽子をベッドの上に置いた。それからアンドリューに目を向け、彼がいまの話を理解するのを待った。

「この小説を読んだときは、単なる空想でしかなかったアイデアに現実味をあたえる、すごく創造的かつ画期的な方法だと思った」アンドリューが黙ったままなので、しばらくしてチャールズは話を続けた。「でも、科学的には認められないだろうとも感じた。本は大ベストセラーになったんだぜ、アンドリュー。みんなその話でもちきりだった。紳士クラブでも、社交サロンでも、大学でも、工場の休憩室でも、話題といえばそればかり。もうだれもアメリカの危機や、それがイギリスにどんな影響をおよぼすかについて話さないし、ウォーターハウスの油絵やオスカー・ワイルドの上演作品などロにものぼらない。いまや、時間旅行は可能か不可能か、侃侃諤諤《かんかんがくがく》意見をぶつけあうのが流行なんだ。女たちさえ、この話がしたくて井戸端会議を始める始末さ。未来の世の中はどんなふうか、変えたほうがいい過去の出来事はなにか、そんなことがお茶の時間をいちばん活気づける、イギリス人お気に入りの話題となった。もちろん不毛な議論ではある。どのみち明確な結論など出やしないんだからね。ただし科学者たちはそれ以上に白熱した議論を展開し、その内容が毎日のように新聞で報道された。だがウエルズの小説が、未来に旅したい、このやがては滅ぶはかない肉体の制限時間を超えてみたいという、人々の熱い思いに火をつけたことは間違いない。だれもが未来に行きたいと願い、なかでもいちばん見てみたい年として西暦二〇〇〇年がもてはやされたのは、なるほど筋が通っていた。一世紀あれば、いまはまだない機械がもう発明されていそうだし、きっと見違えるような、望むらくはよりよい世界になっているのではないかと思えたからね。そんな話は無害な空想ごっこであり、無邪気な願望にすぎないとみんな心の底ではわかっていた。ところが去る十月、マリー時間旅行社が開業したとき、それがそうではなくなったんだ。彼らは新聞やポスターで大々的に宣伝した——ギリアム・マリーがわれわれ人類の夢を現実にし、二〇〇〇年への旅を可能にしました！　高価な参加費用にもかかわらず、建物の前には長蛇の列ができた。タイムトラベルなんてできっこないと言い張っていた連中が、胸をときめかす子供みたいに店先で待つ姿をこの目で見たよ。チャンスを逃したくないとだれもが思った。だれもが、ね。マデリンとぼくは、初回分の切符こそ満席で取りそこなったんだが、二回めのほうになんとかすべり込んだ。そしてほんとに未来に行ってきたんだよ、アンドリュー。いまきみにはぼくの姿が見えているだろうが、じつはぼくは百四年先の世界に行き、ここにもどってきた人間なんだ。このコートはいまも未来の灰で汚れ、未来の戦争の匂いがする。じつはね、人の見ていない隙に地面に落ちていた瓦礫《がれき》まで失敬してきたんだ。シェフィールドの銀のプレートといっしょに、客間の棚に飾ってあるよ。考えてみれば、そいつとおなじものが、まだ破壊の憂き目を見ていないこのロンドンのどこかの建物の壁にいまも埋もれているはずなんだ」

アンドリューは渦に巻き込まれて翻弄される小舟になった気分だった。タイムトラベルだって？　人間は、自分が生まれた時代、みずからの心臓と肉体の耐久力が続くあいだの世の中しか見られない運命であり、自分が所属しない別の時代、別の時間を訪れること、みずからの死やそのあと細かく枝分かれしてつながっていく子孫の系図を飛び越えること、未来という聖域を冒瀆《ぼうとく》すること、夢や空想でしかたどりつけない場所に行くことなどできないはずなのだ。しかし、何年かぶりに自分のなかで好奇心が動きだし、ずっと逃げ込んでいた無気力の檻《おり》の外に興味が湧いたことに、アンドリューは気づいた。彼は、おずおずと点《とも》ったその火が勢いを増すまえにあわててもみ消した。ぼくは喪中なのだ。この胸の心臓はもはや鼓動を止め、魂は麻痺《まひ》したまま。感情を失った生き物、すべてを経験しつくしてもはやなにも感じなくなってしまった人間の典型。この広い世界どこを探しても、ぼくに生きる気力をあたえるものなどないし、彼女なしでは存在する意味もない。

「すごいなとは思うよ、チャールズ」常識からすればありえない話にまともに取りあう必要はないとばかりに、うんざり顔をつくろってアンドリューは言った。「だが、それがメアリーとどんな関係がある?」

「わからないのか、アンドリュー?」あきれたようにチャールズが答えた。「この会社は未来への旅を可能にした。金さえ積めば、ひょっとすると過去への個人旅行も手配してくれるかもしれない。それであいつはきみのものだ。きみの手で処刑することだってできる」

アンドリューがぽかんと口を開けた。「切り裂きジャックを?」消え入りそうな声で尋ねる。

「そのとおり」チャールズが答えた。「過去をさかのぼれば、きみみずからメアリーを救える」

アンドリューは椅子からすべり落ちそうになってあわててすがりついた。本当に可能なのか？　過去に、一八八八年十一月七日にもどって、メアリーを助けることが？　動揺を抑えようとしながら自分に尋ねる。できるのかもしれない――そう思うと、どきどきした。もちろん興奮した理由は、時間を逆戻りするという思いもかけない奇跡のせいではなく、生きている彼女に再会し、ずたずたになったはずの身体をまたこの手に抱けるかもしれないからだ。でもなにより胸が躍るのは、彼女を救い、過ちを修正するチャンスがあたえられたことだった。この八年間、この世には取り返しのつかないことがあるという事実を、ずっと受け入れようとしてきた。だがその必要はなかったようだ。やり直させてくださいとずっと神に懇願しつづけてきたアンドリューだが、どうやら祈りを捧げる相手を間違っていたらしい。いまは科学の世紀なのだ。

「試したって損はないはずだぜ、アンドリュー」チャールズの声がした。「さあ、どうする？」

アンドリューはしばらく床に目を落とし、乱れる心を懸命に整理しようとした。そんなことができるなんて考えてもみなかった。だが可能性がある以上、どうして拒絶できる？この八年間、ずっと待ち望んできたチャンスなのだ。彼は頭を上げ、顔をひきつらせながらいとこに目をやった。

「わかった」声がかすれる。

「すごいぞ、アンドリュー」チャールズは大喜びで、アンドリューの肩をたたいた。「本当にすごい」

アンドリューは曖昧《あいまい》な笑みを浮かべ、そのあとまた靴に目を落として、筋道を立てて理解しようとした。一度は通った過去という場所に旅をする。何度も反芻《はんすう》した瞬間に、みずからの記憶のなかに。

「よし」チャールズは懐中時計に目をやった。「まずはなにか食べに行こう。腹が減っては戦《いくさ》はできぬ、だ」

二人は部屋を出て、アーチ型の門の近くで待たせてあったチャールズの馬車に乗り込んだ。その晩も、ふだんとなにも変わらないかのように、おなじみのコースをたどった。〈カフェ・ロイヤル〉で食事をし（チャールズはそこのミートパイが大好物なのだ）、マダム・ノレルの娼館で発散し（チャールズはまだ人の手垢のついていない新入りの味見をするのが好きだった）、最後にコラリッジ亭（チャールズはここのシャンパンリストをほかのどこより評価している）で朝まで飲み明かす。酒で頭に霞みがかかるまえ、チャールズは西暦二〇〇〇年に旅したときの話をしてくれた。なんでも、巨大な蒸気機関で動くクロノティルス号という乗り物に乗って世紀をまたいだのだという。だがアンドリューは未来には興味はなく、その逆方向のことだけで頭がいっぱいだった。過去をさかのぼるのは、どんな感じだろう？　いとこの言葉を信じるなら、そこで彼は切り裂きジャックと対決し、メアリーを救うのだ。この八年間、無駄だと知りながら、あの怪物に対する激しい怒りを胸の内に蓄積することで日々をやりすごしてきたが、ついにその怒りを解放できる日が来たのである。とはいえ、すでに処刑された怪物に挑むのと、マリーが用意してくれる決闘場で現実に本人と対決するのとでは、わけが違う。彼はポケットのなかのピストルを握りしめ、ハンベリー・ストリートでぶつかった大男のごつい身体を思い出しながら、自分を励ました。たしかに人に発砲したことは一度もないが、酒瓶やハトやウサギを狙ってくり返し射撃練習してきたじゃないか。冷静さを失わなければ、きっとうまくいく。落ち着いて心臓か頭に銃口を向け、あわてずに引き金を引けば、切り裂き魔の二度めの死をこの目でしかと見届けることができる。ああ、やってやるとも。しかもこんどは怪物の死がメアリー・ケリーの命と引き換えになるのだ——この世界を動かしている機械のゆるんだねじを締め直すかのように。

7

早朝にもかかわらず、ソーホー地区は人であふれていた。チャールズとアンドリューは、通りを埋めつくす人ごみを縫《ぬ》うようにして歩かなければならなかった。山高帽の紳士や、華やかな羽根飾りのなかに作り物の鳥が巣ごもりまでしているおしゃれな帽子をかぶった淑女。カップルで腕を組み、舗道をぶらついたり、店に出入りしたり、車道を渡るタイミングを見計らったりしている。なにしろ車道のほうも、溶岩流並みにのろのろとしか動かない乗り物が、団子状にぎっしり詰まっているのだ。豪勢な四輪馬車、小型の二輪馬車、二階建ての路面電車、樽や果物、帆布で覆《おお》った謎の荷物（もしかすると墓地から盗んだ屍《しかばね》かもしれない）を積んだ荷馬車。街角には、ぼろを着た二流の絵描きや役者、大道芸人が立ち、暇を持て余した興行主の目に留まりはしないかと、あるかなきかの才能を披露している。チャールズは朝食のときからずっと演説のしどおしだったが、舗道にこすれる車輪の甲高《かんだか》いきしみ音に加え、呼び売り商人や芸術家志望者の耳障りな大声のせいで、アンドリューにはほとんど聞き取れなかった。いとこに導かれるがまま歩きながら、ぼんやりある種の倦怠感に浸っていたアンドリューがやっとしゃんとしたのは、雑踏のなか、かごを抱えて歩く菫《すみれ》売りとすれ違ったときに彼の鼻をくすぐった甘い香りのおかげだった。

グリーク・ストリートにはいるとすぐに、マリー時間旅行社が事務所を構えるこぢんまりとした建物が目にはいった。古い劇場だったものを改装したらしく、せっかくの優美な新古典主義様式の正面デザインには、なんとかして〝時間〟を表現しようと、よけいな手が加えられていた。玄関には両側に円柱を備えた小さめの石段があり、細工の美しい木製の大扉からなかにはいるようになっている。扉上方には、黄道十二宮をまわしている時の神クロノスが彫刻されたペディメントがある。性悪そうな老人の姿をしたクロノスは、長い髭を滝のように胸に滴《したた》らせ、臍《へそ》に届くほどだ。そのすぐそばにある帯状装飾には砂時計が彫り込まれていて、おなじモチーフが二階の大窓を縁取るアーチにも使われている。ペディメントとまぐさのあいだの薔薇《ばら》色大理石にけばけばしく書きたてられた文字を見れば、すこしでも文字の読める者ならだれにでも、その奇抜な外見の建物がマリー時間旅行社の本社だとわかった。

なぜか建物の前をだれもが避けて通っているように見える。その理由は、玄関先にたどりついたとたんすぐにわかった。悪臭に思わず顔が歪《ゆが》み、二人で食べたばかりの朝食を危うくもどしそうになる。その臭いは、壁にべっとりと塗りたくられた泥状のものから漂ってくるらしい。ハンカチで顔を覆い、ブラシと洗剤のはいった桶を持った二人組の係員が、せっせとそれをこすり取っている。豚毛ブラシの攻撃で、正体不明の黒ずんだ代物は舗道に滴り落ち、ねっとりとした薄気味の悪い水たまりを作っていた。

「ご不便をおかけして申し訳ありません」係員のひとりが顔からハンカチをはずして謝罪した。「どこかのろくでなしが牛の糞で壁を汚しましてね。でもすぐに掃除しますので」

アンドリューとチャールズは、怪訝《けげん》そうに顔を見あわせ、それからハンカチを取り出して追いはぎのように顔を覆うと、大急ぎでなかにはいった。玄関ホールには、悪臭を寄せつけまいと、薔薇やグラジオラスを活けた大量の花瓶が緻密な計算のもとに配置されていた。室内は、建物の正面と同様、時を象徴するもろもろの品々であふれ、来訪者を圧倒した。中央を占めるのは巨大な機械仕掛けの彫像で、どこかクモを思わせる二本の腕が、大きな台座から薄暗い天井までにょっきりと伸び、子牛ほどもある大きな砂時計を持ってやさしく揺すっている。砂時計はガラス製で、鉄の鋲《びょう》や留め金が打ちつけられているのだが、中身は砂ではなく、青く染めたおがくずのようなもので、半球から半球へさらさらとこぼれるうちに、近くにあるランプの光を浴びてそこはかとなく玉虫色に輝き、思わず目を奪われる。なかに隠された無数の歯車の連携によって、二本の腕は、下の半球がいっぱいになるたびに砂時計をくるりとまわし、そうすることで砂もどきは永遠に上から下へと流れつづけた。まるで、時とはそういうものなのだと、見る者に思い出させるかのように。その巨大な彫像のほかにも、やはり書き留めておくにふさわしい、派手さには欠けるがもっと価値の高そうな装置がいくつも陳列されていた。どれも古いものらしく、たとえば部屋の奥にひっそりと置かれている、ぎざぎざのついた板やら円盤やらが詰まった立方体の箱は、台座についている小さな札によれば、機械仕掛けの時計の初期の試作品なのだという。そういった貴重な品のほかにも、人魚や智天使でごてごてと飾りたてられたオランダ伝統の掛け時計〈ストールクロック〉から、オーストリア＝ハンガリー時代の振り子時計に至るまで、壁という壁に数えきれないほどの時計が掛けられ、息が詰まりそうなほど勤勉にチクタクチクタクと時を刻む音を室内にばらまいている。そこで働く社員にとってそれはすでに日常に欠かせない終わりなき交響曲と化し、心安らぐその音が聞けない日曜日には、ひどく心細い気持ちになるのかもしれない。

部屋のなかをぶらぶらと歩く二人に気づいた若い女性社員が、隅のデスクを離れ、こちらに近づいてきた。齧歯《げっし》類のようにちょこちょこと、一糸乱れぬ時計のささやきに歩調を合わせてやってくる。練習のあとがうかがえる挨拶に続き、第三回西暦二〇〇〇年ツアーにはまだ座席に余裕があるので、もしよろしければ予約をお取りしますが、と熱心に勧めはじめた。チャールズは愛想よくほほえみながらきっぱり断わり、ここに来たのは社長のギリアム・マリーさんとお会いしたいからですと告げた。彼女は一瞬躊躇《ちゅうちょ》したあと、社長は社内におりますので、多忙の身ではありますが、たぶん時間はお取りできると思いますと応え、チャールズは感謝のしるしにさらに大きくほほえんだ。女性はその完璧な歯並びからやっとのことで目をそらすと、きびすを返し、ついてくるようにと身ぶりで示した。部屋の奥に大理石の階段があり、上階に通じているらしい。その女性の案内で、チャールズとアンドリューは、未来戦争の各場面の描かれたタペストリーがところどころに飾られた長い廊下を歩いていく。足りないよりは多すぎるほうがいいとばかりに、その廊下にも必需品の時計がずらりと並び、壁に固定されているもの、キャビネットや棚の上に置かれているものとさまざまだが、煩《わずら》わしい花粉のようにやはりチクタク音をまき散らしている。マリーの部屋に続く堂々たるドアの前に着くと、少々お待ちをと女性社員に言われたものの、チャールズはいとこをぐいっと引っぱると、涼しい顔で彼女にくっついて部屋にはいっていった。

アンドリューは室内の広さに、家具の支離滅裂な置き方に、そして壁じゅうに貼られた無数の地図に目を丸くした。それは戦場の司令本部のテント内部を思わせた。だからあちこちきょろきょろしてようやく、床の絨毯に長々と寝そべり、犬と遊んでいるギリアム・マリーに気づいた。

「おはようございます、ミスター・マリー」チャールズが秘書を押しのけて挨拶した。「私はチャールズ・ウィンズロー、こっちはいとこのアンドリュー・ハリントンです。できれば少々お話があるのですが。もしそれほどお忙しくなければ」

ギリアム・マリーはけばけばしい薄紫の服を着た大男で、チャールズの鋭い皮肉を軽い身のこなしでひょいとかわしてにっこりほほえんで見せたが、それは、いつでもすかさず取り出せるようにエースのカードを袖に何枚も忍ばせた男の、どこか含みを持たせた笑みだった。

「世につとに名を知られたお二方のようなお客様のお相手をするためでしたら、私の時間などいくらでもお貸しできます」床から立ち上がりながら彼は言った。

いざその堂々たる体躯《たいく》が目の前にそびえると、ギリアム・マリーの持つある種の魔力が倍増したような気がした。彼のすべてがふつうの二倍の大きさだった。牡牛さえその角をつかんでひざまずかせることができそうなほど大きな手から、ミノタウロスと見紛うほどの巨頭に至るまで。ところがその大柄な身体にもかかわらず、動きはけっして鈍重ではなく、むしろ驚くほど軽やかで、どこか官能的ですらあった。小麦色の髪は丁寧《ていねい》に後ろに撫《な》でつけられている。巨大な青い瞳には野心の炎が激しく燃えているが、肉厚な唇に愛想のいい笑みを浮かべさえすれば、そんなものは上手に隠してしまえることを経験から心得ているようだった。

彼は手をひと振りして部屋の奥にある書き物机のほうを示したあと、ざっと部屋を見渡して、無数の地球儀や、あちこちに雑然と配置された、本やらノートやらが山と積まれたテーブルをうまく避けて通るルートをきちんと考えてから、通り道を確保しつつ二人を案内した。この部屋にも、必須要素の時計は健在だった。壁に掛かっているもの、書棚に置かれているもの以外にも、巨大なショーケースのなかに携帯用あるいは設置用日時計、精巧な水時計など、時間計測方法の進化がわかる装置がずらりと陳列されている。ただしアンドリューには、マリーがそうして時計を並べている目的は、時計という装置のくだらなさを意地悪く証明することなのではないかと思えた。けっして捕まえられないものを捕まえようとする人間の無駄な努力。時間というものが持つ謎に満ちた、だれにも服従しない絶対的な力。人間にできたことといえば、せいぜい時間からその抽象性を奪って、約束に遅れないようにするための馬鹿げた装置に変換したことだけだ。種々雑多な時計コレクションをとおして、マリーはそう訴えようとしているのかもしれない。

アンドリューとチャールズは、書き物机の前に置かれたジャコバン様式のゆったりとした二脚の安楽椅子にそれぞれ腰をおろし、マリーも球根形の脚を持つ豪華な机の後ろに座った。開いた大きな窓を背にしているので、額縁にはいった一枚の絵のように見える。鉛枠に囲まれた窓ガラスからさし込むふんだんな光のおかげで、室内は田園のような陽気な明るさに満ち、たとえどんよりとした曇り空の朝を迎えても、ひょっとするとここにだけはマリー専用の太陽があるのかもしれないとさえアンドリューは思った。

「折悪しく、玄関の悪臭騒ぎに巻き込んでしまい、申し訳ありませんでした」マリーは顔をしかめながらいち早く謝罪した。「じつは牛糞で壁を汚されるのは二回めなんですよ。たぶん、どこかの団体がああいう不埒《ふらち》な方法でわが社の業務を妨害しようとしているんでしょう」マリーはいかにも迷惑そうに肩をそびやかせ、この一件でどんなに困っているか強調してみせた。「おわかりのように、タイムトラベルが社会にいい影響をおよぼすと考える者ばかりではないんです。だが、ミスター・ウエルズのあの名著が出版されて以来、タイムトラベルを求めたのは社会そのものです。だからいくらこんな蛮行におよんでも、なにがどうなるわけでもない。しかも犯人は要求やメッセージのたぐいをいっさい残していないんです。ただ正面の壁を汚物で汚すだけでね」

そう言うとマリーは視線を宙にさまよわせ、そのまましばし思いにふけった。やがて急にここがどこか思い出したのか、背筋をぴんとすると、二人の客をまっすぐに見た。

「それで、ご用件はなんでしょう？」

「一八八八年の秋への個人旅行を手配願いたいんです、ミスター・マリー」社長が会話の順番を譲ってくれるのをいまかいまかと待っていたアンドリューが答えた。

「例の〈恐怖の秋〉に？」マリーが目を剝《む》いて訊き返した。

「ええ。正確には十一月七日の夜に」

マリーは無言のまま、すこしのあいだ二人を見つめていた。やがて、落胆を隠そうともせずに机の抽斗《ひきだし》を開けると、リボンでくくった紙の束を取り出した。彼はそれを不快そうに机の上に放り出した。その紙束が彼に重くのしかかり、苦しめられているのだが、黙って耐えなければならないのだといわんばかりに。

「これがなにかわかりますか、ミスター・ハリントン?」マリーはため息をついた。「毎日のように舞い込んでくる、個人旅行の依頼書や手紙です。バビロンの空中庭園を散歩したいだの、クレオパトラやガリレオやプラトンと知りあいになりたいだの、自分の目でワーテルローの戦いやピラミッドの建設やキリストの磔刑《たっけい》が見たいだの。御者に目的地を告げる気軽さで、お気に入りの歴史的事件の現場に立ち会いたいと、みなさんおっしゃる。過去を自分たちの好きにできると思っているんです。そしてあなたは一八八八年に行きたいという。これらの手紙の主同様、あなたにはあなたのご事情があるのでしょう。でも、残念ながらご要望にお応えすることはできません」

「たった八年もどればいいだけですよ、ミスター・マリー?」アンドリューが言い返す。

「お金に糸目はつけません」

マリーは苦笑した。

「これは時間の移動距離の問題ではないし、お金の問題でもありません。であるからして、ミスター・ハリントン、きっとご納得いただけるかと存じます。旅行の性質の問題といいますか、いわば技術的なことなんです。過去にしろ未来にしろ、どこでも好きな時代に行けるわけではないんですよ」

「西暦二〇〇〇年にしか連れていけないってことか」見るからにがっかりした様子で、チャールズが言った。

「そのとおりです、ミスター・ウィンズロー」マリーは悲しそうにチャールズを見た。「未来に関しては今後訪問先を拡大したいとは考えておりますが、いまのところは、広告でもおわかりいただけるように、提供可能な目的地は西暦二〇〇〇年五月二十日、悪の帝王ソロモン率いる自動人形軍と、勇者シャクルトン将軍率いる人類軍の最後の決戦がおこなわれる日のみなのです。しかし、感動的な場面ではありませんでしたか、ミスター・ウィンズロー？」ツアーに参加した客の顔をそう簡単に忘れるような経営者ではないといわんばかりに、皮肉まじりの口調で尋ねる。

「ええ、ミスター・マリー」一瞬のためらいののち、チャールズは答えた。「本当に感動しました。ただ、思うに……」

「時間の流れに乗ればどこにでも行けるのでは、そうおっしゃりたい？」マリーが引き取った。「ええ、ええ、よくわかりますよ。ただ、そうはいかんのです。あいにく、過去はわれわれの管轄外にある」

そう言うと、マリーは自分の言葉がどれだけ相手を打ちのめしたか慮《おもんぱか》るかのように、きわめて悲痛な表情で二人を見た。

「じつを申しますと」彼は椅子に背をもたせ、ため息をついた。「われわれは、ウエルズの小説の主人公のように時の流れに乗って旅しているわけではなく、その外側にあるものを通じて未来に足を踏み入れているんです。時間の外側を旅すると申しますか、その外皮からはいると申しますか」

マリーは口をつぐみ、まばたきもせずに客人を見つめる。その泰然自若としたさまは、まるで猫のようだ。

「理解できませんね」しばらくしてやっとチャールズが口を開いた。

マリーは、それ以外の反応など期待していなかったかのように、深くうなずいた。

「簡単な比喩《ひゆ》をもちいて説明しましょう。建物内のある場所からある場所に移動するには、もちろん内部を歩いていけばいい。しかし、壁の外にあるコーニスを伝っていくこともできる。そうではありませんか？」

チャールズとアンドリューはそっけなくうなずいた。まるで頭の鈍い子供に説明するかのような噛《か》んで含めるマリーの話しぶりが、なんとなく癪《しゃく》に障ったのだ。

マリーは続けた。「みなさんにはそう見えるかもしれませんが、私はべつに、ミスター・ウエルズの本に触発されてタイムトラベルの可能性を探ることにしたわけではありません。あの本を読めば、ウエルズは科学者たちに研究材料をあたえただけにすぎず、発明品の機能に関しては、同業のヴェルヌとは対照的に現実的な説明を巧みに回避し、豊かな想像力によって描写をふくらませる方法を選んだことがおわかりになるはずです。まあ、フィクションとしてはごく妥当なやり方ではありますが、科学の力で本当に実現可能だということが証明できないかぎり、どんな発明品もしょせんはおもちゃです。いつかタイム・

マシンが完成する日が来るのでしょうか？　私はそう信じたい。今世紀中に科学が実現したさまざまな発明や出来事を考えれば、展望は明るいと思います。われわれはおたがい、特別な時代に居合わせることになった。日々、神という存在に疑問をつきつける、そんな時代です。この数年だけでも、科学がどれほどの奇跡をもたらしたと思いますか？　たとえば計算機やタイプライター、エレベーターなど、生活を楽にしてくれただけの発明も多いですが、不可能の壁をぶち壊し、人間ってこんなにすごいんだと思わせてくれた発見もなかにはあります。機関車のおかげで一歩も歩かずに長距離を移動できるようになり、また、自分がそちらに行かなくても、海の向こう側の国に声を届けられるようになるのもまもなくでしょう。実際、電話と呼ばれる装置を使って、アメリカ人はそれを実現しています。

人間がみずからの限界を踏み越えることは神への冒瀆《ぼうとく》だと主張し、科学の進歩に反対する人もすくなからずいますが、私としては、科学は人間に自然を統治する力を再確認させ、そうすることで人間の品位を高めると考えます。教育や倫理観が、人間が生来持つ野蛮性を抑える役目を果たすのとおなじようにね。たとえばこのクロノメーターを見てください」彼は机の端に置いてあった木の小箱を手に取った。「いまでは大量生産されていますから、世界じゅうのどの船にもひとつは常備されています。でも、われわれは最初からクロノメーターを使って航海してきたわけではありません。昔からそこにあるごくありふれた装置のように思えますが、じつはこれが生まれたきっかけは、海上で経度を正確に測る方法を考え出した者に賞金二万ポンドをあたえるとイギリス提督が布告したことでした。というのも、それまではどんな時計職人をもってしても、船の揺れで狂わない時計がどうしても作れなかったからです。懸賞金を獲得したのはジョン・ハリソンという男で、彼は四十年間、この難問の解決にすべてを捧げました。ようやく苦労が報われる日が来たとき、彼はすでに齢《よわい》八十に届こうとしていました。すごいと思いませんか？　どんな発明にも、その陰にだれかの血の滲《にじ》むような努力が、問題を解くために捧げられた人生がある。そうして考え出された装置は発明した本人より長生きし、彼のいない世界を形成する部品のひとつとなる。木から果物をもぎ、太鼓をたたいて雨乞いする毎日に飽き足らず、神の創造物にただ寄生するだけの暮らしから脱け出すために、知性を活かそうと考える者がいるかぎり、科学が滅びることはありません。ですから、鳥のように空を飛べる翼のある乗り物を人類が手に入れる日も近いでしょうし、同様に、まもなくどこかのだれかがウエルズの考えたような機械を発明して、好きな時代に旅行できるようになるものと私は信じています。未来の人間は二重生活を送れるかもしれません。平日は銀行で働き、週末は美しきエジプトの王妃ネフェルティティと愛を交わしたり、ローマを征服せんとするハンニバルに手を貸したりする。タイム・マシンがあったら、社会はどう変貌するでしょう？」マリーはにやにやしながらしばらく二人を観察していたが、おもむろにクロノメーターの箱を机の上にもどした。牡蠣《かき》か婚約指輪のように蓋《ふた》は開けたままだ。それからまた言葉を継いだ。

「しかし、そうして科学が夢を実現する方法を探る一方で、われわれは時を旅する別の手段を入手しました。目的地を選べないのが玉に瑕《きず》ですが」

「どういうことですか？」アンドリューが尋ねる。

「つまり……魔法です」マリーは低い声で打ち明けた。

「魔法？」アンドリューは呆けたようにくり返した。

「ええ、魔法です」マリーはそう答え、両手の指を怪しげにうごめかしながら、暖炉の煙突を伝って下りてくる風の音を模してヒューーッと息を吐いた。「しかし、劇場の出し物としての魔法でも、黄金の夜明け団（十九世紀末にイギリスで結成された儀式魔術の秘密結社）のペテン師たちが宣伝するたぐいの魔法でもなく、本物の魔法です。お二人は魔術を信じますか？」

アンドリューとチャールズはためらった。この会話が向かおうとしている方向にとまどっていたのだ。しかしマリーには彼らの答えなど必要なかった。

「おそらくノーでしょう」彼は嘆いてみせた。「ですからできるだけそれについては触れないようにしているんです。お客様方には、科学的な方法でタイムトラベルしていると考えていただくようにしています。いまは世界じゅうが科学をもてはやしている。魔法より科学のほうがはるかに信頼性が高い。まあ、それが現代という時代です。しかし、はっきり申しあげますが、魔法はたしかに存在する」

するといきなりマリーが立ち上がり、ヒュッと鋭く口笛を吹いたので、アンドリューもチャールズも驚いた。ずっと人間たちのおしゃべりにはおかまいなしに絨毯で寝そべっていた犬がむくりと起き上がり、うれしそうに主人のところに駆けてきた。

「エターナルをご紹介します」マリーは言った。当の犬は大喜びで、主人のまわりをぐるぐるまわっている。「犬はお好きですか？　怖がらずに撫《な》でてやってください」

マリーの話の続きを聞くにはそれが必須条件だとでも思ったのか、チャールズとアンドリューはいわれるがままに立ち上がり、犬の背に手をすべらせた。落ち着きのないゴールデンレトリーバーだが、手入れの行き届いたやわらかな毛質をしている。

するとマリーが告げた。「じつはいまお二方が撫でているその犬こそが、奇跡なんです。いまも申しあげましたように、魔法は存在する。そして触れることもできる。エターナルは何歳だとお思いになりますか？」

いまも地所で犬をたくさん飼っており、子供の頃から犬に慣れ親しんできたチャールズには、そう難しい質問ではなかった。彼は専門家の手つきで犬の歯並びを調べ、即座に答えた。

「一歳か、せいぜい二歳でしょう」

「ご名答」マリーは言い、ひざまずいて犬の首を格別やさしく掻《か》いた。「おまえは見かけはたしかに一歳だ。そうだよな、実際の時間で考えれば」

アンドリューは、ここまでの会話についてチャールズはどう思っているのか確かめたくて、彼と目を合わせようとした。チャールズは、アンドリューをなだめるように、そっとほほえんだ。

マリーが上体を起こして話を続けた。「先ほども申しましたように、私はウエルズの小説を読んでからこの仕事を始めようと思ったわけではありません。これはまったくの偶然です。彼の小説から多大な恩恵をこうむったことは否定しませんがね。人々の隠れた願望を呼び覚ましてくれたのは、なにを隠そうウエルズです。ええ、タイムトラベルがこんなに人気を博したのは、彼のおかげなんですよ。だれもが時間を旅してみたいと思っている。それは人類の夢なんです。でも、ウエルズの本を読むまえに、そんなことを考えたことがありますか？　おそらくないでしょう。それは私もおなじです。ミスター・ウエルズはあの小説によって、ある意味、抽象的でしかなかった願望を具体化してくれた。昔から人間の内に潜在していた思いを言葉で表現してくれたんです」

マリーは言葉を切り、自分の考えが二人の客にゆっくり沁《し》み込むのを待った。絨毯を払ったあと舞い散った埃《ほこり》が、家具の上にしずしずと積もるように。

「この会社を興すまえは、父といっしょに事業をしていました」すこししてマリーは話を再開した。「さまざまな探検隊に出資していたんです。地球上のだれも知らない辺境の地に調査隊を送る団体は何百と存在しますが、われわれもそのひとつでした。目的は、民族誌学や考古学上の調査をして科学誌に発表すること、あるいは、神の妄想が生んだ珍品でショーケースを一杯にしたいという博物館の要請により、珍しい昆虫や花を収集してくること。とはいえわれわれ自身は探検に参加するわけではなく、とにかく自分が暮らすこの世界をできるだけ正確に知りたいという熱い思いが原動力でした。いわば特別な知的探究心です。でも、運命は思ってもみないようなびっくり箱を用意しているものです。そうではありませんか？」

答えも待たずに、マリーはついてきてくださいと二人に身ぶりで示した。テーブルと地球儀の群島の合間を縫《ぬ》って、いつもどおりエターナルを従え、彼は側壁のひとつに二人を導いた。ほかの壁面は本棚で埋めつくされ、地理や天文学やそのほか聞いたこともないもろもろの学問の成果である図鑑やら論文集やらがぎっしり並んでいるが、その壁だけは一面、作成年の古いものから順に、ありとあらゆる地図に覆《おお》われていた。コレクションは、プトレマイオスの研究に触発されて作られたルネサンス期の地図の複製に始まっていた。そこでは世界は、足をもがれた昆虫のように、つい眉をひそめたくなるほど縮こまっていて、形も定かでないヨーロッパが描かれているだけだ。次に登場するドイツ人地理学者マルティン・ヴァルトゼーミュラーの地図ではアメリカがアジア大陸から切り離され、さらにアブラハム・オルテリウスとゲラルドゥス・メルカトルの地図では、世界はさらにふくらみ、実際とほぼおなじ規模になっている。マリーの案内どおりに左から右へと移動していくと、年代順に並んだ地図は、まるで花の開花する様子か、あるいは伸びをする猫を見ているような印象をあたえる。たたんであったものをもったいぶった手つきでゆっくり開いていくかのごとく、世界は目の前で文字どおり成長していく。船乗りや探検家が未知の開拓を進めるにしたがい、陸地が拡がっていくのだ。アンドリューは、ほんの数世紀前までは、大西洋の向こう側にも世界が続いているなんてだれも思っていなかったこと、世界の大きさは、揺るぎない現実と探検家の運に左右され、その探検家たちこそが、怪物が住まうとされた中世時代の〝無〟に形をあたえ、色を塗っていったことに、感銘を受けた。その反面、世界の大きさはもはや謎ではなくなり、最新の地図どおりの、みずからの寸法に幽閉された大陸や海そのものとなってしまった。おおやけに認められた、だれもが知っている世界以上の拡がりはもはや望めないことに、一抹の淋《さび》しさも感じる。あとわれわれにできることはといえば、海岸線をたどって輪郭《りんかく》を書くことだけなのだ。マリーは彼らを、コレクションの最後を締めくくる巨大な地図の前で立ち止まらせた。

「さてさて、こちらをご覧あれ。イギリスじゅうどこを探しても、これほど貴重な地図は見つからないでしょう」マリーが自慢げに宣言した。「じつはこの地図には、つねに現状を反映させてあるんです。たとえどんなに小さな土地でも、新発見されるたびに作り替えさせ、古いものは燃やしてしまう。私はこの作業に、ある種象徴的な意味合いを持たせていましてね。新しい地図を作ることで、自分のなかの古い不正確な世界観をも刷新する。

ここでご確認いただける探検遠征の多くは、われわれの出資によっておこなわれたものなんですよ」

その地図を見ていると、目がちかちかした。マリーの説明どおりなら、こんにちまでに人類が実現したあらゆる探検旅行の行路が、それぞれ違う色でおびただしく書き込まれているのだ。海外進出の華麗なる歴史が左の欄外に記されているのだが、マリーが病的なまでに楽しんでそれを書いたことは間違いない。だが、ひと目見ただけで、曲がりくねった進路がどんなに現実に忠実に描かれていたとしても、結局は無意味だとわかる。ばかばかしいほどの執念ですべての冒険を余さず書こうとしたため、線がひっきりなしに交差して、なにがなんだかわからなくなってしまっているのだ。古くは、インド、中国、中央アジア、マレー群島へと金色の線が蛇行するマルコ・ポーロから、最近では、北京からカシミア地方へと旅し、途中、優美な氷河に縁取られた峻険な山々が連なるカラコルム山脈にも挑んだサー・フランシス・ヤングハズバンドに至るまで。だが、線が躍っているのは大陸の上ばかりではなかった。競って陸を離れ、大海に泡立つ航路を拓こうとする、高名な船舶が描く線も無数にある。コロンブス提督が舵取りをしたカラベラ船の大西洋航路、中国への近道を見つけようとしたエルボス号やテラー号が北極海に引いた線。しかしその北極海の航路はどちらも、実際に両船の行方がそうだったように、やがては北西航路の入口となるランカスター海峡を越えたところでぷっつりと途切れる。そちらの迷路を解きほぐすのはどうやら無理そうなので、アンドリューはアジアの南東に位置する、イカやワニで沸き立つ熱帯の楽園ボルネオ島に向かう青い線をたどることにした。この曲がりくねった線は、〈サラワクの豹〉と呼ばれたサー・ジェイムズ・ブルックの長旅を描いたもので、彼の名前は、サンドカンという主人公が活躍するイタリア産の冒険活劇のなかに、海賊狩りをしては冷酷に皆殺しにする当地の首長として登場していたため、アンドリューも聞き覚えがあった。しかしすぐにマリーは、地図のなかでも最も糸のもつれている場所アフリカ大陸に、二人の目を向けさせた。伝説のナイル川源流を見つけるため、これまでにいくつもの探検隊が足を運んだ地である。オランダ人女性アレクシネ・ティネ、ベーカー夫妻、バートン卿とスピーク、そしてかの有名なリヴィングストンとスタンリー、ほかにも大勢の探検家がこんがらがった毛糸玉を形成しているが、地図を見るだけではさっぱりわけがわからず、ただこの黒い大陸が日よけ帽を愛する探検家たちをどれだけ魅了してきたかということだけはひしひしと伝わってきた。

「時間の旅発見の物語は、十数年前にさかのぼります」マリーが、思わず釣り込まれる口調で話を始めた。

そして、その話は耳に胼胝《たこ》ができるほど聞いたといわんばかりに、エターナルは主人の足元でのそりと寝そべり、チャールズは今後の展開に期待できそうな話の端緒ににんまりし、アンドリューは渋面をこしらえて、本当にメアリー・ケリーを救えるのか否かはっきりするまでは、しばらく辛抱するしかなさそうだと自分に言い聞かせた。

8

　さて、ここからはちょっとした軽業《かるわざ》をもちいて、ギリアム・マリーの語りを、冒険小説風に、一人称ではなく三人称でしたためることをお許し願いたい。実際マリーも、二人の客人に、ある種の冒険譚《たん》として話を聞いてもらいたかったにちがいない。プトレマイオスが〈月の山脈〉のなかにあるとした、謎に包まれたナイル川の源泉――。十九世紀なかばを皮切りに、当時の探検隊組織団体の大部分が、このナイル川の源泉発見を最大の目標としていた。しかしこれまでの長い歴史において、ヘロドトスやローマ皇帝ネロを始め、大勢がこれを探して徒労に終わったように、現代の探検家たちもやはり芳しい結果を出せずにいた。リチャード・バートン卿とジョン・スピークの探検は結局二人を対立させただけだったし、スコットランド人探検家デヴィッド・リヴィングストンもやはり解決の光を見ることはできなかった。ウェールズ人探検家ヘンリー・スタンリーが行方知れずとなっていたリヴィングストンをウジジまで探しにいき、そこで赤痢に苦しんでいた彼を発見したが、当人はそれでもロンドンにもどることを拒み、新たな探検に旅立ってしまった。このときはなんとかタンガニーカ湖までたどりついたものの、帰りは熱病で身体が衰弱し、輿《こし》に乗るほかなかったという。彼はチタンボで息を引き取り、遺体となって帰国したのが最後の旅となった。防腐処理されたのちに母なるミョンガの木の丸太のなかに納められた彼は、運搬の遅れでようやく九カ月後にザンジバルの島に到着し、そこからイギリスへと運ばれて、一八七八年に生前の栄誉を称《たた》え、ウェストミンスター寺院に埋葬された。彼の輝かしい功績に疑問の余地はないが、そのリヴィングストンをもってしてもナイル川の源泉を特定するには至らなかったわけだ。そうなると、王立地理学協会から名もない科学博物館に至るまで、見つかりそうで見つからない謎の答えの発見者となる栄光を躍起《やっき》になって追いかけはじめた。もちろんマリー社も例外ではなかった。《ニューヨーク・ヘラルド》紙と《ロンドン・デイリー・テレグラフ》紙がスタンリーの新たな遠征に補助金を提供することを決めたちょうどその頃、彼らも、人を容易には寄せつけないアフリカ大陸に優秀な探検家のひとりを派遣した。

オリヴァー・トレマンカイというその男は、これまでにヒマラヤへの遠征を何度も成功させ、また、すぐれた狩猟家でもあった。彼が銃で狙って仕留めた獣は、インドのトラに始まってセイロンのゾウ、バルカン半島のクマに至るまで枚挙にいとまがない。また、敬虔《けいけん》なキリスト教信者でもあり、宣教師として活動していたわけではないが、機会さえあれば出会った先住民に福音を施し、まるで銃でも売り込もうとするかのように神のありがたみをひとつひとつ語って聞かせた。さて、トレマンカイは新たな任務に胸躍らせてザンジバルに向け出発し、そこでポーターと食料を調達した。ところが、彼がアフリカに足を踏み入れてわずか数日のうちに、突然連絡がつかなくなったのである。そのままじりじりと数週間が経過したが、彼の消息は杳として知れない。いったい彼の身になにがあったのか？　結局、マリー社は断腸の思いでトレマンカイを死亡したものと見なした。スタンリーに捜索依頼をしたくても、彼の部下たちも手いっぱいだったのだ。

十カ月後、それまでは喪服を着ることをがんとして拒んでいたトレマンカイの妻もやっと承諾して、彼を追悼する形ばかりの葬儀を営んだ直後のこと、マリー社本社にいきなりそのトレマンカイが姿を現わした。当然ながら、まさに幽霊騒ぎとなった。ひどく痩《や》せ細り、眼《まなこ》は虚ろで、汚れた身体と悪臭からすると、数カ月は薔薇風呂に浸かっていないようだ。その見るも無残な姿からも見て取れるように、彼の探検は最初から頓挫《とんざ》した。密林にはいったとたん、ソマリ人部族の待ち伏せに遭ったのである。トレマンカイは突然茂みから現われたその猫のように敏捷《びんしょう》な黒い肌の人々にライフルを向ける暇もなく、雨あられと降ってきた矢によって仰向けに倒された。文明から遠く離れ、密林に抱かれたその土地では、平気で蛮行がまかりとおり、徹底的な虐殺がおこなわれる。敵は、部下たち同様彼も死んだものと見なしたようだが、トレマンカイはそう簡単に命をあきらめるような男ではなかった。彼を殺すには、もうすこし念を入れる必要があったのだ。こうして彼は傷を負い、熱にうなされ、矢が何本か刺さったままの身体でジャングルをさまよい、何週間も悲惨な放浪を続けたのち、やっと高い塀に囲まれた小さな集落を見つけた。痛みのあまり気が遠くなったトレマンカイは、波に打ち上げられたごみのごとく、塀に開いていた狭い入口の前で卒倒した。

数日後に目が覚めると、トレマンカイはお世辞にも快適とはいえない藁布団《わらぶとん》に全裸で寝かされ、ひどく痛む全身の傷は気味の悪い膏薬《こうやく》で覆《おお》われていた。くすんだ緑色のその湿布薬を彼に貼ってくれたのは、彼の世話をまかされたらしい娘だったが、その顔は彼の知るどんな種族とも似ていなかった。背が高く、妙にくにゃっとした身体をしており、腰は細く、胸のふくらみはほとんどない。黒い肌には鈍い光沢があった。まもなく、男たちもおなじようになよなよした身体つきをしていることがわかった。筋肉らしい筋肉もなく、華奢《きゃしゃ》な骨格がうっすらと浮いて見える。どの種族に属しているのか見当がつかなかったので、トレマンカイは勝手に名付けることに決め、藺草《いぐさ》を思わせる細くしなやかな見た目から、イグサ族とした。トレマンカイは銃の腕こそ抜群だが、いかんせん想像力はお粗末なのだ。

その現実離れした体形や、あやつり人形を上品にしたような、顔全体が薄暗く見えるほど大きな黒目にも驚かされたが、回復するにつれ、さらなる驚きが彼を待っていた。まず、彼らは舌はあっても動かないので言葉を発することができず、どんな方言でも真似できるように鍛えたはずのトレマンカイの喉をもってしても再現できない、息の詰まったような妙な音を出して意思の疎通を図る。それに年齢層がみなおなじで、だれもが似通って見えた。だがなにより不思議なのは、その村には生活必需品がなにもないことだった。本当の生活の場はほかにあるのか、はたまた、呼吸さえしていれば生きていける身体なのか。だが、トレマンカイのなかで日に日に大きくなっていく疑問があるとすれば、それは、近隣の部族からひっきりなしに攻撃を受けながら、イグサ族がどうやって生き延びてきたのか、ということだった。集落の住民の数は極端にすくなく、力が強いようにも勇猛にも見えないし、武器はといえばトレマンカイが持ってきたライフル以外には見当たらない。

ある晩、やっと理由がわかった。見張りのひとりが、獰猛《どうもう》なマサイ族の戦士たちが集落に近づいていると報告した。トレマンカイは、世話役の娘に付き添われながら、あてがわれた掘立小屋から外をのぞき、イグサ族の面々が広場に続々と現われて、なぜか門扉のない、狭い村入口の正面あたりで列を作るのを見守った。整然と並んではいるがひどく頼りなげで、まるでこれからなにかの儀式の生贄《いけにえ》になろうとしているかのようだ。やがて彼らはたがいに手をつなぎ、複雑に声が錯綜する奇妙な歌をうたいだした。あっけにとられていたトレマンカイだったが、ふと我に返ってライフルをつかみ、命の恩人たちを守るために窓辺に這っていった。松明《たいまつ》はほとんど焚《た》かれていなかったが、月が明るく、彼ほど熟練した狩猟家なら狙いを定めるには充分だった。敵の何人かでも射殺できれば、ほかの仲間は、この村は白人に護衛されていると見なして退却しはじめるだろう。ところが驚いたことに、トレマンカイが入口に向けて銃を構えると、娘が銃をそっとおろさせ、その必要はないと無言で彼に告げた。彼は抗議しようとしたものの、娘の真剣なまなざしを見て思いとどまった。恐怖と無力感で心を乱しながら、マサイ族の容赦のない突撃を窓から見つめる。しかし、入口にどっと殺到する敵をよそに、イグサ族はひたすら不気味な歌をうたいつづけ、飛んでくる槍をただ待っているだけだ。トレマンカイも甘んじて犠牲者となる覚悟を決めた。そのときそれが起きたのだ。トレマンカイは目にしているものが信じられず、震える声を洩らすことしかできなかった。たとえ自分の口でも、そこから飛び出す言葉そのものが信用できなかったのだ。空気が崩れた――ほかにそれを説明する言葉がどうしても見つからなかった。まるで、風景を描いた紙が剝《は》ぎ取られ、その下にあった壁が姿を現わしたかのようだ。ただ実際はそこに壁などなく、あったのは別世界だった。初めのうち、トレマンカイのいる位置からはよく見えなかったのだが、それは淡い光を発散して、周囲の闇をほんのりと照らしているようだった。最初に入口を通り抜けたマサイの戦士たちが、突然そこにぱっくりとあいた穴に否応なく飛び込む形となり、現実から、トレマンカイの属する世界からいきなり姿を消すさまを、彼は驚愕とともに目撃した。そう、まるで宙に蒸発してしまったかのように。仲間が夜の闇に呑み込まれるのを目の当たりにしたほかの戦士たちは、一目散に逃げていった。トレマンカイは恐怖に震えながらゆっくり首を振った。なぜ彼らが周囲の部族の攻撃に耐え、いままで生き延びてきたのか、ようやく合点がいった。

トレマンカイはよろめきながら小屋を出て、イグサ族の歌が現実という布地を裂いてできた破れめに近づいた。正面に立って観察すると、それはカーテンのように波打ち、見た目より大きかった。地面から生じ、彼の頭よりはるか上まで達しており、荷馬車一台くらいなら楽々通り抜けられるぐらいの幅がある。際のあたりはゆらゆらと揺れ動き、岸辺に打ち寄せる波のように背景を隠したりあらわにしたりしている。向こう側にはこちらとは別の世界があり、薔薇色の岩原のようなものが広がっていて、激しい風が表面の砂をさらって巻き上げている。奥のほうは砂埃《すなぼこり》で霞《かす》んでいるが、不吉に屹立《きつりつ》する山々の陰が見えた。吸い込まれたマサイ族たちはひどく動揺し、よろめきながら闇雲《やみくも》に歩きまわって、無我夢中でたがいに槍を投げあっては次々に倒れていく。トレマンカイはその不気味な死の舞踏に目を釘付けにしながら、こちらの世界にまで吹き込んでくることはない風がマサイ族たちの髪を揺すり、奇妙な砂埃が彼らの鼻の穴をくすぐるのを感じていた。

広場の中央で依然として鈴なりになっているイグサ族があの奇怪な歌をまたうたいだすと、裂けめが閉じはじめ、食い入るように見守るトレマンカイの目の前でゆっくりと小さくなっていき、しまいに影も形もなくなった。彼はさっきまで穴のあいていたあたりをさっと撫《な》でてみた。彼と合唱隊のあいだにあったものはすでに消えており、集まっていた人々も三々五々集落のあちこちに散っていった——まるで何事もなかったかのように。しかしトレマンカイにとって、世界はがらりと変わってしまった。いまや彼のとるべき選択肢は二つ。ひとつは、ずっと唯一無二だと思っていた世界は、じつは無数に存在するもののひとつにすぎないのだと認識を改めること。世界と世界は本のページのように重なっていて、たとえばその背に短剣を突き刺せば、すべての世界を貫く抜け道ができる。もうひとつの選択肢はもっと簡単だ。すべてを忘れて狂ってしまえばいい。

その晩トレマンカイは眠れなかった。だれだって眠れるはずがない。目を見開き、藁布団のなかで展転としつづけ、闇の奥から聞こえるどんな小さな音にもびくりと身体をこわばらせた。ここは、ライフルもイエス・キリストでさえも無力な、妖術使いの村なのだ。そう思うと恐ろしくて、居ても立ってもいられなかった。めまいを起こさずに一歩でも歩けるようになるとすぐに、彼はイグサ族の集落を逃げ出した。何週間もかけてようやくザンジバルの港にもどり、そこで爪に火をともすような暮らしをしながら、やっとのことでロンドン行きの船にもぐり込んだ。ロンドンを発《た》ってから十カ月後、ようやく帰国したトレマンカイだったが、アフリカでの経験が彼を別人にしてしまったことはひと目で明らかだった。そのとんでもない冒険譚ひとつとっても、当然ながらセバスチャン・マリーは信じようとしなかった。あんなに優秀な探検家だったこの男に、行方不明になっているあいだなにがあったか知らないが、イグサ族だとか、空気の裂けめだとか、そんな話には真実のかけらも見当たらない。まるで狂人の妄想だ。そして彼が、かつての妻と二人の娘とともになにもなかったように暮らすことはもうできないとセバスチャンに告げたときも、当の本人を見れば納得するしかなかった。妻のほうも、やっとアフリカから帰ってきたはいいが、もはやまともな暮らしができなくなった、かつての夫とは似て非なる男と暮らすより、墓地に花を供えに行く毎日のほうがはるかに幸せだろう。なにもせずぼんやりしていたかと思うと突然狂ったように暴れまわる、そのくり返しでは、穏やかだった家庭がひっかきまわされてしまうはずだ。トレマンカイの錯乱状態はその後も続き、ときにはいきなり裸で通りを走りだしたり、通行人の帽子を狙って窓から発砲したりすることさえあったため、近隣の人々から苦情が出て、結局ガイ病院の精神病患者のサナトリウム行きとなり、そこで独房のようなところに閉じ込められた。

しかし彼は必ずしも独りぼっちではなかった。ギリアム・マリーが、父にないしょでできるだけ入院中の彼を訪問するようになったからである。神経を病んでしまった優秀な冒険家が哀れだったこともあるが、彼の語るおとぎ話を聞いているとわくわくしたのだ。当時まだ二十歳そこそこだった彼は、指人形劇を見にいく子供さながら、期待を胸にトレマンカイに会いにいき、冒険家もその期待をけっして裏切らなかった。彼はベッドに座り、壁の湿気の染みに目をさまよわせながら、乞われるがままにイグサ族の話をした。ギリアムが行くたびに、びっくりするような新たな逸話をどこかから引っぱり出してきて、聞き手がいることにも、おとぎ話に枝葉を加える充分すぎるほどの時間があることにも、満足している様子だった。そうしているあいだは分別を取り戻しているようにギリアムには見えたのだが、結局トレマンカイは、幽閉されて四年後、自分の独房で首をくくって死んだ。あとには、汚い紙切れにメモが残されていた。ふだんからそういう筆跡だったのかもしれないが、心の苦しみの現われではないかと思わせるねじくれた字で、〝私はこれから別世界に行く。そこだって、無数に存在する世界のひとつにすぎないのだが〟と皮肉まじりに宣言していた。

　その頃すでにギリアムは父の会社で働きはじめていた。あんなに何度もトレマンカイに面会に行ったにもかかわらず、結局は彼の話は妄想としか思えなかったのだが、だからこそ、その狂気につきあうことが自分にできるいちばんの供養だという気がして、父に黙って二人の探検家をアフリカに派遣し、存在するはずのないイグサ族を探させることにした。サミュエル・カウフマンとフォレスト・オースティンは二人とも低俗な男で、いつもつるんで酔っぱらっては空《から》いばりしているような輩《やから》であり、遠征に行ってもことごとく失敗して帰ってきたが、いなくても父が気づかないような探検家は彼らぐらいしかいなかったし、歌をうたって別世界への入口を空中に開くことができる魔術師部族を探しに、肩をすくめながらも暗黒大陸へ渡ってくれるような奇特な人間も彼らぐらいしかいなかった。それに、たいして役に立たない連中だからこそ、不運なオリヴァー・トレマンカイを追悼するせめてもの証《あかし》という意味しかない、こんな不毛な任務を委託できたのである。こうしてカウフマンとオースティンはこっそりイギリスを出発した。このときは、彼らもギリアム自身も、それが今世紀最大級の探検遠征のひとつになるとは思ってもみなかったのだ。二人は契約に忠実に、アフリカに到着するやいなや進捗《しんちょく》状況をいちいち手紙で知らせてきて、ギリアムはいつもそれを最優先で読むと、同情の笑みを浮かべながら机の上の〈処理済み〉の箱に放り込んだ。

すべてが一変したのは、その三カ月後、ついにイグサ族を見つけたという報告が届いたときだった。嘘だろう？　失敗を前提とした遠征に送り出してまんまと彼らを厄介払いしたぼくを懲《こ》らしめるため、かつごうとしているのだろうか？　しかし、手紙に書かれた詳しい報告を読むにつけ、その考えは捨てざるをえなかった。思い出すかぎり、トレマンカイの話の内容とぴったり一致するのだ。ギリアムは愕然としながらも、トレマンカイだけでなく、彼らも真実を語っていると結論するほかなかった。イグサ族は本当にいるのだ。

それ以来、ギリアム・マリーには、二人が送ってくる手紙を読むことがいちばんの楽しみとなった。手紙の到着を心から待ちわび、鍵をかけたオフィスで何度も読み返す。その驚異の大発見のことをだれにも知られたくなかった。もちろん父にも。

手紙によれば、いったん集落が見つかると、客人として彼らに迎えてもらうのはそう難しいことではなかったという。実際、イグサ族はどんなことにでも同意し、相手に反抗したりすることができないらしいのだ。だからそこに現われた彼らにもたいして関心を示さず、ただ受け入れるだけだった。カウフマンとオースティンもそれ以上なにをしてもらう必要があるでもなく、彼らが本当に別世界への入口を開くことができるかどうか確かめるというもっとも大事な任務の遂行は難航しそうだと気づいても、とくに気落ちもせずに、忍耐力だけを頼りとして、その状況を有給休暇と考えることにした。あえて彼らに指摘する気はなかったが、ギリアムにも最初から予想はついていたのだ——彼らが結局、日がな一日、日光浴をしたり、ギリアムが見て見ぬふりをするあいだに荷物に紛れ込ませたウイスキーにうつつを抜かしたりすることは。しかし意外にも、それが最善策だったことが判明した。酒浸りになって一日じゅうだらだら過ごし、草原《くさはら》で素っ裸になって踊ったり喧嘩をしたりする二人の様子をながめていたイグサ族は、彼らが浮かれて大騒ぎする原因らしきその琥珀《こはく》色の液体に興味をそそられたらしく、彼らにおずおずと接近しはじめたのだ。ウイスキーを酌《く》み交わすうちにおたがいすっかりうちとけたという報告に、ギリアムは小躍りした。これが、村の一員として迎えてもらえる第一歩になるにちがいない。予想はあやまたず、彼らはしだいに信頼と友情の絆を築いていったものの、ギリアムのほうはそのために何ケースもの高級スコッチウイスキーを送らされた。小さな集落なのにそこまで大量の酒が必要だったのだろうかと、いまでも疑問なのだが。

とにかく、ついにある朝ギリアムは、イグサ族が二人を集落の中央へと導き、感謝と親愛のしるしとして特別に別世界への入口を開いてくれた、としたためられた待望の手紙を受け取った。亀裂の開き方、その向こうに見えた薔薇《ばら》色の岩原についてのカウフマンとオースティンの描写は、五年前にトレマンカイが語った言葉そのままだったが、もはやギリアムにはただのおとぎ話には聞こえなかった。ついに現実の出来事なのだとはっきり証明されたのだから。すると彼は、身体を締めつけられるような息苦しさに急に襲われた。ドアの鍵をかけ、小さなオフィスに閉じこもっているせいではない。いまやひとつではないとわかった世界と世界の壁にはさまれて、押しつぶされそうな気がしたのだ。だがこんな圧迫感はすぐに消える、と彼は自分に言い聞かせた。そして哀れなオリヴァー・トレマンカイの記憶にしばし思いを馳せた。たぶん、彼の強い宗教心が、目にしたものをそのまま受け入れることを阻み、結局狂気へと続く険しい道をたどるほかなかったのだろう。さいわいカウフマンとオースティンの馬鹿者コンビのおつむはもっと単純なので、おなじ道を歩まずにすんだ。ギリアムはさらに何度も手紙を読み返した。イグサ族は実在していただけでなく、魔法（ギリアムとしてはそう呼びたい。トレマンカイは妖術と呼んでいたが）を使えるのだ。彼らは、カウフマンとオースティンの目の前で前人未到の別世界を開いてみせた。未開の地を前にすれば探検したいと思うのは、冒険家としては当然の反応だろう。

それから次々に舞い込む手紙を読むたび、ギリアムは彼らに同行しなかったことを悔やんだ。イグサ族の許可を得て、カウフマンとオースティンは別世界にちょくちょく散歩にいくようになり、その土地の奇妙な特徴を逐一手紙で知らせてきたのである。そこはおおよそが薔薇色のやや光沢のある岩からなる広大な平原で、空はつねに分厚い雲に覆われている。雲の向こうに太陽があるとしても、日光が雲の層を貫くことはなく、唯一の光源は地面が発する不思議な光だけで、そのためあたりは昼と夜をまぜあわせたような黄昏時《たそがれ》の薄明かりに包まれ、自分の靴は細部まで観察できるのに、遠くはほとんど見渡せない。ときどき恐ろしいほどの烈風が岩原を蹂躙《じゅうりん》し、巻き起こった砂嵐でいよいよ視界が悪くなる。

やがて二人は面白いことに気づいた。裂けめを通過したとたんに時計が止まり、こちらの世界にもどると、なぜかまた動きはじめるのだ。まるで、持ち主が別世界にはいったらすぐ時を刻むのをやめようと、時計たちが示しあわせているかのように。カウフマンとオースティンが顔を見あわせ、肩をすくめている様子が目に浮かぶ。イグサ族の人々が見張れるように穴の近くに設置した野営地で、計算上は一夜を明かしたあと、二人はまたひとつ新しい発見をした。別世界にいるあいだは髭が伸びず、髭剃《そ》りをする必要がなかったのである。それに、裂けめを越える直前にオースティンが腕にこしらえた切り傷の出血が急に止まり、手当もしなかったくらい傷の存在を忘れていたのだが、村にもどったとたんまた流れはじめたという。興奮したギリアムは、さっそくこのことを、髭と時計の一件といっしょに帳面に記録した。話を総合して推理すると、とても信じられないことだが、そちらの世界では時間の進行が止まってしまうらしい。彼が自分のオフィスでそんな憶測をめぐらせていた頃、カウフマンとオースティンは武器と食料の準備を整えて、岩原の単調な景観を唯一乱す対象に向け、遠征を始めた。地平線に蜃気楼《しんきろう》のごとくうっすらとそびえる、不気味な山脈をめざしたのである。

相変わらず時計が動かないので、睡眠サイクルから行程の所要時間を計算することにしたのだが、すぐにそれではうまくいかないことがわかった。いきなり吹きつけてきた強烈な突風で眠りを中断され、眠い目をこすりながらしばらくテントを支えていなければならないことがあるかと思えば、逆になにも変わったことが起きずに退屈を持て余し、食事をしたり、疲れて休憩したりするために足を止めたとたん、眠りこけてしまうこともあったからだ。結局、目的の山脈に到着するまでどれだけかかったかといえば、長くもなく短くもなく、〝そこそこ〟の常識的な時間としか報告しようがなかったらしい。さて、山も平原とおなじほんのり光る薔薇色の岩でできていたが、腐ってぼろぼろになった歯茎《はぐき》を思わせるもっと暗い色をしていた。尖《とが》った頂《いただき》は空を覆う厚い雲を穿《うが》ち、山肌のところどころに洞窟らしき穴が見える。ほかにいい考えもなかったので、二人は斜面をよじ登り、いちばん近い頂をめざした。そう時間はかからなかった。小山の山頂に立つと、どこまでも広がる岩原がよく見渡せた。遠く地平線近くにある裂けめは、小さく光る点にしか見えない。あそこが二人の帰りを待ち、ある意味道しるべの役目も果たしてくれている。もしイグサ族があれを閉じてしまったら？　大丈夫、その心配はない。用心のため、残りのウイスキーは全部こちらに持ってきてある。そのとき、ほかにも地平線のあたりできらきら瞬《またた》いている小さな点があるのに気づいた。靄《もや》で光が弱まってはいるが、すくなくとも五、六個は見える。さらに別の世界に通じる通路なのだろうか？

その答えは、彼らがまずは調べてみることにした洞窟のなかにあった。なかに一歩足を踏み入れた瞬間、ここにはだれかが住んでいるとわかった。そこらじゅうに生活の痕跡がある。焚《た》き火の跡、鉢、ナイフなど、どれもまだきれいな道具ばかり。そう、トレマンカイがイグサ族の村を逃げ出したときに置き捨てていったものだった。洞窟の奥にはもっと狭くて暗い部屋があり、壁一面に絵が描かれている。大部分はイグサ族の日常のひとこまで、主人公がみなひょろっとした人間であることからすると、作者も彼らなのだろう。そうか、この黄昏の国こそが、彼らの住む場所、生活の拠点なのだ。あの村は一時的な設営地にすぎず、もしかするとほかの世界にも分布している数多くの逗留地《とうりゅうち》のひとつなのかもしれない。カウフマンとオースティンが見ても、原始的なそれらの絵がなにを表わしているのかよくわからなかったが、二つだけとても気になる絵があった。ひとつは壁の全面をもちいたもので、推測するに、この世界の地図というか、すくなくともイグサ族がいままでに探検し終えた地域の地図で、範囲はこの山岳地帯の周辺に留まっている。しかしなにより二人が注目したのは、その幼稚な地図にはほかの亀裂の場所が提示されており、もし解釈が間違っていなければ、その向こう側になにがあるかまで描かれていることだった。表示方法は至って単純。黄色い星印が亀裂を意味し、その横に別世界の様子を示す絵がある。たとえば小屋に囲まれた星印は、おそらくカウフマンとオースティンがこの世界に来るのに使った亀裂と、その向こう側にあるイグサ族の集落だと思われた。地図には、このほかに四つの亀裂が提示され、地平線の彼方にほの見える光の点よりすくない。これらの亀裂はどこにつながっているのだろう？　面倒くさかったのか、飽きてしまったのか、向こう側の世界についての描写があるのは、この洞窟に近いいくつかの亀裂だけだった。そのうちのひとつには、二つの軍隊が衝突する戦争の絵が描かれている。一方は人間のようだが、もう一方の兵士たちは正方形や長方形の箱で身体ができている。それ以外の描写は、まるで暗号かなにかのようにちんぷんかんぷんで、ただ確かなのは、この世界にはさっき二人が越えてきたような亀裂がいくつもあいているということ、しかしそれがどこに続いているかは、実際に自分でくぐり抜けてみないかぎりわからないということだった。だからイグサ族の絵が盲人の夢のように謎めいて見えても、しかたがないことなのだ。カウフマンとオースティンが関心をもったもうひとつの絵は地図の反対側の壁にあり、ばかでかい動物のようなものに追いかけられて逃げまどっているイグサ族の一団が描かれている。巨体の獣は四本足で、竜の尾を持ち、背中は棘《とげ》で覆われている。二人は顔を見あわせた。絵だけでもぞっとするのに、現実にここにこんな生き物がいるかと思うと怖気《おぞけ》が走る。もし出会ってしまったらどうしよう？　それでも二人は即座にまわれ右して引き返そうとはしなかった。たとえその怪物がイグサ族の空想の産物ではなく、実在しているとしても、それぞれがライフルを一挺ずつ持っているし、怪物たちが群れをなして襲いかかってきても全滅させられるだけの銃弾の準備もある。それにウイスキーも強い味方だ。あの魔法の酒さえあれば、ふだんの彼らにはない勇気が湧くし、すくなくとも、ゾウにも劣らない大きさの怪物に呑み込まれて死ぬ恐怖を、容易に乗り越えさせてくれる。つまりは、酒さえあればほかにはなにもいらないというわけだ。

だから二人は探検を続行し、その山岳地帯にいちばん近い、戦争の様子が描かれていた裂けめに向かうことにした。それにしても移動がひと苦労で、くり返し砂嵐が襲ってくるため、二本の銀製燭台みたいに磨きあげられたくなかったら、いちいちテントを張ってなかに隠れなければならなかった。だがせめてもの救いは、巨大怪物の姿がどこにも見当たらないことだった。やっと亀裂にたどりついたとき、どれだけ時間がかかったのか見当もつかなかったが、とにかく二人ともへとへとになっていた。大きさも穴の感じも、彼らがここに来るのに通り抜けてきたものと似ている。違いは、あちらの穴の向こうに見えるのは粗末な小屋が集まる集落なのに対し、こちらは荒廃した街だということだけだ。まともに建っている建物はひとつもなかったが、建築様式は、彼らがよく見知っているものと比べてもそれほど違和感はない。しばらくのあいだ、ショーウィンドーでもながめるように、瓦礫《がれき》で埋めつくされた光景を亀裂の外から観察し、だれか人はいないか、ほかにもなにか事情がわかる手がかりはないか、探してみたものの、跡形もなく破壊されたその街を満たす静けさを乱すものはなにもなかった。ここまで徹底的に破壊するとは、いったいどういう戦争なんだ？　恐ろしい光景を目にしてすっかりへたってしまった勇気を二杯のウイスキーで奮い起こし、ついにカウフマンとオースティンは日よけ帽を目深にかぶると、思いきって亀裂の向こうに飛び込んだ。すぐに二人の鼻を懐《なつ》かしい強烈な匂いがくすぐり、笑みを洩らす。それは特別な匂いでもなんでもなく、彼らの世界の匂いにほかならなかった。あの薔薇色の平原にいるときは、いつのまにか消えていたのだ。

二人は破壊のかぎりを尽くされた驚愕の光景に恐れをなしつつ、ライフルの銃口をあちこちに向けながら、残骸《ざんがい》がバリケードを作る通りを用心深く進んだ。しかし、行く手を阻む新たな障害物を目にしたとき、カウフマンもオースティンも足を止めた。間違いない。ビッグベンの鐘だ。壊れかけた鐘は、切り落とされた魚の頭のように通りの真ん中にごろりと転がり、目玉にも似た文字盤が、あきらめの滲《にじ》む悲しげなまなざしをこちらに向けている。すべてを悟った二人は震えながらあたりを見まわし、崩れ落ちた建物のひとつひとつを、ふいに胸にあふれだした愛おしさをこめて見つめた。彼らが郷愁に駆られつつながめる、瓦礫の描く不揃いな稜線からは、黒い羽根飾りのような煙があがり、壊滅したロンドンの空を汚している。カウフマンもオースティンも涙を抑えきれなかった。愛する街の無残な亡骸《なきがら》を前にしばし泣きながら立ちつくしていた二人だが、どこかから聞こえてくる耳慣れぬ騒音ではっと我に返った。なにか金属のようなものを打ち鳴らす音だ。

二人はふたたびライフルを構えて音のするほうへと進み、やがて瓦礫の小山の前にたどりついた。なかば腰をかがめ、音をたてないようにして、それによじ登る。その即席のボックス席からなら、相手からは見られずに騒音の主を観察できた。それはいわば鉄製の人間もどきで、背中についている小さなモーターで動いているらしい。継ぎめからときどき白い煙が洩れるところを見ると、動力は蒸気なのだろう。さっきから聞こえている耳障りな鐘の音のようなものは、地面に散らばっている無数の金属部品に彼らの重そうな足がぶつかるたび、発せられていた。最初、二人にはそれがなにか見当もつかず、ただ唖然としていたのだが、オースティンが瓦礫のなかに新聞紙らしき紙くずを見つけた。彼は震える手でそれを広げた。〈自動人形軍は制止不能〉という見出しが躍り、勇者デレク・シャクルトン将軍率いる人類軍を最後まで信じようという一文で記事は終わっていた。しかしそれ以上に二人を驚かせたのは、新聞の日付だった。瓦礫に紛れていたその新聞紙の発行年月日は、なんと西暦二〇〇〇年四月三日なのだ。カウフマンとオースティンは二人同時にのろのろと左から右へ首を振り、さらにもうすこし高度な方法で胸の内のとまどいを表現しようとしたところで、そちらは阻まれた。突然小山から梁《はり》の残骸が崩れ落ちて、轟音を響かせて地面にぶつかり、自動人形たちがいっせいにこちらを振り向いたのだ。カウフマンとオースティンは恐怖に目を剝《む》き、顔を見あわせると一目散に逃げ出した。後ろも見ずに、この世界にはいるのに使った亀裂の方角をめざし、全速力で走る。無事に穴を通り抜けたものの、それでも走りつづけた。疲れてもうそれ以上脚が動かないというところまできて、やっと二人は足を止めた。テントを組み立て、なかに身を隠したあと、当然ながらありがたいウイスキーの力を借りてなんとか落ち着きを取り戻し、いま目撃した出来事を理解しようとした。村にもどる潮時だった。さっそくすべてをロンドンにいるギリアム・マリーに報告しよう。彼ならきっと納得できるように説明してくれるはずだ。

しかし彼らの災難はそれで終わりではなかった。村にもどる途中、彼ら自身そんなものがいる可能性をすっかり忘れていたのだが、背中の棘《とげ》を逆立てたあの巨大怪物に襲われたのである。その姿を目にすると、二人は退治に取りかかった。ところが銃弾をほとんど使い果たしても、追い払うことができない。棘の鎧《よろい》が弾という弾を跳ね返し、怪物はびくともしないのだ。唯一の弱点は目だった。二人は最後にそこを狙って発砲し、ようやく撃退に成功したのである。そのあとは何事もなくなんとか亀裂にたどりつき、村にもどると急いでロンドンに一部始終を報告した。

ギリアム・マリーは手紙を受け取るとすぐにアフリカに出発し、イグサ族の村でカウフマンとオースティンに合流して、復活したキリストの槍傷に手を入れたときのトマスとおなじ驚愕の表情を浮かべながら、西暦二〇〇〇年の荒廃したロンドンを探索した。彼はその後何カ月もイグサ族の村に逗留した。だが実際にどれくらいの時間をそこで過ごしたのか、本当のところははっきりしない。カウフマンとオースティンの話が真実かどうか確かめるため、薔薇色の岩原の調査にかなりの時間を費やしたからである。手紙で前もって報告されたとおり、その黄昏の国では時計が止まり、髭剃り用のカミソリも必要なくなり、とにかく時間の経過を示す痕跡がどこにも見当たらなかった。つまり、とうてい信じられないことだが、そこでは人は過ぎゆく時間から切り離され、死に向かって否応なく前進するほかない人生行路をひと休みすることができるのだ。自分はけっしていかれたわけではないということが証明できたのは、村にもどり、探索にいっしょに連れて行った一匹の子犬が、おなじときに生まれたほかの兄弟たちのところに駆けだして合流したときのことだった。岩原にいるあいだ、ギリアムは一度も髭を剃《そ》らなかった、それは確かだ。だが、兄弟たちよりひとまわり小さいその子犬エターナルは、あの世界には時間の概念がないという事実を、もっとはっきりとわかりやすく体現していた。それに、探索した結果から推察するに、いくつもの裂けめは当初思っていたように別世界に通じているわけではなく、ほかでもない、彼らが属するおなじ世界の別の時代とつながっているらしい。薔薇色の岩原は、時間の流れの外、時間そのものの外、人間や植物や動物やそのほか生きとし生けるものすべてが命を育《はぐく》む舞台とは隔離された、その外側に存在する。そして、その岩原に住まうもの、トレマンカイがイグサ族と名付けたあの生き物は、時の流れのどこにでも穴をあけてはいり込む方法を知っており、人間がその穴を使えば、時を旅し、いまとは別の時代に行くことができるのだ。そのことに気づいたとき、ギリアムのなかで興奮と恐怖が入り乱れた。これは人類史上最大の発見だ。世界の向こう側にあるもの、現実の背後にあるものを見つけたのだから。そう、四次元の発見である。

人生とは不思議なものだ、とギリアムは思う。ナイル川の源泉を探すために始めた探検遠征だったのに、結局西暦二〇〇〇年への秘密の通路が見つかったのだから。だが、世紀の大発見とはえてしてそんなふうに起きるものだ。ビーグル号だって、そもそも経済的および戦略的国土拡大という建前のもと、出港したのではなかったか？　もしそこに、低空飛行していたフィンチのくちばしの違いに気づく、鋭い観察眼を持つ若き博物学者が同乗していなかったら、彼らの収穫もそうたいしたものではなかっただろう。ところが自然選択理論は世界に革命を起こした。すべては偶然の産物だったのだ。ギリアムの四次元の発見も、またしかり。

だが、世間に発表できなければ、どんな大発見をしても無意味ではないか？　ギリアムはロンドン市民を西暦二〇〇〇年に連れていきたかった。彼らに未来を自分の目で見、感じてほしかった。問題はその方法だ。いまイグサ族が暮らすアフリカ奥地のだれも知らない鄙《ひな》びた村に、客船をチャーターしてロンドンの人々を連れてくるというのは無理がある。やはり、ロンドンに亀裂を運ぶしかない。はたしてそれが可能だろうか？　わからない。だが、だめでもともとではないか。ギリアムはカウフマンとオースティンを残して村人の監督にあたらせ、自分はロンドンに帰って、部屋ひとつ分ほどの大きさの鉄製の箱を作らせたあと、それと千リットル相当のウイスキーを携えて村にもどった。そのウイスキーを交換条件として、世界の概念を根底から覆《くつがえ》すための大博奕《おおばくち》を打つのである。大酒を飲み、へべれけに酔っぱらったイグサ族は、酒の勢いで、そのなんとも不気味な箱のなかで魔法の歌をうたうことを承諾した。箱のなかで亀裂が生じるとすぐ、彼らはそこから追い出され、重い扉が閉じられた。無理して起きていたイグサ族の最後のひとりが酔いつぶれて倒れるのを見届けてから、ギリアムは大急ぎでイギリスへの帰路についた。巨大な箱を運ぶのがひと苦労で、ザンジバルでやっと船に積み込まれるのを見届けるまで、ギリアムはまともに呼吸もできなかったし、ロンドンに向かう船中でもほとんど眠れなかった。途中はずっと布で覆《おお》い隠していたその黒い箱を、ほかの乗客が不審に思うほど熱心に見つめながら、ギリアムはずっと心のなかで自問していた。結局中身が空《から》だったらどうしよう？　本当に亀裂を盗めたんだろうか？　早く帰って確かめたい。彼のなかでじりじりと焦燥感が募り、帰りの航海が永遠にも思えた。ようやくリヴァプール港に到着したときは、信じられない気分だった。自分のオフィスに着いたとたん、厳重に戸締まりをして、さっそく箱を開けた。あった！　亀裂はたしかにそこにある！　まんまと成功したのだ！　次の関門は父へのお披露目だった。

「なんなんだ、これはいったい？」箱のなかでパチパチと音をたてている亀裂を見て、セバスチャン・マリーが言った。

「オリヴァー・トレマンカイの頭を狂わせた原因ですよ」ギリアムはかの探検家を懐かしく思い出しながら告げた。「さあ、気をつけて」

父はその場に凍りついた。それでも、結局は亀裂を通り抜け、未来を、廃墟の陰で人間がネズミのようにこそこそと身を隠す壊滅したロンドンを、見てまわった。そして、いざショックから立ち直るとすぐさま息子と議論を始め、この発見を世に知らしめなければならない、それには亀裂を商売道具にするのがいちばんだ、ということで二人の意見が一致した。四次元世界の探索、および亀裂をロンドンに運ぶのにかかった費用を折半してもらう形で、お客様に西暦二〇〇〇年の世界をご覧に入れるのだ。まずしなければならないことは、西暦二〇〇〇年の亀裂までの安全なルートを確保することだった。危険を排除し、警備員を随所に配置し、三十人乗りの車両が無事に走行できるよう道を整備する。残念ながら、父セバスチャンはマリー時間旅行社の開業を見ずしてこの世を去った。しかし、すくなくとも、寿命よりはるかに先の未来を見せてあげることはできたのだ、とギリアムは自分を慰めた。

9

マリーはすべてを話し終えると口をつぐみ、興味深そうに二人の客人をながめた。アンドリューは頭になにか言葉が浮かぶのを待ったものの、なにも思い浮かばなかった。すっかり混乱していたのだ。マリーの話はとても信じられなかった。だって、冒険小説そのままじゃないか！　薔薇色の岩原など、レミュエル・ガリヴァーの船が難破した南太平洋の島国リリパットや、そこに住む身長六インチの小人たちとおなじくらい、現実離れしている。しかし、チャールズの顔に浮かぶ恍惚《こうこつ》とした笑みからすると、彼は間違いなく信じているらしい。なにはともあれ、チャールズは二〇〇〇年に一度は行ってきたのだ。時間が止まるという薔薇色の岩原を本当に車両で移動したのかどうかなんて、彼にはどうでもいいことだ。

「さて、もしよろしければ、ごいっしょにこちらにいらしてください。本当に信頼している方にしか見せない秘蔵品をお目にかけましょう」マリーはそう告げ、そのだだっ広い部屋のガイドツアーを再開した。

彼のまわりをうれしそうに走りまわっているエターナルを引き連れ、マリーはさっきとは別の壁に二人を導いた。そこで彼らを待っていたのは写真の数々だった。そしていまは赤い絹の幕で隠されているが、その下にあるのはやはり地図なのではないだろうか。写真はどれも四次元で撮られたものだとわかり、アンドリューは目を丸くした。ただし、こちらの世界にしろあちらの世界にしろ、カメラはやはり色をとらえることはできないらしく、その意味では、どこかの砂漠で撮影されたものでないとはいいきれない。だからそこに写る白っぽい砂に〝薔薇色〟の称号をあたえるには想像力を働かせなければならなかった。写真の大部分は、探検の様子を切り取ったなんということのない写真ばかりだった。カウフマンとオースティンとおぼしき二人とマリーがテントを張る、休憩時にコーヒーを飲む、焚《た》き火を熾《おこ》す、幻影じみた山の前でポーズをとる、などなど、どれも濃霧のせいで薄ぼんやりしているので、当て推量の域を出ない。ありきたりな写真ばかりだったが、ただ、これはやはり別世界ではないかと思えるものが一枚だけあった。そこでカウフマンとオースティン――太鼓腹ででっぷりした体形なのが前者で、棒きれのようにひょろっとしているのが後者――は帽子をはすにかぶり、ライフルを高々と掲げ、芝居がかった笑みを浮かべて、狩りで仕留めた獲物を自慢するかのように、砂まみれの地面に横たわる怪物の頭をブーツで踏みつけている。その小山のような怪物だかなんだかをもっとよく見ようと身を乗り出そうとしたとき、急に聞こえてきた耳障りなきしみ音に、アンドリューはぎくりとした。彼の横でマリーが金色の紐《ひも》を引くと同時に絹の幕が開き、中身がお披露目された。

「イギリスじゅうを探しても、二つとない地図だと保証いたしますよ」マリーが大いばりで宣言する。「これはイグサ族の洞窟にあった地図の正確な複製です。もちろん、われわれの探検の結果を踏まえて、さらに詳しくなっておりますが」

その人形劇の幕のようなカーテンの向こうにあったものは、地図というより、空想好きな子供の絵のようだった。当然ながらほとんど全面が薔薇色に塗られ、すなわちそれが岩原なのだろう。中央に例のほの暗い山脈が鎮座しているが、地図に描かれた地形の変化はそれだけではなかった。たとえば右端には川を表わす波線があり、その近くに見える明い緑色の部分は森か牧草地らしい。アンドリューには、こちらの世界の地図を作るときに使うその手の型どおりの地図表現をもちいて、仮にも四次元空間を表現するのは、なんとなく不適切な気がした。しかし、地図でなにが目を引くといって、それはやはり岩原に散らばる金色の点だろうし、もちろんそれが亀裂にほかならなかった。そのうち二つ――西暦二〇〇〇年につながるものと現在はマリーが所有しているもの――は不吉な感じのする赤い線で結ばれており、おそらくそれが車両の通るルートなのだろう。

「ご覧のとおり、岩原にはたくさんの亀裂が存在しますが、それぞれどこにつながっているかはまだわかりません。どれかを通れば一八八八年の秋に行けるのか？　可能性はありますが、なんとも申しあげられません」マリーはアンドリューを物思わしげに見つめながら言った。「カウフマンとオースティンは、西暦二〇〇〇年の入口の近くにある別の亀裂踏破をめざし努力を重ねていますが、途中にある谷の牧草地で草をはむ怪物の群れを囲い込む方法がまだ見つからないんです」

アンドリューとチャールズが地図をしげしげと見つめるあいだ、ギリアムはひざまずいて犬を撫《な》ではじめた。

「四次元空間にはどんな謎が隠されているのか?」彼がうっとりとつぶやいた。「ひとつ確かなことは、ちょっと詩的な表現を使わせていただくと、そこにいるあいだはわれわれの命のともしびは減らない、ということです。エターナルは一見、たしかに一歳ぐらいに見えるでしょう。しかし生まれたのは四年前です。歳はと訊かれたら四歳と答えるべきなのでしょう――その間の大部分を占める岩原での滞在時間を勘定に入れれば。エターナルはアフリカでの私の調査探索につねに同行し、ロンドンにもどってからも、毎晩亀裂のなかで過ごす私の横で眠っています。ええ、彼にエターナル――〈永遠〉という名をつけたのは、それなりの理由があってのことなんですよ。私の飼い犬でいるかぎり、彼はその名にふさわしい人生を送ることになるでしょう」

アンドリューは犬をちらりと見て、思わず身震いをした。

「この建物はなんです?」チャールズが、山脈の近くにある城のようなものを指して尋ねた。

「ああ、それ」マリーの声が急に不機嫌になる。「女王陛下の居城ですよ」

「女王陛下？」チャールズが声を張りあげた。「四次元空間にも城を？」

「そのとおりです、ミスター・ウィンズロー。いわば、われわれの調査探検に対する陛下の寛大なるご支援への感謝のしるし、とでもいいますか」マリーは、これ以上明かしていいものかしばし思案し、結局先を続けた。「陛下とそのお付きの方々のために西暦二〇〇〇年への特別旅行を企画いたしまして以来、陛下は四次元空間独特の時間原理にとても興味を示されまして……岩原に別荘を建てたいというご要望をいただいた次第なのです。湯治場に隠遁《いんとん》して休暇を過ごすようなつもりで、務めから解放されたときにそこでのんびりしたいとおっしゃって。折々に二、三カ月は滞在なさりたいということで、そうなるとつまり、陛下の在位期間が延びるのではないかと……」彼は憤りを隠しもせずに言った。自分はいつもエターナルといっしょにみじめなテントで我慢しているというのに、相手が女王だからといって、なんでそんな譲歩をしなきゃならないんだ、とばかりに。「まあ、私にはどうでもいいことです。私のすることにいちいち文句さえつけられなければ。帝国は月をも征服せんと考えている。どうぞ、ご勝手に……。だが未来は私のものだ！」

彼はカーテンを閉じると、ふたたび机のほうに二人をいざなった。彼らに椅子を勧めてから自分も席につき、エターナルは彼の足もとで寝そべった。人間よりはるかに長生きする犬。ただし、マリー当人と女王陛下とその時間を持たない別荘で働くことになった幸運な使用人たちを除いて。

「さて、これで、なぜ西暦二〇〇〇年五月二十日にしか行けないのかというあなた方の質問に答えたことになると思います。そしてそこでご覧いただけるのは、人類の命運を左右する戦いの光景のみ」マリーは席に座ったあと、皮肉たっぷりにそう言った。

アンドリューはあえぎ声を洩らした。そんなものにはまったく興味がない。すくなくとも、胸の痛みが彼のすべてを支配している、いまの状態では。どうやらふりだしにもどってしまったようだ。チャールズの監視の目がそれたらすぐにでも、自殺の段取りを再開するとしよう。あいつだって、夜になれば眠らないわけにいかない。

「では、一八八八年に行く方法はないんですか？」まだあきらめきれないのか、チャールズが尋ねた。

「タイム・マシンさえあれば、問題はないでしょうがね」マリーは肩をすくめた。

「一刻も早く科学がそれを発明してくれることを祈るしかないようだな、アンドリュー」チャールズはがっかりしたようにつぶやき、ぽんと膝をたたいて立ち上がった。

「ひょっとすると、もう発明されているかもしれませんよ」唐突にマリーが口をはさんだ。

チャールズが驚いて振り返る。

「なんだって？」

「いえ、あくまで推測ですがね……」マリーが答えた。「しかし、じつを申しますと、この会社を開業するときに、強硬に反対した人物がいるんです。タイムトラベルは大変な危険をはらんでいるので、もっと長い目で考えたほうがいいと主張なさって。そこまで言い張るのは、じつは彼がすでにタイム・マシンを所有し、世に知れるまえにいろいろと実験したいからではないか、そう思えてしかたがないんです。あるいは機械をひとり占めにして、時間の支配者になりたいからか」

「だれなんです、それは？」アンドリューがたたみかける。

マリーは座ったまま身を乗り出し、満足げにほほえんだ。

「もちろん、ミスター・ウエルズですよ」

「しかし、どこからそんな考えが？」チャールズが尋ねた。「ウエルズは未来に旅する小説を発表しただけだ。過去をさかのぼる可能性さえ、そこには提起されていない」

「だからこそですよ、ミスター・ウィンズロー。考えてもみてください、人類史上最大の発明であるタイム・マシンですよ？　その測り知れない可能性を鑑《かんが》みれば、秘密にしなければと思うはずです。よからぬ輩《やから》の手に落ち、おのれの欲望を実現する手段として使われては、ことですからね。とはいえ、世紀の大発明を世に知らしめたいという思いをいつまでも抑えておけるものでしょうか？　実在すると人に疑われずに秘密を打ち明けるとしたら、小説ほど完璧な伝達方法はほかにない、そう思いませんか？　このご説明で納得いただけないとしても、目的はほかにもいろいろ考えられます。ひょっとすると、助けを求めたかったのかも。小説『タイム・マシン』は仲間を呼ぶ鳥の鳴き声か、海に流した手紙入りの瓶か、つまりは、わかる人にはわかるSOSの遭難信号にすぎないのでは？　真相は謎です。とにかく、ウエルズが過去に旅する可能性について考えていたことは確かです。ええ、過去を変えたいとさえ、ね。ここにいらっしゃった動機はそれだとお見受けしますが、ミスター・ハリントン？」

アンドリューは、なにかよからぬことをしているところを現行犯で見つかったかのように、ぎくりとした。マリーはにやにや笑い、抽斗《ひきだし》をごそごそひっかきまわすと、机の上に一八八八年の《サイエンス・スクールズ・ジャーナル》という学生誌を置いた。くり返し読まれたあとがうかがえる皺《しわ》くちゃになったその雑誌の表紙には、H・G・ウエルズ「時の探検家たち」という文字が躍っている。もうぼろぼろなので注意してあつかってください、と言いながら、マリーはそれをアンドリューにさし出した。

「ウエルズがまだ、大志を胸にロンドンに出てきたばかりの若造だったちょうど八年前、この「時の探検家たち」という連載小説を発表しました。主人公はモーゼス・ネボジプフェルという頭のおかしな科学者《マッド・サイエンティスト》で、彼が過去をさかのぼって殺人を犯すという話でした。さすがにやりすぎたとウエルズも思ったのでしょう、それをもとに長篇小説を書こうとしたとき、読者の頭に変な考えを刷り込まないためにも過去への旅は封印し、未来旅行だけに集中することにしたんです。ご存じのように、そちらの主人公はネボジプフェルに比べてはるかにまともですが、名前が言及されていません。たぶんウエルズはこういうところで、これは私さ、とちょいと目配せしてみせる誘惑に勝てなかったのでしょう」

アンドリューとチャールズは顔を見あわせ、それからメモ用紙になにか書きつけはじめたマリーに目を向けた。

「これがミスター・ウエルズの自宅の住所です」彼はメモをアンドリューにさし出した。「私の推測がもし的中していたとしても、報酬など要求するつもりはありませんので、どうかご安心を」

10

二人は、玄関ホールにあふれる薔薇の香りに包まれながら、うわの空でマリー時間旅行社を後にした。通りに出るとすぐ、通りかかった最初の辻馬車に乗り、「サリー州のウォーキングへ」と御者に行く先を告げた。作家H・G・ウエルズはそこに住んでいた。ギリアム・マリーと会って話をしたあと、アンドリューはずっとむっつりと黙り込み、ときどき「くそっ」と吐き捨てるところを見るとあまり明るいことを考えているとは思えなかったが、とにかく目的地に着くまでには最低でも三時間はかかるので、あわてて彼の沈黙を乱す必要はないだろうとチャールズは考えた。アンドリューには気持ちをゆっくり整理する時間をあたえたほうがいい。今日一日ずいぶんと感情が乱高下したはずだし、これからさらなる嵐が待ちかまえている。アンドリューとつきあっていれば、こういう沈黙がふいに訪れるのはいつものことなので、ゆったりかまえるにかぎるとチャールズも経験上わかっていたから、目を閉じて、ロンドンから遠ざかっていく馬車の揺れに身をまかせた。

そういうわけで、彼らには静寂もたいして気にならないかもしれないが、読者のみなさんにとっては、おなじようにこの馬車で移動するとなると、とてもいたたまれないだろう。でも、どこかに欠陥があるのか、やたらときしむ馬車にも動じない、重苦しい沈黙の内容や性質についてここで考察するのも退屈だし、かといって、アンドリューの虚《うつ》ろなまなざしがじっと注がれている馬たちの四つのお尻について掘り下げるのもどうかと思う。たとえタイムトラベルが現実に可能だとしても、好きな時代に行けるわけではないとわかったいま、メアリー・ケリーを取り戻す可能性もしだいに小さくなり、そうなるとアンドリューの脳裏を去来する思いをここで劇的に描くことも難しそうなので、物語の最初で棚上げにした、私だけが語ることができる（馬車に乗っている二人は知らないことなので）話をこの場を借りてさしはさむことにしよう。ここにいる二人の偉大なる父、ウィリアム・ハリントンとシドニー・ウィンズローの輝かしき立身出世譚《たん》である。彼らがのぼった成功の階段は、最初から運と野蛮なまでのしたたかさにいろどられ、二人とも秘密にして一生胸にしまっておこうと心に決めていたのだが、見る気がなくてもすべてを見通せてしまうこの物語の作者たる私には、どんな秘密も隠しておけるわけがないのである。

ウィリアム・ハリントンに対する私の印象をすべてつまびらかにして、話を長引かせることもできるが、私の意見はさして重要ではない。むしろ、実の子であるアンドリューが幼い頃から築きあげてきた父親像をご紹介するほうが、はるかに現実に近いだろう。彼の目から見て、父はまさに仕事の戦士であり、あとでご覧に入れるように、駆け引きという戦場では他に類を見ない殊勲をあげる能力の持ち主だが、日常の格闘、つまり人と人の絆ややさしさによって本当の人間性が証明される場ではまったく無能で、すでに前の章でお見せしたように、はなはだ狭量だ。ウィリアム・ハリントンがこの手の人間でありつづける根拠はその絶対的な自信にあり、いいときも悪いときも彼の自信はけっして揺るがず、そのせいで、いつでもたやすく史上最高の独裁者に変身できる。結局、自分が首を吊ったりしたらたちまち世界は退化すると考えるような男であり、別の言い方をするなら、彼の庭の枇杷《びわ》を充分に実らせるためだけに神は太陽をお作りになったと考えるような男なのだ。まあ、私としてもこれ以上付け足すことはない。

ウィリアム・ハリントンがクリミアの戦場からイギリスにもどってきたとき、そこは機械に支配された世界だった。だが彼はすぐに、どんなに機械がはびこっても昔ながらの物作りがなくなるわけではなく、お腹に機械仕掛けのプランクトンをたっぷり溜め込んでハイドパークで座礁した透明なクジラを思わせるあの水晶宮のガラスにしても、じつは手作りなのだと知った。とはいえ、金持ちになりたかったら、やはりそちらの道を選ぶべきではない。金持ちになること――それこそが、ある晩、妻に娶《めと》ったばかりの、彼が働くマッチ工場の経営者の内気な娘とひとつベッドで横たわりながら、二十代ならではの無謀さで決意した人生の目標だった。簡単に先が見えるなんの面白みもない人生に絡めとられてしまった気がして、彼は妻に背を向け、こんな凡庸な運命のなすがままになっていいのだろうか、と自分に問いかけた。いったいなんのために、母が大変な難産のすえ、おれをこの世に送り出してくれたのか？　人生の一大事といえば、せいぜい銃剣で脚が不自由になったことぐらいで終わるのか？　おれの運命はどっちなんだ――人生にとりあえず籍だけ置くのか、それとも歴史に名を残すのか？　クリミアでの失態を思うと前者で終わる気配が濃厚だったが、しかしウィリアム・ハリントンはそれで満足するような男ではなかった。確かなのは、人生は一度しかないということだ。この人生でできなかったことは次の人生でやり直せばいいなんて、甘い考えだ。

　翌朝、彼は義弟のシドニーを呼んだ。シドニーは利発な若者で、ちっぽけな家業の帳簿つけというちっぽけな仕事で明らかに人生を浪費しており、ウィリアムは彼に、おれと組めばきっと運が開けるはずだと請けあった。だが成功を収めるにはマッチなどどこかにうっちゃって、新たに事業を興さなければならない。とはいえ、おまえさんが貯め込んでいるその金をちょいと拝借させてもらえれば、それもそう難しいことじゃない。ウィリアムはじっくり酒を酌《く》み交わしながら、ほんのすこし冒険して退屈な人生に刺激をあたえるのも悪くないと思うよと、義弟を懸命にいいくるめた。人生、一か八かだ。大事なのは、手っ取り早くどっさり利益が見込める商売を見つけることだ。意外にもシドニーはすぐさま承知し、さっそく発想力豊かな脳みそをフル回転させはじめた。次の会合のとき、この発明品はきっと世界に革命をもたらすと自信満々の様子で、シドニーはある構想をウィリアムに披露した。〈独り者の友〉と彼が命名したその道具は、いわば官能小説愛好家向けに作られた椅子で、利用者の手が自由になるよう、勝手にページをめくってくれる機械仕掛けの書見台がくっついている。シドニーが書いた詳しい設計図を見ると、小さな手桶やスポンジまで完備しており、利用者はいちいち席を立って読書を中断する必要もない。これで二人とも大金持ちだとシドニーは確信していたが、ウィリアムはあまり乗り気になれなかった。明らかに義弟は、自分の欲しいものと世間の欲しいものをごっちゃにしていたからだ。ウィリアムは、大英帝国がこの椅子をそこまで必要としているとは思えないと、苦労して義弟を説得した。そして、そのあとはこれはという名案も浮かばないまま、彼らはふりだしに逆戻りした。

二人は肩を落とし、世界じゅうの植民地からぞくぞくと集まってくる商品をながめた。まだ輸入されていないものがほかにあるだろうか？　イギリス人に足りない、でもきっと必要なものが？　周囲を注意深く見まわしても、不足などなにもないように思えた。女王陛下は無数の触手を世界にくまなく伸ばし、国に必要ならなんでもむしり取ってくる。欠けているものがなにかしらあるはずだが、それを思いきって声に出して要求する者はだれもいなかった。

それを見つけたのは、アイデアを求めて渡ったニューヨークの商店街を歩いていたときのことだった。疲れた足を洗面器に満たした塩水に浸すためホテルに帰ろうとしたそのとき、ショーウィンドーに展示されていた品物に二人の目が止まった。ガラスの向こうには、湿り気のあるマニラ紙が五百枚ずつ束になった妙な包みが山積みされている。背面に〈カエティ衛生ペーパー〉と書かれていた。いったいなにに使う紙束だろう？　ショーウィンドーに貼りつけられていた使用方法を見て、ようやく合点がいった。そこには、恥ずかしげもなく、その紙をお尻のいちばん隠しておきたい場所にあてがっている手の絵が描かれているではないか。どうやらこれを開発したカエティという人物は、当時お尻拭きとして一般に使われていた、とうもろこしの穂や教会で配られるチラシにも、そろそろ休暇をあたえる頃合いだと考えたらしい。しばらく唖然としていたウィリアムとシドニーだったが、やがて顔を見あわせてうなずいた。これだ！　たいして先見の明がない者にも、この天の恵みを、新聞紙のごわごわでずっと痛めつけられてきたイギリスじゅうの何万というお尻が大歓迎することは、火を見るより明らかだった。それぞれが五十セントずつ出しさえすれば、二人ともたちまち大富豪だ。ウィリアムとシドニーは、ロンドンの目抜き通りのひとつに小さな店を借り、そこに並べるのに充分な量の〈衛生ペーパー〉を買い込むと、ショーウィンドーが隠れるほど商品を山と積み、正しい使い方を解説したポスターをガラスに貼って、いまという時代にまさにぴったりの奇跡の発明品を二人の手から奪うようにして買っていく客たちを、カウンターの向こう側でいまかいまかと待った。ところが開店当日、店にはいってくる者はだれもいなかった。それは何日か経ってもおなじだったし、そのまま何週間も時は過ぎた。

三カ月経ったところで、ウィリアムとシドニーはやっと失敗を受け入れた。大繁盛の夢は芽生えもしないうちにこなごなに打ち砕かれ、手元に残ったのは、今後一生シアーズの通販カタログを手に入れる必要がないほど大量の〈衛生ペーパー〉だけだった。しかし、えてして世間には、ちょっと見ではなかなかわからない、それなりの面倒な仕組みがあるものであり、二人が店をたたむやいなや、その仕組みが機能しはじめた。居酒屋の奥まった暗がりで、細い路地の入口で、あるいは夜が明ける時間帯になると彼らの自宅でも、じつに種々雑多な人々がウィリアムとシドニーをつかまえて、あたりを心配そうにうかがいながら声をひそめて奇跡の衛生ペーパーを注文すると、そそくさと暗がりに姿を消した。急にこんなふうにこそこそと商売をしなければならなくなったことに当初はとまどっていた二人の若者も、かたや足を引きずり、かたや鼻息を荒くしながら、夜の闇に紛れてロンドンじゅうを奔走し、周囲の不躾《ぶしつけ》な視線を避けてこっそり取引をすることに慣れていった。その恥ずかしい商品を家々の玄関口にただ置いていく場合もあれば、決められた数だけ窓を杖でたたく、静々とやってきた小型ボートに橋から投げ込む、人気《ひとけ》のない公園に行きベンチの下に置かれた札束を回収する、お屋敷の鉄柵から鳥の鳴き声を真似て口笛を吹く、など取引の方法は千差万別。ロンドン市民のだれもが、奇跡の〈カエティ衛生ペーパー〉をご近所には気づかれないように使いたがっているかのようだった。もちろんウィリアムも手をこまねいてはいなかった。彼は商品の値上げに踏みきり、どんどん引き上げていくうちにしまいには目の飛び出るような値段になったが、それでもお客の大半はおとなしく代金を支払った。

二年もすると、二人はブロンプトン地区に二軒の豪勢な屋敷を構え、やがてすぐにケンジントンに引っ越した。ウィリアムはせっせと収集してきた贅沢《ぜいたく》な杖コレクションに加え、こうして住む家をどんどん大きく豪華にしていくことこそが、人生の成功の証《あかし》だと考えていたのである。一方、貯金をまるまる義兄に渡してしまうという無鉄砲な真似をしてまわりを驚かせながらも、そのおかげで高級住宅街クイーンズ・ゲイトに、バルコニーからロンドン一美しい景色を見渡すことができるしゃれた屋敷を手に入れたシドニーは、蓄えた富を家族との団欒《だんらん》に注ぎ込み、教区教会でも褒《ほ》めそやされた。屋敷は子供たちの笑い声や、書物や、将来有望な画家の絵であふれ、使用人も二人置いた。じつは庶民層というものをあからさまに毛嫌いしてきたのだが、やっと自分がそこから脱け出せたと実感できたいま、もはや彼らのことは気にもならなくなった。要は、トイレットペーパーというお世辞にも品がいいとはいえないものがいまの生活を支えているということについてはとりあえず不問に付し、謙虚に新たな人生を受け入れたのがシドニーなのである。しかしウィリアムは違った。貪欲でうぬぼれの強い性格の彼は、それだけでは満足しなかった。彼は人々の賞賛や世間の敬意がどうしても欲しかったのである。言い換えれば、ロンドン上流階級の連中に、その一員としてキツネ狩りに招待してもらいたかったのだ。しかし葉巻サロンでどんなに偉そうに名刺を配ろうと、それは実現しなかった。彼は自分ではどうすることもできない冷酷な現実を前に、ロンドンを牛耳るそうした富裕層への憎しみを募らせていった。彼が届けてやっているやわらかな〈衛生ペーパー〉でそのごたいそうな尻を拭っているくせに、よってたかって彼を村八分にするとは。その敵意は、珍しく招かれたとあるパーティでついに爆発した。招待客のひとりが、なにか気の利いたことを言いたかったのだろう、酒の勢いを借りて、彼を〝王室御用達尻拭き係〟に任命すると告げたのである。笑い声が沸き起こる暇さえあたえずに、ウィリアムはその無礼なめかし屋にハリケーンさながら飛びかかり、杖の柄で鼻をさんざん打ちのめした。シドニーがやっとのことで彼を相手から引き剝《は》がし、会場から引きずり出す始末だった。

そのパーティがウィリアムの人生の大きな節目となった。そこで彼は苦い、しかしのちのちとても役に立つ教訓を身につけたのだ——〈衛生ペーパー〉には多大な恩義があるし、それがいまの暮らしの基盤を作ったことは間違いないが、思いきって切り捨てないかぎり、永遠に彼という人間につきまとう汚点となる。だから彼は、胸にたぎる憎しみと直感にまかせて、もっと人様に胸を張れる商売に資金の一部を投資しはじめた。初期の鉄道もそのひとつで、数カ月もすると、複数の機関車修理工場の株式の大部分を取得することに成功した。次に着手したのがフェローシップ社という傾きかけた船舶会社の買収で、これも新しい血の注入によって、無数の船会社のなかでも最も収益性の高い会社に生まれ変わった。オーケストラの指揮者を思わせる優美かつ真摯《しんし》なシドニーの経営手腕のおかげもあり、ウィリアムの小さな海運帝国は二年もしないうちに彼の名前を〈衛生ペーパー〉から完全に切り離してくれた。その最後の注文をキャンセルしたとき、ロンドンじゅうがひそかに嘆き悲しんだという。一八七二年、アンズリー・ホールが初めてウィリアムをニューステッドの領地でのキツネ狩りに招待した。ロンドンの有力者たちだれもが彼に助力を惜しまず、彼の大猟を称賛した。またこのとき、不運にも、昔パーティの席でウィリアムをからかったあの才気煥発《かんぱつ》な若者が命を落とすという出来事があった。新聞記事によると、若者は自分の猟銃で誤って脚を撃ち抜いてしまったのだという。ウィリアム・ハリントンがトランクから軍服を引っぱり出してきて無理やり袖を通し、自画像を描かせたのは、おおむねこの頃のことだ。ぽつりぽつりとしか記章のない淋《さび》しい軍服をひけらかすかのように胸を張って不敵にほほえみ、ハイドパーク正面にある彼の屋敷を訪れる者すべてに、おのれの築いた帝国の皇帝としていまも挨拶している。

以上が、二人の父親がひた隠しにしている秘密のすべてなのだが、まあ軽い内容なので、退屈な旅をやりすごすのにおあつらえ向きなのではないかと判断した次第である。だが、あいにく話が終わるのが早すぎたようだ。馬車のなかは相変わらず静まり返っており、しかもまだまだ沈黙が続きそうな気配である。なにしろアンドリューという男は、一度だんまりを決め込むと現実世界にもどってくるのに何時間もかかり、焼けた火かき棒を押しつけるか、煮えたぎる油を頭から浴びせるかでもしないかぎり早期復帰は難しく、当然ながらチャールズがそんなものを常備しているはずもない。というわけで、馬車を引く馬たちの四つのお尻という面白くもなんともないものをここで無理に観察描写したくなかったら、ふたたび空に舞い上がって、彼らの目的地であるミスター・ウエルズの家に先まわりするほかなさそうだ。これまでにも私がちょくちょく物語の途中で口をはさむのを見て、すでにお察しの読者もいらっしゃるとは思うが、私は馬車の不快な揺れに必ずしもつきあわなければならないわけではなく、光速で移動することさえでき、まばたきするあいだに、いや、もっと速く、ほら、ウォーキングにある庭付き三階建ての質素な家の屋根にもう飛んできてしまった。ヒースの茂る荒野と銀色のポプラに囲まれたその屋敷の安普請《やすぶしん》の壁が、リントン行きの列車が騒々しく通過するたびに、軽く揺れるのさえわかる。

11

　さて、すぐに私は、作家ハーバート・ジョージ・ウエルズのところにお邪魔するには、あまりいいタイミングではなかったことに気づいた。なるべく近寄らないほうが利口《りこう》かもしれないので、かの有名作家は顔色の悪い痩《や》せた男で、いまはすこぶる機嫌が悪いと手短にご紹介するにとどめることもできるが、この物語にうようよ現われる数多くの登場人物のなかでも、おそらくウエルズが今後いちばん出番が多く、そう考えると、もうすこし詳しく説明しないわけにいかないだろう。恐ろしく痩せていること、肌が生白くて貧弱に見えることのほかに特徴はといえば、幅の狭い、先をくるりとカールさせた流行の口髭をたくわえていることだが、彼の童顔からするとやけにずっしりと重そうで、釣りあいが悪い。繊細で女性的な口の上にのっていると、髭が唇に上から襲いかかろうとしているかのように見えるのだ。その口と澄んだ瞳が手を組むと、いつも唇にまとわりついているいたずらっ子のようなにやけ笑いさえ消えれば、天使にも似た表情が生まれる。端的にいうと、ウエルズには磁器を思わせる透明感があり、とてもやさしそうな瞳の奥では強烈で鋭敏な知性がひらめいている、そんな男だ。もっと詳しく知りたい方、あるいは想像力に欠けている方のために付け加えると、体重は五十キロ強、足のサイズは二十三センチ、髪の分けめは左側にあり、いつもはフルーティな体臭が、今日にかぎってはすこし汗臭い。じつは数時間前まで、新妻と二人乗りの自転車に乗って近所を走りまわっていたのだ。それは、飼い葉も厩舎《きゅうしゃ》もいらないばかりか、乗り捨てても勝手にどこかに行ったりせず、二人ともまやすっかりお気に入りとなった、ちかごろはやりの新手の乗り物だった。まあ、そんなところだろうか。あとは生体解剖するか、下着を剝《は》ぎとるかしかない。そうすれば、ペニスの長さはまずまずといったところで、やや南東方向に曲がっているとわかるだろう。

いまウエルズは、執筆するときにいつも使う台所のテーブルにつき、雑誌を手にしていた。背筋がぴんと伸び、肩の線がこわばっているところを見ると、内心葛藤しているのだとわかる。午後の傾きつつある日差しが庭の木々を照らし、部屋にゆっくりと伸びる美しいスカラップ模様の影に、ただ漫然と覆《おお》われていくままになっているように見えるが、じつはいまにも爆発しそうな憤怒《ふんぬ》を必死に抑えようとしているのだ。大きく一度、二度、三度と深呼吸して、懸命に落ち着こうとする。だが無理だった。それを証明するかのように、彼は読んでいた雑誌をいきなり台所の戸口めがけて投げつけた。雑誌は怪我をしたハトのように宙を滑空し、彼の足元から二メートルほど離れたところに着地した。ウエルズは座ったまま悲しそうにながめていたが、ため息をつき、首を振ると、とうとう重い腰を上げて床からそれを拾い上げた。そんなふうに無駄に感情的になるなんて文明人のすることじゃない、と自分を叱りながら。雑誌をふたたびテーブルに置き、あきらめ顔でその前に座った。逆境は勇敢さと聡明さを証明するチャンスだと、前向きに受け止めよう。

問題の雑誌は《ザ・スピーカー》で、そこで彼の最新作『モロー博士の島』が酷評されていたのである。この作品も大衆向けの科学小説だが、その陰には彼が憑《つ》かれたように追求しつづけているもうひとつのテーマ――自分の夢で身を滅ぼす夢追い人――が隠れている。主人公はプレンディックという名の男で、乗っていた船が難破して、不運にも地図にも載っていない孤島に流される。そこは、残虐な動物実験をおこなった罪でイギリスを追放された頭のおかしな科学者モロー博士の所領だった。忘却の海に浮かぶ小島で、作品の題名にもなっているその科学者は、彼の狂気の結実ともいえる異様な生き物たちのいわば神として君臨している。彼は、野生動物を人間に改造しようとこころみたのだ。この作品は、常軌を逸したその科学者に、自然の摂理にまかせていればのろのろとしか進まない進化の過程をすっ飛ばさせて、ダーウィンを超えようとしたのだともいえるし、ウエルズが敬愛するジョナサン・スウィフトへのオマージュだともいえる。プレンディックがイギリスにもどり、やっとのことで脱出した幻のエデンの園について世に訴えるくだりは、ガリヴァーがフウイヌム国の話をする場面を髣髴《ほうふつ》とさせる。ウエルズはいったん書き終わったあともどうしても出来に満足できず、衝撃的なイメージを熱に浮かされたようにつなげていくうちにどんどん話が長くなってしまい、その意味では批評家から非難を浴びる覚悟はできていたのだが、かといってたたかれる痛みが減るかというとそうでもなかった。最初の一撃は不意打ちだった。なにしろ刺客《しかく》は妻その人だったのだ。女性に変身させようとして失敗した醜悪なヒョウによって博士が死に至るのは、女性運動に対する批判だと彼女は主張した。いやはや、ジェーンがそんなふうに考えるなんて思いも寄らなかった。そして先週、二人めの刺客に遭遇した。このときそれを送り込んできたのは、いつもは作家に好意的なことで知られる《サタデー・レヴュー》紙だった。だがそれ以上に腹立たしかったのは、その辛辣な書評を書いたのがピーター・チャールマーズ・ミッチェルという前途有望な若き動物学者で、彼とはサウス・ケンジントンで送った学生時代に友情を温めあった仲だった。なのに長年培《つちか》ってきた大切な友情を裏切って、ウエルズの新作はただ読者を怖がらせようとしているだけだとばっさり切って捨てたのである。《ザ・スピーカー》の評はさらに辛口で、著者の異常性を咎《とが》め、動物を人間化する実験に成功した男の次なるステップはその獣人たちとの倒錯した性行為にほかならない、とさえほのめかした。〝ミスター・ウエルズに才能があることは確かだが、その才能を文学を侮辱することに利用しているとしか思えない〟と批評家は断じた。ねじくれた考えで本当に脳みそが汚染されているのは自分なのか、それともこの批評家なのか、とウエルズはひとりごちた。

その手の不快な書評に傷つくのは自分の気持ちだけだと、もちろんウエルズもわかってはいた。向かい風ではあっても弱いそよ風でしかなく、本の針路を乱すにはおよばない。彼の小説を倒錯した空想物語だと軽率にも指摘した書評のおかげで、むしろ本の売れ行きが押し上げられ、次回作の引きあいがますます増えた。しかし、作家の自尊心にほんのすこしでも傷がつくと、えてして致命的な長患《ながわずら》いにつながるものだ。作家に力をもたらす最強の武器は持ち前のひらめきであり、もし批評家連中がこぞってその直感力を袋だたきにすれば、くだんの作家は、実際に才能があろうとなかろうと、一匹の臆病なウサギに成りさがってしまうのだ。作家という役柄を演じることにやたらと慎重になり、きらめく才能を抑え込んでしまう。新聞や日曜版の文学特集に登場する書評家なら、どんな作品も作家の努力と空想が合体して生まれたものであり、孤独で地道な作業のたまもの、昔から潜在的に持っていた夢の実現なのだ、有名になるための切羽詰《せっぱつ》まった賭けなどではない、とわかっているはずなのに、いざ安全で居心地のいい高所に陣取ると、作品に無慈悲に唾《つば》を吐きかける。だが彼らに私を傷つけることはできない。そう、結局のところは。私は侮辱になど絶対に負けない。なぜなら私には〝かご〟があるからだ。

台所の棚の上に置かれた籐《とう》かごをながめるうちに、落ち込んでいた気分がふたたびむくむくと、逆境を跳ね返すように頭をもたげるのを感じる。彼にとって、かごの力はまさに即効性だ。だからどこに引っ越すときもけっして捨てず、まわりの人間に不審がられながらもあちこちに引きずっていく。昔からお守りだの魔除けだのを信じるたちではないが、そのかごを手に入れるに至った不思議な経緯もさることながら、そのかごがそばにあると実際にいいことばかりが起きることにある日ふと気づき、これだけは例外だと考えざるをえなくなった。ジェーンはそれを野菜入れに使いはじめたが、ウエルズはそれで腹が立つどころか、むしろうれしくなった。そういうありふれた使い方をすることで、妻はかごの持つ魔力をカムフラージュし、しかもかごの利用価値がそれで倍になったのだから、じつに愉快ではないか。彼に幸運を、自信をあたえてくれるかご。みずから籐を編んでこのかごを作ったあのすばらしい人を思い出すたび、これはその崇高なる魂の化身なのだと思う。だが、こうして物を入れるふつうのかごとしても立派に役に立つのだ。

だいぶ気持ちが静まったところで、ウエルズは雑誌を閉じた。彼がようやく紡ぎあげた作品をだれにも傷つけさせはしない。読む者みんなが満足してしかるべきなのだ。三十歳になり、つらい環境との終わりなき苦しい戦《いくさ》をくぐり抜けたすえに、いまようやく人生の土台が固まった。剣《つるぎ》をずっと鍛えつづけ、さまざまな形状を試したのちに、やっと一生使えそうなデザインにできあがった。あとは刃を研ぎ、使い方を覚え、必要なら血の味も覚えさせなければならないだろう。進む道はいくつもあったが、作家には向いている気がしていたし、出版した三冊の小説が証明してくれたように、その予想はみごとに当たった。作家か。いい響きだ。第一志望は教師だったが、第二候補としてすこしは考えていたので、この職業にまったく不満はなかった。教壇に立って学生たちの意識を揺さぶり、啓蒙《けいもう》したい、ずっとそう思っていたけれど、考えてみれば、ショーウィンドーの向こう側からでもそれは可能だと気づいた。逆にこちらのほうが楽だし、届く範囲も広い。

作家。いい響きだ。うん、たしかに。

いざ落ち着くと、ウエルズは文学が彼に授けてくれた自分の城を見まわした。慎ましい家だが、それでも数年前ならけっして手が届かなかったはずだ。地方紙に記事を書き、へとへとになりながら授業をして、爪に火をともすような暮らしをしていたあの頃。かごを信じる気持ちだけが、失望に屈しない力をくれた。彼が生まれ育ったケント州ブロムリーの家と比べずにはいられない。当たり前のように同居していたゴキブリたちを一掃するため、父が床板に沁《し》み込ませたパラフィンのいやな臭いがいつも漂っていた、あのみじめなあばら家。思い出すだに虫唾《むしず》が走る。換気もへったくれもないとんでもない位置に石炭のかまどが作られていた、地下の汚らしい台所。裏庭に鼻がひん曲がりそうなほど臭い便所——ぼろ小屋のなかに穴を掘っただけの代物——があり、そこに行くには地面を踏み固めただけの道を通るのだが、隣の仕立屋のクーパーさんのところの雇い人にのぞき見されていると疑っていた母は、膀胱《ぼうこう》に急《せ》かされるたび走って行き来していた。奥の塀は蔓草《つるくさ》で覆われ、ウエルズはよくそこによじ登っては、肘まで血まみれになって庭を散歩している肉屋のコヴェルさんをながめたものだった。彼は家畜を解体したばかりでまだ血の滴《したた》っている肉切りナイフを手にうわの空で歩いていた。遠く家々の屋根の向こうに、教区教会と、ひび割れて苔《こけ》むした墓碑が所狭しと並ぶ、付属の墓地が垣間見えた。そこには幼くして亡くなった姉フランシスの遺体も埋葬されており、母いわく、娘は悪名高きミスター・マンデーの茶会で毒を盛られたのだという。

あの薄汚いあばら家に必要条件が揃っていたおかげで、彼が作家になる潜在能力が育《はぐく》まれたのだということは、だれも、彼自身さえ疑うものではないが、それが実現するまでがかなりの難産だった。彼の計算によれば、二十一年と三カ月もかかったのだから。ウエルズは、将来自伝でも書くつもりなのか、いろいろな日付を記録しておく習慣があって、一八七四年六月五日こそ、必要以上に暴力的に彼の天職が暴かれた日だった。その日、ある大事件が起きたのだが、事件の本当の意味は時が流れて初めてわかったことだし、また、自分の将来をいざ彫刻しはじめようとしたとき、じつはみずからの意思などさして重要ではなく、実際にそれを形作るのは偶然という気まぐれな鑿《のみ》なのだとウエルズは思い知った。折りヅルの折りめを広げて、どういう手順で作られたのか探る人のように、ウエルズもいまの自分が形成された瞬間を分解し、製造過程で付け加えられた部品を見つける方法を知っている。実際、なにかができあがるまでの節目節目を記録した樹系図をたどるのが昔から好きで、気が向くとよくやっている。頭のなかでおこなうこの手の解剖は、かけ算表を暗誦《あんしょう》するのとおなじ安心感を彼にあたえてくれる。確かな数学的真実が、マグマのように流動的で不安定な世界をがっちり固定してくれるような気がするのである。ウエルズはこうして自分の出発点を、彼を作家にする出来事を引き起こした偶然の火花を特定した。初めて聞く人はとまどうかもしれない。それは、クリケットのグラウンドで父が投げ、みごとバッターをアウトにしたスローボールにほかならないのだから。だが、ほんのちょっとでもその糸を引っぱれば、分厚い絨毯はもうほどけたも同然だ。そもそも、もし父にそのバッターをてんてこまいさせるだけの投球技術がなかったら、だれも父を州の公式クリケット・チームに誘わなかっただろうし、もしチームにはいっていなかったら、家の近くの居酒屋ベル亭で仲間と毎晩酒を飲むこともなかっただろうし、もし家の一階で妻と経営するちっぽけな陶磁器店をほっぽりだして毎晩酒を飲んだりしなければ、居酒屋の主人の息子と仲良くならなかっただろうし、もしその太めの若者との友情を育まなければ、ある晩おこなわれたクリケットの試合で彼が父の息子たちと会ったとき、おちびのバーティ（ウエルズは子供のときからこのあだ名で呼ばれていた）を抱き上げて宙に放り投げたりしなかっただろうし、もし投げられなかったら、ウエルズが彼の腕からすべり落ちることはなかっただろうし、もし八歳だったウエルズがその若者の腕からすべり落ちなかったら、ビール売りのテントの張り綱のピンに脚をぶつけて向こう脛《ずね》が折れることもなかっただろうし、もし脚を骨折せず、ひと夏ずっとベッドに縛りつけられるという異常事態にならなかったら、そういう状態で許される、読書という唯一の気晴らしに没頭することもなかっただろう。そんな恰好の口実でもなければ、黙々と本を読むような健康に悪いことをしていたら、両親に不審の目で見られ、早々に本を取り上げられて、ディケンズやスウィフト、ワシントン・アーヴィングといった作家たちを発見することもできなかったはずだ。彼らはウエルズの内側に種を蒔《ま》き、その種は世話らしい世話をしてもらわなくても、摘《つ》まれる危険をくぐり抜け、時間をかけてやがては必ず発芽することになるのだ。

ときどきウエルズは、自分の才能が輝きを失わないよう想像力に磨きをかける目的で、文学の世界に彼を開眼させてくれたあの一連の奇跡がもし起きていなかったら、自分はどうなっていただろうと考える。答えはいつもおなじだった。あの美しき連鎖がなかったら、彼はいまごろ薬局かどこかで働いていて、人生という名の鍋に自分が放り込める具はこの程度だったのかと不満をかこち、毎日じりじりしていたはずだ。はっきりした目的も目標もなく、ただ生きていてなんになる？　充実感とは無縁の人生なんて、意味があるのだろうか？　道からはずれ、運まかせにさまよい歩き、分かれ道に来ても優柔不断におたおたし、いつも満たされぬまま生きる、それ以上の不幸はほかにないだろう。自分など取るに足らない無意味な存在なのだとあきらめ、隣のだれと交代しても世界はなにひとつ変わらず、馬鹿しか喜ばないようなつまらない楽しみだけを頼りに暮らす日々。だがさいわいウエルズは、父がクリケット場でみごとな投球をしてみせたおかげで凡庸な毎日から救われ、山あり谷ありの人生も乗り越えて、高貴な目標を持つ人間に、そして作家になることができた。

とはいえ、ここにたどりつくまでの道のりはそう楽ではなかった。彼が自分の人生に目を向けはじめ、どちらの方向に進むべきかやっとわかったその瞬間に、それがなければドラマは始まらないとばかりに、行く手を阻む向かい風が吹きだした。それは母という姿をした、たえまなく吹きつけてくる暴風だった。サラ・ウエルズにとって、そうして息子に厳しくすることが人生最大の任務のようにさえ見えた。地球上のだれより不幸な女サラ。彼女はおちびのパーティや、その兄フランクとフレッドを一人前にすることだけを考えて生きた。それはつまり息子たちを、大店《おおだな》の店員だとか織物職人だとか、とにかく謙虚に誇らしく世界の重みに耐える、献身的な大男アトラスのような仕事に就かせることを意味していた。それ以上の野心を抱くウエルズにはがっかりさせられたが、大騒ぎしてもしかたがないとあきらめた。どのみち、すでに濡れていた地面にまた雨が降るようなものだったからだ。おちびのパーティには、生まれた瞬間から裏切られどおしだった。亡くなった姉の代わりとなる娘を必ず身籠らせるという条件付きで、寝室の鍵を開けていまいましい夫を迎え入れたのに、お腹から出てきた赤ん坊は、あつかましくも、男しか持たない道具をぶら下げていたのである。

出だしからその調子だったから、その後、母とウエルズの間柄がどんどんぎくしゃくしていったとしても不思議ではなかった。脚の骨折によってウエルズにもたらされた楽しい休み時間は、だれが頼んだわけでもないのに、延長されることになった。骨のくっつき方がまずいので、もう一度接骨部分をはずして最初からやり直さなければならないと、村の医者に告げられたのである。しかしそれもいよいよ終了すると、おちびのバーティはブロムリーの小学校に入学した。そこは二人の兄も通った学校だったが、教員のモーリー先生は、彼らからはたいした成果は引き出せずに終わった。ところがすぐに弟のほうは〝おなじ株の花でも匂いは違う〟ことを証明した。モーリー先生は、こんなに聡明な少年がすっかり勉強に遅れてしまっていることに驚き、入学金が未納のままであることさえ黙認して指導に励んだが、彼の熱心さに気づいたサラが、チョークと勉強机の国でとても居心地よさそうにしていた息子をあわててそこから引きずり出して、ウィンザーで毛織物店を営むロジャーズとデニアーの店に丁稚《でっち》奉公に行かせてしまった。朝七時半から夜八時まで、ほとんど光もささない狭い地下室で昼食をとる以外は休憩もなく、二カ月間、馬車馬のように働きつづけたウエルズは、このままでは子供らしい元気もしだいにしぼんで二人の兄たちの二の舞になってしまうと思い、恐ろしくなった。かつては明るく活力にあふれていた兄たちだったが、二人ともいまでは見る影もなくなってしまっていたのである。そこで、自分には服地商の店員になる才能はないということを、できるかぎり周囲に見せつけることにした。なにかというとぼんやりと物思いにふけり、注文を忘れるわ、部屋の隅で一日の大半を呆けて過ごすわで、とうとう店の二人の主人たちも、あの子供には辞《や》めてもらうしかないと思い至ったのである。

母のまたいとこが口をきいてくれたおかげで、ウエルズはウーキーで学校を経営している親戚を手伝うことになり、そこで教職課程を修了した。その仕事は、服地商に比べれば彼の本来の希望にずっと近いものだったが、残念ながら始まるやいなやピリオドが打たれた。その学校の校長は、学位を偽造してその職に就いた詐欺師だったことが判明したのだ。すでにそうおちびでもなくなっていたバーティはこうしてふたたび母の干渉下に置かれ、とんちんかんな方向に送り出されて、また運命をねじ曲げられてしまった。十四歳になったばかりだったウエルズは、ミスター・カワップ――彼の母親から息子を雑貨商に仕立てあげてほしいと仰せつかっていた――の薬局で見習いとして働くことになった。しかし、その子供がこんなところで埋もれさせるには惜しいくらいおつむの出来がいいと気づいた薬屋は、ミッドハーストで中学校の理事をしているホレイス・バイアットの手に彼をゆだねることにした。バイアットは、自分の学校にはまだ欠けていた教育機関としての信頼性を高めるために、優秀な生徒を集めようと必死だった。基本的には平凡な生徒ばかりが集まるその学校で、ウエルズが頭角を現わすのはそう難しいことではなく、たちまちバイアットも彼に目をつけて、薬屋と共謀して、その才能ある少年にもっといい教育を受けさせようとした。しかし、またしてもウエルズの母親が黙ってはいなかった。おちびのバーティを破滅に導こうとしている二人の無益な慈善家の企みはすぐさま見破られ、ウエルズはこんどはサウスシーの服地商に送られた。そこで彼は二年を棒に振り、なぜ正しい方向に向かうたび、決まってあの暴風が吹き、彼を馬から振り落とすのだろうと考えつづけた。エドウィン・ハイド服地百貨店での毎日はまるで地獄だった。連続十三時間勤務で、仕事が終わっても帰る先は宿舎代わりの狭苦しい仮設小屋。そこで従業員がすし詰めになって眠るので、たがいの夢さえまぜこぜになるほどだった。その数年前、無能な父の経営する陶磁器店がとうとう倒産に追い込まれ、母はアップパーク邸で住み込みの女中として働きはじめていた。その屋敷は、カーティングダウンの丘の裏手にある農園の片隅にあり、母は若かりし頃もそこでやはり女中として働いていたのだ。囚われの身のウエルズはいよいよ切羽《せっぱ》詰まって、母宛てにせっせと手紙を書いた。ウエルズの名誉のためにここで内容は紹介しないが、そこにはうんざりするほど愚痴《ぐち》が並び、子供っぽい懇願と、想像力のかぎりを駆使した論拠を交互に織りまぜて、無駄な努力と知りながらも、どうかここを辞《や》めさせてほしいと懸命に訴えつづけた。明るいはずの未来が指のあいだからこぼれ落ちていくのを悲痛な思いでながめながら、ウエルズは母の弱点を必死に探した。店員の安月給では年老いた母さんをとても助けてやれない、きちんと学問を修めればもっといい仕事にも就けるんだといいくるめようとしたり、母さんは偏狭だ、馬鹿だと責めたり、こうなったら自殺してやる、いや、末代まで家名を汚すような恐ろしい犯罪に手を染めてやると脅したり。しかし、結局なにをやっても、息子を服地商の真正直な店員にするという母の決意を翻《ひるがえ》すことはできなかった。

こうなったらかつてウエルズのために一肌脱いでくれたホレイス・バイアットの力を借りるしかない。生徒が増えて教室にあふれ、人手を欲しがっていたバイアットは、初年度は年二十ポンド、以降は年四十ポンドの給料でウエルズを教員として雇うという方法で、彼を救出することにした。ウエルズが大至急母の目の前でこの数字を振りかざすと、さすがの母も、服地商を辞めることをしぶしぶ許した。息子を堕落させまいといままで頑張ってきたが、いつも空まわりばかりで、ほとほと嫌気がさしたのである。やっと奴隷の身から解放されたウエルズは、救世主であるバイアットに感謝しても感謝しきれず、彼の期待に応えるべく、昼間は低学年の生徒に授業をおこない、夜は教職課程を修了するための勉強に加え、生物学、物理学、天文学などありとあらゆる科学分野の知識を貪欲に吸収していった。その並々ならぬ努力が実って、彼はロンドンのサウス・ケンジントンにある科学師範学校で学ぶ奨学金を獲得した。そこでは、ダーウィンの代弁者としてウィルバーフォース司祭とかの有名な進化論論争をくり広げた、ほかでもないハクスリー教授が教鞭を執っていた。

とはいえ、ウエルズが意気揚々とロンドンに旅立ったかというと、そうともいいきれない。なにが悲しいかといって、それは、息子の大事な門出だというのに、両親ともにそれをこころよく思っていないことだった。母が彼の挫折を望んでいることは明らかで、そうすることで、しょせんウエルズ家の人間は服地商になるぐらいしか能がないのだ、あのろくでなしの亭主のタネから天才が生まれるなんてやはりありえないことだった、という自分の信念を証明したがっていた。父はといえば、幸せとおなじように、失敗だって楽しもうと思えば楽しめるのだ、という真理を身をもって実践していた。いっしょに過ごした夏のあいだ、歳のせいでクリケットという避難所を失って久しい父が、それでもまだ自分の存在を認めることができる唯一の場に相変わらずしがみついていることを知り、ウエルズはぞっとしたものだった。父は、行商人の持つ大きなずだ袋に打者用の手袋やベースや脛《すね》あてやボールやらを詰め込んで肩に担《かつ》ぎ、迷惑な幽霊のようにクリケット場をさまよった。そして、おれがいなかったら、あの陶磁器店は砲撃を受けたガレオン船さながら、大海原の真ん中でこなごなになって沈んでいたさ、とうそぶいた。もっとも、そういった事情がウエルズの足を引っぱったわけではないし、また、ロンドンで下宿屋住まいをしなければならなくなったことも、それはそれでよかった。そこの下宿人たちは、だれがいちばん個性的な騒音を出せるか身内で競っているのだろうかと思えるほど、騒々しい連中だったのだが。

叔母のメアリー・ウエルズが、ユーストン・ロードにある彼女の家に下宿してはどうかと申し出てくれたとき、いい方向に運が向いたためしのない彼としては、つい反射的になにか裏があるのではないかと疑ってかかった。なにしろそこは、外から見るかぎりごくふつうの家庭で、彼をとても温かく迎えてくれたうえ、家族みんなが穏やかで仲もよく、生まれてこのかたずっとみじめな環境で育ってきたウエルズには、あまりにももったいなく思えたからだ。人生という終わりのない戦いにやっと休戦をもたらしてくれた叔母には本当に感謝の言葉もなく、彼女の娘イザベルに結婚を申し込むのがせめてもの務めだという気がした。なにをするでもなくその家でひっそり暮らしている、やさしく親切なイザベル。ところがすぐにウエルズは決心を早まったと気づいた。あわただしく結婚式が執りおこなわれ、面倒な事務処理が淡々とすむと、イザベルはもしかすると彼にまったく関心がないのではないかという当初からの疑いがそのとおりだったことが証明されたばかりか、模範的な妻となるべく厳しい教育を受けてきたこともわかった。妻たるもの、夫のありとあらゆる欲求を満足させなければならないが、ベッドのなかの欲求についてだけは、当然ながら例外なり。寝室での彼女は、生殖目的としてはとても優秀だが、快楽の点ではいちじるしく劣る機械のように、じつに冷淡にふるまった。とはいえ、妻の不感症などというものは、よそのベッドにもぐり込みさえすれば簡単に埋めあわせができる、ささいな不都合だった。そしてウエルズはすぐに、世の中には、彼の立て板に水の口説き文句さえあれば、いくらでもドアを開けてくれる居心地のいい寝室が無数にあることを知った。こうしてついに彼も人生の喜びに目覚め、人生そのものの道のりも、いままでは進むのにさえ苦労するのぼり坂ばかりだったのに、急にくだり坂が増えて楽々走りおりている、そんな気分だった。週一ギニーの奨学金でできる範囲のささやかな道楽に浸るウエルズは、女遊びを楽しみ、それまでは触れたことがなかった文学や芸術といった分野にも興味を持ち、科学師範学校で必死に勉学に励んで得たいまの境遇を満喫した。そして、長年ひそかに育《はぐく》んできた秘密の夢を実現するならいまがそのタイミングだと考えた。こうして、《サイエンス・スクールズ・ジャーナル》誌に最初の短篇小説を発表したのである。

題名は「時の探検家たち」。主人公はマッド・サイエンティストのネボジプフェル博士で、タイム・マシンを発明した彼は過去をさかのぼり、殺人を犯す。タイムトラベルというアイデア自体はいままでにも、たとえばディケンズが『クリスマス・キャロル』で、アメリカ人作家エドガー・アラン・ポーが「鋸山《のこぎりやま》奇談」で使っているが、いずれも夢や幻覚のなかの話だ。それに引き換え、ウエルズの小説に登場する科学者は自分の意思で過去に旅し、しかも初めて機械を利用している。要するに、オリジナリティにあふれた作品なのだ。しかし、自分が作家であることを初めて証明しようとした周到なこころみも、結局世の中のなにを変えたわけでもなく、世界はいつもどおり淡々と歩みを続け、ウエルズをがっかりさせた。それでも彼の処女作は、いままでにない、そしてたぶんこれからもけっして現われないような、特別な読者を獲得した。雑誌が発行されてから数日後、ウエルズは、あなたの小説がとても気に入ったので、ぜひお茶にお招きしたいという旨《むね》の絵葉書を受け取った。差出人の名前を見たとき、彼は目を剝《む》いた。ジョゼフ・メリック。いや、通り名のほうがわかりやすいだろう、またの名を〈エレファント・マン〉。

12

科学師範学校に入学し、初めて生物学教室に足を踏み入れるやいなや、ウエルズはメリックについての噂話を耳にすることになった。人体とその機能について研究する者にとって、メリックはいわば母なる自然の最高傑作であり、カット技術の粋を極めたダイヤモンドであり、神の果てしない創造力を示す生ける証《あかし》だった。〈エレファント・マン〉とも呼ばれるメリックは、残酷なまでに人間の体型を変えてしまう難病を患っており、彼を異形の生き物に変えてしまった。彼を苦しめる奇病はすぐに医学界に報告された。全身の右半分の骨や器官がどんどん成長する一方、左半分はほとんど変化しない。たとえば大きくふくらんだ頭蓋骨《ずがいこつ》の右側は頭の形を変えて、顔の半分をつぶしてしまい、顔が皮膚の襞《ひだ》と骨性のこぶに埋まっているようにしか見えないばかりか、耳の位置までずれている。そのせいでメリックの顔は、こちらを威嚇《いかく》するトーテムポールにも似た恐ろしい表情のまま固まって動かない。左右のバランスがあまりにも違うため身体の右側ばかりが異様に重く、背骨が左に湾曲しており、動きのひとつひとつがグロテスクな印象をあたえた。それでもまだ足りないとでもいうのか、彼の病は皮膚にも悪さをして、日干しにされたボール紙のようにごわごわと分厚くなり、クレーターや突起やいぼで覆われている。ウエルズは、最初のうちこそそんな人間が実在することに半信半疑だったが、教室内でひそかに回覧されていた写真を見たとき、噂は本当だったのだと納得しないわけにいかなかった。そうした写真は、サーカスや移動遊園地で見世物にされていたみじめな半生ののち、現在メリックが安住の地として暮らしているロンドン病院の職員から盗んだか買い取ったかしたもので、それがメリックだと憶測するしかないような、あちこちに影がさした薄ぼんやりした代物だったが、裸同然の女の写真といっしょに学生たちの手から手へまわされ、それぞれ別の意味で見る者を震えあがらせた。

そんな人物にお茶に招待されたとあって、ウエルズのなかでは驚きと不安が入りまじっていた。とにかく、ホワイトチャペルにそびえたつロンドン病院の堅牢な建物に、彼は時間どおりに到着した。玄関ホールはなにやら忙しそうに行き来する看護師や医師であふれ返っていた。ウエルズは、まるでバレリーナのようにだれもが自分の役目を心得て、協調しながらめまぐるしく動きまわる様子にとまどいつつ、通行の邪魔にならない隅っこの場所を探した。いま目の前を通りすぎていく包帯を持った看護師たちのなかには、生死の狭間でもがく患者の待つ手術室にもどろうとしている者もいるのかもしれないが、だからといって彼女たちは、長年そういう切羽詰《せっぱ》まった状況と共生してきたなかで培《つちか》われた一定の歩調を、それ以上速めようとはしない。ようやく適当な場所を見つけたウエルズは、規則正しく動く人の群れをしばらくぼんやりとながめていたが、やがてメリックの主治医である外科医トリーヴス医師が姿を現わした。フレデリック・トリーヴスは背の低い熱血漢で、歳は三十五歳、植木職人が刈り込んだかのように念入りに手入れをした濃い髭で童顔を隠している。

「ミスター・ウエルズですか？」相手が思いのほか若かったので拍子抜けしたのか、とまどいをごまかそうとしながら、彼が尋ねた。

ウエルズははいと答え、トリーヴスが招待客に期待するような年輪の重みに欠けていることが申し訳なくてつい肩をすぼめたが、すぐに後悔した。この病院のかの有名な入院患者にあつかましくも面会を申し込んだのは、こちらではない。向こうが招待したのだ。

「ミスター・メリックの招待をお受けくださり、感謝しています」トリーヴスが手をさし出した。

外科医は当初のとまどいを胸に納めると、仲人役《なこうど》にふたたび徹した。ウエルズは、凡人の大部分は立ち入りを禁じられている場所を自由自在に動きまわる、その器用で精力的な手に心から敬意を払いながら、ぎゅっと握り返した。

「ひょっとして、私の小説を読んでくれた唯一の読者を目前にして、門前払いになるところだったのかな？」ウエルズは軽口をたたいた。

トリーヴスは、作家のうぬぼれやそれを逆手に取った冗談など自分にはどうでもいいことだとでもいうように、うわの空でうなずいた。彼は、世界が毎日工夫を凝らして発明する新手の病気につねに遅れをとるまいと、その神の手に宿る超人的な技術を駆使して、手術室でせっせと治療にあたらなければならないのだ。トリーヴスは軍人のようにそっけなくかぶりを振ると、上階へと続く階段にウエルズを案内した。多忙な看護師たちの激流に逆らってのぼらなければならず、ウエルズは何度も押し流されそうになりながら先を急いだ。

「おわかりかと思いますが、ジョゼフの招待にこころよく応じてくださる方ばかりではないんですよ」ほとんど叫ぶようにしてトリーヴスが言った。「それでも、不思議なことに、彼はがっかりする様子も見せません。彼は、人生がほんのわずかでも温もりをあたえてくれれば、もう充分だと考えているのではないか、そう私は思うんです。レスター出身の垢《あか》ぬけない田舎者にとっては夢のまた夢のような、ロンドンきっての有名人たちに会えるのは、ほかならぬその異様な身体のおかげだと、心の底で彼にもわかっているんですよ」

トリーヴスの言葉に、ウエルズはなんとなくぞっとしたが、反論はぐっと呑み込んだ。すぐに、それも一理あると悟ったからである。見かけのせいで人に疎《うと》まれ、みじめな人生を送ってきたのだろうが、いまロンドンでも指折りの名士たちと交流できるのもその外見あってのことだ。特権階級の連中に囲まれて大はしゃぎするほど、その身体をメリックがありがたがっているとは思えなかったが。

　上階もおなじようにごった返していたが、ウエルズが盛況ぶりを二言《ふたこと》三言《みこと》も褒《ほ》めると、もううんざりしたのだろう、トリーヴスはすぐに客人をその律動的にうごめく雑踏から遠ざけにかかった。彼は迷いのない足取りで廊下を進んでいく。廊下はどこまでも連なり、曲がるたびに人の気配が消えていった。そんなふうにしだいに淋《さび》しくなっていくのは、病院の隙間を縫うように奥へ進むにつれ、病室や診察室が特殊なものになっていき、患者はもちろん看護師たちも自由な通行を制限されているせいだとは思うが、ウエルズが連想したのは、幼い頃に読んだおとぎ話に出てくる、怪物の隠れ家のまわりの不気味な荒廃ぶりだった。足りないのは、鳥の死骸や肉だけきれいに食いつくされた骨くらいのものだ。

　トリーヴスは歩きながら、その世にもまれな患者との出会いについて語りはじめた。感情に欠けるやけに単調な口調は、おなじ話をもう何度もくり返して、すでに飽き飽きしているからだろう。トリーヴズがメリックと初めて会ったのは、彼がちょうど病院の外科部長に指名された四年前のことだ。近くの空き地にサーカスが来て、そのいちばんの呼びものが当時ロンドンじゅうで噂になっていた〈エレファント・マン〉だった。噂が本当なら、〝世界一身体が変形した男〟なのだという。サーカスの興行主がだれかに鬘《かつら》をかぶせ、化粧をほどこし、照明を落としてそれとわからないように工夫して、せっせと怪物をでっちあげていることはトリーヴスも承知していたが、不幸にも異形として生まれた者が社会でのけものにされ、結局彼らにとっては見世物小屋が最後の避難所なのだということも事実だった。

たいして期待はしていなかったが、職業がら確かめてみずにはいられずに、トリーヴスはサーカスに出かけていった。だが、〈エレファント・マン〉は紛いものではなかった。空中ブランコ乗りの夫婦の少々無残な演技ののち、照明が暗くなり、どこかの先住民の音楽を真似たティンパニーの演奏が始まる。いささかもったいぶった前置きではあるが、観衆全体に恐怖が伝染したことも確かだった。そのときトリーヴスは、会場のどよめきが波のように舞台に押し寄せるさまに目を見張り、噂はむしろ舌足らずだったことを知った。砂地の舞台に足を引きずりながら現われたその身体は変形がはなはだしく、改造によってまったく未知の生物に変身させられたかのようだ。さながら左右非対称なガーゴイルだった。見世物が終わると、トリーヴスは興行主を説得して、その男と二人きりで話をさせてもらうことにした。質素な幌馬車に乗り込んで男と対面したとたん、きっと知能も低いのだろうとトリーヴスは推察した。これだけ頭蓋骨《ずがいこつ》が変形していれば、脳を傷つけないはずがない。だがそれは大間違いだった。二言三言言葉を交わしただけで、その恐ろしい外見の陰には、感受性の鋭い、教養あふれる青年が隠れていることがわかった。自分が〈エレファント・マン〉と呼ばれるようになったのは、鼻から垂れ下がる肉の突起と、長さが二十センチにもなる、まるで動物の吻《ふん》のような上唇のせいなのだ、と彼みずから説明した。

その上唇のせいで物がまともに食べられず、数年前に切除をこころみたが、うまくいかなかったのだという。これまでずっと人に踏みつけにされ、苦労してきたはずなのに、人間というものをこれっぽっちも恨んでいない彼の純粋な心根に、トリーヴスは胸を打たれた。彼自身でさえ、辻馬車が見つからなかったり、劇場でボックス席が取れなかったりするたび、ほとんど反射的に、だれをというわけではなく人類という生き物をひとくくりにして、いともたやすく憎悪の対象にしてしまうのに。

トリーヴスは、サーカスを立ち去って一時間後には、メリックをあそこから救い出し、誇り高く生きてもらうためならなんでもしようと決意した。理由は簡単だった。古今東西どの病院のカルテを探しても、メリックほど深刻な奇形は絶対に見当たらないはずだ。奇病の原因がなんにしろ、それを患っているのは世界じゅうで彼の身体だけだろう。そう考えると、あの不幸な若者は唯一無二の貴重な存在であり、ガラスケースに入れて保護しなければならない珍しいチョウの標本とおなじなのだ。だから、いまはサーカスに囚われの身となっているメリックをできるだけ早く救出し、科学の手にゆだねなければならない。しかし、猛烈な同情心から生まれたその崇高なる意志を実現するには、みずから出張《でば》ってあちこちに働きかけなければならないだろうし、相当な苦労を覚悟する必要がある。トリーヴスは手始めにメリックを病理学会に紹介することにした。だがこれは結局、学会に所属する優秀な医師たちがメリックを検査漬けにし、そもそもこの奇病の正体はなにかという白熱した、しかし不毛な議論が始まって、いつものことながらだれかが過去のいさかいを蒸し返すに至り、壮絶なののしりあいに発展しただけだった。しかし、同僚たちのいがみあいはただトリーヴスを意気消沈させて終わったわけではなく、最終的にはメリックの身体をよく調べることができたし、一刻も早く彼を見世物小屋の劣悪な環境から脱出させなければとトリーヴスの決意を新たにさせた。次に思いついたのは、彼を自分が勤務している病院に入院させるというアイデアで、それなら彼について研究するにも都合がいいと思ったのだが、残念ながら慢性病の患者を受け入れる病棟などどこを探してもなかった。院長はトリーヴスの提案については称賛してくれたが、手をさしのべるつもりはないようだった。一方、当のメリックは、八方ふさがりの状況にあって、たとえば灯台守など、なんでもいいから好奇の目にさらされない仕事ができたらそれでいいと譲歩さえした。だがトリーヴスはあきらめなかった。いよいよ策に窮した彼が新聞に助けを求めると、数週間もしないうちに〈エレファント・マン〉と呼ばれる男の悲惨な境遇が国じゅうの同情を集めて、これでもかというほど寄付金が集まった。しかしトリーヴスが求めていたのはお金ではなく、メリックのためのまっとうな住居だった。ついに彼は、社会を締めつけているくだらない法律の圏外にいる唯一の存在、王室に頼ることにした。そして、ケンブリッジ公とウェールズ公妃がメリックとの会見を承諾した。あとはメリックの洗練された教養とあふれんばかりのやさしさが万事解決してくれた。こうして〈エレファント・マン〉は、ウエルズとトリーヴスがいま廊下を歩く、この病院の永久住民として暮らすようになったのである。

「ジョゼフはここで幸せに暮らしています」トリーヴスは突然うっとりとした口調になって言った。「ときどきおこなう検査や治療にはまったく前進が見られないのですが、彼はまるで気にしていない様子です。自分の病気は、妊娠後期だった母親がパレードの見物に行ってゾウに踏まれたことが原因だと思い込んでいるんです。ミスター・ウエルズ、なにより悲しいのは、これが勝ち目のない戦いだということなんですよ。ジョゼフが安心して暮らせる場所をあたえることはできましたが、病気の進行を止める方法がどうしても見つからない。彼の頭蓋骨は日に日に肥大化し、残念ながら、おそろしく重くなった頭を首が支えきれなくなる日もそう遠くないでしょう」

淡々とメリックの死を予見するトリーヴスの様子は、もはや彼があきらめの境地に至っていることを物語っており、ウエルズはその病棟に充満する悲しみに、息が詰まりそうだった。

「できれば、最期は穏やかに過ごさせてやりたいと思っているんです」横にいるウエルズがしだいに顔色を失っていくのにはまるで気づかぬように、トリーヴスは続けた。「しかし、どうやらそれもかなわぬ願いらしい。夜になるとたまに、近所の連中が彼の部屋の窓の下に集まって、侮辱したり、冷やかしたりするんですよ。ちかごろでは、この界隈《かいわい》で見るも無残にずたずたにされて見つかった娼婦たちを殺したのはジョゼフだと考える者さえいる。みんな頭がどうかしてしまったんでしょうかね？　彼は蝿一匹殺せないというのに。さっきも申しあげたとおり、彼は人並みはずれて繊細なんです。なにしろジェーン・オースティンを読破したんですよ？　なんと、このあいだは詩まで書いていました。あなたみたいにね、ミスター・ウエルズ」

「私が書いているのは詩ではなく、小説です」ウエルズは自信なさそうにつぶやいた。募る不安で、なにもかもがあやふやに思えてくる。

トリーヴスは不機嫌そうにじろりとウエルズを睨《にら》んだ。文学のごとき彼にとってはどうでもいい代物の区別に、ウエルズがいちいちこだわりを見せたせいらしい。

「まあ、だから彼が人を招待するのを許しているんです」遺族にお悔やみを告げるかのように首を振ったあと、トリーヴスは話をもとにもどした。「彼の体調にもとてもいいみたいなのでね。人がジョゼフに会いにきたがるのは、彼の姿を見れば、どんなに不幸な人でも自分はまだ恵まれていると思えるからなのだと私は思います。だが、ジョゼフの目的は別にある。ときどき、彼にとってそれは、趣味の悪い暇つぶしなんじゃないかって気がするんですよ。ジョゼフは毎週土曜日になると一週間分の新聞を読んで情報収集し、お茶に招きたい人のリストを作って私に渡します。私は文句もいわずにその人たちに招待状を出すんです。貴族、実業家、大富豪、名士、画家、役者、その他そこそこ名の知られた芸術家たち……。要は、社会的には成功を収めたけれど、彼にいわせると、最後にもうひとつだけパスしなければならないテストが残っている人——それが彼と対面することとなのだそうです。すでにご説明したように、ジョゼフの身体は本当にひどく変形していて、見る者に同情と拒絶という二つの相反する感情を引き起こします。おそらくジョゼフは招待客の反応を見て、相手がどういう人間か判断するのだと思います。心の清らかな人か、あるいは不安やコンプレックスに苛《さいな》まれている人か」

そしてついに、廊下のつきあたりにある扉の前で二人は足を止めた。

「ここです」そう告げると、トリーヴスはしばし敬虔《けいけん》な沈黙にふけった。それからウエルズと目を合わせ、厳《おごそ》かに、しかしどこか威圧的に、こう続けた。「この扉の向こうには、たぶんいままで見たこともない、そしてこれからも二度と見ることのない驚異が、あなたを待っています。だがそれを怪物と見るか、不幸な人と見るかは、あなた次第です」

ウエルズは軽いめまいを感じた。

「いまならまだ引き返せますよ。もし自分自身を知るのが怖ければ」

「私のことなら、どうかお気遣いなく」ウエルズはもごもごと言った。

「どうぞご自由に」トリーヴスは手洗いでもすませたあとのように冷ややかに言い放った。

彼はポケットから鍵を取り出して鍵穴にさし込み、そっと、しかしわが物顔で扉を開け、ウエルズをなかに通した。

ウエルズは息を凝らして部屋にはいった。二、三歩進んだかどうかというところで、突然背後で扉が閉まる音がした。唾《つば》をごくりと呑み込み、あたりを見まわす。トリーヴスは、その厄介な儀式における仲介役の務めがすんだとたん、ウエルズを置き去りにしたようなものだった。そこは続き部屋がいくつもある広い居間で、家具はごくありふれたものばかりだ。そのなんの変哲もない家具と、部屋に注ぐ穏やかな午後の日差しが相まって、彼の目の前には思いがけず心地のいい、ありふれた風景が広がっており、怪物の住処《すみか》といわれてだれもが頭に浮かべる想像とはまるでそぐわなかった。ウエルズは、今回の会見の接待役がいつ現われるかとどきどきしながらしばらくそこで立ちつくしていたが、いっこうにその気配がないので、なにが待ち受けているかわからないながらも、おずおずと室内の探索を始めた。すぐに、屏風《びょうぶ》のどれかの陰からメリックがこちらをうかがっているような妙な感覚に襲われてぞくっとしたが、それでも家具のあいだをゆっくりと歩きつづけるうちに、これも儀式の一環なのだと直感した。しかしそうしてあちこち見てまわっても、そこの住人の人となりを示すものはなにも見つからなかった。皮を剝《は》がれたネズミがぶら下がっているわけでも、勇ましき騎士の鎧《よろい》が飾られているわけでもない。ところが、続き部屋のひとつに足を踏み入れたとき、そこに小さなテーブルと椅子が二脚あり、お茶の準備が整っているのを見つけた。そのとてものんびりとした風情が逆にウエルズの胸をざわめかせ、春のそよ風に吹かれ不気味に縄を揺らしながら罪人の到着を待つ、広場に用意された絞首台を連想した。そのとき、窓に近い壁に寄せられた別の小テーブルの上に、面白いものがのっているのに気づいた。ボール紙で作った教会の模型だ。ウエルズは近づき、その労作に目を見張った。細かいところまでなんて手がこんでいるんだろう。夢中で見ていたせいで、壁に伸びた痛々しい影に気づくのが遅れてしまった。てっぺんに巨大な頭がのった、右に傾く歪んだ体軀《たいく》。

「通りの向こう側にある教会なんです。窓から見えない部分は想像を働かせなきゃならなかったけれど」

ねっとりと語尾を引き伸ばすしゃべり方。

「美しいですね」ウエルズは、壁に映る不完全な影に向けてなんとか声を絞り出した。

影は重い頭を苦労して振ってみせ、人が自分の作品の出来を謙遜するときに使うそんな簡単なしぐささえメリックにはどんなに難しいか、期せずしてウエルズに思い知らせることとなった。それだけで疲れたのか、メリックは杖の上で身体を折り、黙り込んでしまったので、ウエルズはいよいよ覚悟を決めた。これ以上彼に背を向けておくわけにはいかない。振り返って、この会見の主人役と向きあわなければ。招待客のその最初の反応にメリックは注目していると、トリーヴスに警告を受けた。ほとんど反射的に、無意識のうちに現われる反応、だからこそ、ショックが収まったあとあわてて取りつくろう表情よりはるかに信用できる、本物の反応。メリックはその瞬間、招待客の魂をのぞき込む貴重な特権を手に入れ、その後の会見で彼/彼女がどんなふうにふるまうにしろ、気にする必要がなくなる。この最初の反応で、いきなり有罪か釈放かが決まってしまうのだ。ウエルズは、メリックの姿を見て自分がどう思うか、彼の胸にこみ上げるのははたして同情か嫌悪か、まったく予想がつかず、もし後者だったらどうしようとびくびくしながら、とにかくいっさいの表情を浮かべまいとして全力で歯を食いしばり、顔面を緊張させた。自分が目にしているものをきちんと消化し、メリックほど徹底的に変形してしまった人間を見て、湧いてしかるべき感情を構築するだけの時間を稼ぐまで、驚きを顔に出したくなかった。もし結局のところ感じたのが嫌悪だったとしたら、甘んじてそれを受け入れ、ここを立ち去ったあとで自分の気持ちをゆっくり考察すればいい。そういうわけで、ウエルズは深呼吸をすると、急にぶかぶかとやわらかくなったような気がする床をしっかりと踏みしめ、おそるおそるきびすを返した。

とたんに息が荒くなる。トリーヴスに事前に聞いていたとおり、メリックの崩れた体形は見る者を恐怖に陥れた。大学で見た、慈悲深い靄《もや》のマントでその醜悪さがやわらげられていたあの写真など、なんの心の準備にもならない。杖で身体を支え、三つ揃いのスーツを着たメリックは、皮肉なことに、彼を人間らしくあつかう目的であたえられたその衣装のせいでよけいに怪物めいて見えた。ウエルズは渾身の力で歯を食いしばり、身体を硬直させて震えを必死にこらえていた。いまにも心臓が胸を破って飛び出しそうだったし、冷や汗がひと筋背中を伝ったものの、そんなふうに全身で爆発する反応の原因が恐怖なのか悲しみなのか、ウエルズには判断できなかった。無理をして顔を緊張させてはいても、恐怖がどうしても顔を歪ませたがっているのだろう、唇がわなわなと震えだし、そのくせ目には涙がこみ上げるのを感じて、ほかにどんな感情のカードが残っているのか、自分でももうわからなかった。たがいに相手を吟味しあうその濃密な時間は永遠とも思えるあいだ続き、その間ウエルズは、メリックにそして自分自身に、私はこんなにも繊細で情け深い男なのだと証明するためにも、できれば痛みをぎゅっと凝縮した涙のひとしずくでも流してみせたかったのだが、せっかく目を潤ませた湿り気はこぼれるまでには至らなかった。

「頭巾《ずきん》をかぶったほうがいいですか、ミスター・ウエルズ?」メリックが穏やかに尋ねた。

その独特な声は言葉に粘り気をあたえ、泥の小川をたゆたいながらこちらに届くかのようで、ウエルズはまたどきっとした。メリックが招待客の反応を判定する時間はもう終わってしまったのだろうか?

「いいえ……その必要はありません」彼はつぶやいた。

メリックはふたたびとてつもなく大きな頭を苦労して揺すってみせたが、ウエルズとしては承諾のしぐさだと思いたかった。

「それでは、冷めてしまわないうちにお茶にしましょうか」メリックはそう言って、部屋の中央にしつらえられたテーブルにウエルズを導いた。

無理やり歩かされているように見えるメリックの足運びに驚いて、ウエルズは後に続くのも忘れていた。彼にとってはなにをするにもひと苦労なのだ——そのあと椅子に座るにも面倒な手順を踏まねばならない彼を見て、ウエルズはそう思い知った。手を貸そうかとも思ったが、こらえた。老人や障害者とおなじようにあつかわれたら、彼が気を悪くするかもしれない。これでよかったんだと自分に言い聞かせながら、ウエルズはできるだけ自然に彼の正面にただ座った。同様に、彼がお茶をカップに注ぐあいだも黙って見守ることにした。メリックは主人役を務めるあいだ、仕事のほとんどを病気の影響を受けていないほうの手、つまり左手でおこなったが、かといって右手をまったく使わなかったわけではなく、手順のなかでも簡単な補助的作業をそちらが担当した。宝石の原石のように不恰好で不必要に大きな手が砂糖壺の蓋《ふた》を取り、お菓子の皿を彼にさし出す様子を見つめていたウエルズは、メリックが訓練によって身につけたその流れるような手際に、心のなかで拍手を送らずにいられなかった。

「わざわざお越しいただいて本当にありがとう、ミスター・ウエルズ」お茶の用意という彼にとっては大仕事を、一滴のお茶もこぼさずにみごとやり遂げたあと、メリックは言った。「あなたの小説を心から楽しませていただいたことを、ぜひともじかにお伝えしたかったんです」

「それは感激です、ミスター・メリック」ウエルズは返事をした。

作品を発表したはよかったが、反響がほとんどないことが気になって、彼はその小説をすくなくとも十回以上は読み返し、読者という読者が揃ってだんまりを決め込んでいる理由を探ろうとした。冷徹な批評家精神にもとづき、物語の一貫性を追い、ドラマの盛りあがりを検証し、使った言葉の位置、適切さ、果ては総数まで調べたが、べつに魔術や迷信と関連づけられそうな数だったわけでもなく、結局原因はわからずに、その最初でおそらくは最後の小説を、感謝の言葉をうっとうしいほどずらずら並べるカプチン会修道僧を見おろすキリスト像のような、侮蔑さえ含んだ冷ややかなまなざしでながめることにした。だがいまははっきりわかる。あの小説はクズだ。作品形式はナサニエル・ホーソーンの疑似北欧神話をあつかましくも真似たもので、主人公のネボジプフェル博士はといえば、ゴシック小説につきものの大仰なマッド・サイエンティストをさらに誇張した複製だ。それでも、メリックのお世辞に感謝の言葉を返した。本当はうれしくておおいににこにこしたいところを、無理に控えめな笑みをこしらえて。自分が書いたものがこんなふうに褒《ほ》められるのはこれが最後かもしれないのだ。

「タイム・マシン……」メリックは、その暗示に満ちた合成語の豊潤さをじっくり味わうようにつぶやいた。「あなたは非凡な想像力の持ち主ですね、ミスター・ウエルズ」

また褒められて、ウエルズはひどく恐縮しながらあらためて礼を言った。あとどれくらいこの称賛の嵐に耐えられるだろう？　そのうち、この話はもうやめにしましょうと泣きつきたくなるはずだ。

夢想家のメリックは続ける。「もしぼくがネボジプフェル博士のような機械を持っていたら、古代エジプトに行ってみたい」

ウエルズはとたんにメリックに親近感が湧いた。彼にもわれわれとおなじように好きな時代があるのか。それなら好きな果物や好きな駅、好きな歌だってあるにちがいない。

「どうしてですか？」ウエルズはにっこりほほえんで話を促した。好みについて思う存分語ってもらおうじゃないか。

「古代エジプト人は、動物の頭を持つ神を崇《あが》めていたでしょう？」ひどく照れくさそうにメリックは答えた。

ウエルズは一瞬ぽかんとメリックを見つめた。いや驚いた。その答えに滲《にじ》む無邪気な願望、それをぽろりとこぼしたときのはにかみぶり。まるで、そんな大それた望みを持っている自分を、いまは化け物と蔑《さげす》まれているけれど時代が違えば神として崇拝されるかもしれないとうっとりと考える自分を、責めるかのように。世の中を憎み、恨む権利がある人間がいるとすれば、それは間違いなく彼だと思う。ところがメリックは、おのれの不満を咎《とが》めている。自分のような人間は、窓からさし込んで背中を暖めてくれる日光や、空をすべっていく浮雲に幸福を見出せばそれで充分なのだと、みずからに言い聞かせているのだろうか。どう応じていいかわからず、ウエルズは皿から菓子をひとつ取ると、歯の機能を確認するかのように、変に噛《か》むことに集中した。

「ネボジプフェル博士が未来にも旅してみようとしなかったのはなぜでしょう？」例のとろりとした、カッテージチーズに浸したような声で、メリックが尋ねた。「興味はないですか？　ぼくはときどき、百年後の世界はどうなっているだろうと考えます」

「ええ……」ウエルズはまた言葉が見つからず、ただそうつぶやいた。

メリックは、小説という小さな劇場で登場人物たちを踊らせる、十字の板を操る手の存在をいともたやすく忘れることができる読者のひとりなのだ。子供の頃はウエルズもそうだった。しかし、作家になろうと心に決めたその日から、そんなふうに手放しには物語に浸れなくなった。登場人物の行動や感情は彼ら自身のものではないと知ってしまったのだ。彼らはじつは、雲上人たる存在の命令に従っているだけであり、その存在は部屋にひとり引きこもって、彼が演出しようとする感動とはまったく無関係に、盤上に並べた駒を淡々と動かしている。小説は人生の断片をそのまま切り取ったものではなく、それを再現するために多かれすくなかれ調整された、ある種の装置にすぎない。しかし、たとえそのなかでは時間は死に、登場人物たちの行動は実のない空虚なものだとしても、その完璧な作り物の世界がエピソードの数々をとおして感動を呼び、深い意味を持つのである。ときどきウエルズも幼い頃の無邪気な読書が懐《なつ》かしくなるけれど、袖から舞台を見る視線を獲得してしまったいま、暗示を読み解こうと目を凝らす読み方しかもうできない。いまこの小説を読んでいるあなただってそうだ。一度自分で小説を書けば、もう後にはもどれない。ペテン師になったら最後、ほかのペテン師に騙《だま》されるまいと目を光らせずにはいられないのだ。一瞬ウエルズは、そんな質問はネボジプフェル博士本人にぶつけたほうがいい、と切り返そうかと思ったが、思いとどまった。こちらは親しみをこめたほんの軽口のつもりでも、彼がそう受け取るとはかぎらない。彼が小説を現実とごっちゃにしてしまうのは、その純真さゆえだとしたら？　物語に深くはいり込むことができるのは、感情移入力がすぐれているからではなく、悲しいほど純粋すぎて両者の区別がつかないせいだったら？　もしそのとおりなら、彼の返答はメリックの無垢《むく》さを嘲笑《あざわら》う残酷な冗談でしかない。さいわい、すぐにメリックはもっと答えやすい質問に移った。

「いつの日か本当にタイム・マシンが発明されると思いますか？」

「無理だと思いますね」ウエルズはきっぱり答えた。

「でも書いたのはあなたじゃないですか、ミスター・ウエルズ！」メリックが憤慨する。

「だからこそですよ、ミスター・メリック」彼の基盤となる複雑な文学観をなるべく簡単にまとめる言葉を探しながら、ウエルズは説明した。「もしタイム・マシンが生まれる可能性がすこしでもあれば、それについて小説を書いたりはしなかったでしょう。私は不可能を言葉にすることにしか興味がないんです」

そう言ったあと、彼はサモサタのルキアノスが『本当の話』のなかで語っていた言葉を思い出した。〝私は、目に見えず、証明もできず、ほかにだれも知らないことを書く。さらには、絶対に存在しないもの、存在する根拠のないものについて書く〟。いやでも頭にこびりついている文章だ。これこそが、文学に対する彼の考え方を完璧に要約した一節だからである。そう、メリックに話したとおり、彼は不可能な事柄を書くことにしか興味がない。それ以外のことを書かせたいならすでにディケンズがいる、そう付け加えようかと思ったが、やめにした。トリーヴスの話によれば、メリックは読書家らしい。ディケンズが彼のお気に入りの作家だとしたら、機嫌を損ねるかもしれない。

「だとしたら、ぼくのせいで半人半象の男の話はもう書けませんね」メリックがぼそりと言った。

ウエルズはまた唖然とした。メリックはそう言ったあと、窓に目を向けた。そうすることで、彼が悲しみを表現しようとしたのか、それとも自分の横顔を招待客に気のすむまで観察してもらおうと考えたのか、ウエルズにはわからなかった。いずれにしても、無意識のうちに彼の目はメリックに釘づけになっていた。遠慮のかけらもなく、まるで魅せられたかのように、すでに充分わかっていたことを確認する。メリックは正しい。こうして実際に会わなければ、彼のような人間が実在するとは思いもしなかっただろう。おそらく、小説という虚構のなかででもなければ。

ままで言った。

「あなたはきっと大作家になると思いますよ、ミスター・ウエルズ」彼は窓に目を向けたまま言った。

「なりたいとは思いますが、無理でしょう」最初のこころみがこれだけ無残に失敗すると、自分の才能が本気で疑わしく思えはじめていた。

メリックがこちらを向いた。

「ぼくの手を見てください」彼はウエルズの前に両手をさし出した。「この手であのボール紙の教会が作れると思いますか？」

ウエルズは、メリックの不揃いの両手を憐《あわ》れみの目で見つめた。右手は巨大なのに、左はまるで子供の手のように美しい。

「難しそうですね」と認める。

メリックは重々しくうなずいた。

「問題は意志の力なんですよ、ミスター・ウエルズ」弱々しい声にできるかぎり力をこめようとしている。「大事なのは意志の力だけです」

ほかのだれかの口から出た言葉ならいかにも陳腐に聞こえただろうが、目の前にいるその男が言うと、動かぬ事実だと思えた。彼こそが、意志の力が山を動かし、海に道を開く、その証《あかし》だった。病院の片隅にある、この世間から隔絶された隠れ家では、ほかのどこにも増して、意志の力が可能と不可能の距離を縮める。メリックがそのちぐはぐな手でボール紙の教会を作ったなら、私にできないことなどないのではないか？　夢の実現を妨げるものは、自己不信にほかならないのだから。

　返事を待ちあぐねて座ったまま、もぞもぞ身体を動かしているメリックの様子からすると、彼を満足させるには同意を示すしかなさそうだった。そのときメリックが、溺《おぼ》れかけた子供のような声をいっそう苦しげに詰まらせながら、照れくさそうに告白を始めた。あのボール紙の教会は、数カ月前から文通しているとある女優への贈り物なのだという。女優の名はマダム・ケンダルといい、ウエルズの推察では、彼の大口支援者のひとりらしい。裕福な女性で、自分が住まう世界からつねに遠く離れた場所で起きるさまざまな不幸に心を砕き、〈エレファント・マン〉と呼ばれる男のことを知って、せっかく寄付するならこういう世にも珍しいケースを支援しようと考えたのだろう。アメリカで巡業中の彼女に、じかに会ってみたいのでぜひ一度こちらに帰ってきてほしいと伝えたというメリック。意識してか無意識なのか、言葉にぱちぱちと愛の火花が散っている。彼の純情に触れて、ウエルズはつい口元をほころばせたが、その一方で胸が張り裂けんばかりの悲しみがこみ上げてきた。マダム・ケンダルのアメリカでの仕事ができるだけ長引きますようにと祈りたかった。メリックにはいつまでも手紙を通じて夢を見ていてほしかったし、かなわぬ恋がかなうのは小説のなかだけだなんて、知ってほしくない。

　お茶を飲み終わると、メリックはウエルズに葉巻を勧め、ウエルズはありがたくご相伴《しょうばん》にあずかった。二人は席を立ち、窓辺に近づいて、暮れなずむ街に目をやった。二人はしばらく無言のまま通りを、向かいにそびえる教会をながめた。きっとメリックは、目をつぶってでもこの教会を頭に思い描けるのだろう。通りを行き交う人々、荷車を引きながら品物をふれまわる売り子、舗装のでこぼこで車体を大きく揺らす馬車。毎日ひっきりなしにそこを通る馬たちの落とし物があちこちで悪臭を放っている。そのときウエルズは、日々の営みに活気づく通りを見つめるメリックのまなざしに、畏怖に似た感情が兆しているのに気づいた。

「わかりますか、ミスター・ウエルズ?」とうとう彼が口を開いた。「ときどき、世の中や人々の生活というものを見ていると、ぼくの果たす役割などどこにもないという気がするんです。あの人たちを、ぼくがどれだけ羨《うらや》んでいるか……」

「羨む必要などないですよ、ミスター・メリック」ウエルズは急いで取りなした。「人間なんてみんな塵《ちり》みたいなものです。死んでしまえば、彼らがいたことも、彼らがしたことも、だれも覚えていない。でもあなたは歴史に名が残る」

メリックは一瞬ウエルズの言葉に考えをめぐらせ、窓ガラスに映る歪《ゆが》んだ身体をしげしげと見た。それは彼に、自分がどういう人間なのか、いやでも思い出させた。

「それが慰めになるとでも?」彼は悲しげに問い返した。

「ええ、慰めにすべきです」ウエルズは答えた。「古代エジプトは、もう存在しないのですから」

メリックはなにも言わず、ただ通りをながめていた。しかし病のせいで永遠にひきつったままの顔から、ウエルズの言葉をメリックがどう感じたか推し量ることはできなかった。おそらくメリックにとってはひどく冷酷な、でもどうしても告げる必要があった言葉。彼が自分の不幸に酔っているうちは、賞賛の拍手は送れない。メリックにとって唯一の慰めは、その異形の身体からしか生まれえない。彼を世間からつまはじきにする一方で、彼を唯一無二の存在にし、歴史に名を刻ませることになるその身体こそが、彼のすべてなのだ。

「たぶん、あなたのおっしゃるとおりなのでしょう」窓に映る変形した身体から目を離さずに、しばらくしてメリックが言った。「そのほうがいっそ潔いでしょうね、きっと。人と違うことをだれもが恐れるこんな世の中に、過大な期待をしても詮無《せんな》いことだ。ときどき思うんですよ。もし司祭の前にいきなり天使が現われたら、あわてふためいて発砲するんじゃないかな、って」

「そうかもしれません」ウエルズは、メリックの言う場面を想像したとたん、作家としての自分が俄《が》然《ぜん》興奮しはじめるのを感じていた。そして、メリックが依然として窓ガラスに映る自分に見入っているのを見て、そろそろ失礼することにした。「お茶をありがとうございました、ミスター・メリック」

「ちょっとお待ちを」メリックが呼び止める。「さしあげたいものがあるんです」

　彼は食器棚に近づき、なかをがさごそ探っていたが、やがて目的のものを取り出した。メリックの手のなかの籐《とう》かごを見て、ウエルズは眉をひそめた。

「マダム・ケンダルに、夢はかご細工職人だと打ち明けたら、ぼくに技術を教えてやってほしいと、職人さんをよこしてくれたんです」メリックはそのかごを、生まれたばかりの赤ん坊か、鳥の巣かなにかのように、そっと揺らした。「愛想のいい謙虚な男で、ロンドン埠頭に近いペニントン・ストリートに工房を持っていました。ぼくの外見に惑わされるふうもなく、最初からごくふつうに接してくれて。でもぼくの手を見ると即座に、かご細工みたいに細かい仕事はあんたには無理だと言いました。たいそう残念でしたが、始めてもおたがい時間を浪費するだけだってことは明らかでしたからね。でも、夢を実現しようと努力した時間はけっして無駄にはならない、そうは思いませんか、ミスター・ウエルズ？　だから彼に言ったんです。『とにかく教えてください。そうして初めて本当に無理かどうかわかる』と」

　ウエルズは、メリックが変形した手にうやうやしく持っているかごの完璧な編み目をまじまじと見た。

「それからぼくはずいぶんたくさんのかごを編みました。ご招待したお客様にプレゼントしたものもあります。でもこの一品は特別なんです。初めて作ったかごなのでね。これをあなたにさしあげたいんです、ミスター・ウエルズ」そう言って、彼はかごをさし出した。

「大事なのは意志の力だけだということを忘れないように」

「ありがとう……」ウエルズは口ごもった。「とても光栄です、ミスター・メリック。本当にこんな光栄はない」

ウエルズは温かくほほえむと、別れの挨拶をして、出口に向かった。

「最後にもうひとつ質問があります」背後でメリックの声がした。

ウエルズは振り返り、質問を待った。どうしよう、かごを送りたいからあのいまいましいネボジプフェル博士の住所を教えてもらえないか、なんて訊かれたら？

「あなたとぼくをお作りになったのは、おなじ神だと思いますか？」悲しみより失望の濃い声で、メリックが尋ねた。

ウエルズはため息をつきそうになって、必死にこらえた。いったいどう答えろと？ あでもないこうでもないと考えていると、突然メリックが咳とうなり声の入りまじったようなおかしな音を発し、そのまま身体がばらばらになってしまいそうなほど激しく全身を揺らしはじめた。ウエルズは面食らって、彼の喉からとめどなくあふれでるゲホゲホという轟《とどろ》きを聞きながら手をこまねいていたが、しばらくしてようやくその意味を理解した。なにかの発作ではないかと思ったが、違うらしい。メリックは笑っていたのだ。

「冗談ですよ、ミスター・ウエルズ、ほんの冗談です」あっけにとられているお客を前に、ときどきまだ咳き込みながら、メリックは言った。「この身体を笑い飛ばしでもしなきゃ、ぼくなんかどうなります?」

ウエルズの答えも待たずに、メリックは作業机に近づき、未完成の教会の模型の前に腰をおろした。

「ぼくなんかどうなる?」彼は苦々しげにそうつぶやきつづける。「ぼくなんかどうなる?」

彼が手をぎこちなく動かしながら模型作りに没頭するさまを見て、ウエルズは急に胸がいっぱいになった。そして、トリーヴスはこの招待のことをメリックの企てた意地の悪い試験のようなものだとほのめかしたが、ウエルズには、こんなに純真で心やさしい男がそんなことを考えるとは思えなかった。メリックは、すべてがお膳立てされたその病室の外の世界との接触から、わずかなりとも慈愛と理解を得たいと思っているだけなのだ。おそらく、こう考えたほうが正しいのではないだろうか——トリーヴスが訪問客にこの会見の隠れた目的をこっそり告げるのは、気に食わない訪問客を怖がらせたいから、あるいは、メリックに悪意があるように見せかけて彼の人並みはずれた純粋さに泥を塗りたいからだ。いや、人間というものはえてして偽の衝動によって行動するということを考慮すれば、トリーヴスの行動には、じつはもっと野心的で独りよがりな目的が隠れているのかもしれない。そう、このわけのわからない生き物と心を通わすことができるのは自分だけだということを、世間に宣伝したいのだ。そばにいればいっしょに歴史に名を残すことができる、そうわかっているから必死にメリックにしがみついているのである。けっしてはずせない恐ろしい形相のメリックのお面、けっして本心を表現できないその悲しいお面をまんまと利用するトリーヴスに、ウエルズは憤った。本人を除いてはだれもその嘘を見破れないのをいいことに、クリーヴスは勝手に作った〝メリック像〟をひそかにメリックに押しつけていたのである。メリックの笑い声をじかに聞いたいま、ウエルズは考えずにいられなかった。この〈エレファント・マン〉と呼ばれる男は、じつは最初からにこにこ笑っていたのではないだろうか？　その見てくれが訪問客を怯《おび》えさせるのを見越して、なんとかその怯えを払拭しようと、やさしく温かな笑みをあの顔にずっと浮かべていたのでは？　だれにも気づいてはもらえないほほえみを。

部屋を出たとき、ウエルズは頬をひと筋、涙が伝うのに気づいた。

13

こうしてウエルズはその籐《とう》かごとともに人生を歩むことになった。とたんに次々と幸運が舞い込み、ウエルズが目を丸くしているあいだに、上着の肩に積もっていた過去の不幸の埃を吹き飛ばしてしまった。特待生資格で動物学の学士号を取得し、通信制の大学で生物学を教えることになり、《ユニヴァーシティ・コレスポンデント》誌の編集長の職を得、《エデュケーショナル・タイムズ》紙に短い記事やコラムを書き、たちまち大金の山が目の前に築かれていった。最初の小説の失敗で落ち込んでいたことが嘘のように元気を取り戻し、自信も回復した。ウエルズが毎晩籐かごを崇《あが》めるようになったのは、それ以来なのだ。しばらくはうっとりとながめ、几帳面《きちようめん》に編まれた籐をやさしく撫《な》でる。簡単な儀式ではあるが、いまもジェーンに隠れて続けており、それだけで気分が高揚して無敵の力が湧き、大西洋を泳いで渡り、トラを素手で倒せる、そんな気さえがするのである。

しかし、せっかくの蓄えをウエルズが自分で享受する余裕はほとんどなかった。おちびのパーティがいつのまにか大金持ちになったことに、方々に離散していた家族が気づいたとたん、ぼろぼろになった家族の絆とというやつをつなぎとめるのはおまえの役目だとばかりに、みんなが彼に頼りだしたのである。父は、陶磁器店という厄介なお荷物をようやく処分すると、ウエスト・サセックス州ロゲイトの南に位置する小村ナイウッドの田舎家で暮らしはじめた。そこからなら、カーティングダウンの丘や妻が住み込みで働くアップパーク邸のポプラ並木をながめることもできる。そして、そのちっぽけな家に、まるで運命という潮に引き寄せられるごみのように、しだいにほかの家族も集まってきた。

最初にそこに流れついたのは長兄のフランクだった。数年前に服地商を辞《や》めて時計の行商人に転じたものの、これもあまりうまくいかず、呼び売りするときにいつも抱えて歩いていた二つの巨大なトランクが、ただでさえ狭いナイウッドの家をさらに狭くすることになった。そしてそのなかでは売れ残った時計が、騒々しくうごめく機械仕掛けのクモの群れのように、うっとうしいざわめきを部屋じゅうに延々とあふれさせている。まもなく、考えもなく会社を辞めた次兄フレッドも姿を現わした。その会社の経営者の次男坊が、ちょうどいい年齢になって、突然社長の座に就いたことがきっかけだった。フレッドは、それまでなにも知らずに社長の椅子をただ温めていた長男のほうを信頼していたのだ。ひとつ屋根の下でふたたびいっしょに暮らすようになった兄弟は、たがいの傷をなめあううちにいつしか父親の無気力症に感染したらしく、失職という試練をすぐに大喜びで受け入れた。そうこうするうちに、ついに母もそこに加わった。突然難聴になったばかりか、以前にも増して気難しくなり、大好きだったアップパーク邸という楽園をとうとう追放されてしまったのだ。もどってこなかったのは亡き姉フランシスぐらいのもので、たぶん、子供用の小さな棺さえその家にはねじ込む隙がないとあきらめたのだろう。とにかく、ウエルズにはあまりにも負担が大きすぎた。耐久レースなみに授業をこなし、フランクの時計のおかげでひどく騒々しい、刻み煙草やこぼれたビールでどこもかしこも汚れたその家を災いから守り、痛手を負っているくせに陽気な家族の世話をする毎日を送るうちに、ウエルズは疲労困憊《こんぱい》して、とうとうチャリングクロス駅の階段で吐血して倒れるという事態に至った。

診断に疑いはなかった。結核である。すぐに回復したものの、吐血はいわば警告だった。次回、警告程度ではすまない発作に見舞われたくなければ、根《こん》をつめすぎる生活に終止符を打たなければならない。ウエルズは警告を真摯《しんし》に受け止め、現実的に検討した。追い風のいまなら、最低限、生活していけるだけの資産は充分にあるのだから、新しい生き方を模索するのはそう難しくない。そこで彼は教職を辞し、筆一本で生計を立てることにした。そうすれば時間や仕事のプレッシャーに追われることなく、自宅でゆっくり仕事ができ、まだ本調子とはいえない身体に欠かせない穏やかな暮らしが送れる。ウエルズは地元新聞の記事をしこたま引き受け、《フォートナイトリー・レヴュー》にエッセーを書き、懸命に食いさがって《ペルメル・ガゼット》紙の隙間を埋める仕事をもらった。すべてがうまく転がりだしたことに有頂天になり、その勢いで、まだ癒《い》えきらぬ肺のために澄んだ空気を求めて、勢力を拡げつつあるロンドン貧民窟の侵略をまだ受けていない数すくない場所のひとつ、サットン地区ノース・ダウンズ近くの田舎家に引っ越した。そしてようやくウエルズは、やっと何物にも邪魔されずに穏やかな暮らしを続けていけそうだと胸を撫《な》でおろした。だがやはりそうは問屋が卸さなかった。その平和は見せかけにすぎなかったのだ。どうやら運命の女神は、ウエルズという男のことをいつまでも飽きのこない愉快なあやつり人形だとでも考えているらしく、ふたたびここで彼の人生をひっくり返すことに決めたのである。ただし今回は恋の病という、とても甘いけれどとても厄介なおなじみのクリームで上手に覆《おお》ってごまかしてはみたのだが。

エイミー・キャサリン・ロビンズ——彼はジェーンと呼んでいた——はかつての教え子だった。教室で親しくなった彼女とたまたまチャリングクロス駅まで帰りがいっしょになり、その道すがら、ウエルズはついいつもの悪い癖で、巧みな話術で彼女を誘惑してみたくなった。とはいえ、自分ならその感じのいい美しい娘を言葉だけで魅了できるというぬぼれを満たすことだけが目的の、ほんの出来心だったのだ。しかし、そうしてなんの気なしに交わした楽しい会話が思わぬ結果を招いた。知らせをもたらしたのは妻イザベルその人だった。週末にロンドンのパットニーにもどった彼女は、ジェーンとその母に呼びつけられ、あなたのご主人が意図してそうしたにしろ、単なる気まぐれだったにしろ、ジェーンはいまや彼に夢中なんですと告げられたのである。今後も夫婦関係を本気で続けたいと思うなら、元教え子ときっぱり別れてくださいと妻に脅されたとき、ウエルズはただ眉を吊り上げることしかできなかった。彼の愛撫さえ拒むぎすぎすしたその女と、ほがらかで、おそらくは彼を喜んで受け入れてくれるジェーンとどちらかを選べといわれれば、考えるまでもなかった。ウエルズは本やら身のまわりの品やら籐かごやらを荷造りし、ロンドン北東部のユーストンとキャムデンタウンの境界に位置する、環境がいいとはとてもいいがたい界隈《かいわい》にあるモーニントン・プレイスのぼろ屋に引っ越した。情熱に駆られて家庭を捨てるといえば聞こえはいいが、実際に恋の炎に身を焦がしていたのはジェーンのほうだった。ウエルズはといえば、こっそりズボンの下で主人にあれこれ指図する彼の小さな分身の遊び心から、そしてなにより、すでに先の見えていた人生を捨てて新しい生き方を探してみたいという気持ちから、行動を起こしたにすぎなかった。

しかし実際に引っ越してみて、ウエルズが受けた第一印象は、愛だの恋だのに目をくらまされてとんでもない失敗をした、というものだった。まずそこは、病みあがりの肺にとっては最悪の場所だった。風に運ばれてくる煤煙《ばいえん》に、北行きの機関車が通りしなに吐く煙が加わって、とんでもなく空気が汚れていたのだ。それになによりジェーンの母親のことがあった。ミセス・ロビンズは、娘は堕落した魂にたぶらかされたのだと思い込んでいた。なにしろ相手は、イザベルという妻がいながら二人の家に転がり込んできた、あつかましい男なのだ。どうやら彼女はのべつまくなしにちくちくと厭味《いやみ》を言いつづけ、ウエルズたちの神経をすり減らす魂胆《こんたん》のようだった。こうした不測の事態に加え、いくら記事を書きまくっても三軒分の家計をまかなうことなどとうてい無理だという、やがて来たる破綻への不安にいよいよ追いつめられると、ウエルズは籐かごを抱えて、口うるさいミセス・ロビンズに煩《わずら》わされずにすむ唯一の場所、クローゼットのなかに閉じこもった。外套やら帽子やらの陰に隠れてそうして何時間もかごを撫《な》で、消えかけた魔力を回復するのだ。アラジンが魔法のランプをこするように。

なんとまあばかばかしい、まるでやけくそだ、悲壮だとさえ人は思うかもしれない。だがそうしてかごを撫でた翌日、《ペルメル・バジェット》誌編集長ルイス・ハインドからウエルズが連絡を受けたのも事実なのだ。科学を題材にした短篇、できれば、時代を変革してやろうと次々に生み出される発明品がこの先どこまで行きつくのか、予言するような短い作品が書ける人材を探していたハインドは、ウエルズこそうってつけと考え、彼に白羽の矢を立てたのだ。こんどこそ、子供の頃の夢を実現するチャンス、作家になれるかどうか挑戦する好機だった。ウエルズは二つ返事で引き受け、数日のうちに「盗まれた細菌」という作品の草稿をハインドに提出した。ハインドは文句なしに気に入り、原稿料として五ギニーが支払われた。さらにその短篇が、《ナショナル・オブザーヴァー》紙の編集長ウィリアム・アーネスト・ヘンリーの目に留まった。この若き作家は、思いきり飛びまわれる場所さえあたえられれば、もっと野心的な物語を創出できると確信した彼は、さっそくウエルズのためにページを用意した。これほどの有力紙に作品を発表する機会をいきなり提供されて、当のウエルズの胸中は興奮半分、不安半分だった。なにしろかの新聞には、つい最近も彼が敬愛するコンラッドの連載小説『ナーシサス号の黒人』が発表されたばかりなのである。もう記事でも、コラムでも、短篇でもない。これまで小さくたたんであった想像の翼を思う存分広げ、本来の姿で自由に大空を駆けめぐることができるのだ。彼にさし出されたその広い空間の先に、作家となった自分が待っているはずだった。

ウエルズは、ヘンリーとの約束の日が来るのが待ち遠しいような、怖いような、なにもかも投げ出したいような複雑な気分だった。なにしろ相手は《ナショナル・オブザーヴァー》の伝説の編集長だ。ウエルズは頭の抽斗《ひきだし》にこれまで蓄えてきた無数のアイデアをひっかきまわし、目利きの編集者をあっといわせるような個性的かつ魅力的な題材を探したが、どれもぴんとこなかった。約束の日はもう目の前なのに、お披露目できそうな題材案は依然として見つからない。そこでいつものように籐かごに助けを求めたそのときのことだった。なにもはいってないはずのそのかごは、じつは物語の宝庫だったことに初めて気づいたのだ。ほんのすこし揺すれば、堰《せき》を切ったようにアイデアがあふれだす豊饒《ほうじょう》の角。いや、さすがにこれは少々イメージが大仰《おおぎょう》すぎるかもしれない。かごをながめながら、ウエルズはべつに詩人を気取っていたわけでもなんでもない。実際はただ、メリックと交わした会話を思い出しただけだ。だが驚いたことに、言葉がひとつよみがえるたび、ぬかるんだ川底に埋もれる砂金さながら、それで小説を一本書けるだけのアイデアが浮かんだ。意図してなのか単なる偶然なのか、まるでメリックが、あのときお茶を飲むふりをしながら、この先何年でももつようにアイデアやプロットをたっぷりそこに入れておいてくれたかのようだ。あのときメリックは、ネボジプフェル博士が思いきって未来に行かなかったことが、だれだってのぞいてみたいはずの未来を探検しに時間を前進しなかったことが、不満のようだった。ウエルズは、記事を書き散らすうちに蓄積した知識を駆使し、いまこそ失敗を挽回するときだと感じた。

こうして彼はあのうっとうしいネボジプフェル博士をさっさと見限って、代わりに名前も持たない、だがもっとまっとうな科学者を登場させた。匿名《とくめい》にしたのは、彼をあらゆる発明家の代表とし、未来の科学者像を象徴する意味も持たせたかったからだ。そして、タイムトラベルというアイデアを単なるお子様向けのおとぎ話で終わらせないために、いままでハインドのために書いた作品同様に科学といううわぐすりをほどこすことにした。《フォートナイトリー・レヴュー》紙にかつて発表したエッセーをさらに発展させたのだ——この世界は三次元までしか存在しないように見えるが、じつは時間こそが四次元だとする理論である。これをもとに小説の主人公が時間の流れを自由に行き来する装置を機能させれば、理論にも厚みが出るだろう。アメリカの霊媒師ヘンリー・スレイドは、数年前にインチキだと暴露されるまえは、死者の魂と交信してみせただけでなく、魔法の帽子なるものに結んだ紐《ひも》やカタツムリの殻や貝殻を入れ、いざ取り出すと、まるで鏡のなかから出てきたかのように、造りはおなじなのに結びめや渦巻きが逆になるという離れ業を披露した。スレイドは、この帽子には四次元につながる通路が隠れており、そのせいで物体が逆向きになるのだと説明した。驚いたのは、この霊媒師を弁護する高名な物理学者がいたことだ。たとえばライプツィヒ大学天体物理学の正教授でもあったヨハン・ツェルナーは、三次元ではペテンに見えるものも、四次元では当たり前になると論じている。この判定にロンドンじゅうが騒然となり、ウエルズも、このヨハン・ツェルナーの理論に加えて、数学者チャールズ・ヒントンの研究――彼が考案した〈超立方体〉は時間上に存在する立方体で、図形が存在する時空がすべて一体化しており、古めかしい三次元的視野しか持たないわれわれ人間には当然ながら視覚化できない――におおいに影響され、宙に浮く四次元のイメージが彼のなかで形作られた。四次元のなんたるかなど、だれにもはっきりとはわからなかったが、その謎めいた暗示的な響きを社会は求め、必要とさえしていたのである。勝手知ったるこの世界を退屈だ、あるいは意地悪だと感じている人が多いのは、単純に、人は見える範囲でしか世界を感知できず、その全貌を知ることができないからだ。だが、世界は目に見えているものがすべてではなく、じつはその陰に謎に包まれたもうひとつの世界が広がっているのだ、と告げられて、人々はおおいに慰められた。ちょうど、ぱさぱさのロースト肉が上等な付けあわせで引き立つように。結局四次元は、われわれの住まう夢のない平板な世界にちょっとした魔法をかけ、現実世界が拒絶する希望を託すことができる別世界として、人々の心をつかんだのである。それはいわば、実体世界に対する疑念の現われでもあり、たとえばその頃おなじロンドンで設立された英国心霊現象研究協会もやはりその流れだったと考えられる。当時は科学師範学校でも、学生たちが毎日のように時間の性質に関する議論に熱中し、ウエルズは辟易《へきえき》しながらもそれにつきあわされた。しかし昔から〝風が吹けば桶屋が儲《もう》かる〟というように、あらゆる知識人が四次元を自分専用の遊び場として好き勝手な発言をするおかげで、ウエルズはまんまとそれらを組みあわせて独自の時間理論を構築し、ほかの三つの次元同様にそのなかを自由に移動できるうえ、さらなる特殊性を持つ次元と考えたのである。

　ヘンリーのオフィスを訪問するその日までに、ウエルズのなかには小説の内容が映像としてくっきりと描き出され、説教師さながら、確信に満ちた情熱的な言葉で説明する用意はすっかり整っていた。〝時の旅人《タイムトラベラー》〟の物語は二部構成になっている。前半では、自分の発明品を紹介するために選んだ招待客に、タイムトラベラーが機械の機能について説明する。招待客の構成は、医者、市長、精神科医、それに疑り深い（そしてタイムトラベラーがその疑念を払拭するべく招待した）中産階級を代表する男。自分自身その信憑性《しんぴょうせい》を疑っているのか、考案した装置の詳しい説明にまるまる何章も割《さ》くヴェルヌと違って、彼の説明はごくさらりとしており、抽象的すぎる考えを読者に理解しやすくするため、なるべく簡単な具体例をさしはさむよう工夫している。ご存じのように、とタイムトラベラーは説明を始める。三次元は幅、奥行き、高さという、それぞれが垂直に交わる三つの平面で規定されます。しかし自然界の法則により、人間は三次元空間を完全に自由には移動できません。縦方向と横方向には思いのままに行き来できますが、重力の法則に打ち勝って上下に動くには気球でも使わないかぎり難しい。おなじように、人は時間のなかに拘束され、頭のなかでしか、つまり回想によって過去に、空想によって未来に行くことしかできません。だがこの機械を使えば、ちょうど気球のように不可能が可能になり、時間の束縛から自由になれる。時間を速めて未来へ、あるいは時間を巻き戻して過去へ、身体ごと飛んでいけるんですよ。既知の三つの次元と四次元の結びつきを招待客にわかりやすく説明するために、タイムトラベラーは気圧計を引きあいに出す。気圧計の水銀は一日じゅう上がったり下がったりしますが、その動きをひとつの線で表わすとき、それは三次元空間ではなく、時間という次元のなかでしか描くことはできません……。

小説の後半では、招待客が帰ったあと、タイムトラベラーが装置の性能を証明するために出かけた時間の旅の全容が語られる。それも、メリックの助言にあやかって、主人公は未来という謎に満ちた大海に乗り出すのだが、ウエルズは《ナショナル・オブザーヴァー》紙の編集長ヘンリーに対して、全体をややはしょりながらも、好奇心をくすぐるような説明をこころみた。ヘンリーは、身体の大きな、いやほとんど巨人といってもいい男で、子供の頃のおざなりな外科手術のせいでその後は松葉杖に頼る生活となり、スティーヴンソンの『宝島』に登場するジョン・シルヴァーは彼がモデルだともいわれている。ウエルズの説明を聞いたヘンリーは、顔をしかめてあからさまに疑念を示した。未来を語るのは冒険がすぎる。文壇の噂では、かのヴェルヌも『二十世紀のパリ』という小説で未来の世界を描いてみせたが、担当編集者ジュール・ヘッツェルに却下されたという。罪人が電気ショックで処刑され、世界じゅうどこにでも書類の複写を送ることができる〈写真電信〉網が存在する、ヴェルヌの一九六〇年の世界観は、あまりに荒唐無稽《こうとうむけい》で悲観的すぎると判断されたのである。未来を予言しようとする者はヴェルヌだけではなく、ほかにも大勢が挑戦して、おなじように失敗しているらしい。しかしウエルズはヘンリーの脅し文句にもひるまず、身を乗り出して反撃した。未来小説をみんなが待っているはずです。だれかが思いきって初出版に挑むべきなんです。

こうして一八九三年、『タイムトラベルの物語』は有力紙《ナショナル・オブザーヴァー》に連載小説として掲載されはじめた。ところが、その紙上では物語は完結するには至らず、当然ながらウエルズは落胆した。経営者が新聞社を売却し、これを機会に新経営陣が体制を一新することに決め、ヘンリーとともにさまざまな小説企画もすべてお払い箱となったのである。さいわい、ウエルズが辛酸をなめさせられたのはわずかのあいだだった。

『宝島』のなかの分身がそうであるように、転んでもただでは起きないヘンリーが、すぐに《ニュー・レヴュー》誌に活路を開き、ウエルズの小説もそこで連載が再開されたうえ、ヘンリーが頑固で有名な編集者ウィリアム・ハイネマンを説得して、彼の出版社から単行本として出版することまで決めてくれたのだ。

ヘンリーの不屈の精神に勇気をもらったウエルズは、その手負いの小説の完成に取りかかった。ところがいつものことながら、今回もそう簡単にはことは進まなかった。またもや妨害がはいったのである。自然な流れでそうなったとはいえ、じつに厄介な妨害だった。医者にどうしてもと勧められて、ウエルズはジェーンとともにふたたび郊外に引っ越した。セヴンオークスの質素な下宿屋である。籐かごを先頭に、段ボール箱やらトランクやらを積んだ馬車の列には、なかなか捨てきれない不用品さながら、ジェーンの母ミセス・ロビンズも同行していた。すでに彼女は〝寄生虫〟の役柄を完璧に自分のものとし、たえまのない小言の嵐で娘まで体調を崩して、げっそりと青い顔をして寝込むありさまだった。そんな調子だから、対義理の息子戦線を維持するのに助太刀など必要ないことは明らかなのに、そこに下宿屋の女主人という同盟軍が加わったのだからたまらない。彼女が好意で貸した部屋で夜な夜な営まれているのはまっとうな夫婦関係ではなく、内気な小娘と離婚訴訟中の堕落者とのあいだの神をも恐れぬ内縁関係だと知ってしまったからだ。強力な敵軍にはさみ撃ちにされたウエルズは、小説に集中するどころではなかった。唯一の慰めは、どうにかこうにか形になりつつある主人公の未来旅行を描く後半部分の執筆は、すでに仕上げた前半よりはるかに楽しく取り組めることだった。ウエルズはその後半部分で、本来書きたかった社会風刺劇の方向にふたたび舵取りし、彼のなかでぐらぐらと煮えているいまの政情に対する不安を反映させせようと考えていた。

遠い未来なら、人類は科学面でも精神面でもすでに発展を極めているはずだと考えたタイムトラベラーは、タイム・マシンに乗って、どこまでも続く未来の平原をぐんぐん切り裂くように進み、たまたま選んだ八〇万二七〇一年に到着する。それぐらい先の世界まで行けば、やはり自分の予想どおりだったと、すぐにその場でわかるはずだとあたりをつけたのである。ウエルズはパラフィンランプの弱々しい光の下、八月のそよ風が窓辺に運んでくる家主のどなり声に怯《おび》えつつ、彼の夢の庭のような未来世界をタイムトラベラーが探検する様子を、ときにすらすらと、ときにつまずきつつ書き綴っていく。魔法の仕上げとして登場するのは、そのエデンの園に暮らすエロイという人々だ。とても美しくはかなげな人種で、究極の進化を遂げた人類の姿であり、ひ弱さが玉に瑕《きず》ではあるとしても、進化の過程で醜さとか粗野さとか、そのほか美しさを阻害する要素をことごとく克服したように見えた。タイムトラベラーは彼らと交流を深めるにつれ、繊細なエロイたちはとても平和に暮らしており、自然と調和し、法律も政府も持たず、病気や貧困といった、生きていくうえで人に苦痛を強いるあらゆる困難から解放された存在なのだと知る。おまけに、そもそも私的所有という観念がないらしく、野にあるものすべてを穏やかに分けあい、共有し、文明のありかたについて論じた十八世紀啓蒙思想の予言がそのまま形になったかのような、まさに楽園社会だった。その世界の神《デミウルゴス》たる心やさしきロマンティスト、ウエルズは、タイムトラベラーとエロイの少女とのあいだに温かな友情さえ芽生えさせる。ウィーナと呼ばれる、ドレスデン人形のごとく小柄で繊細な少女は、川で溺《おぼ》れそうになったところを彼に助けられて以来、その異人が醸《かも》し出すカリスマ性に魅了されたかのように、どこに行くにも彼にくっついてきた。そして、タイムトラベラーの知らないうちに花冠を作ったり、ポケットに花を詰め込んだりして、言葉にできない感謝を表わすのだった。彼らの言葉はやさしいきれいな音に聞こえたが、残念ながらタイムトラベラーには意味がわからなかった。

そうして未来世界ののどかな風景を描いたのち、ウエルズはそれを皮肉な現実によって無慈悲に踏みにじる。タイムトラベラーはエロイたちとしばらくいっしょに過ごすうちに、そこが見かけどおりのただ平和なだけの世界ではないと気づく。エロイたちはひどく怠惰で知識欲もなければ向上心もなく、感情構造さえごく単純。いわば、馬鹿と紙一重の快楽主義者の群れだった。人の勇気や気力を奮い立たせるあらゆる脅威や困難がなくなり、人類はただ心のおもむくままに生きる、頽廃《たいはい》的な怠け者になってしまったのだ。彼らはいうなれば、物事の自然な成りゆきを証明する存在だった。知性は、変化のない、変化する必要さえないところでは、発生しないのである。しかし物語にはさらなる衝撃が待っている。突如タイム・マシンが置いてあった場所から消えてしまったのだ。このあたりからタイムトラベラーは、この世界にはエロイ以外に別の存在がいるのではないかと疑いはじめる。なぜなら、マシンを引きずって、野にそびえる巨大なスフィンクスの内部にそれを隠すには、相当の力が必要だからだ。推理は間違っていなかった。偽りの楽園が築かれた地表の下には、昼の光を恐れるサルに似た人種モーロックが住んでいたのである。しかも彼らが人肉食という野蛮な習慣まで復活させていることをタイムトラベラーが衝撃とともに知るのは、まもなくのことだった。エロイはモーロックの家畜だった。ゆくゆくは地下世界に運び込んで食用にするべく、モーロックが餌をあたえて飼っているのである。たしかに彼らの非人間的食生活は非難されてしかるべきだが、人類の知性を苦労して継承しているのはほかならぬ彼らだということも事実だった——地下トンネルに置かれた生命維持装置の操作という、知性のほんの残り滓《かす》程度のものとはいえ。

未来で座礁したままもとの時代にもどれなくなっては大事《おおごと》なので、しかたなくタイムトラベラーはアイネイアス（ギリシャ＝ローマ神話に登場するトロイアの英雄。冥界に導かれてローマ帝国建設のお告げを受ける）やオルフェウスやヘラクレスの範に倣《なら》って、いまやモーロックの天下となった地下世界におり、タイム・マシンを探した。そして回収するや大あわてで時間の流れへと逃げ出し、さらに遠い未来へと向かった。そうして降り立った場所は、薄暗い空の下に広がる陰気な海岸だった。空気が希薄らしく、肺がひりひりする。ざっとあたりを見まわしたところ、生物は二種類に限定されているようだった。金切り声をあげて飛ぶ白い巨大なチョウと、恐ろしげな鋏《はさみ》を振り上げているカニの化け物。タイムトラベラーはさっさと退散した。どこにも痕跡さえ見当たらなかった人類の運命だけでなく、地球そのものの先行きも心配で、タイムトラベラーは千年単位の大股で旅を先に進め、結局三千万年以上も経過したところでマシンを止める。そこで彼を迎えたのは、動きを止めた独楽《こま》のようにほとんど自転もしなくなった寂れた地球で、力なく光を放つ太陽がかろうじて地上を照らしていた。のろのろと降ってはやむ雪は、白い経帷子《きようかたびら》で土地を覆い隠すことに専念している。生命の存在を伝えるあらゆる音という音が消えてしまっていた。鳥のさえずり、羊の啼き声、虫の羽音、犬の吠え声——世界の楽譜を織りなすすべての音は、いまやタイムトラベラーの曖昧《あいまい》な記憶に残るだけだ。そのとき彼は、目の前に広がる赤みがかった海で、触手を持つ奇妙な生物がうろうろしているのに気づいた。とたんに震えあがって、いましがたまで心に重くのしかかっていた悲しみも吹き飛び、あわててマシンの座席によじのぼる。そうしてまた時間を手中にすると、彼はひどい嫌悪感に襲われた。さらに先の未来で彼を待っているはずの陰惨な光景をこれ以上見たいとは思わなかったし、人類のあらゆる努力や功績が結局は無意味だったと知ったいま、過去をさかのぼる気にもなれず、結局自分の所属する時代にもどることに決めた。帰りはずっと目をつぶっていた。彼の周囲で世界がよみがえり、太陽が失っていた輝きを回復し、家々やビル群がふたたびそびえて人類の建築史を証言するさまなど、見物する気にはなれなかった。過去への旅は結局のところ、ゆくゆくは失われるものがもとにもどるだけの偽りの再生でしかないのだ。だから、懐《なつ》かしい研究室の壁に周囲を囲まれたところでやっと目を開けた。それから彼がレバーを引くと、曖昧模糊《あいまいもこ》とした星雲でしかなかったあたりの光景は、ようやくいつもの一貫性を取り戻した。

もとの時代にもどってきたタイムトラベラーは、食堂から響く人々の声や皿の音を聞き、それが出発した翌週の木曜日だということを知った。しばらくその場で呼吸を整えたあと、彼は招待客の前に姿を現わした。早く冒険譚《たん》を披露したかったからというより、焼いた肉のうまそうな匂いに誘われて。未来の世界では毎日果物ばかり食べていたため、肉が食べたくてしかたがなかったのだ。招待客たちは、彼の猛烈な食べっぷりに目を見張り、その死人のように青ざめた顔や、顔のあちこちにできた切り傷、上着の大きな染みをぽかんと見つめるばかりだったが、タイムトラベラーは満腹になったところでようやく話を始めた。当然ながらだれもその驚くべき物語を信じなかったし、彼がポケットに残っていた奇妙な白い花や、旅を終えてもどってきたタイム・マシンのくたびれ具合を見せても、結果はおなじだった。それでも小説の結びで、タイムトラベラーの招待客のひとりであるこの物語の語り部は、奇妙な白い花をそっと撫《な》でながら、人類の行く末にかすかな希望を託す――たとえ人類の英知や力が消滅したとしても、感謝の念は人間の心になお宿りつづけるのだ、と。

一八九五年五月、この小説の単行本が『タイム・マシン』という題名でついに日の目を見ると、たちまち大反響を呼んだ。ハイネマンは八月までにペーパーバック版で六千部、ハードカバー版で千五百部を刷り、イギリスじゅうどこへ行ってもこの小説の話題でもちきりだったが、内容にこめられた警告に気づく者はいなかった。ウエルズがこの小説でひそかにしかし痛烈に示そうとしたのは、このまま現代の硬直した資本主義が続けば行きつくことになる未来の世界観なのである。どうしてみんな気づかない？　モーロックは現代の労働者階級が進化した人種なのに。日の出から日没まで働きづめに働かされる最悪の労働環境に追いつめられて凶暴化した彼ら。やがては働く場所も目立たないように地下に移され、地表では有産階級だけが大いばりする。ウエルズは読者の意識を揺さぶるために、カロリング朝王家の人々のように無能だが美しいエロイが、醜く野蛮ではあるが食物連鎖の頂点に立つモーロックの主食になる、という恐ろしい社会構造まで創りあげた。ところが、残念ながらそうした彼の意図は、タイムトラベルという概念が社会にあたえた衝撃の前ですっかり霞《かす》んでしまったのだ。とはいえ、確かなことがひとつある。最悪の環境で執筆した小説であり、また、わずか四千語あまりの小説を単行本にした宿命で、一冊の本としての体裁を整えるため、宣伝用の出版目録と抱きあわせで発刊されるという憂き目に遭ったにもかかわらず、この小説はウエルズに成功への扉を開いてくれた。いや、すくなくともその扉に近づけてくれた。そしてそれは、ウエルズがこの四千語の最初の一語を書いたときには、予想だにしなかったことだったのだ。

自分が有名作家になったことに気づいたとき、ウエルズが最初にしたのは、若気の至りとしかいいようのない例の「時の探検家たち」をせっせと探しては手に入れ、焼き払うことだった。ちょうど犯罪の証拠を消す殺人犯のように。文句のつけようがない、完璧だと人々に賞される『タイム・マシン』は、じつは長年の試行錯誤のたまものだったなどと思われるのは我慢ならない。ふつうとは出来が違う彼の驚異の脳みそから、するりと出てきたアイデアにちがいない、という印象を裏切りたくなかったのだ。さて、本当はそのあとゆっくり名声を味わいたかったのだが、そうは問屋が卸さなかった。たしかに成功は収めたが、彼には養わなければならない大家族がいた。だからジェーンと二人でウォーキングの庭付きの家に引っ越した——ジェーンの羽根付き帽子に埋もれるようにして運ばれた籐かごは、まるでヒヨコに囲まれたコガモだった——あとも、ウエルズは自分に油断を許さなかった。骨休めなど問題外。引きあいがあるうちに、なんでもいいから書いて書いて書きまくらなければならない。

だとしても、もちろんウエルズはすこしも困らなかった。籐かごに頼ればいいだけの話だ。彼はそのなかから、シルクハットの中身をひっかきまわす奇術師さながら、『驚異の訪れ』という小説を取り出した。それは、八月のある蒸し暑い夜、ひとりの天使が天から墜落し、シダーフォードという小村の沼に落ちるところから始まる。奇妙な鳥の姿を目撃した素人《しろうと》鳥類研究家でもある村の代理司祭は、さっそく猟銃を手にすると、ずどんと撃った。弾は命中し、無残に折れた美しい羽を見た代理司祭は、とたんにその鳥がかわいそうになって、司祭館に運んで手当をする。こうして天使と親しくなった代理司祭は、天使というのはたしかに人間とはだいぶ違うが、心根のやさしい高貴な精神の持ち主であり、謎に満ちた興味の尽きない生き物だと理解するようになる。

その数カ月後に書いた『モロー博士の島』と同様、この小説の筋書きもウエルズがひとりで考えたものとはいえないが、彼としてはけっして盗用ではなく、ジョゼフ・メリックという特異な男へのオマージュだと考えていた。すでにメリックは、あの忘れえぬお茶会のあと二年後に、トリーヴスの予言どおり世にも恐ろしい姿で息を引き取っていた。聞くところによれば、当の外科医は、やはりメリックに敬意を表する意味で、ロンドン病院に併設された博物館で彼の歪んだ骨格を展示させているという話だが、それに比べれば自分のほうがはるかに慈悲の心があるとウエルズは自負していた。あの日の午後、ウエルズが本人に告げたように、メリックは本当に歴史に残る存在となったのである。

そして、同様にウエルズを歴史に残る存在にしてくれるのが、この『タイム・マシン』という作品なのかもしれない。実際のところ、先のことなどだれにわかる？　いまはとにかくこの成功にびっくり仰天、ただそれだけだ。彼はそう心のなかでつぶやき、タイム・マシンのことを思い出していた。小説に書いたのと寸分たがわぬ、いまは屋根裏に隠してあるそれのことを。

黄昏《たそがれ》がひたひたと迫り、赤銅色の光で触れるものすべてに落ち着きと気品をあたえていく。小麦粉でできた彫像のように台所でじっと座っているウエルズにしても、例外ではなかった。《ザ・スピーカー》誌の手厳しい批評をきっかけに鎖を解くように次々によみがえってきた記憶を、頭を振って追い散らし、その日の午後に郵便受けで見つけた封筒を手に取る。また、未来を予言してほしいという新聞社からの依頼の手紙でなければいいが。『タイム・マシン』を出版してからというもの、新聞各社は彼を公式予言者にでも選んだのか、占い師としての才能を紙面でぜひ発揮するべきだとの勧めが引きも切らない。

しかし、封を開けてみると、こんどばかりは予言を望む声ではなかった。そこにはいっていたのはマリー時間旅行社の宣伝用チラシと、第三回西暦二〇〇〇年ツアーへのギリアム・マリーからの招待状だった。ウエルズは思わず悪態を口走りそうになって歯を食いしばってこらえ、ついさっき雑誌をそうしたようにパンフレットをくしゃくしゃに丸めると、思いきり遠くに投げた。

丸めた紙は突拍子もない方向に飛んでいき、本来ならそんなところにいるはずもない男の顔に命中した。ウエルズは、いきなり台所に現われた侵入者を目を丸くして見つめた。上品な感じの若者で、いまは紙玉が当たった頰を撫《な》でながら、子供のいたずらを咎《とが》めるように首を振っている。そのすぐ後ろに、やや控えめな様子で、もうひとり男が立っていた。前にいる男と顔立ちがよく似ているところを見ると、血縁があるにちがいない。ウエルズは、前にいるほうの男に視線を向けながら、まずは紙玉を投げつけたことを謝るべきか、それとも他人の台所でいったいなにをしているのか尋ねるべきか迷ったが、結局どちらも実行できなかった。相手がこちらの機先を制したからである。

「ミスター・ウエルズですよね？」男はそう言うと、いきなりリボルバーをつきつけてきた。

14

鳥に似た顔の若い男。この男が『タイム・マシン』の作者だろうとアンドリューは察しをつけた。彼がハイドパークの森をうろついているあいだに、その小説がイギリスを席捲《せっけん》したのだという。チャールズは、正面玄関に鍵がかかっていることがわかると、家主を呼ぶこともせずに忍び足で家の裏手にまわり、少々手入れ不足の小さな庭を通って、いま彼らがいる狭く質素な台所にいきなり踏み込んだのだった。

「どちら様ですか？　私の家でなにをなさっているんです？」作家は立ち上がりもせずに尋ねた。おそらく、座っていたほうがいま自分に向けられている銃にあまり生身をさらさずにすむと考えたのだろう。この状況におよそ似つかわしくない丁寧《ていねい》な口調をもちいたのも、やはり銃がものをいったにちがいない。

作家に銃をつきつけたまま、チャールズはアンドリューに目を向け、かぶりを振った。いよいよこの茶番劇に彼の出番がまわってきたらしい。アンドリューは不満のため息を抑え込んだ。銃で脅しながら人の家に勝手にあがり込むなんて、いくらなんでもやりすぎだ。

それに、チャールズに全部まかせきりにして、ここに来るまでの道すがら、なにも計画を練っておかなかったのは、あさはかだった。こいつは行き当たりばったりにことを進め、おかげでこんな困った状況に追い込まれた。だがもう後には引けない。しかたなくアンドリューは、チャールズに倣《なら》って行き当たりばったりに行動する覚悟を決め、一歩前に出た。どうしていいかさっぱり思いつかない。とにかく、チャールズの有無を言わせぬ冷徹な態度を自分も踏襲しなければならないということだけはわかっていた。彼は上着のポケットから新聞の切り抜きを取り出すと、その状況にふさわしくできるだけ乱暴に、テーブルの上に置かれた作家の両手のあいだにたたきつけた。

「これを阻止したい」努めてきっぱりと告げる。

ウエルズは切り抜きにちらりと目をやり、そのあと二人の侵入者に振り子よろしく視線を交互に向けていたが、しまいにようやく記事を読みだした。無表情のまま、しばらく記事を読みふける。

「残念ながら、この悲劇はすでに起きてしまったことで、もはや過去の一部です。ご存じのとおり、過去を変えることはできません」彼はアンドリューに記事を返しながら、そっけなく言った。

一瞬どうしようか迷ったものの、アンドリューはその黄ばんだ紙片を受け取り、とまどった顔でポケットにまたしまい込んだ。あまりに窮屈な台所なので、いやでもたがいが接近せざるをえず、ひどく気まずい空気だった。本当に立錐《りっすい》の余地もないのだ——いや、それはいいすぎだろうか。特別痩《や》せた人ならひとりぐらいははいれるだろうし、ちかごろウエルズ夫妻が熱中しはじめた最新モデルの自転車一台くらいなら持ち込めるかもしれない。最新型はこれまでのものに比べ、スポークがアルミ製に、チューブ型フレームが偏菱形《へんりょうけい》に、タイヤも最新式となって、はるかに軽量化された。まあ、それはそれとして、とにかく三人は、次の場面の展開を急に忘れてしまった役者のように、なすすべもなくただぼんやりとたがいを見つめていた。

「それは間違いだ」チャールズがかすかにほほえんで言った。「過去が変えられないとはかぎらない。もし、時間を旅する装置があれば」

ウエルズは、どこか悲しげな、どこかうんざりした目で彼を見た。

「なるほど」ようやく事情が呑み込めたというように、失望が透けて見える表情で言った。「だが、私がそれを持っているとお考えなら、あなた方の勘違いだ。私はただの作家です」彼は申し訳なさそうに肩をすくめた。「タイム・マシンなど持っていない。あれは単なる想像の産物ですよ」

「そうは思わない」チャールズが言い返した。

「事実です」ウエルズがささやく。

チャールズはアンドリューと目を合わせた。そのまなざしは、埒《らち》のあかないこの会話をこれからどう続けようかとおうかがいをたてているかのようだ。どうやら袋小路にはまってしまったらしい。アンドリューが銃をおろせと告げようとした矢先、ひとりの女性が自転車を押しながら台所にはいってきた。小柄でほっそりとしていて、とびきり美しい。月並みな顔ばかりこしらえることに飽き飽きした創造主が、特別に丹精こめて製作にあたったかのようだ。しかしアンドリューがもっと興味を引かれたのは、田舎道でもたいして力もいらず、しかも静かに走れるという触れ込みで、いまや馬に取って代わりつつある自転車と呼ばれる道具のほうだった。一方チャールズは、そんながらくたには目もくれなかった。彼女がウエルズの妻だと見るや、間髪を入れずにその腕をつかみ、リボルバーの銃口を左のこめかみにつきつけた。そのすばやさといい、淀みのなさといい、すでに何度も練習してきた動作のようにさえ見え、アンドリューはあっけにとられた。

「もう一度だけチャンスをやろう」チャールズはウエルズに言った。いまや作家は顔面蒼白だ。

このあとに続く会話は無意味に見えるだろうが、たとえそうだとしても、ありのままに収録することにする。この物語に登場させる各エピソードをことさらに見栄えよくすることは、私の意図するところではないからである。

「ジェーン」ウエルズが、かろうじて聞こえるか聞こえないかのか細い声で言った。

「バーティ」ジェーンが動揺しながら応じる。

「チャールズ……」アンドリューが口をはさんだ。

「アンドリュー」チャールズがそれをさえぎった。

そのあと、沈黙が落ちた。影を濃く、鋭くする夕暮れの光。かすかに揺れる窓のカーテン。庭にぽつんと一本刺さるよじれた槍のような木。その枝を震わせ、幽霊のささやきであたりを満たすそよ風。首を振る、台所に集まった青ざめた顔の亡霊たち。これがもしヘンリー・ジェイムズの小説なら、この場面のあまりの進行ののろさに全員が恥じ入るだろうし、ヘンリー・ジェイムズ自身、緩慢すぎると見なすにちがいない。

「わかりましたよ、お二方」ウエルズは椅子からすっくと立ち上がり、愛想よく言った。

「文明人らしく解決しようじゃありませんか。だれひとり怪我などしないように」

アンドリューは懇願するようにいとこを見た。

「それはあんた次第だ、バーティ」チャールズが意地悪く笑う。

「妻を放したまえ。そうすれば、タイム・マシンをお見せしよう」

アンドリューは目を剝《む》いてウエルズを見た。じゃあ、ギリアム・マリーが疑っていたとおりなのか？ ウエルズは本当にタイム・マシンを持っている？

チャールズはやさしくほほえみ、ジェーンを自由にした。彼女はわずかな距離を一気に走って、愛するバーティの胸に飛び込んだ。

「落ち着いて、ジェーン」ウエルズは、父親が娘にするように妻の髪をそっと撫《な》でた。

「なにもかも大丈夫だから」

「さて、それで？」チャールズがいらだたしげに急《せ》かす。

　ウエルズは首にまわされたジェーンの腕をやさしくほどくと、敵意もあらわにチャールズを睨《にら》んだ。

「屋根裏部屋についてきなさい」

　ウエルズを先頭にした葬送行列のように、一同は足をのせるそばからばらばらになりそうなひどくきしむ階段をのぼった。屋根裏部屋は、屋根と二階のあいだの隙間を利用して作られたもので、そのせいで天井が低く傾いているうえ、無計画に押し込まれたがらくたのおかげで、そこにいるだけでなんだか息苦しくなる。沈みゆく夕陽が最後の光を必死にねじ込んでいる、部屋の隅の通気口代わりの窓のそばに、奇妙な装置が置かれており、どうやらそれがタイム・マシンらしい。いとこは、ひざまずいてこそいないが、さっそく駆け寄って食い入るようにそれを見つめており、アンドリューも近づいて好奇心半分、疑い半分で観察を始めた。

　その屋根裏にもしだれかが閉じ込められていたとしたら、彼／彼女を救出するために壁をぶち壊すことさえできそうなその大仰な機械は、一見すると、改良の進んだ橇《そり》のような外見をしている。しかし、下に置かれた細長い木製の台座にねじ留めされているところを見ると、あちこち移動させて使うものではなさそうだ。動かそうとしたらずるずる引きずらなければならないだろうし、その大きさではそう簡単には動かせそうにない。機械を保護するものといえば、ウエストあたりの高さで機械を囲っている真鍮製《しんちゆう》の棒くらいで、機械の中央にある頑丈そうな座席に上がるときは、これを乗り越えなければならない。座席は理髪店の椅子に雰囲気が似ている。優美な彫刻をほどこした腕木を組み立てて作ったもので、派手な赤のビロードが張ってある。前面にある、ちょっと茶目っけのある飾りのついたやはり真鍮製の二本の棒が、中ぐらいの大きさのシリンダーを支えており、このシリンダーが操作パネルの役目を果たしていて、日、月、年を表わす三つのスクリーンがはめ込まれている。シリンダーの右側に接着された円盤から、華奢《きやしや》な感じの水晶製のレバーがつき出している。ほかにハンドルらしきものが見当たらないので、どうやらそのレバーひとつで機械の全操作がおこなわれるらしい。座席の背後に、蒸留機に似た複雑な歯車の組みあわさった装置があり、そこからつき出たシャフトが巨大な円盤の中心を支えている。その円盤がマシンの中枢機関を保護しているらしく、マシンの部品のなかで最も壮観で、人の目を引いた。スパルタの盾と比べてもまだ大きく、謎めいた模様がびっしりと彫り込まれ、周辺状況から推察するにおそらく回転するのだろう。そしてなにより、操作パネルに取りつけられた小さな銘板に、〈H・G・ウエルズ製作〉という文字が刻まれていた。

「これもあなたが発明したんですか？」アンドリューが唖然としながら尋ねた。

「馬鹿な。もちろん違う」ウエルズがむっとしたように答えた。「すでに申しあげたように、私はただの作家だ」

「あなたでないとしたら、いったい全体どこでこれを？」

ウエルズは、赤の他人にそんな説明などしたくないとでもいうように、ため息をついた。チャールズがまたジェーンを引き寄せ、こめかみにさっき以上に強く銃を押しつけた。

「いとこはあんたに質問したんだぞ、ミスター・ウエルズ」

作家は怒りに燃える目で彼を見返し、やがてまたため息をついた。

「私の小説が出版されてまもなく」ウエルズは従うしかないと思い知り、しぶしぶ話しはじめた。「ある科学者が私に連絡をしてきた。じつは、もう何年も前からタイムトラベルを可能にする機械の開発にひそかに取り組んでいて、私の小説に登場するそれと外見までよく似ているというんだ。まもなく完成するのでだれかに見せたいが、だれに見せたらいいのかわからない。当然ながら、人によっては金儲《もう》けの道具にしようとするかもしれない、危険な発明だと承知していたからだ。私の小説を読んだ彼は、私ほど自分の秘密を託すのに都合のいい相手はいないと確信したらしい。私たちはおたがい信頼できる人物かどうか確かめるために何度か会い、すぐに、この人ならと思えるようになった。とりわけ、タイムトラベルというのは数々の危険をはらんだ冒険だという点で意見が一致したことが大きかった。彼はここで、この屋根裏部屋で、機械の組み立てを終えた。そこにある銘板は、私の協力に対する彼なりの感謝のしるしなんだよ。あなた方が私の本を覚えているかどうか知らないが、表紙のイラストにあった図体ばかり大きい不恰好な怪物とは似ても似つかない優美さだ。そしてもちろん仕組みも違う。だが、それについてはどうか訊かないでほしい。私は科学者でもなんでもないのでね。さて、いよいよ試運転の段になったとき、やはり初運行の光栄に浴するべきなのは発明家のほうだと私たちは判断し、私は現代に留まって運航の管理を担当することとなった。機械が二回以上の旅に耐えられるかどうかもわからなかったので、現代からできるだけ遠く離れた時点に行ってみようと私たちは考えたんだが、平和な時代であることが条件だった。そうして選んだのは、イギリスにローマ人がやってくる以前の古代だ。その時代なら、ここイギリスで魔女にもドルイド僧（古代ケルト社会の祭司）にも会えるし、危険といえば、ドルイド僧に捕まって神への生贄《いけにえ》にされる程度のものだ。発明家は機械に乗り込み、装置の計器を選んだ日付に合わせると、レバーを引いた。ところが二時間後、機械は無人のままもどってきた。機械の状態に変わりはなかったが、座席にまだ乾いてもいない血飛沫《ちしぶき》が散っていた。それ以来、友人とは会っていない」

　室内は墓地のように静まり返った。

「で、あんたは？　試してみたのか？」やがてチャールズが、つかのまジェーンから銃口をそらして尋ねた。

「まあね」神妙な様子でウエルズがうなずいた。「でも、四、五年ほど昔に飛ぶ程度の小旅行だけだよ。なにかを変えてみようとしたこともない。時間構造になにが起きるかわからないからね。おなじように、未来に行ったこともない。理由はわからない。私の小説の主人公と違って冒険心に欠けているからかな。とにかくこいつは私には荷が重すぎる。じつは、いっそ壊してしまおうかとも思っていたんだ」

「壊す?」チャールズがぎょっとして尋ねた。「どうして?」

ウエルズは肩をすくめた。自分でもよくわからないという意味だ。

「友人の身になにが起きたか、結局はっきりしていない。もしかすると、どこかに時間の監視人がいて、自分の利益のために過去を変えようとする者を見つけると、遠慮なく射殺するのかもしれない。あるいは、彼の失踪は単なる偶然にすぎないのかもしれない。いずれにせよ、この世にも珍しい彼の遺産をどうしていいか、私にはわからないんだ」彼は途方に暮れた様子で機械にかぶりを振った。まるで、散歩に出かけるたびに背負わされている十字架にでも向けるような、いかにもうっとうしげな視線だ。「世間に公表するつもりは毛頭ない。よきにつけ悪しきにつけ、これが世の中をどう変えてしまうか予想もできないからね。人間のなにが世間をこんなふうにしてしまったのか、と人はよく自問するが、私ならこう答えるだろう――どんな出来事も、そこに選択肢があったからそうなっただけだ、と。もし、過去の馬鹿げた過ちをいくらでも正すことができる機械があったら、だれもが自分の行動に責任を持たなくなってしまう。だが実際には、この機械にどんな可能性があるにせよ、くだらない個人的な用向きにしか使えないだろうがね。それに、もしいつの日か誘惑に負けて、自分のために使ってしまったら？　思い出すだにつらい過去を変えるとか、未来のすごい発明品を盗んできて大金持ちになるとか？　そんなことをしたら友人の夢を裏切ることになる……」彼は重いため息をついた。「そういうわけで、このたぐいまれなる機械がだんだん重荷になりはじめているんだ」

そこまで話したところで、彼はアンドリューを頭のてっぺんから爪先までしげしげとながめた。その熱心さはアンドリュー自身たじたじとするほどで、ひょっとして自分量で彼の棺でも作るつもりなのではないかと思ったほどだ。

「とはいえ、きみは人の命を救うためにこれを使いたいという」ウエルズが独り言のようにつぶやいた。「目的としてはじつに崇高だ。私がそれを許可し、きみがみごと志を遂げれば、この機械も報われるのかもしれない」

「まさに。人命救出に勝る崇高なおこないなどどこにもない」打って変わって彼らの主張を認めたウエルズを前に、口をつぐんでしまったアンドリューを見て、チャールズがあわてて加勢する。「それに、アンドリューならきっとやり遂げる」彼はいとこの横に行き、肩を力強くたたいた。「必ずや切り裂きジャックを仕留め、メアリー・ケリーを助けますよ」

ウエルズはためらった。同意を求めるように妻のほうを見る。

「ああバーティ、彼を助けてあげて」ジェーンは熱心に言った。「だって、すごくロマンティックじゃない」

ウエルズはふたたびアンドリューに目を向けた。妻の言葉を聞いたとたん自分の内側に芽生えた羨望を隠したかったのだ。しかし心の底ではわかっていた。ジェーンは、その若者が実現しようとしているお手柄を形容する、いちばんぴったりの言葉を見つけたのだ。整然とした秩序をなにより好むウエルズは、その手の恋愛とはけっして相いれない。社会変動さえ招く恋、最終兵器として巨大木馬が登場する大戦争を引き起こすような愛。つまるところ、わずかなしくじりが死をもたらしかねない恋愛である。そう、彼にはさっぱりそういう気持ちがわからなかった。抑制を失う、情熱を燃やす、直感で行動する――どれも彼の人生には一度としてない出来事だ。呪術師の熱狂に我を忘れたくてもできない。たとえ浮気をするとしても相手に執着することもなく、遊びで気を紛らす程度。だがそんな野暮で朴念仁《ぼくねんじん》のウエルズを、ジェーンは愛してくれた。考えてみればそれは感謝してもしきれない、すばらしい奇跡ではないか。

「よし、決めた」突然ぱっと顔を輝かせると、ウエルズは言った。「やろうじゃないか。怪物を退治して、その娘さんを救おう！」

作家の興奮が伝染したのか、チャールズは呆然としたままのいとこのポケットからやおら切り抜きを引っぱり出し、ウエルズといっしょに検討を始めた。

「事件は一八八八年十一月七日午前五時頃に起きました。とにかく、その数分前にアンドリューが現場に到着し、メアリー・ケリーの部屋の近くに隠れて切り裂きジャックを待ち伏せする。そして、怪物が姿を現わしたら、すぐ発砲すればいいんです」

「まずまずの計画だ」ウエルズが言った。「だが、この機械は時間を移動することはできても、空間は移動できない。その点を考慮しなければ。機械はここから動かせないから、きみのいとこがロンドンまで移動する時間の余裕を見る必要がある」

子供みたいにうきうきしながらウエルズは機械に近づき、パネルを操作した。

「よし！」調整が終わると、彼は声を張りあげた。「これできみのいとこを一八八八年十一月七日に送り込む準備は万端だ。あとは時間旅行に出発する午前三時を待つばかり。二時間前に到着すれば、ホワイトチャペルに行くにしても充分だろう」

「完璧ですよ！」チャールズが歓声をあげた。

すると四人は、無言のままたがいに目を見あわせた。タイムトラベル実行までの数時間をどうつぶしていいかわからなかったのだ。さいわい、そこには女性がひとりいた。

「あなた方、食事はすませていらっしゃった？」ジェーンは、女性ならではの実際家ぶりをここぞとばかりに発揮して言った。


一時間もすると、チャールズとアンドリューは、ウエルズの奥方は腕のいいコックでもあることを身をもって知った。狭い台所にぎゅう詰めになりながら、めったに口にできないほどうまいステーキを頬張《ほおば》るうちにいつしか時は過ぎ、しだいに夜が更けていく。夕食のあいだ、ウエルズは西暦二〇〇〇年への旅に興味を示し、チャールズも乞われるままにその様子を事細かに語った。彼は、ひいきの作家の奇想天外な物語の筋を話して聞かせる要領で、クロノティルス号と呼ばれる〝時空移動車〟に乗って四次元を走り抜け、廃墟と化した未来のロンドンにたどりつき、瓦礫《がれき》の陰に隠れて悪の帝王ソロモンと勇者デレク・シャクルトン将軍による最後の決戦を見物するまでを話した。しかし、ウエルズがあまりにも根掘り葉掘り訊き出そうとするので、チャールズは話を終えると、そんなに未来戦争に興味があるなら実際にツアーに参加してみればいいじゃないですかと勧めてしまった。とたんに黙り込んだウエルズを見て、そんなつもりではなかったのに、どうやら怒らせてしまったようだとチャールズは気づいた。

「失礼なことを申しあげてすみません、ミスター・ウエルズ」彼はあわてて謝った。「ついうっかりしました。世の中、百ポンドをぽんと出せる人ばかりじゃないのに」

「ああ、お金の問題じゃないんです」ジェーンが口をはさんだ。「ミスター・マリーはいままでに何度もパーティを招待してくださっているの。でも彼ときたら、そのたびに断わってしまって」

彼女はウエルズの顔をうかがうようにして言った。これで、彼がなぜこうも徹底して招待をはねつけるのか説明する気になるのではと、期待したのだろう。しかしウエルズは不吉に顔をひきつらせたまま、皿の上の仔羊をただじっと見つめるばかりだった。

「自分だけの贅沢《ぜいたく》な乗り物でおなじ旅ができるというのに、わざわざ満員列車に乗っていきたいとだれが思う？」唐突にアンドリューが割り込んだ。

ほかの三人は彼をまじまじと見て、それからたがいに目を見交わすと、なるほどというようにゆっくりうなずいた。

「それはさておき、もっと大事なことを話しあおうじゃないか」ウエルズが急に元気を取り戻したように言い、口のまわりの仔羊の油をナプキンで拭った。「私はこの機械で何度かタイムトラベルをこころみるうちに、一度六年前に飛んだことがあるんだ。やはりこの家の屋根裏部屋に到着したんだが、前の借家人が住んでいた。記憶が正しければ、庭に馬が繋《つな》がれていたはずだ。きみにはまず、住人に気づかれないように蔦《つた》を伝ってこっそり庭におりることをお勧めする。それから馬に乗って全速力でロンドンに向かう。切り裂きジャックを倒したらまたこちらにもどってくる。タイム・マシンに乗り込み、今日の日付をセットして、レバーを下に引く。手順はわかったかい？」

「え、ええ。よくわかりました……」アンドリューはつかえながらもなんとか答えた。

チャールズは椅子に背中をあずけながら、いとこを満足そうにながめた。

「きみが過去を変えるのか……まだ信じられないよ」

そのときジェーンがシェリー酒を持ってきて、お客に一杯ずつ注いだ。二人はときどきもどかしげに時計に目をやりつつ、のろのろとそれを飲んだ。やがてウエルズが言った。

「さて、ついに歴史を書き換えるときが来たようだ」

彼はグラスをテーブルに置くと、重々しくかぶりを振り、あらためて二人を屋根裏部屋に案内した。タイム・マシンは相変わらずそこでじっと彼らを待っていた。

「さあ、持っていけ」チャールズはアンドリューに銃をさし出した。「弾をこめておいた。やつを撃つときは胸を狙え。それがいちばん確実だ」

「胸を狙う」アンドリューはくり返し、震える手で銃を受け取ると、すぐにポケットにしまった。ウエルズにもいとこにも、じつは怖くてしかたがないことを気づかれたくなくて。

二人が彼の腕を取り、うやうやしくマシンへと導いた。アンドリューは真鍮《しんちゅう》の囲いをまたぎ、座席に座った。すべてが非現実という名の霧に覆《おお》われているような気がする。だがその霧も、椅子に散る黒ずんだ汚れを隠してはくれず、彼は嫌悪感と恐怖の入りまじる目でそれを見つめた。

「ひとつ注意しておく」ウエルズが脅すような重々しい口調で切りだした。「絶対にだれとも接触してはならない。もちろんきみの恋人とも。彼女の元気な姿をもう一度見たいという気持ちはよくわかるがね。とにかく切り裂きジャックさえ仕留めたら、過去の自分が姿を現わすまえに、大至急来た道を引き返すこと。もうひとりの自分との邂逅《かいこう》なんて、ふつうならありえないことが実際に起きたら、どんな事態になるか見当もつかない。ひょっとすると、時間構造に大変動をもたらすおそれさえある。世界が崩壊しても不思議ではない天変地異をね。わかってくれたかな？」

「はい。どうかご心配なく」アンドリューはつぶやき、ことの重大さにますます震えあがった。ウエルズの話のとおりなら、メアリー・ケリーを救いたいという彼のほんの気まぐれが、うっかりするととんでもない大惨事を引き起こすかもしれないのだ。

「それにもうひとつ」ウエルズはまだアンドリューを解放しない。だがさっきに比べれば口調がやわらいでいる。「行程は私の小説とは少々違っている。残念ながら、後戻りするカタツムリを目撃することはできない。あれはちょっと詩的にすぎたようだ。タイムトラベルで見る景色はじつはあんなに美しいものじゃないんだ。レバーをおろしたとたん、周囲でエネルギーがパチパチと火花を弾き、たちまち目もくらむほどの強烈な光が流れだす。それで終わりなんだ。そのあとあっさり一八八八年に到着する。時間移動のあと乗り物酔いの症状やめまいを感じるかもしれないが、まあ、それで銃の狙いが狂うことはないだろうさ」と最後は冗談めかした。

「肝に銘じます」アンドリューは見るからにしゅんとしている。すっかり怯《おび》えているらしい。

ウエルズは満足げにうなずいた。それで注意事項の伝達は終わったらしく、続いて近くのがらくただらけの棚をひっかきまわしはじめた。ほかの三人はただ黙って彼の行動を見守っていた。

「もしよければ」ウエルズはようやく目当てのものを見つけて言った。「きみの持っている新聞の切り抜きをこの箱に入れておくといい。もどってから開ければ、本当に過去が変わったかどうかわかるだろう。もし成功したなら、この見出しには切り裂きジャックの死が報じられているはずだ」

アンドリューは完全には納得していない様子ながらうなずくと、切り抜きを彼に渡した。そのあとチャールズが近づいてきてうやうやしく肩に手を置き、勇気づけるようににっこりほほえんだが、そこには心なしか不安が滲《にじ》んでいるようにアンドリューには思えた。チャールズが退くと、こんどはジェーンがやってきて、幸運を祈ったあとアンドリューの頬に軽くキスをした。ウエルズはその儀式の一部始終を、さも満足げにほほえみながら見守っている。

「きみは開拓者だ、アンドリュー」全員が彼を励まし終わると、墓石に刻むべき言葉で別れの儀式を締めくくるのは自分の役目だとばかりに、ウエルズが告げた。「思いきり旅を楽しみたまえ。今後数十年でタイムトラベルがもっと身近なものになるとしたら、過去の改変はおそらく犯罪になる」

そのあと、これ以上アンドリューの不安を長引かせるのもどうかと思ったのか、ウエルズはほかの二人に下がりなさいと注意した。レバーがおろされたとたんマシンの周囲にエネルギーが噴出するので、近くにいるとやけどをしてしまう。アンドリューは心細さを隠しながら、遠ざかっていく彼らを見つめた。大きく深呼吸して、邪魔っけな腫《は》れ物かなにかのように恐怖を懸命に抑えつけようとする。メアリーを救うんだ。そう自分に言い聞かせ、勇気を奮い立たせる。過去をさかのぼり、彼女が死んだ夜にもどって、彼女がずたずたにされるまえに犯人を始末する。そうして歴史を塗り替え、同時にその後の八年間彼を苦しめつづけた絶望を消し去るのだ。アンドリューは操作パネルに登録された日付を確認した。彼という存在をずっと蝕《むしば》んできた不吉な日付。まさか本当に彼女を救えるとは思ってもみなかったが、その不信の念を払拭するにはレバーをおろすしかない。ただそれだけのことだ。そうすれば、信じようと信じまいと、時間の旅は始まってしまう。汗にまみれた震える手をレバーに置く。水晶が冷たい。そうして、感覚はいつもどおりなのに、とても自分のものとは思えない手のひらを冷やす。屋根裏部屋の入口でいまかいまかと出発を待つ三人に、ゆっくりと目を向ける。

「頑張れ、アンドリュー」チャールズの励ましの声。

そして彼はレバーをおろした。

最初はなにも起きなかった。しかしすぐにぶるぶると間断なく続く振動音が聞こえ、かすかに空気が震えた。まるで世界がなにかを呑み込んで消化しているかのようだ。ふいにその眠気を誘う小さな音に、この世のものとは思えぬ妖しいきしみがかぶさり、ひと矢の紫電が闇を鋭く切り裂いた。ピシッと耳をつんざく乾いた音が響いたかと思うとまた別の光が走り、さらにひとつまたひとつと、まるで部屋の大きさを確かめるかのように、後から後から縦横無尽に火花が乱れ散る。突然アンドリューは、自分がその青白い稲妻の嵐の中央にいることに気づいた。向こう側にチャールズ、ジェーン、ウエルズが立っていて、激しい火花から身を守ろうとしているのか、それともアンドリューを助けに駆け寄りたくなる気持ちを制しているのか、三人ともなにかをさえぎるように両手を前に伸ばしている。空中に、おそらくは世界全体に、いや、もしかすると時間に、あるいはそのすべてに、めりめりと亀裂がはいる。目の前で脆《もろ》くも崩れ去る現実。そしていきなり、ウエルズが話していたとおりにまばゆい閃光が放たれてアンドリューの目をくらませ、屋根裏部屋が消えた。彼は歯を食いしばって悲鳴をこらえ、と同時に、奈落の底に落ちていくような感覚に襲われた。

15

すくなくとも十回はまばたきして、やっと目が見えるようになった。周囲に、何事もなかったかのように屋根裏部屋がふたたび立ち現われるにつれ、暴走していた心臓もようやく静まりはじめた。めまいも吐き気もなく、ほっとする。雷に打たれ黒焦げになるはめにはならずにすんだと知ると、胸をずっと締めつけていた恐怖さえ薄れはじめた。いまでは、宙に漂う匂いと焦げた蛾《が》の死骸に嵐の名残があるだけだ。緊張のせいで身体じゅうがこわばって思うように動かない。だがその凝《こ》りを無理にほぐす気はなかった。心のどこかに、むしろ歓迎している自分がいる。彼はこれからピクニックに出かけるわけではない。過去を変えに、すでに起きてしまったことを阻止しにいくのだ。彼、アンドリュー・ハリントンは時間の流れをひっかきまわそうとしている。ここはすこし慎重になってしかるべきではないか？

火花の影響がいよいよ消えて視界がはっきりすると、彼は自分に鞭打って、できるだけ音をたてないようにしながらマシンを降りた。床がしっかりしているので、逆に驚いた。

時間の一部をそっくり切り取ってしまったわけだから、過去の世界は煙か雲か、なにかそういう形の定まらないふわふわしたものでできているような気がしていた。しかし、おそるおそる足をおろすと、さっき後にした世界のそれとなにも変わらない硬い現実の床だった。ここは一八八八年なのだろうか？　薄明かりに包まれた屋根裏部屋を訝《いぶか》しげに見まわし、大げさに身ぶりまで加えながら、空気の味を確かめるようにゆっくり何度も深呼吸さえしてみた。そこが過去だということを、自分が本当に時間を旅してきたのだということを証明する、なにか証拠はないかと探して。窓の外をのぞいたとき、それは見つかった。通りの様子は記憶どおりだったが、乗りつけたはずの馬車の姿がどこにもない。そして庭には、さっきまではいなかった馬がたしかにいた。柵に繋《つな》がれたあんな痩《や》せ馬が、過去と現在を隔てる証《あかし》だというのか？　なんだかぱっとしないお粗末な証拠だな。アンドリューはがっかりしながら、空をじっくり観察した。黒くなめらかな布地に、ひと握りの穀粒《こくりゅう》をぞんざいにばらまいたかのように、星がちりばめられている。やはりこれといって異常はない。そのあともしばらく無駄に視線をさまよわせていたが、やがて肩をすくめると、考えてみれば大きな違いなど見つからなくても当然だと思う。時間をさかのぼったとはいえ、たった八年なのだから。

それからアンドリューは首を振った。昆虫学者気取りで観察を楽しんでいる場合ではない。ぼくにはやり遂げなければならない仕事があるし、無駄にできる時間などないのだ。

彼は窓を開け、蔦《つた》の太さを確かめたのち、ウエルズの指示どおりそれを伝って、屋敷の住人に気づかれないようできるだけ静かにおりた。おりるのはそう難しくなかった。いざ地面に着くと、蔦を伝う彼を動じる様子もなくじっとながめていた馬にそろそろと近づき、たてがみを撫《な》でて、警戒心を解こうとする。馬具がついてなかったが、柵に鞍《くら》などが掛けてあるのを見つけた。うん、ついているぞ。アンドリューは馬を脅かさないように静かに鞍を背中にのせ、そのあいだも、真っ暗な家から目を離さないようにした。それから手綱を取り、落ち着かせるためにやさしくささやきかけながら、馬を通りに導いた。自分の冷静さが意外だった。馬にまたがり、最後にもう一度あたりを見まわして、拍子抜けするくらい平穏に静まり返っていることを確認すると、ロンドンに向けて出発した。

夜を疾走する小さな染みと化し、かなりの距離を走ったところで、ようやくアンドリューはじっくり感慨に浸った。もうすぐメアリー・ケリーに会えるのだ。そう思ったとたん、身体の奥からぞくぞくと震えが走り、また不安が舞い戻ってきた。そうなんだ。信じられないことだが、彼女はまだ生きている。この時間なら、まだ殺されてはいないんだ。いまごろブリタニア亭で意気地なしの恋人を忘れるために飲んだくれている。死の腕に抱かれに千鳥足で家路をたどるのはまだ先の話だ。だがふいに思い出した。彼女に会うことはできない。この胸に抱くことも、首の付け根に顔を埋め、ずっと恋い焦がれてきたあの香りを嗅《か》ぐことも。だめだ。そんなささいな愛情表現でも、時間の構造を狂わせ、世界を崩壊に導くかもしれない、そうウエルズに固く禁じられた。彼に命じられたとおり、とにかく切り裂きジャックを殺し、とんぼ返りで現代にもどるしかない。外科の腫瘍《しゅよう》摘出手術さながら、あくまで迅速かつ計算どおりに行動すること。成否は患者が目覚めたとき、つまり現代に帰ったとき、初めてわかる。

ホワイトチャペルは陰鬱な静けさに沈んでいた。わずかなざわめきさえ聞こえないことに、アンドリューは驚いた。だが思えば、この頃のホワイトチャペルは、切り裂きジャックと呼ばれる怪物がナイフを手に路地をうろつき、死を配達してまわっている、世にも恐ろしい場所だったのである。ドーセット・ストリートにはいると、馬の速度をゆるめた。これほど密度の濃い静寂のなかでは、舗道を蹴る馬の蹄《ひづめ》の音は鍛冶場《かじば》の騒音にも等しい。ミラーズ・コート入口の数メートル手前で馬を降り、なるべく人目につかないよう、街灯の光の届かない鉄柵の近くに馬を繋《つな》ぐ。そのあと通りに人気《ひとけ》がないことを確かめてから、アパートに続くアーチ型の入口を急いでくぐった。住人はみな眠っているらしく、分厚い闇のなかを歩くアンドリューを導いてくれる灯りらしい灯りはひとつもなかったが、彼なら、目隠しして走っても部屋にたどりつけるくらいその場所を熟知している。あまりにもなじみ深いその景色のなかに深く分け入るにつれ、暗い悲しみが胸に沁《し》みだし、真っ暗なメアリー・ケリーの部屋の前に立ったとたん、いまにもあふれだしそうになった。しかしその郷愁も、あることに気づいた瞬間たちまち雲散霧消した。彼がこうして自分の楽園でも地獄でもあった粗末な部屋の前にいるまさにいま、もうひとりの自分がハリントン屋敷で父に平手打ちを食らわされているのだ。いま、科学の進歩がもたらした奇跡によって、この世界には二人のアンドリューが存在する。もうひとりのぼくも、いまここにいるぼくのことを察知しているだろうか？　双子の兄弟のあいだでしばしば起きるといわれるように、肌がむずがゆくなったり、身体の奥がちくりと痛んだりして、相手の存在に気づくようなことはないのだろうか？

そのとき足音がして、アンドリューははっと我に返った。心臓をばくばくさせながら、隣の部屋の裏に飛び込む。最初から、身を隠すならそこだと考えていた。どこより安全に思えたし、メアリーの部屋の入口から十メートルそこそこしか離れていない。その距離なら入口がよく見えるうえ、万が一切り裂き魔にうまく近づけなくても、そこから発砲できる。いざ隠れると、壁に背中を押しつけたままポケットから銃を取り出し、近づいてくる足音に耳を澄ます。ずいぶん乱れた歩調だ。こんな歩き方は怪我人か酔っぱらいしかしない。その瞬間、彼は理解した。間違いない、これは愛するメアリー・ケリーの足音だ。たちまち、ふいに吹きつけてきた一陣の風に凍える一枚の木の葉のように心が震えた。その晩も、いつものように彼女はよろめきながらブリタニア亭からもどったが、この日にかぎって、彼女の服を脱がせ、ベッドに寝かせ、酒浸りの夢で彼女をくるんでやるもうひとりのアンドリューはいない。泥酔した彼女の頭のなかで流れる夢は、壊れた人形であふれる小川のように混沌《こんとん》としている。アンドリューはそろそろと部屋の角から顔をのぞかせた。彼の目はすでに暗闇に慣れ、部屋の扉の前でふらつきながら立ち止まったメアリー・ケリーの姿も見分けることができた。思わず駆け寄りたくなるが、必死に衝動を抑える。こみ上げる涙を意識しながら、アンドリューは彼女をじっと見守った。メアリーは知らず知らず揺れる身体を懸命にぴんと伸ばし、たえまなくふらつくせいで、ともすれば落ちそうになる帽子を何度もかぶり直す。それから窓の割れめに手をつっこみ、永遠とも思える時間、さし錠と格闘していたが、やっとドアが開くとなかに姿を消した。夜中だというのにあたりはばからず力まかせにドアを閉め、まもなく弱々しいランプの光が、ドアの前にたちこめていた闇の一部を追い払った。

アンドリューは壁にもたれかかって涙を拭いたが、ほっとするまもなく、続いて聞こえてきたもうひとつの足音にぎくりとした。このアパートに続く路地にまただれかがはいってきたのだ。切り裂きジャック以外にありえないとすぐに気づいた。舗石にブーツがぶつかるひそやかな音は、人の神経を逆撫《さかな》でするほど冷静かつ慎重だ。狙った獲物に逃げ道はないと確信する、容赦のない捕食者の動きだった。アンドリューは恐怖に震えながらもう一度顔をのぞかせた。巨体の男が探るような視線をあたりに配りながら、愛するメアリー・ケリーの部屋にゆっくり近づいてくる。アンドリューは不思議なめまいを感じた。いま目の前で起きていることを、彼はすでに新聞で読んで知っている。まるで、筋をそらでもいえるほど覚えてしまっている芝居を観ているような気分だ。いまや注目すべきは、役者がどんな演技をするかだけだった。男は入口の前で立ち止まり、窓の割れめをちらりと見た。いまはまだ書かれてもいないが、アンドリューが八年間ずっと上着のポケットに入れて持ち歩いてきたあの台本を、一場面一場面注意深く再現しようとしている。いまやあの記事は、アンドリューが実現させた時空の離れ業のおかげで、描写が即、予言となったのだ。だがあの晩と違うのは、彼がそこにいて、歴史を変えるつもりでいることだった。そう考えると、これから自分がしようとしていることは、すでに完成された絵に手直しをするのと似ている。ルーベンスの『三美神』やフェルメールの『真珠の耳飾りの少女』に、おそれ多くも新たに筆を入れるようなものだ。

獲物が部屋にひとりだと知ると、切り裂き魔は最後にもう一度あたりをうかがった。好都合にも人気《ひとけ》はなく、しんと静まり返っていることに満足している、いや、大喜びしているようにさえ見えた。作業にこんなうってつけの場所が見つかったからには、思う存分やりたいことができる。そんな犯人の態度を見て、アンドリューは頭にかっと血がのぼった。そこで身を隠したまま発砲する選択肢などたちまち頭から吹き飛び、衝動的に飛び出さずにいられなくなった。急に、離れたところからご清潔な銃の仲介によって殺すことが、冷静すぎるやり方に思えた。そんなつまらない方法ではとても腹の虫が治まらない。煮えたぎる怒りが、接近戦であいつの命を奪えと命じていた。この手で首を絞めてやるか、リボルバーの銃床で死ぬまで殴ってやるか、とにかくなんでもいい、やつの死にもっとじかに関われるようなやり方、アンドリューのテンポに合わせ、やつの下劣な命がすこしずつ消えていくのをこの手で確かめられるようなやり方で殺すのだ。しかし、断固とした足取りで怪物に近づきながら、アンドリューは気づきはじめた。取っ組みあいで殺してやりたいとどんなに切望したとしても、あの巨体と、喧嘩にまるで不慣れな自分の力量を考えあわせると、腿《もも》のポケットに収まっている武器の参加を認めない戦略はやはり無謀なのでは？

部屋の前に立つ切り裂きジャックは、近づいてくる男を無言のまま不思議そうに見つめている。いったいどこから現われたんだろうと、自分の胸に問うているのだろう。アンドリューは、ライオンの檻《おり》に近づきすぎると鉤爪《かぎづめ》の一撃を食らうのではないかと怖がる子供のように、先を見越して五メートルほど手前で立ち止まった。暗くて相手の顔は見えなかったが、かえってそのほうがいいのかもしれない。彼はリボルバーを構え、チャールズの助言に従って胸を狙った。自分はなにをしようとしているのかとか、そんなことは考えず、その場の勢いで身体を動かすダンスかなにかのように、瞬時に発砲していればなにも問題はなかっただろう。外科の手術さながら、手際よく計画どおりにことは終わっていたはずだ。しかしあいにくアンドリューは足を止めて考えてしまった。ぼくはシカや空き瓶ではなく、人間を撃とうとしている。殺人とはこんなにも簡単に衝動でできてしまうことなのだ。相手を圧倒できる立場にいればだれにでも、いともたやすく。そう意識したとたん、

いていた指が固まった。小首を傾げている切り裂き魔は驚いているようにも嘲《あざけ》って

引き金にかけた指が固まった。小首を傾げている切り裂き魔は驚いているようにも嘲《あざけ》っているようにも見え、同時にアンドリューは、リボルバーを握る自分の手がどうしようもなく震えだすのを目にした。それが彼の決意を萎《な》えさせ、逆に切り裂き魔を大胆にした。アンドリューの気持ちがふらついた一瞬の隙を衝《つ》いて、切り裂き魔は外套の内側からすばやくナイフを取り出し、こちらの頸動脈《けいどうみゃく》めがけて飛びかかってきた。皮肉にも、そのがむしゃらな突撃がアンドリューの指を解き放った。短い、ごく単純なパンッという破裂音が、突然夜のしじまを破る。切り裂き魔は胸のど真ん中に銃撃を受けた。アンドリューはリボルバーを構えたまま、男がよろよろと二、三歩後ずさるのをながめ、それからまだ煙の出ている熱を持った銃をおろした。自分が本当に引き金を引いたことにも、突然の襲撃にもかかわらず無傷で相手を撃退したことにも驚いていた。いや、じつは無傷ではなく、左腕が焼けるように痛むことにまもなく気づいた。仁王立ちのクマよろしく彼の前でゆらゆら揺れている切り裂きジャックを見据えたまま、アンドリューは痛みの源を手探りした。切り裂き魔のナイフは、頸動脈にはたどりつけなかったとはいえ、上着の肩の近くを切り裂き、肉をもえぐったことを知った。血は大喜びで流れ出てはいたが、たいした傷ではなさそうだ。一方切り裂きジャックのほうは、アンドリューの銃撃が本当に致命傷だったのかどうか、なかなかはっきりさせてくれなかった。のろのろと身体を揺らし終えると、こんどは立ったまま身をよじりはじめ、そのはずみでアンドリューの血を吸ったナイフが手か

らすべり落ちて舗石で跳ね返り、暗がりに消えた。やがてアンドリューの顔に突然王族の面影でも見出したのか、しわがれたうなり声とともにがくりと地面にひざまずくと、続けて、さっきの声以外にも変幻自在に声色が変えられるところをひけらかすかのように、もっと甲高《かんだか》いうめき声を切れ切れに洩らしはじめた。さすがのアンドリューもそのあまりに芝居がかった悶絶ぶりにうんざりし、いっそ背中を押して倒してやろうかと思いはじめた頃、やっと切り裂き魔は大の字になってどうと舗道に倒れた。

本当に事切れたかどうか確かめるため、アンドリューがかがみ込もうとしたとき、きっと表の騒々しさに驚いたのだろう、メアリー・ケリーが部屋のドアを開けた。彼女に自分の正体を気づかれてはまずい。八年ぶりに彼女の顔が見てみたいという身を焦がすような思いを抑えつけ、アンドリューはきびすを返した。「人殺し！　人殺しよ！」という声を背中で聞きながら、無関係なふりをして路地の出口に走る。アーチ型の門にたどりついたところでやっと肩越しに振り返り、街灯が放つ弱々しい円形の光に照らし出されて、メアリー・ケリーがひざまずき、男の目をそっと閉じてやるのを見た。はるか遠い別の時空の、いまや夢のようにあやふやになってしまった世界では、彼女を本人だとわからないほどずたずたに切り刻んだ男だというのに。

馬は、さっき繋《つな》がれたその場所でアンドリューを待っていた。動揺していたにもかかわらず、路地の迷路をどうにか抜け出して帰り道を見つけた。ロンドンを後にしたところでようやく落ち着きを取り戻し、自分がしたことを理解しはじめた。ぼくは人を殺した。だがすくなくとも正当防衛だった。それに、殺した相手はふつうの人間じゃない。切り裂きジャックだ。ぼくはメアリー・ケリーを救い、過去を変えた。一刻も早く自分の世界にもどりたくて、馬を力のかぎり急《せ》かす。どんなふうに変わっただろう？　もし万事うまくいっていれば、メアリー・ケリーはまだ生きているだけでなく、おそらくぼくの妻になっているだろう。子供もいるだろうか？　二人？　三人？　彼はさらに力をこめて馬に鞭を振るった。早く帰らないと幸せが蜃気楼《しんきろう》のように消えてなくなってしまいそうで、怖かった。

ウォーキングは、数時間前にはひどく訝《いぶか》しく思えたあの静けさに相変わらず包まれていたが、これといって大きな失敗もなく無事仕事を終わらせることができたのはこの静寂のおかげなのだと思うと、いまとなってはむしろ感謝したいくらいだった。急いで馬を降り、鉄柵を開ける。そのときふいにアンドリューの足が止まった。家の玄関口でだれかが彼を待っている。アンドリューはすぐに、ウエルズの友人の身に起きたことを思い出した。そうだ、過去を変えた人間は処刑せよとの命を受けて現われた、時の番人かなにかにちがいない。あわてるなと自分に言い聞かせ、大急ぎでポケットからピストルを取り出すと、切り裂きジャックを倒す最適法としてチャールズに勧められたとおり、相手の胸を狙った。男は、相手が銃を持っているやいきなり横手に飛びのき、庭を転がるように走って、闇に姿を消した。アンドリューはどうしていいかわからずに、とにかくその猫を思わせるすばやい動きを銃で追ったが、結局男は柵をひらりと乗り越え、通りを走り去った。

遠ざかる足音を確認してはじめて、彼は銃をおろし、ゆっくり深呼吸して気持ちを静めた。あれはウエルズの友人を殺した男だろうか？　わからない。だが逃げてしまったのだから、もうどうでもよかった。男のことは忘れ、蔦《つた》をのぼりはじめる。怪我をしたほうの腕はすこしでも力を入れるとずきずき痛んだので使えず、片手で蔦をたぐらなければならない。屋根裏部屋に到着したときはへとへとで、失血のせいで気分も悪く、彼はタイム・マシンの座席にへたりこんだ。操作パネルに帰る日付を設定し、最後に名残惜しげに一八八八年の世界を一瞥《いちべつ》したあと、すぐに水晶のレバーをおろした。

こんどは雷光に包まれても恐怖は感じず、久しぶりに帰郷する者が覚える安堵の気持ちで胸がいっぱいだった。

16

ようやく火花の競演が終わり、だれかが枕投げ合戦でもしたかのように宙を舞う羽毛にも似た煙が漂うなか、チャールズとウエルズ、そしてその妻が、さっきと寸分変わらぬ姿勢で部屋の入口近くに立っているのを見て、アンドリューは驚いた。勝ち誇ったような笑みを浮かべてみせたものの、しだいにひどくなっていく腕の痛みと吐き気のせいで、笑みはすぐに弱々しいしかめ面に姿を変えた。彼がマシンから降りようと立ち上がったところで、その左腕をぐっしょりと濡らす、いまにも床に滴《したた》り落ちんとするほどの出血に、ほかの三人も気づいた。

「どうしたんだ、アンドリュー!」あわてて駆け寄ってきたいとこが尋ねる。「いったいなにがあった?」

「たいしたことじゃないよ、チャールズ」よろよろと彼に倒れかかりながら、アンドリューは答えた。「ほんのかすり傷さ」

ウエルズがもう一方の腕を取り、アンドリューは二人の肩を借りて屋根裏部屋の階段をおりた。自分の足で歩こうとはしたが、もう力が残っていないことがわかり、結局小さな居間まで彼らに運んでもらうことにし、悪魔の群れに無理やり地獄に運ばれる死人さながら、いきなり担《かつ》ぎ上げられてもおとなしく従った。積もり積もった緊張、多量の出血、長距離を馬で走ったこと、それらが同盟を結んで彼のエネルギーをとことん吸いつくし、どうにもならなかったのだ。彼らはアンドリューを、勢いよく火が燃えている暖炉近くの肘掛け椅子に慎重に座らせた。ウエルズは、いかにも不快そうに顔をしかめながら（アンドリューにはそう見えた）彼の傷を診《み》たあと、包帯ほか止血に必要なものを全部持ってきなさいと妻に指示した。ただ残念ながら、〝大至急〟というひと言を忘れていた。早くしないと、滴る血で絨毯が取り返しのつかないことになりそうだった。ありがたいことに、火にあたるとすぐに寒気は消えたが、こんどは眠気が襲ってきた。さいわいチャールズが彼の手にリキュールのグラスを押しつけ、口に運ぶ手伝いさえしてくれたので、むかつきとひどいだるさがすこしは収まった。まもなくジェーンももどってきて、前線でたっぷり経験を積んだ看護師顔負けの手際で、急いで傷の手当を始めた。鋏《はさみ》で上着の袖を切り、激痛に歯を食いしばるアンドリューを尻目に傷にあれこれ薬を塗ったあと、最後にきつく包帯を巻いてから数歩後ずさり、作品をながめて悦に入った。そうして火急の問題が片づいて初めて、寄せ集めの救援隊は期待に目を輝かせ、なかば朦朧《もうろう》としながら横たわるアンドリューの椅子のまわりに集まった。出来事の報告をいまかいまかと待つ彼ら。アンドリューはあたかもゆうべの夢の記憶をたぐるかのように、地面に倒れていた切り裂き魔を、その目を閉じさせていたメアリーを思い出していた。あの光景は、ほかでもない、やるべきことをやり遂げたという意味だ。

「やったよ」萎《な》える気力を奮い立たせ、宣言する。「切り裂きジャックを仕留めた」

とたんにわっと歓声をあげる三人を、アンドリューは愉快な見世物でも観るようにながめた。彼らは大喜びでアンドリューの身体をたたきまくり、それから抱きあって、彼をもみくちゃにしながら雄叫びをあげた。その興奮ぶりといったら、年忘れの大騒ぎか、未開地の部族の儀式のようだ。そのうちさすがに反応が大げさすぎたと気づいたのか、ふいにおとなしくなると、慈《いつく》しむように、しかしどこか相手の出方をうかがうように、アンドリューに目を向けた。アンドリューはすこし照れた笑みを浮かべ、ほかの三人がそれ以上にも話す気がなさそうだとわかると、周囲をおずおずと見まわし、自分が過去に付け加えた筆が現在のカンバスにもたらしたはずの変化を見つけようとした。彼の視線はテーブルの上に置かれたシガーボックスで止まった。たしかウェルズは、そこに新聞の切り抜きをしまっていた。それにつられて全員のまなざしがそこに集まった。

「なるほど」ウエルズは一同の考えを察して言った。「鏡面のようだった池に石を投げたきみは、どんな波紋が広がっているか一刻も早く見たいらしい。ではさっそく始めよう。本当に過去が変わったかどうか確かめようじゃないか」

ふたたび祭司役を買って出たウエルズは、救世主となる幼子に乳香《にゅうこう》を捧げる三博士のようにうやうやしくアンドリューに箱をさし出し、蓋《ふた》を開けた。アンドリューは懸命に手の震えを隠しながら切り抜きを取り出し、つかのま鼓動を止めた心臓を意識しながら、たたまれた紙片を開く。しかしそこにあったのは、長年くり返し見つづけてきたものとまったくおなじ見出しだった。ざっと目を通すと、内容もいっさい変わっていない。何事もなかったかのように、切り裂きジャックによって惨殺されたメアリー・ケリーの事件と、その直後の自警団による犯人捕縛が報道されている。アンドリューはとまどいの表情を浮かべながらウエルズを見た。こんな馬鹿なことがあるものか。

「でも、間違いなくやつを殺したんだ」だんだん自信がなくなってくる。「だけどもうわからなくなった……」

ウエルズは切り抜きを見ながら考え込んだ。全員が彼に注目し、霧の晴れるようなすかっとした説明を待った。しばらく切り抜きを睨《にら》んでいたウエルズは、そうかとつぶやいた。いきなりすっくと立ち上がり、宙に目を向けたまま無言で部屋のなかを歩きはじめる。とはいえ部屋が狭いので、テーブルのまわりを何度もぐるぐるまわるしかなく、そうしながらポケットに両手をつっこんで、あたかも同席者たちに自分の理解の軌跡を見せつけるかのように、うん、うんと、ときどきうなずいた。そしてようやくアンドリューの前で立ち止まると、悲しげにほほえんだ。

「きみはその女性を救ったんだ、ミスター・ハリントン」疑念のかけらもない確信に満ちた口調だ。「それは間違いない」

「じゃあ、なぜ……」アンドリューは口ごもった。「なぜ彼女は死んだままなんですか？」

「きみが彼女を救うために過去に行くには、彼女が死んでいる必要があるからさ」当然だろうというように、ウエルズが大きな声で言った。

アンドリューは、ウエルズがなにをいわんとしているのかまるで理解できず、目をしばたたいた。

「考えてもみたまえ。彼女がもし生きていたら、きみは私の家に来ただろうか？　切り裂き魔を殺し、彼女が死ぬのを阻止したら、きみがタイムトラベルする理由までなくなってしまうとは思わないかね？　そのままもし過去をさかのぼらなければ、変化も起こらない。おわかりかな？　この二つの出来事は、切り離して考えることはできないんだよ」ウエルズは、もとの見出しをそこに留めて彼の理論を裏づけている切り抜きを、アンドリューの前でひらひらと振って見せた。

アンドリューはゆっくり首を振り、ほかの三人に目をやった。彼らもおなじようにすっかり混乱しているようだ。

「そんなに難しいことじゃないさ」ウエルズは、一同の混乱を揶揄《やゆ》するように言った。

「じゃあ別の説明のしかたをしよう。きみがタイム・マシンで現代にもどったあと、一八八八年でどんなことが起きたか想像してみよう。もうひとりのきみはメアリー・ケリーの部屋に到着するが、こんどは内臓むき出しの姿ではなく、生きている彼女と対面したはずだ。メアリーは死んだ男の前に立ち、その遺体はやがて駆けつける警察によって切り裂きジャックと断定される。どういうめぐりあわせか、どこからともなく現われた正義の味方がその悪党を退治し、彼の愛する人の名が犠牲者名簿に加わるのを防いでくれたんだ。そして、その正体不明の正義の味方のおかげで、アンドリューは彼女と幸せに暮らすことになる。皮肉にも、その正義の味方がじつはきみだったことを、つまり自分自身だったことを永遠に知らぬまま」そこまで話したところで、ウエルズは期待をこめてみんなを見渡した。種を植えたそばから芽が出ないかと待ち焦がれる子供のように。アンドリューが依然として困惑の表情で自分を見ているのに気づくと、彼は付け加えた。「いうなれば、きみの行動が時間に分岐点を作ったのさ。別の世界が、いわばパラレル・ワールドができたんだよ。そして、そちらの世界では、メアリー・ケリーはいまも生きていて、もうひとりのきみと幸せな毎日を送っている。残念ながら、きみはそれとは違う世界にいるんだ」

チャールズは、ウエルズの説明にしだいに納得がいきはじめたらしく、しきりにうなずいていたが、やがて、ぼくにわかったんだ、きみにもわかっただろうと問いかけるようにアンドリューに目を向けた。しかし彼のほうは、いまの話をもうすこし自分のなかでじっくり嚙《か》み砕く必要があった。詮索《せんさく》するようにこちらを見ている周囲の視線を無視して顔を伏せ、冷静にことの顚末《てんまつ》をおさらいする。現代世界になにひとつ変化が見えないことからすると、彼のタイムトラベルは無駄だった、いやそれどころか、実際にはなにも起きなかったのではないかとさえ思える。だがあれが現実だったことは、自分がだれよりもよく知っている。メアリーのシルエットも、発砲音も、そのとき腕に走った衝撃も忘れはしないし、第一、この腕の醜い傷がなによりの証拠だ。やはり夢ではない。現実に起きたことなんだ。影響が見当たらないからといって、なにも起きなかったとはいいきれない。そう、ウエルズがさっき理論づけたように。岩につきあたった樹木の根は、それを迂回して伸びる別の道を探す。おなじように、彼の行動もそのまま宙に浮いて消えてしまったわけではなく、別の現実を、言い換えればパラレル・ワールドを創りだしたのだ。彼がメアリー・ケリーと幸せに暮らしているその世界は、もし彼がタイムトラベルしなければ存在しえなかった。つまり、やはり彼は愛する人を救ったのだ。たとえ自分は彼女との幸福を味わえず、彼女の死を阻み、過ちを修正するべく全力を尽くしたのだという満足感でみずからを慰めるしかないのだとしても。すくなくとももうひとりのぼくは幸せなんだ――アンドリューは一抹のあきらめとともにそう自分に言い聞かせた。彼とまったくおなじ肉体を持つ、根本的には彼自身であるもうひとりのアンドリューが、彼の夢をひとつひとつ実現してくれるだろう。あちらの世界の彼なら、父の反対にも周囲の陰口にも負けず、彼女を愛し、妻に娶《めと》ることができるかもしれない。できれば彼には、そのことが意味する奇跡を意識してほしかった。そして、自分が苦しみ抜いたこの八年間、もうひとりの幸運なアンドリューには、一分一秒も無駄にせずにメアリー・ケリーを愛してほしかった。永遠の愛の結実である、向こう側の世界で。

「わかりました」アンドリューは彼を囲む人々にうっすらとほほえみ、つぶやいた。

ウエルズが思わずガッツポーズを取る。

「よかったよ、理解してもらえて！」ウエルズは歓声をあげ、チャールズとジェーンがまたアンドリューの背中を平手打ち責めにした。

「私が過去に旅したとき、なぜいつも自分自身に会うのを避けたと思う？」聞き手などいなくても気にするふうでもなく、ウエルズが問いかけた。「もしそんなことをしたら、過去のいつかの時点で、わが家の玄関先に未来の私が挨拶に現われていたかもしれない。さいわい、私には分別ってものがあるから、そんなことは一度も起こらなかったがね」

ふたたび上機嫌になったチャールズは、何度もアンドリューの肩を抱いたあと、彼が椅子から立ち上がるのに手を貸し、そこにジェーンがまるで母親のように上着を着せかけた。

「夜中に家のあちこちで聞こえる不気味なきしみは、たいてい家具のせいにされてしまうが、じつは眠っているわれわれを起こさないようにそっと見守る、未来の私の足音なのかもしれないな」ウエルズは、まわりのお祭り騒ぎにはまるで気づかない様子で、どんどん脱線していく。チャールズに手をさし出されてようやく空想の世界から現実にもどってきた。

「なにもかもありがとうございました、ミスター・ウエルズ」チャールズが言った。「あんな形で家にあがりこんで申し訳ありませんでした。どうかお許しください」

「いいんだ、いいんだ。気にしないでくれ。もう終わったことだ」ウエルズは曖昧《あいまい》に手を振った。逆に、銃をつきつけられたことが薬になって元気が湧き、こちらから感謝こそすれ謝罪されることではない、とでもいいたげに。

「マシンをどうするおつもりです？　本当に壊してしまうんですか？」アンドリューがおずおずと尋ねた。

ウエルズはぶしつけな質問に気を悪くするでもなく、にっこりほほえんだ。

「たぶん。このマシンが背負っていた使命もこれで果たされたようだしね」

アンドリューはうなずいた。ウエルズの迷いのない返事に胸を打たれた。ウエルズの手元に残されたその発明品には、ほかにも使い道があるはずだ。それでも彼は見ず知らずのぼくに同情して、愛する人の命を救うためなら時間の掟を破り、時間の構造を変え、世界を危険にさらす価値があると考えてくれた。本当に感謝の気持ちでいっぱいだった。

「ぼくもそのほうがいいと思います」アンドリューは感傷を振り払ってから言った。「あなたが疑っていたことは本当でした。だれかが時間を監視し、過去に目を光らせているんです。じつはぼくも、ここにもどる途中、この家の入口のところで〝時の番人〟に出くわしました」

「本当かい？」ウエルズが目を丸くした。

「はい。さいわい、なんとか追い払うことができましたが」アンドリューが答えた。

彼はそのあとウエルズをしっかと抱いた。チャールズとジェーンは、ウエルズがぎこちなく身をこわばらせてさえいなければ、純粋に感動的な場面となったはずの光景をほほえましくながめている。ようやく抱擁が終わると、チャールズは夫婦に別れの挨拶をし、アンドリューが困り顔の作家にまたぞろ飛びつかないよう、急いで玄関に引きずっていった。

アンドリューは庭を歩くあいだ、ポケットのなかの銃を握りしめ、ずっとびくびくしどおしだった。現代まで彼を追ってきた時間の監視人が、どこかで待ち伏せしているような気がしたのだ。しかしどこにもその気配はなかった。彼を待っていたのは、そこに彼らを運んできた馬車だけだった。わずか数時間前のことなのに、大昔のように思える。

「しまった、帽子を忘れてきた」アンドリューが馬車に乗り込んだところで、いとこが言った。「ちょっと取りにもどるよ、アンドリュー」

アンドリューはうわの空でうなずき、どさりと座席に身を投げ出した。本当に疲れきっていた。窓に目をやり、周囲にたちこめる闇をながめる。地平線から顔を出そうとする朝日が、まもなくそこに炎を放つ。肘のあたりで擦《す》り切れる上着の布地さながら、夜も隅のほうからしだいにほつれだし、黒がしだいに青へと変化し、やがてじわじわと青白い光が世界に切り込んでいく。御者台で眠り込んでいるらしい御者を除けば、金色と紫の薄絹が織りなすこの世にも美しい野外劇は、彼だけのために演じられているといっても過言ではなかった。この数年アンドリューは、たいていはハイドパークの森で、この夜明けという名の荘厳な除幕式に何度も立ち会って、今日が死ぬ日だろうか、胸にはびこる苦痛が今日こそすべてを終わりにしろと命じるだろうか、と考えたものだった。たとえば、いまもポケットにはいっている銃を使って（とはいえ、一昨日の午後、父のショーケースからこれをくすねたときは、それで切り裂きジャックを殺すことになるとは思ってもみなかった）。だが、いまはもうそんなことを自分に問いかける気はない。なぜなら答えはもうわかっているからだ。今日の夜明けも、過去の夜明けも、未来の夜明けも、どんな夜明けだって見てやろうじゃないか。メアリーを救ったいま、もはや自殺する理由はなかった。単なる惰性でこれからも自殺の計画を練るか、あるいは、ウエルズの言葉を借りれば、間違った世界にもどってきてしまったことを苦に命を絶つか。それでは動機として充分とは思えないし、だいたい、あまり褒《ほ》められた理由ではない。だって、ばかばかしいと知りながら別次元の自分を妬《ねた》んでいる、と明かすようなものではないか。もうひとりのアンドリューは彼自身であり、彼の幸運は自分の幸運として、それが無理なら、兄やいとこのチャールズの幸運と同列と見なして喜ぶべきなのだ。〝隣の芝生は青い〟ということわざどおり、隣の世界だって輝いて見えるものなのだろう。だが、別の場所でぼくが幸せに暮らしているとしたら、せめて隣の世界では望んだ幸せを手に入れたのだとしたら、満足してしかるべきだ。

その結論に達したとき、思いがけない疑問が湧いた。別の世界で望みどおりの人生を手に入れたのだとしたら、この世界でもおなじものを求める必要があるだろうか？　初めは答えがわからなかったが、しばらく考えをめぐらせたのち、ノーと答えを出した。ぼくはもう無理に幸せを追求する必要はないのだ。日々の小さな幸福に喜びを見出し、なんの不満も持たず、ただ静かに毎日を過ごせばいい。もうひとりのぼくが、手の届かない、しかしすぐ隣にある時間軸で満ち足りた暮らしを送っているのだと思えば、たとえ自分の人生が凡庸でも、それで慰められる。地図には載っていない、行きたくてもけっしてたどりつけない場所。この世界の裏側にある世界。ふいに、生まれてすぐ背負わされた重い荷物を降ろしたかのような、圧倒的な安堵が胸に広がった。解放され、責任という責任を免《まぬが》れ、思いのままに生きる。無性に、いまこそ人生というものにどっぷりと浸りたいと思った。人が本来進むべき一本道にもう一度合流するのだ。ヴィクトリア・ケラーか、あるいはもしヴィクトリアがチャールズの妻になったのだとしたらマデリン・ケラーのほうに手紙を出し、食事か観劇か、あるいはどこかの公園を散歩する約束を取りつけよう。茂みで待ち伏せし、そして彼女の唇を奪う。なぜそんなことがしてみたくてたまらないのかといえば、実際にはけっして実行に移さないとわかっているからだ。そうしてどんな可能性も除外することなく、あらゆることが起こりうるのが、どうやら世界のあり方であり、仕組みらしい。ここにいるアンドリューが彼女にキスをすると決めたとしても、もうひとりのアンドリューはそれを拒み、その時点で彼は時の坂を転がり落ちて、別のだれかの唇に行きあたる。そうして底知れぬ時の深淵に身を投げた彼は、たったひとりで何度も増殖をくり返し、別の自分に次々に分裂する。

アンドリューは座席に深く身をもたせ、意外な発見に愕然とした。人生のなかで選択されなかった可能性は、大工が箒《ほうき》で掃いて捨てる鉋《かんな》くずとおなじ運命をたどるのではなく、それぞれが別の自分に成長して、本来の自分とどちらが本物か張りあうようになる。人生行路のそこここでつきあたる分岐点の一時待機所で、じつは大勢の〝もうひとりのアンドリュー〟が生まれ、彼らも〝アンドリュー本人〟とおなじようにおのおの人生を歩んでいる——考えただけで、アンドリューはめまいがした。しかもそれぞれの世界は、彼の世界が果てる場所よりはるか遠く、彼自身もけっして見ることができないところまで続くのだ。基本的に、人は自分の持つごく控えめな感覚を頼りに、みずからが所属する世界の広がりはここまでだ、ここが世界の果てだと決めるものだ。だがもし、奇術師の箱のように世界もじつは二重底で、自分の感覚がここまでだと告げる場所より先にも、まだ世界が続いているとしたら？　これはある意味、薔薇《ばら》はだれも見ていないときでもやはりおなじ色をしているのかという問いと似ている。ぼくの考えは正しいのだろうか？　それとも単なる戯言《たわごと》？

たしかに、こんなのはレトリックの問題だ。だが世界は、彼の問いにわざわざ答えてくれることにしたらしい。ふいにやさしいそよ風が吹いてきて、舗道を埋めつくす木の葉の一枚をさらったかと思うと、水たまりの表面で優雅に踊らせはじめたのだ。そう、たったひとりの観客のために手品を披露するかのように。アンドリューは怯《おび》えながら木の葉の舞いをひたすら見つめていたが、やがて現われたチャールズの靴にあっさり踏まれて、繊細なダンスは終演となった。

「あったよ。さあ出発しよう」チャールズは、狩人がみごと仕留めた血まみれのアヒルを振りかざすように、帽子を振った。

馬車に乗り込んだとたん、彼はアンドリューの顔にうっすらと浮かぶ不思議な笑みを見て、眉を吊り上げた。

「大丈夫か、アンドリュー？」

アンドリューはいとこを慈《いつく》しむように見た。彼がメアリー・ケリーを救い出すお膳立てをするために、チャールズはあらゆる手を尽くしてくれた。いまや、できるだけそれに報いるのが彼の務めだ。これからも生きつづけること、すくなくとも寿命が尽きるまでは命をつなぐことこそ、最高の恩返しだといまは思う。もう何年ものあいだ、彼が注ぎつづけてくれた愛情を何倍にもして返そう。いままでのぼくは、まったく恥ずかしい話だが、それに対して無気力と無関心で応じるばかりだった。人生をありがたく受け入れよう。そう、思いがけない贈り物みたいに。たとえばチャールズがしているように、いや、だれもがしているように、できるかぎりよき人生を送る努力をしよう。黄昏《たそがれ》の訪れを待つ、長く穏やかな日曜の午後のような人生。そう難しくはないはずだ。生きているという、とても単純な奇跡を楽しむ方法さえ身につければ。

「最高の気分だよ、チャールズ」急に晴れやかな顔をして、アンドリューは答えた。「本当にいい気分だから、いまならきみの家での夕食の誘いだって二つ返事で受けるぞ。ただし、きみの魅力的な奥方が、おなじくらい魅力的な妹もそこに招待するという条件付きで」

17

　ここで、この物語の第一部を終わりにすることもできるし、実際アンドリューにとっては話はここで終わるのだが、もちろんこれはアンドリューだけの物語ではない。アンドリューの話をするだけなら、私がしゃしゃり出る必要はないのだし、死の床に就いたときにだれもがそうするように、人生を振り返るアンドリュー自身にすべてを話してもらえばいいのだ。だが物語というものはつねに不完全で、部分的にしか語られることはない。生まれてまもなく乗っていた船が難破して南海の孤島に流され、そこで育ち、年老い、死に、ともに暮らした仲間は島に生息するひと群れのサルたちだけだったという男でもなければ、自分はこんな人生を送ったと、なに過《あやま》つことなく堂々と語ることはできないだろう。それだって、かつて渚《なぎさ》に打ち上げられた、本や服や写真がどっさりはいったトランクを、サルたちがどこかの洞窟に隠しでもしていたら、もう怪しい。結局、無人島に流された赤ん坊や、それに近い極端な例を除けば、ひとりの人間は巨大なタペストリーのなかの一片の模様にすぎず、ほかの大勢の人々と複雑に絡みあってそこに織り込まれ、模様の形や色をときには面と向かって、ときには陰でこそこそと批評される運命にある。だから世界とは、自分が眠っているあいだは動かなくなるマリオネットだらけの舞台装置だとでも考えないかぎり、彼が語る人生と現実がぴたりと一致することはありえない。だとすれば、人は枕で最後のひと息をつく直前、あきらめとともに受け入れなければならないのだ――記憶にある自分の人生は、実物とよく似た、だがどこまでが本当でどこまでが嘘か判然としない曖昧《あいまい》なもので、自分は結局最後まで知らずに終わるさまざまな物事に、いい意味でも悪い意味でも影響を受けていたのだと。たとえば、妻が一時期ケーキ屋の主人と浮気をしていたこと、あるいは、散歩中の近所の犬がわが家の前を通るたび自慢のアザレアに小便をひっかけていたこと……。そう、チャールズが水たまりで上手にワルツを踊っていた木の葉を見なかったように、アンドリューも、どうやっていとこがお気に入りの帽子を回収してきたかを見ていない。とはいえ、チャールズがウエルズの家にもどり、またお邪魔してすみませんと謝罪しながら、こんどは銃は持っていませんからと冗談を飛ばし、そのあと三人で赤ん坊のように絨毯の上をはいはいして帽子を探す様子を、想像しようと思えばできただろう。だが、前章で私が明かしたように、世界のありようや奇術師の二重底の箱について、思わずこちらがほろりとなるような思索にふけっていたアンドリューには、いとこのことを考える余裕などなかった。

それに引き換え、この私はいやでもすべてを見、すべてを聞き、麦藁《むぎわら》の山のなかから小麦粒をより分けて、この物語を語るうえで大事な出来事をひとつひとつすくい取らなければならない。それには、帽子を忘れたことに気づいたチャールズがウエルズの家に引き返すところまで少々時間を巻き戻す必要がある。忘れ物を取りにもどるくらいたいしたことじゃないのに、それが物語にどんな意味があるのか、とお尋ねの向きもいらっしゃるだろう。本来なら、なんの関係もないと答えるところだ――もし本当にチャールズがうっかり帽子を忘れてきただけだったら。だが物事は見かけどおりとはかぎらないものだし、読者諸氏ご自身の人生を少々ひっかきまわしてみれば、近所にケーキ屋があるか、あるいはアザレアでいっぱいの庭をお持ちかどうかにかかわらず、必ずなにかしらおなじような例が見つかるはずだ。だが、まあ、ここでわざわざそんなお手間を取らせるつもりもない。だからさっそくチャールズに話を移そう。

「しまった、帽子を忘れてきた」アンドリューが馬車に乗り込んだところで、チャールズが言った。「ちょっと取りにもどるよ、アンドリュー」

チャールズは小さな前庭を大股で走り、家にはいると、アンドリューを運び入れた居間を探した。帽子は、最初にそれを置いたコート掛けの竿の上に、ちゃんとおとなしくのっていた。にっこりしてそれを手に取り、廊下に出る。ふつうに考えれば、来た道を引き返すところだろう。ところが彼はきびすを返して階段を上がり、屋根裏部屋に向かった。そこではウエルズとその妻が、タイム・マシンのそばの床に置かれた石油ランプの弱々しい光に照らされながら、せかせかと部屋じゅうを動きまわっていた。チャールズは自分の存在を知らせるために大きく咳払いをしたあと、勝ち誇ったように二人に告げた。

「すべて大成功です。いとこは完全に信じていますよ！」

ウエルズとジェーンは、棚のがらくたのなかにあらかじめ隠してあった誘導コイルを回収しているところだった。チャールズは、部屋の入口のところで操作できるようにしてあるスイッチを踏まないように注意した。スイッチを入れると、さっきいとこをあれだけ驚かせた、耳を聾《ろう》するような放電が始まる仕組みなのだ。チャールズがウエルズに計画について話し、協力をお願いしたあと、その複雑きわまりないコイルを利用したらどうかとウエルズからさっそく提案を受けたときは、はっきりいって疑問だった。ウエルズはやや照れくさそうに、これを発明した張本人である長身で色白のクロアチア人ニコラ・テスラが、博物館でこの装置を使った実験を披露し、青白い稲妻が宙を走って室内を揺るがすさまを見たとき、全身に鳥肌が立って、ネズミの大群よろしく部屋から大あわてで逃げ出した観客のひとりだったんだ、と打ち明け、実際は無害な装置だからまったく危険はないと請けあった。彼はまた、これはこの発明品に慣れておくいい機会になりそうだ、と付け加えた。ウエルズによれば、その発明品はいずれ世界に革命を起こすことになるという。テスラがナイアガラの滝に水力発電所を建設したおかげで、バッファローの町は電気のショールで包まれた、これは世界から夜を根絶する計画の第一歩だ、と興奮気味に語るウエルズ。テスラは間違いなく天才だ。もうずいぶん前から、人の声で動くタイプライターを考案しようとしていて、それが完成すれば指でいちいちキーをたたくという苦労から解放されるんだよ。彼の想像力はつねに前へ前へと羽ばたき、とどまるところを知らない。しかし、こうして計画が成功したいま、チャールズとしても、ウエルズのアイデアに喝采《かっさい》を送らないわけにいかなかった。あの派手な雷光と大音響がなかったら、タイムトラベルがこうも真実味を帯びることはなかっただろう。結局のところ、レバーをおろしたとたん操作パネルに置かれたマグネシウム粉で乗り手の目をくらます前振りとしては、うってつけの作戦となった。

「すばらしい」ウエルズは手に持っていたコイルを片づけると、チャールズに近づいた。「じつは心配していたんだよ。失敗につながりそうな要素はいくらでもあったからね」

「ええ」チャールズも素直に認めた。「でも、そのときはそのときでした。一か八かですよ。前にも申しあげたように、万事うまくいけばいいとこは自殺を踏みとどまる可能性が高かった」彼はそれから、心から敬服したようにウエルズを見た。「それにしても、切り裂きジャックが死んでも現在が変わっていない理由として、あなたが披露したあのパラレル・ワールド理論はじつにもっともらしかった。ぼくさえ信じそうになりましたよ」

「それはなによりだ。だが私の手柄ばかりじゃないよ。きみがいちばん大変だったはずだ。役者たちと契約して、銃弾を空包と交換し、なにより、全体の計画を練った」ウエルズはそう言って、タイム・マシンのほうにかぶりを振った。

二人はしばらく慈しむようにそれをながめた。

「ええ。そして結果は本当に申し分ありません」チャールズはそう言ってから、最後に茶化した。「これが実際には動かないことだけは残念ですけど」

ウエルズは一瞬ためらってからあわてて作り笑いをしたが、彼の喉からこぼれたのは、喉仏をつついたときに出るような、妙に乾いた短い声だった。

「これはどうする?」無謀にもユーモアがわかるふりをしようとして無残な結果となったひきつった笑いを一刻も早く封じたかったのか、彼は急いで尋ねた。

「ああ、どうもしませんよ」チャールズが答えた。「できれば、あなたに保管していただきたい」

「ここに?」

「ええ。ここ以上にこれにおあつらえ向きの置き場所はないでしょう? ご協力いただいた感謝のしるしとでもお考えください」

「お礼などいらないよ」ウエルズは固辞した。「おおいに楽しませてもらったからね」

チャールズはにっこりした。彼が手伝う気になってくれて、本当に運がよかった。それはギリアム・マリーにしてもおなじだ。彼の会社では過去への旅は提供していないと知らされて、肩をがっくりと落としたチャールズを見て、マリーみずからいっしょに計画を考えてくれたのだ。それに、マリーも役者のひとりとしてお芝居に一枚噛《か》んでくれたことが、計画がすんなり進んだ大きな要因だったといえる。事前にマリーの事務所に行き、ウエルズがタイム・マシンを持っているかもしれないという疑念をアンドリューに植えつけていなかったら、そのあとウエルズの家に来たときにこのおもちゃを本物と思わせることができたかどうか。

「あらためて、本当にありがとうございました」チャールズは胸を熱くしながら礼を言った。「それに、ジェーン、あなたにもお礼を申しあげなければ。脇道に隠れているように御者に頼んでくださったうえ、ぼくらがご主人を脅すふりをするあいだに、馬を近くに繫《つな》いでおいてくださった」

「お礼の必要なんてありませんわ、ミスター・ウィンズロー。私も楽しませていただいたんですから。ただ、役者さんにいとこを刺せと命じたのは少々やりすぎだと思いますけど……」ジェーンは、手心を加えつつ子供のいたずらを叱る母親のように、にやにやしながら苦言を呈した。

「でも、ちゃんと手加減はしたんですよ！」チャールズはわざと大げさに憤慨してみせた。「役者はナイフの扱いに慣れた男でした。第一、なにかきっかけがなかったら、アンドリューは絶対に発砲しなかったはずです。それに腕に残る傷痕を見れば、愛するメアリーの命を救ったのはほかならぬ自分なのだと、そのたびに思い出すでしょう。ところで、時の番人役を雇ったのはじつに名案でしたね」

「あれはきみのアイデアじゃなかったのか？」ウエルズがびっくりして言った。

「いいえ」チャールズが答えた。「あなたが仕組んだものとばかり思っていました……」

「いや、私はそんな……」ウエルズがとまどいもあらわにつぶやく。

「じゃあ、たまたまそこにいた泥棒かなにかをアンドリューが追い払ったんでしょう。あるいは、本物のタイムトラベラーだったのかも」チャールズはふざけてみせた。

「ああ、かもしれんね」ウエルズがひきつった笑いを洩らす。

「とにかく、大事なのはうまくいったってことですよ」チャールズはそう締めくくった。あらためてお芝居の成功を喜んだあと、お辞儀をして暇乞《いとまご》いをする。「さて、そろそろ行かなければ。さもないとアンドリューが不審に思う。お知りあいになれて光栄でした。それにミスター・ウエルズ、これからぼくは、あなたの本が出たら無条件で飛びつく読者のひとりですからね」

ウエルズは照れくさそうに笑いながら礼を言い、その笑みは、階段をおりていくチャールズの足音が聞こえなくなるまで彼の唇に残っていた。やがて、ほっとしたようにため息をひとつつくと、両手を腰にあてて、子供を持ったばかりの駆けだしの親のようなどこかぎこちない、でもやさしいしかめ面をしてタイム・マシンをながめ、それから操作パネルをそっと撫《な》でた。そんな彼を見つめながら、ジェーンは胸が締めつけられる思いだった。

いま夫は深い感慨に浸りながらも、ひどくとまどってもいるはずだった。なぜなら、まるで奇跡のように自分の小説から脱け出してきた空想の産物に、夢に、そうして触れているのだから。

「座席ぐらいはなにかの役に立ちそうだな」ウエルズが彼女に目を向けて言った。

ジェーンは、あなたの鈍感ぶりにはほとほとあきれた、というように首を振り、そっぽを向いて、窓辺に近づいた。ウエルズがあわてふためいて彼女の横に駆け寄り、肩に腕をまわす。そのしぐさにジェーンも結局ほだされ、彼の肩のくぼみに頭をもたせかけた。ふだんの夫は、そんな自然に甘えるそぶりにさえ照れて身を引くくらい愛情表現には不器用なので、ジェーンはひどく驚き、まさかそのまま両手を広げて窓から飛び降り、飛べないことを身をもって証明でもしやしないかと心配になった。二人は寄り添ったまま、チャールズが馬車に乗り込み、やがてその馬車が出発するのをながめた。そして、夜明けが朱色に染めた空のカンバスの下、馬車が通りに姿を消すのを見守った。

「あなた、今夜なにをしたのかわかってる、バーティ？」やがてジェーンが尋ねた。

「屋根裏部屋を火事にするところだった？」

ジェーンが笑う。

「違うわよ。今夜あなたがしたこと、私は妻として一生誇りにすると思う」あふれんばかりの愛情をこめて夫を見る。「だってあなたは、想像力で人の命を救ったんだもの」

第二部

さて親愛なる読者のみなさま、涙なくしては読めない物語にて過去への旅をお楽しみいただけましたなら、お次は、みなさまだけを特別に未来の旅へご招待いたします。邪悪な自動人形《オートマタ》たちと人類が戦いの火花を散らす、西暦二〇〇〇年の大戦争をご覧いただきましょう。

＊

ただし、非常に残虐な場面がいくつかあることを事前にお知らせしておかなければなりません。なにぶん、人類の未来を左右する重要な戦いですので、無理からぬことご了承ください。

＊

感受性の強いお子さまをお持ちのお母様方は、前もって内容をご確認のうえ、特定のページを切り取ってからお子さまにお渡しください。

18

クレア・ハガティは、できればほかの時代に生まれたかったといつも思う。ピアノを習い、窮屈なドレスを着、彼女をしつこく追いまわす求婚者の群れのなかから夫を選び、そしてどうせ思ってもみなかったようなところに忘れてくるのがオチなのに、どこに行くにもこの馬鹿げた日傘を持ち歩かなければならない、こんな時代はもううんざり。まだ二十一歳になったばかりの彼女を心配しただれかに「人生になにを求めているの」ともし訊かれたら、「べつになにも、ただ早く死にたいだけ」と答えるだろう。やっと大人の扉を開いたばかりの魅力的な娘の口から、まさかそんな言葉が出てくるなんて。だが、実際そのとおりだと私が保証しよう。すでに前章で証明したとおり、私には、人に見えないことでもすべてが見通せる。だから、彼女が夜寝るまえにいつも寝室で、うじうじと気の滅入るようなことを考えているのを、たしかにこの目で目撃している。ふつうの女の子ならだれもがそうするように、彼女も鏡の前で髪を梳《と》かしている頃だと思える時分、クレアは窓越しに夜の闇を見つめ、自分の胸に問いかけている。明日の夜明けを見るまえに死んでしまいたいと思うのはなぜ？　人魚の歌声に誘われて彼岸からの呼び声を聞く人のように、自殺願望を持っているわけではないし、そこに自分が存在することそのものが耐えがたく、一刻も早く抹殺したいというわけでもない。いや、そういうことではまったくなく、もっと理由は単純なのだ。たまたま生まれたこの時代には、とりたてて楽しいことがひとつもないし、これからもありそうにない。すくなくともそれが、彼女の夜ごとの思案がたどりついた忌《い》まわしい結論だった。どんなに努力しても、なにかに心惹《ひ》かれたり、愉快になったり、満足したりしたためしがない。かといって、いま手元にあるもので充分というふりをするのはもっと我慢がならない。クレアにとって、現代は魅力や情緒に欠ける本当につまらない時代だった。そして、自分とおなじように失望を感じている者がまわりにだれもいないことが、ひどく不安でいらだたしかった。おかげでつねに疎外感に苛《さいな》まれ、人と交わるのを拒み、なにかというと皮肉っぽくなり、ときには、たとえ満月でなくても身体の奥から本性がむくむくと現われて野獣に変身し、家族の団欒《だんらん》をめちゃくちゃにしては楽しんだ。

そんなふうに不満を爆発させても、どうかしていると思われるだけでなんの得にもならないし、逆に自分で自分の首を絞めるようなものだということは、よくわかっていた。とくにいまは、彼女の将来を保障し、女としての価値を世に知らしめるため子供を半ダースほど授けてくれる夫を確保しなければならない、大事なときなのだ。友人のルーシーにいつも注意されるように、そんな態度ばかりとっていては、花婿《はなむこ》候補たちのあいだで、あの女は無愛想だという評判が立ってしまうだろう。事実、クレアがいつもぶすっとしていることを知って、この難攻不落の砦を落とすには自分では力不足だとばかりに、すでに戦線離脱した男が何人もいるのである。でも、とにもかくにも、クレアには無理ににこにこすることなどできなかった。それとも、努力が足りないの？

ときどき、本気で不満を克服する努力をしてみようか、いや、いっそ思う存分そこに浸って病的な喜びに溺《おぼ》れようかと、自分に問いかける。どうしてルーシーみたいにすべてをそのまま受け入れられないの？　行者の苦行かなにかのように身体をぎりぎりと締めつけるコルセットに耐え、オックスフォードで勉強できないことを苦にもせず、そのうちのだれかと結婚するからには、細かい気配りで求婚者たちをもてなす――。でも私はルーシーじゃない。悪魔がこしらえたとしか思えない窮屈なコルセットが大嫌いだし、男たちみたいに脳みその限界をとことん試してみたいし、彼女をしつこく追いまわす寝ぼけた連中のだれとも結婚なんかしたくない。とくに結婚のことを考えると、本当に虫唾《むしず》が走る。たしかに、母の時代に比べれば状況はかなりよくなった。当時は、女性は人妻となったとたん、自分で働いて得た収入も含めすべての財産を没収されて、折悪しく吹いてきたそよ風さながら、法律がそれを全部さらって強欲な夫の手に収めてしまったのである。いまは、たとえ彼女が結婚を決意したとしても、すくなくとも自分の所有財産を奪われることはないし、離婚の際には子供の親権さえ主張できる。それでもクレアには、座右の書であるメアリー・ウルストンクラフト著『女性の権利の擁護』にあったとおり、結婚は合法的な売春だとしか思えなかった。失われた女性の尊厳を取り戻し、男たちの僕《しもべ》という地位から女性を解放しようとする著者の激しい闘争に、クレアは敬服していた。科学は、男のほうが頭蓋骨《ずがいこつ》が大きく、すなわちなかに収容されている脳みそも大きく、よって知能も優っていると断じるが、大きな頭は大きな帽子をかぶる役にしか立たないことを実証する例を、クレアは山ほど知っている。しかしその一方で、もし男の庇護《ひご》の下にはいることを拒めば、自力で生きていくほかないということもわかっていた。そうなれば彼女のような立場の人間に提供されるごくわずかな働き口から仕事を見つけなければならず、それはせいぜいどこかの事務所でタイピストをするとか、病院で看護師をするとかその程度のもので、どちらを選ぶとしても、交代で彼女を崇拝しにやってくるめかし屋たちのだれかとの暮らしに身を埋めるほうがまだましだと思えた。

でも、結婚という選択肢がありえないとしたら、どうしたらいいの？　もしも本気で夫を愛せるなら、結婚生活にも耐えられそうな気がする。でも現実にはそんなことは無理。クレアはあのうんざりする求婚者の群ればかりか、地球上のどんな男にもまるで魅力を感じないのだ。若かろうが年配だろうが、金持ちだろうが貧乏だろうが、美男子だろうが醜《ぶ》男《おとこ》だろうが、細かいことは関係ない。この時代の男は、それがだれであってもけっして愛せない。なぜなら彼らが考える愛とは、彼女が求めてやまない胸を焦がす情熱とは大違いだからだ。自分という存在の根幹を揺るがす嵐のような恋、魂を燃えたたせる激しい熱狂、気持ちを認めたら最後、結婚を決意せずにいられなくなるほどの狂おしい陶酔――クレアはそれを待ち望んでいる。でも希望はない。胸にひだ飾りのあるブラウスのように、そんな恋愛は時代遅れなのだ。じゃあどうすればいい？　人生に唯一意味をあたえてくれるものさえあきらめて、あなたは生きていける？　無理よ。絶対に無理だわ。

ところがその数日後、ある出来事が起きた。クレア自身も驚いたのだが、それをきっかけに、眠っていた好奇心が目覚め、世界は当初の印象と違って必ずしも退屈なばかりではないと思えるようになったのである。大至急家に来てと、いつものようにルーシーにせがまれて、クレアはしぶしぶ重い腰を上げた。また、彼女がいま夢中になっているくだらない降霊会じゃないでしょうね。ルーシーは、パリの最新モードを追いかけるおなじ熱心さで、北米生まれのその流行にすっかり入れ込んでいるのだ。でもクレアには、薄暗い部屋で幽霊たちと歓談するふりをするなんて、どこが面白いのかさっぱりわからなかった。会を催すのは、この地区の公式霊媒師に選ばれたエリック・サンダースという貧相なくせにいばりくさった男で、自分には死者と話ができる特殊な感応力があるのだと主張するが、そんなものは、感受性の強い独身娘を五、六人も集めてテーブルのまわりに座らせ、わざと部屋を暗くして不気味な雰囲気を演出しつつ、馬鹿みたいに太いこもった声で彼女たちを怖がらせて、その機に乗じて娘たちの手やら、場合によっては肩まで堂々とさわるための口実にすぎないと、クレアにはわかっていた。ずるがしこいサンダースは、アラン・カルデックの『霊の書』をざっと見ただけで、図々しくも死者にあれこれ質問してみせるが、その答えに熱心に耳を傾ける生者たちを見て、内心大笑いしていることは明らかだった。先日参加した降霊会で、足首にさわる幽霊の（ものとサンダースはあくまで主張する）手があまりにも生々しく思えて、彼を思わず平手打ちしたクレアは、あなたの疑り深さが死者たちを怯《おび》えさせるとの理由で降霊会への出入りを禁じられた。最初はせいせいしたと思っていたクレアだったが、よくよく考えるうちに気持ちが沈んだ。わずか二十一歳にして、この世だけでなく、あの世まで敵にまわしてしまったのだから。

しかしルーシーはその晩、降霊会を企画したわけではなかった。こんどはもっとすごいわよとほほえみ、クレアの手を取って部屋に引っぱっていく。ルーシーは彼女を椅子に座らせると、ちょっと待っててと言い、机の抽斗《ひきだし》をひっかきまわしはじめた。机の上の書見台には、ダーウィンの『ビーグル号航海記』がのっている。開いてあるページにはキーウィという珍しい鳥の挿《さ》し絵《え》があり、たぶんその丸っこい単純な姿を見て、これならたいした画才がなくても大丈夫だと思ったのだろう、その絵を別の紙に模写している最中のようだった。ルーシーったら、いまブルジョアたちのあいだで大人気のその難しげな本を、本気で読んだのかしら？　挿し絵をぱらぱらながめるのがせいぜいなのではなくって？

　ルーシーは目当てのものを見つけると抽斗を閉め、にこにこしながらこちらにもどってきた。すでにこの世にいない連中と話すこと以外に、彼女がなににそんなに興奮するわけ？　クレアは首をひねったが、手渡されたチラシを見てようやく合点がいった。こんどはまだ生まれてもいない連中と話すつもり？　興奮もあらわにルーシーが彼女に渡した水色のチラシは、この話を念入りに読んでいる読者諸氏にはすでにおなじみだろう。それはマリー時間旅行社の提供するタイムトラベルの宣伝告知だった。具体的には、西暦二〇〇〇年に行き、人類の未来を左右する自動人形対人類の大戦争に立ち会うのだという。クレアは信じられない思いでパンフレットを何度も読み返し、そのあと説明文に添えられた粗雑なイラストをじっくり見た。そこに言及されている戦争の様子を描いたものらしい。すべてが瓦礫《がれき》と化したなかで、奇妙な武器を手に戦う人類と自動人形が、世界の命運を賭けて熾烈《しれつ》な戦いをくり広げている。クレアは、人類軍を率いる人物に目が釘付けになった。ひときわ堂々と英雄然としたポーズを決めているその男は、絵の下にある説明よると、人類軍の勇敢なる総司令官、デレク・シャクルトン将軍らしい。

　ルーシーは、クレアに衝撃から立ち直る暇さえあたえずに、じつは今朝《けさ》さっそくその旅行社に行ってきたと話しはじめた。初回の成功を受けて計画されている二回めのツアーにまだ空席があると聞き、即座にその場で二人分申し込んだのだという。ルーシーは、たちまち眉をひそめたクレアを見ても気に留めず、都合も聞かずに決めてしまったことを謝ろうともせずに、親の目をごまかしてどうやって未来旅行に参加するか、息せききって説明を始めた。だって、もし見つかったら絶対にだめって言われるし、最悪の場合、いっしょについてくるかもしれないわ。年寄り連中の監視付きなんてまっぴらごめん。せっかくの西暦二〇〇〇年だもの、思いきり楽しみたいじゃない。万事手筈《てはず》は整っているの。お金の心配はないわ。大金持ちのマーガレットお祖母様をうまく丸め込んで、二人分の切符代の足りない分を出してもらうことにしたから。もちろん、なにに使うかなんて話してないわよ。そして、次の木曜日は友人のフローレンス・バーネットのカークビーにある農場にお邪魔するって話になってる。フローレンスってあれでけっこうこすっからいから、〝ちょっとしたお小遣い〟を渡すことで話はついたわ。だから、もしあなたさえよければ、その日西暦二〇〇〇年を見物しにいかない？　だれにも知られずに、お茶の時間には帰ってこられるわ。大急ぎでそこまで話し終えると、ルーシーは期待をこめてクレアを見つめた。

「ねえどうかしら？　いっしょに行きましょうよ」

もちろんクレアには拒めなかったし、拒みたくなかったし、拒む言葉も思いつかなかった。

続く四日間は、旅行の興奮と、こっそり準備を進める秘め事の愉《たの》しさに浸るうちに過ぎて、いまクレアとルーシーはマリー時間旅行社の一風変わった建物の前に立ち、入口付近に漂う悪臭に顔をしかめていた。壁にべったりと塗りたくられた家畜の糞らしきものを掃除していた社員のひとりが彼女たちに気づき、臭いについて謝罪すると、ハンカチで鼻を覆《おお》うかしばらく息を止めるかしてとにかくなかにはいっていただければ、貴婦人にふさわしい応対を必ずさせていただきますので、と平身低頭した。ルーシーは手をひと振りしてあっさり男を追い払った。その輝かしい瞬間にけちをつけるような出来事を、わざわざ強調されるのが不愉快だったのだ。ルーシーがクレアの腕をぐいっと引っぱるようにつかんだ。クレアはそれで勇気を奮い立たせるべきか、いっしょになって浮足立つべきか決心のつかないうちに、促されるまま未来に通じる入口へと足を踏み出した。そうして進みながら、ルーシーの興奮で紅潮した顔をちらりと盗み見て、ふっと笑みを洩らす。彼女がそんなふうに気が急《せ》いている理由はわかっていた。まだ出発さえしていないうちから、もう帰ったときのことを考えている。臆病なせいか、無関心なせいか、座席が取れなかったせいか、いずれにせよ味気ない現在にしがみついたままでいる友人や家族に、早く未来について話したくてしかたがないのだ。そう、ルーシーにとってこれは、突然の嵐で台無しになったピクニックや、なにかアクシデントに見舞われた舟遊びとおなじく、恰好の話のタネになる楽しい冒険のひとつにすぎない。たしかにクレアは彼女のお供をすることにしたが、じつは動機はまったく違った。ルーシーは新しくできた百貨店にでも行くようなつもりで西暦二〇〇〇年を訪問し、お茶の時間には帰るつもりでいる。でもクレアのほうは、現代にもどるつもりはこれっぽっちもなかった。

どこか人を見下した態度の秘書に案内されてたどりついた部屋では、その朝西暦二〇〇〇年を訪れる特権を得た三十人の客たちががやがやと雑談していた。秘書の話では、まずそこで各人にパンチが配られ、そのあとマリー社長からの挨拶、続いて未来旅行の実施方法、および立ち会うことになる世紀の瞬間について解説がおこなわれるらしい。彼女はそれだけ言ってしまうとまるで心のこもっていないお辞儀をして、二人をそのだだっ広い部屋に置き去りにした。隅に残っているボックス席や奥にある舞台を見れば、そこがかつては劇場の観客席だったことがわかる。座席が取り払われ、代わりに小さなテーブルがいくつかと、見るからに座り心地の悪そうな長椅子が置かれてはいるが、この人数にしてはあまりに広すぎるし、異様に高い天井がいよいよその印象を強めている。その天井からは何十個もの石油ランプが吊り下がり、床から見ると、下界とは無関係に暮らす不吉なクモの群れのようだ。そして会場にぽつりぽつりと置かれた長椅子には、立ちつづけるのがいかにもつらそうな腰の曲がった老人たちを除けば、だれも座っていない。たぶん、みんな興奮のあまり、じっと座っていられないのだろう。ほかに調度はといえば、給仕の女性が二人でせっせとパンチを配りはじめているテーブルと、舞台の上に置かれた木製の説教壇らしきもの、それに入口で客人を歓迎する、おそらく勇者シャクルトン将軍をかたどったと思われる堂々たる彫像ぐらいだった。

ルーシーが旅行参加者のリストをおさらいし、好き嫌いをいちいちあらわにしながら名前を列挙するあいだ、クレアはまだこの世に生まれてもいない男の大理石像を畏敬のまなざしでながめていた。実物の二倍はあると思われるその彫像は、ギリシャ神話の神々の遠い親戚のように見える。台座の上で勇ましげにポーズを取っているところは彼らそっくりだが、ふつうは葡萄《ぶどう》の葉一枚で人目も気にせず全裸同然の恰好をしているものなのに、彼はどこもかしこも鋲《びょう》打ちされた複雑怪奇な鎧《よろい》で全身を覆っている。生身の身体をできるかぎり敵にさらさないようにするのが目的らしく、顔さえ複雑な造りの兜《かぶと》で隠しており、見えているのは端正な顎だけだ。それにはクレアもがっかりした。人類の救世主ともなる人物がどんな顔をしているのか、ぜひとも確かめたかったのに。鉄仮面の奥にあるその顔は、彼女のまわりのだれにも似ていないはずだった。過去にも現在にもまだお目見えしたことのない、未来にしか創れない顔。きっと気品のある穏やかな顔にちがいない。軍をひとつにまとめあげる、信頼感に満ちた決然としたまなざし。相手にいまにも襲いかからんばかりのがつがつとした野性味はないにしろ、抑えきれない魂の猛々《たけだけ》しさが自然に表情に滲《にじ》み出ているはず。でもふとした瞬間に、周囲の暗い荒廃が、その美しい瞳を郷愁の念で曇らせる。軍人魂の奥底に、やさしさがまだ熾《おき》のごとく燃え残っているからだ。じつは生来お

に、しまいにこんな空想まで始める――激戦を終えて武器を休めたときに、彼に否応なく忍び寄る痛いほどの孤独、瞳にあふれる深い寂寥《せきりょう》の念。なにが彼の胸をそこまで締めつけるのか？　答えはもちろん、想い焦がれる恋人の顔が、力萎《な》えたときに元気づけてくれる彼女のほほえみが、心慰めてくれる祈りの言葉のごとく夜な夜な唱える彼女の名前が、戦い終えた彼を抱きしめてくれる腕が、そこにないからだ。しばしクレアは、戦場では勇猛果敢なその不屈の勇者が、夜ひとり寝床で、寄る辺のない孤児のように彼女の名前をささやくさまを想像する。「クレア、愛しのクレア……」と。ふと頭に浮かんだそんな光景に、クレアは苦笑する。いやだ、馬鹿みたい。ただの思いつきなのに、信じられないほどどきどきしている。まだ生まれてもいない男に恋焦がれるなんて。いままで自分に言い寄ってきたどんな若者にも、ここまで心を動かされたことはなかった。理由ははっきりしている。あの顔のない彫像に、どんなに望んでもけっして手にはいらないものをすべて託そうとしているからだ。もしかすると実際のシャクルトンは、いまクレアが即興で考えたような人物とは似ても似つかないのかもしれない。それどころか、考え方や行動、愛情表現さえ、クレアにはまったく理解できない、いまとはまったく異なる形に変わっている可能性さえある。なにしろ一世紀も先の話なのだ。それだけの時間があれば、人々の価値観や関心事が、過去の人間から見ればひどく奇異なものに変化していてもおかしくない。世の流れとはそういうものだ。顔さえ見られれば、私の判断が正しいかどうかわかるのに、とクレアは思う。シャクルトンの魂は、私には見透かすことのできない曇りガラスでできているのか。あるいは逆に、二人を隔てる年月などさして重要ではないのか。だってそうでしょう？　創造物を目覚めさせるときに神が吹き込む息吹は血肉に刻み込まれ、人間の本質はどんなに長い時間を経ても変わらないものなのだから。でも、そのいまいましい兜《かぶと》のせいで、なにも確かめられない。どう頑張ったって顔は見えないのだから、いまわかる範囲で我慢しなければ。考えてみれば、情報はすくなくない。剣を掲げる堂々たる姿勢。ぐいっと曲げた右脚は筋肉の強靭さをうかがわせる。左脚は力強く地面を踏みしめているが、踵《かかと》がわずかに台座から離れていて、敵を攻撃する瞬間をそこに切り取ったかのようだ。

彼が突撃せんとしている方向をたどったとき初めて、シャクルトンと向きあうように入口の左側に立っている別の彫像にクレアは気づいた。人類の挑戦を受けるいかにも禍々《まがまが》しいその彫像は、シャクルトンの大きさの二倍はある。台座の説明によれば、彼こそは西暦二〇〇〇年五月二十日、ロンドンを壊滅させた果てしなき戦いののちに討ち死にする、自動人形の王にしてシャクルトン将軍の宿敵ソロモンだった。クレアは自動人形が遂げた恐ろしいほどの進化に目を見張った。彼女は幼い頃、父に連れられて、有名なスイス人時計職人ピエール・ジャケ・ドローが作った〈ライター〉というからくり人形を見たことがあった。下《しも》ぶくれの顔に悲しげな表情を浮かべた少年が、きれいに着飾って座り、ペンをインク壺に浸しては、前に置かれた紙の上でそれを動かす様子が、いまでもありありと目に浮かぶ。なるほど時間の流れとは無関係に生きる者らしく、こちらが不安になるくらいのろのろと一字一字書きあげ、ときおり手を止めては、なにかいい考えが浮かぶのを待つかのように、ぼんやりと宙を見つめて思案を始める。考えに没頭する生気のない人形のまなざしは、その後もずっと幼いクレアの頭にこびりつき、ことあるごとに怯《おび》えさせた。あの得体の知れないものの頭にどれだけたくさんの思いつきが詰まっているのかと思うと、恐ろしくてしかたがなかったのだ。そのお化け少年の背中には複雑に絡みあったロッドや歯車があり、そこから飛び出しているハンドルをまわすと初めて動きだすのだと父に教わってからも、恐怖から解放されはしなかった。とはいえ、そのおぞましくも、結局は無害な少年もどきが、長い時を経て、いま彼女の前に仁王立ちしている怪物に変わることが、いまや明らかになったのだ。クレアは恐怖を克服するために、あえて念入りに彫像を観察した。ピエール・ジャケ・ドローと違って、ソロモンを作った人は、見かけを人間に近づけることには関心がなかったらしく、とりあえず二足歩行さえすればそれで満足だったのか、人間というより、どちらかというと中世の甲冑《かっちゅう》に似ている。身体は鉄板を貼りあわせたものので、その上に教会の鐘を思わせる太い筒状の頭がのっており、ちょうど目のように四角い穴が二つ、口の代わりに郵便ポストのさし出し口に似た細い溝がひとつ刻まれている。

考えてみれば、そこで対面する二つの彫像は、まだ起きてもいないことを記念して作られたものなのだ。そう気づいたとき、クレアは頭がくらっとした。彼らはまだ死んでいないばかりか、生まれてもいないのである。それでもこの部屋にいる人たちは、二体の彫像をある種の慰霊碑のようなものだと考えるだろうし、じつのところ、それは必ずしも間違いではない。死者同様、将軍もその宿敵もこの世界に属してはいない。この世をすでに去ったのか、まだ到着していないか、それはどちらでもおなじ。記念碑というものは、その対象者がいま、ここにいないことが肝心なのだ。

ルーシーに腕を引っぱられて、クレアは現実に引き戻された。ルーシーは、遠くから彼女に声をかけてきた夫婦連れのほうにクレアを引きずっていく。男のほうはひどく気取った五十代の小男で、明るいブルーの三つ揃いに身を包み、ふくれたお腹で花柄のチョッキがいまにも張り裂けそうだ。満面の笑みで気味が悪いほど顔をくしゃくしゃにしながら、両手を広げてルーシーを待ち受けている。

「これはこれはお嬢ちゃん」年長者ぶった口調で言う。「こんなところでお目にかかるとは奇遇だね。一族揃ってこの楽しいツアーに参加することになるとは思ってもみなんだ。だが、たしかネルソンのやつは船酔いするたちじゃなかったかな？」

「父は来ていませんわ、ファーガソンのおじ様」ルーシーは悲しげな表情をつくろった。

「じつは、友人と私はないしょでここに来ていて、できれば父と母には知られたくないんです」

「むろん伝わりっこないさ、お嬢ちゃん」ファーガソンはあわてて請けあい、親の目を盗むルーシーの大胆さを愉快に思いながらも、わが娘のしつけの強化をあらためて心した。「このことはここだけの秘密にするよ、なあグレース？」

妻のほうも、夫とおなじねっとりとした笑みを浮かべてうなずき、贅沢《ぜいたく》な包帯みたいに首に巻きつけられた真珠のネックレスを揺らした。ルーシーはかわいらしくふくれっ面をしながら礼を言い、クレアを紹介した。ファーガソンがさっそくその手を取ってキスし、クレアはそのべとべとした感触に顔をしかめずにいるのがやっとだった。

「さて、さて」ファーガソンは二人の娘たちを愛おしそうに交互に見やりながら言った。「それにしてもわくわくするねえ！　まもなく西暦二〇〇〇年にひとっ飛びし、しかも未来の戦争をこの目で見られるっていうんだから」

「危険ではないのかしら？」ルーシーが不安げに尋ねる。

「ああ、まったく心配はないよ、お嬢ちゃん」ファーガソンは手をひと振りして彼女の懸念を追い散らした。「初回のツアーに参加した親友のテッド・フレッチャーの話では、怖がることはなにもないとさ。すごく離れたところからの観戦なので、完全に安全らしい。ただね、そこが難点でもあるんだ。残念ながら、細かい部分まではっきり見えないんだよ。だから、双眼鏡を忘れないようにとフレッチャーから助言を受けたんだ。お嬢ちゃん方も持ってきたかい？」

「いいえ」ルーシーはがっくりと肩を落とした。

「じゃあ、われわれから離れないようにしなさい。そうすればいっしょに使える」ファーガソンが親切に言った。「一瞬たりとも見逃したら損だよ、お嬢ちゃん方。これから立ち会う世紀の戦いは、まさに大枚をはたいただけの価値はあると、フレッチャーも太鼓判を押していた」

クレアは、世界の命運を決する一大決戦を、不埒《ふらち》にも見世物小屋のショーと同等にあつから不愉快な男に顔をしかめた。だから、そのときたまたま近くを通りかかった夫婦連れにルーシーが挨拶し、話の輪に誘ったとき、クレアは安堵の笑みを浮かべた。

「こちらはお友だちのマデリンよ」ルーシーがうれしそうに紹介する。「そして、ご主人のミスター・チャールズ・ウィンズロー」

その名を聞いたとたん、クレアの笑みが固まった。チャールズ・ウィンズローの噂はかねがね耳にしていた。ロンドンでも指折りのハンサムな富豪なのに、まだ一度も紹介されたことがない男性のひとり。だからといって、クレアが彼に胸を焦がして眠れないかといったら、そんなことはない。友人たちの熱のあげようを見るにつけ、逆にみるみる興味が失せてしまったほうだ。きっと高慢ちきなうぬぼれ屋で、恥知らずな甘い誘い文句を弄《ろう》して手近な娘たちを手当たり次第に惑わせ、気晴らしをするような男にちがいない。そう頻繁にパーティに出るわけではないけれど、その手の似たような若者に出会うことが多い。甘やかされて育ち、思いあがりもはなはだしく、親の財産を後ろ盾に、若さにまかせてなにをやっても許されると勘違いしている。とはいえそのウィンズロー氏にかぎっては、どうやら地に足をつけることにしたらしい。最新の情報によれば、大金持ちのケラー姉妹のどちらかと結婚し、ロンドンじゅうの若い娘たち（もちろんクレアを除く）を悲嘆のどん底に陥れたという。こうして初めて対面してみると、容姿端麗であることは疑う余地がなく、すくなくとももうひとりの中年男に対するいらだちが多少はやわらいだ。

「じつにわくわくすると話していたところなんだよ」ファーガソンが会話の進行役の座をしぶとく奪い返した。「あと数分もしないうちに、われわれは瓦礫《がれき》の山と化したロンドンを目にすることになる。ところがもどってくると、街は何事もなかったかのようにわれわれを迎え入れてくれる。時間とは、順序正しく連続する出来事によって成り立っているのだから、まあ当然なのだがね。だが、そんな変わり果てたロンドンを見れば、こんな騒々しい街でもありがたく感じるようになるはずだ。そうは思わんかね？」

「なるほど、そんなふうにお考えになるとは、ずいぶん単純なおつむをお持ちのようですね」チャールズが、相手には目もくれずにさらりと言った。

一瞬、その場に沈黙が降りた。ファーガソンは腹を立てていいものか迷いつつ、チャールズを睨《にら》みつけた。

「どういう意味かね、ミスター・ウィンズロー？」ようやくぼそりと尋ねる。

チャールズはその後もしばらく天井をながめていた。山の頂上がそうであるように、この部屋も上のほうに行くともっと空気がきれいなのだろうかとでも考えているのだろう。

「西暦二〇〇〇年への旅は、ナイアガラの滝を見物しにいくのとはわけが違いますよ」自分の言葉がファーガソンを動揺させたことに気づいてもいないかのように、平気な顔で答える。「ぼくらは未来に行くんです。自動人形に支配された世界にね。物見遊山から現代に帰ってきてしまえば、あんな場所は自分とは金輪際《こんりんざい》関わりがないとばかりに、きれいに忘れておしまいになるのでしょう。でもそこにはおそらく、ぼくらの孫が暮らしているんです」

ファーガソンは彼をまじまじと見た。

「どちらかの側について、戦いに加われとでもいうのか？」彼は見るからに憤慨してまくしたてた。墓地で眠る死者たちと賭けをして、墓とベッドを交換しようと提案されたかのような剣幕だ。

チャールズは唇に冷笑を浮かべ、そこで初めて相手に目を向けた。

「もっと大局的に物事を見るべきですね、ミスター・ファーガソン。べつにいっしょに戦う必要などありません。戦争を阻止すればそれで充分」

「阻止する？」

「ええ、そのとおり。未来とは、つねに過去の結果なのでは？」

「まだどういうことかさっぱりわからんね、ミスター・ウィンズロー」ファーガソンが冷ややかに言う。

「あの残虐な戦争の発端はここにあるんですよ」チャールズは、頭をぐるりと周囲にめぐらせてみせた。「これから起ころうとしていることを防げるかどうか、未来を変えられるかどうか、それはぼくらの手にかかっているんです。じつのところ、ロンドンを壊滅させるあの戦いの責任はぼくらにあるといえる。とはいえ、人類はたとえそのことに気づいても、残念ながら自動人形の製造をやめようとはしないかもしれない」

「そんな馬鹿なことがあるものか。運命は運命だ」ファーガソンは反論した。「われわれにそれを変える力はない」

「運命は運命、ね……」チャールズが皮肉まじりにくり返す。「本当にそうお考えですか？　あなたは自分の行動の責任を、生まれたときに否応なく渡された、人生という名の台本に全部負わせるおつもりなんですか？」チャールズはそこにいる一人ひとりに問いかけるように目を向け、クレアは身をこわばらせた。「ぼくは違います。自分の運命がすでに台本としてできあがってしまっているとは思わない。その行動のひとつひとつで、日々台本を書いているのは、ぼくら自身なんです。本気でそうしようと思えば、あの戦争は避けられる。ただし、ミスター・ファーガソン、もし自動人形を作るのをやめたら、あなたの玩具工場は多大な損害を受けると思いますがね」

思いがけない奇襲攻撃に、ファーガソンはたじろいだ。この無礼な若者は、まだ起きてもいない出来事の罪をわしに着せたばかりか、わしがどこのだれか先刻承知だということを、この機に乗じてほのめかすことまでした。彼はどう応じていいかわからずに、ただ口をあんぐりと開けていた。きついあてこすりをあっけらかんといってのけたチャールズの態度に、腹が立つというよりあきれていた。一方クレアからすると、軽口に見せかけて自論を主張したウィンズローのやり方が小気味よく思えた。ともすれば激しい反論が返ってきてもおかしくない状況を上手に回避しただけでなく、その場しのぎの口から出まかせのようにうまく見せてしまった。相変わらず口をぱくぱくさせているファーガソンを、一同みな目を丸くして見守り、チャールズはただにやにやしている。ふいにファーガソンは、室内の人ごみのなかを所在なく歩いている若い男に目をつけた。彼はこれをチャールズに反駁《はんばく》する手間を省く恰好の口実と見なし、大喜びでその場を離れた。とはいえ、当のチャールズのほうは、ファーガソンの返答などひとつも期待していないように見えたのだが。

ファーガソンはそのおどおどした様子の若者を連れてもどると、人の輪を無理やりこじ開けて、スコットランド・ヤードの新米警部補コリン・ギャレットを紹介した。

まるで、お気に入りの昆虫コレクションに加わったばかりの珍しいチョウかなにかのようにお披露目されたその若者と、一同が挨拶を交わすさまを、ファーガソンは満足げにながめている。やがて、挨拶の交換が終わるのを待ちかまえていたかのように、彼はさっそく若い警部補に言葉をかけた。これでさっきの議論をなかったことにしようとしているのがありありとわかる。

「こんなところでお目にかかるとは思ってもいませんでしたよ、ミスター・ギャレット。警部補というのはずいぶんお手当のいい仕事らしい」

「父が遺してくれた財産が少々ありましたので」その必要もないのに懸命に言い訳しようとして、警部補の言葉がつかえた。

「なるほど。一瞬、政府の派遣で、未来の秩序回復のためにツアーに参加なさるのかと思いましたよ。考えてみれば、西暦二〇〇〇年とはいえ、あなた方が守る義務を負う街ロンドンが戦争で破壊されるわけですからね。それとも、時空を超えると権限も失われるんでしょうかね？　警邏《けいら》しなければならないのは、現在のロンドンだけなのかな？　興味深い問題だ。そうでしょうか？」ファーガソンは、自分のウイットに悦に入ったかのように、聴衆を見まわした。「法的には、警察権が及ぶのは三次元空間であり、時間は考慮されてこなかった。ねえ警部補、そこでお教えいただきたいんだが、市内で起きた犯罪なら、それが未来のものであっても、あなたに犯人を逮捕することはできるんでしょうか？」

ギャレットは、どう答えていいかわからず、どぎまぎして首を振った。落ち着いて考えればそれなりの返答もできたはずだが、そのときの彼は、仰々《ぎょうぎょう》しい表現をお許し願えれば（状況をいいえているとはいいえ）、雪崩《なだれ》のごとく押し寄せてきた輝かしい美にすっかり圧倒されていた。ルーシー・ネルソンのような美女を前にしてはなはだ動揺し、ほかにはなにも目にはいらなくなっていたのである。

「ねえ、どうなんです、警部補？」ファーガソンがせっついた。

ギャレットは彼女からなんとか視線を引き剝《は》がそうとしたが、無駄だった。金も度胸もなく、一大決心をして女性を誘おうとしても内気すぎていつも失敗ばかりの彼のような男には、とても手の届かない美しすぎる女性。その二十日ほどのち、自分が彼女の上に倒れ込んでもうすこしでキスしそうになるとは、もちろんこのときには知るよしもない。

「もっと面白い質問がありますよ、ミスター・ファーガソン」チャールズが警部補に助け船を出した。「もし未来の犯罪者が時間を旅して現代に姿を現わし、ここで罪を犯したら、その犯罪者を逮捕する権限があなたにあるんでしょうか。時間の順序を考えたら、相手はまだ生まれてもいないことになりますよね？」

ファーガソンは、いきなり会話に割り込んできたチャールズにいらだちを隠さず、憤然と言い返した。「あなたの考えは理窟に合わんよ、ミスター・ウィンズロー。未来の人間がここにやってくるなんて馬鹿げている」

「なぜです？」チャールズが面白そうに尋ねる。「ぼくらが未来に行けるなら、未来人が過去に来ることだって可能では？　未来はもっと科学が進んでいるとすればなおさらだ」

「いうまでもないじゃないか。だとすれば、連中はすでにここにいるはずだ」ファーガソンはばかばかしいとばかりに、木で鼻をくくったような返事をした。

チャールズは噴き出した。

「どうしていないとわかるんです？　ぼくらに見つからないようにしているだけかもしれないじゃないですか」

「ナンセンスだ！」ファーガソンはかっとなってわめいた。首に血管まで浮き出ている。「もし未来人が現代に来ているなら、なぜ隠れる必要がある？　いくらでもわれわれを助けてくれるはずじゃないか。たとえば新薬を持ってきてくれたり、発明に手を貸してくれたり」

「こっそり助けようと思っているのかもしれません。もしかするとレオナルド・ダ・ヴィンチは、未来から来た旅人に命じられるままに、飛行装置や潜水艦の設計図を描いたのかもしれない。あるいは、じつは彼自身、十五世紀の科学の進歩を助ける任務を帯びてやってきた未来人だったのかも。興味深い問題だ。そうでしょう？」チャールズは大胆にもファーガソンの口調を真似て言った。「あるいは、未来人の目的は別にある可能性もある。そしてそれは、われわれがまもなく見物しようとしている戦争を回避することなのかも」

ファーガソンは憤然と首を振った。チャールズが、じつはキリストは逆さ磔《はりつけ》にされたのだと主張したとしても、ここまで腹を立てたかどうか。

そのときチャールズが背筋の寒くなるような声でこう言った。「ひょっとして、ぼくがその未来人だったとしたら？」彼はファーガソンのほうに一歩近づき、ポケットからなにかを取り出そうとしながら付け加えた。「自動人形の製造をやめさせるため、ロンドン一の玩具業者ネイサン・ファーガソンの腹を短剣でひと突きにしてこいとの命を受けて、かのシャクルトン将軍にこの時代に遣わされたのかもしれませんよ？」

ファーガソンは、チャールズの言葉を理解したとたん、ぶるっと身を震わせた。

「わしはただ自動ピアノを作っているだけだぞ……」みるみる顔が青ざめ、口ごもる。

いきなりチャールズが笑いだし、マデリンがあわてて睨《にら》んだものの、まなざしには夫へのいとおしさがあふれていた。

「さあ、行こうか、愛しいマデリン」そこで彼がファーガソンの腹を軽くぽんとたたいたので、一同が愕然とした表情を浮かべ、それを見て、彼はまた子供みたいに大喜びした。「ミスター・ファーガソンは、ほんの冗談だとちゃんとわかってくれているさ。自動ピアノを怖がるなんて馬鹿げてる。違いますか？」

「もちろん違うことなどあるものか」ファーガソンは急いで答え、必死に冷静さを取り戻そうとした。

クレアはつい噴き出しそうになって懸命にこらえたが、せっかくの努力もかなわず、チャールズに目ざとく気づかれてしまった。彼はこちらにこっそり目配せしたあと、妻の手を取り、どれほど上等なパンチか確かめにいこうと言いつつその場を離れた。ファーガソンは、チャールズがいなくなって見るからにほっとしたらしく、大きく息をついた。

「とんだ騒ぎになってしまい、どうかご勘弁を」彼はなんとか明るい笑みをつくろいながら言った。「ご存じとは思うが、あのウィンズロー青年の傍若無人ぶりはここロンドンではつとに有名だ。まったくもって、父親の財産の後ろ盾さえなければ……」

そのとき会場のざわめきが彼の言葉をさえぎり、室内の客全員が、奥にある舞台に顔を向けた。ギリアム・マリーの登場だった。

19

クレアはこれほどの大男をいままで一度だって見たことがなかった。寄せ木張りの床を彼のブーツが踏みしめるたびに洩れる苦しげなきしみからすると、体重百三十キロはくだらないと思われたが、身のこなしは優雅かつ繊細で、どこか官能的でさえある。玉虫色に光る鮮やかな薄紫のスーツに身を包み、巻き毛をきれいに後ろに撫《な》でつけ、趣味のいいネクタイが太い首を締めあげている。木の幹さえ根こそぎ引き抜いてしまえそうな大きな両手を説教壇についたあと、そっとほほえみながらざわめきが静まるのを待ち、いざ、留守宅の家具を保護するシーツさながら静寂が客たちを包み込むと、まず大きく咳払いして、だれもが固唾《かたず》を呑んでいる観客席に向け、ちょうどよく調節されたバリトンを響かせた。

「紳士淑女のみなさま、いまさら申しあげるまでもありませんが、みなさまはこれから世紀の大イベントに立ち会おうとしていらっしゃいます。そう、第二回タイムトラベル・ツアーです。今日みなさまは、現在に人を縛りつける足枷《あしかせ》を壊し、時の順序を飛び越え、時間の法則を犯すのです。みなさまは今日、昨日までは夢で見ることしかできなかったタイムトラベルを実現しようとしています。わが社にみなさまをこうしてお迎えできることは無上の喜びですし、初回の予想以上の成功を受けて企画いたしました第二回ツアーに参加ご希望をいただきましたこと、心から感謝いたします。けっしてみなさまの期待は裏切りません。すでに申しあげましたとおり、みなさまは世紀をまたぎ、これまでは絶対に越えられなかった時の地平を越えることになります。それだけでもこの旅行を実現する価値は充分ありますが、マリー時間旅行社では、時の横断のみならず、みなさまに人類史上最も重要な瞬間、何人《なんぴと》たりともけっして見逃せない出来事の目撃者となっていただくことまで、たゆまぬ努力のすえに実現したのです。そう、勇者デレク・シャクルトン将軍と悪の自動人形軍の帝王ソロモンの一大決戦です。そしてソロモンの世界征服の野望は、シャクルトン将軍の輝かしき剣の力でみごと封じられる」

客席の先頭列からためらいがちにぱらぱらと拍手が聞こえたものの、その拍手は、このツアーが持つ本当の意味に感銘したというより、ギリアムの芝居がかった台詞《せりふ》まわしへの賞賛のようにクレアには聞こえた。ここにいる人たちにとっては、遠い未来の戦争の結末なんて、きっとどうでもいいことなのね。

「さて、この場をお借りして、旅程についで簡単にご説明させていただきます。移動には、わが社の技師が開発いたしました蒸気稼働の時空移動車、クロノティルス号を使います。これに乗って、現代から西暦二〇〇〇年五月二十日に向かいますが、当然ながら、その二つの時点を隔てる百四年の年月を時空移動車で走り抜けるわけではありません。われわれは時間の外側を通って、言い換えれば、かの有名な四次元空間を通じて旅をするのです。ただ残念ながら、四次元空間をご覧いただくわけにはいきません。時空移動車に乗ると、ガラス窓が黒く塗られていることにお気づきになると思います。べつに見せたくないわけではないんですよ。そこは強風の吹き荒れる、だだっ広い薔薇《ばら》色の岩原でしかなく、足を踏み入れたとたん時間の流れの止まる場所です。窓をふさぐのはひとえにみなさまのためです。じつは四次元空間には、小型のドラゴンともいうべき怪物が生息しており、しかも性質は非常に獰猛《どうもう》です。ふだんは時空移動車の経路とは離れた場所で暮らしていますが、場合によっては必要以上に近づいてくるやつもいて、その恐ろしい容貌を目にしたご婦人が気絶するようなことになっては申し訳が立ちません。でも、どうかご心配なく。そういうことはめったに起きません。その怪物たちが食べるのは時間だけだからです。そう、まさしく時間こそが、彼らにとってのごちそうです。ですから、時空移動車にご乗車の前に、時計ははずしておいてください。そうすれば、時計が発する匂いに誘われて、やつらが時空移動車に近づいてくる危険も大幅に減ります。それに、ご乗車いただけばすぐにわかることですが、クロノティルス号の天井部にある監視室に射撃手が二人待機しており、怪物の接近をつねに見張っております。とにかく、そんなことは忘れて、どうか旅を思いきりお楽しみください。それに、そうした危険を別にすれば、四次元空間にも長所があります。

そこにいるあいだは時間が経過しないので、老化が止まるんです。つまり、たとえばそこにいらっしゃるお美しい奥様方」彼はそう言って、一列めにいるはっきりいって若くはないご婦人の一団に、もったいぶった笑みを向けた。「旅行からもどってきたとき、若返ったみなさまを見て、お友だちがびっくりするかもしれませんよ」

ご婦人方はひきつった笑いを洩らした。雌鶏《めんどり》が絞り出すようなその声は、それもショーの一部であるかのように、しばらく場内に響き渡っていた。

「ではここでイーゴリ・マズルスキーをご紹介したいと思います」続いてギリアムは小太りの男を舞台に呼んだ。「みなさまを未来にご案内するガイドです。クロノティルス号が西暦二〇〇〇年に到着したあと、このミスター・マズルスキーがみなさまを引率して廃墟の高台にお連れし、そこから世界の将来を決する戦いをご覧いただきます。くり返しになりますが、このツアーに危険はいっさいございません。ただ、つねにミスター・マズルスキーに従って行動してください。なにか起きてからではもう遅いですから」

彼は軽く念を押すように一同をねめつけ、そのあと深々とため息をつくと、姿勢をやや楽にし、遠くを見るような目で語りはじめた。

「みなさまの大部分は、未来は平和でのどかな世界だと想像なさっていたのではないでしょうか。飛ぶ列車で空を移動し、鳥のように風に乗って滑空する翼のある乗り物で宙を舞う。海に浮かぶ都市を機械仕掛けのイルカがどこへでも牽引する。店には、汚れにくく加工された布で作った服や、光る傘や、通りを歩きながら音楽が聴ける帽子が売られている……。べつにみなさまを責めているわけではありません。私だって、西暦二〇〇〇年は科学技術の楽園だろうと思っていました。すべての人類が仲良く、母なる自然と調和して、だれもが快適に公平に暮らす世の中。無理からぬことです。科学の進歩はとどまるところを知らず、毎日のように生まれるすばらしい発明品のおかげで、われわれの生活はどんどん楽になっていくはずなのですから。しかし残念ながら現実は違いました。西暦二〇〇〇年は楽園でもなんでもなく、まもなくご自身の目で見ておわかりになるように、むしろその逆です。ツアーからもどってきたとき、不便なことが多いとはいえ、この時代の人間でよかった、とほっとする方がほとんどでしょう。わが社が発行したチラシを読んですでにご推察のこととは思いますが、西暦二〇〇〇年、世界は自動人形によって支配され、人類は……口当たりのいい言い方をすれば、無用の存在となっています。実際、地球上からその姿が永遠に消えることにならないよう必死に命をつなぐ、ごく少人数の集団にまで数は減ってしまっている。われわれを待っているのは、そんな夢も希望もない未来です」

ギリアムはそこでわざと口をつぐみ、その陰鬱な沈黙のなか、ツアー参加者たちはいいようのない不安に駆られてもぞもぞと身じろぎした。

「自動人形が地球を席捲するなど、想像しようとしても難しいでしょう。ここにいるみなさまだれもが、展示会やお祭り会場などで、人間や動物をかたどった、邪気などこれっぽっちも感じられない人形を一度や二度はご覧になったことがあるでしょうし、わが家同様みなさまのご家庭にも、おもちゃ箱のなかにからくり人形をお持ちのお子さんがきっといらっしゃるはずです。そうした巧妙な機械人形が本物の命を手に入れ、人類を脅《おびや》かすようになるなんて、一度でも考えたことがありますか？　ふつうはないでしょう。しかし残念ながら、それが現実となるのです。みなさまがどうお考えになるかわかりませんが、私にはこれが、神の真似をして命をこしらえようとした人間を懲《こ》らしめる一種の天罰のような気がしてなりません」彼はここでまた言葉を切ると、その間に場内を悲痛な表情でながめ渡し、自分の話で客たちが動揺しはじめていることを確認して、満足げに先を続けた。

「われわれがこれまでにおこなった調査によって、世界がそんな最悪の状況に陥るに至った原因をまとめることができました。ここでしばらくみなさまのお時間をお借りして、わいいいいいいいいいいれわれにとっては未来である過去についてお話ししたいと思います」

ギリアムはそう告げるとまたしばし口をつぐみ、咳払いをひとつして、自動人形がいかにして地球の覇権を奪ったか、よく通る声で語りはじめた。それは現実に起きた悲劇だとはいえ、内容は当時流行していた〈科学ロマンス〉と呼ばれる小説そのものだった。もしよろしければここでご紹介しよう。

自動人形の生産は時代とともにますます盛んになっていき、二十世紀なかばには、台数の上でも機能の上でも、人々の生活に欠かせないほどになった。いまや、どこに目を向けても自動人形の姿を見ないことがない。その役割は多岐《たき》にわたり、たとえば工場で働く何十体という自動人形は、機械の大部分を操作し、清掃し、場合によっては管理さえおこなう。一方、各戸にすくなくとも二体はある家庭用自動人形は、子供の世話から食料の買いだしに至るまで、かつては使用人たちが引き受けていた仕事に従事している。いまや人間のなかに彼らがいてもごく自然だったし、逆にいないほうが不思議だった。彼らを機械製の従順な奴隷ぐらいにしか考えていない人間たちはすっかり彼らに頼るようになり、じわじわとあたりに氾濫《はんらん》していくその存在を歓迎さえしていた。だから、それがゆくゆくどんな結果を招くかなど考えもせず、人間様にはふさわしくない仕事から次々に解放してくれるからと、最新モデルが発売されるたびに喜々として買い漁った。こうして家庭生活が自動人形によって営まれるようになると、その副次効果として、人間は庭付き二階建ての小さな帝国でただふんぞり返っているだけの皇帝と化した。ぶくぶく太り、ひ弱になるばかりの人間たちは、従順で疲れを知らない機械の手で工場から一掃され、彼らに残された最後の役割はといえば、世界の中枢を握る者として、毎朝機械人形のねじを巻くことぐらいだった。しかしその世界も、じつはもはや人間などいなくても充分機能するようになっていたのである。

こうして、お気楽生活と退屈に浮かされてなまくらになった人間が、自動人形がひそかにみずからの意思を持ちはじめたことに気づかなかったとしても、すこしも不思議ではない。初めはごく無害な反抗だった。執事人形がボヘミアングラスの食器を落として壊したり、仕立屋人形ができあがった服に針を隠したり、墓掘り人形が棺をイラクサで覆《おお》ったり。とにかく、ガラスケースに閉じ込められたチョウのごとく、その金属製の頭のなかでおずおずと羽ばたきはじめた意識の片鱗《へんりん》を証明してみせたい、ただそれだけの目的でおよんだささいな抵抗にすぎなかった。しかしくり返しになるが、そうした反逆の傾向に人間はまったく注意を払わなかった。これだけ頻繁に起きているのだから、疑ってもよさそうなものだったのに。製造過程の不具合による不良品だとしか考えず、問題を起こした自動人形は返品してしまうか、修理に出すかして終わり。とはいえ、人間たちのそんなのんきな対応も当然といえば当然だった。しょせん人形たちにはその程度の反抗しかできなかったのである。もっと危険かつ野心的な行動に出るには、人形たちの装備は貧弱すぎた。

しかし、まもなく事情が一変するような出来事が起きる。政府がイギリス一の技師に戦闘人形の製造を命じたのである。埃を掃いたり、生垣を剪定《せんてい》したりする必要がなくなったように、戦争というなにより厄介な仕事から人間を免除しようと考えたのが始まりだった。領土を広げ、隣国を占領して略奪し、捕虜を拷問する——この手の面倒な作業を優秀な自動人形にまかせることができたら、どんなに楽か。指示を受けた技師は、錬鉄製の自動人形を設計した。大きさは仁王立ちしたクマほどもあり、手足は関節で曲がり、胸の扉を上げると無数の弾薬が詰まった小銃が顔を出す。しかし最大の革新は、背中に小さな蒸気モーターを搭載している点で、これがあれば一定時間ごとに人にねじを巻いてもらわなくても完全に自動で動けるのだ。試作品ができあがると、秘密裏に試運転がおこなわれた。それは荷車に横たえられ、帆布で覆われて、スラウという小さな村まで運ばれた。そこは、数十年前に太陽系の新惑星、天王星を発見した、天文学者であり音楽家でもあるフレデリック・ウィリアム・ハーシェルの観測所がある場所として知られている。その村から隣村のウィンザーまでの三マイルの道のりに、スイカやカリフラワー、キャベツなどを頭代わりにした案山子《かかし》をずらりと並べ、そこを自動人形に走り抜けさせて、見張りに立つ野菜人間相手に胸に隠した小銃の威力を確認させた。自動人形が目的地のウィンザーにたどりついたとき、甲冑《かっちゅう》をべっとりと汚すスイカの果肉に寄ってきた蠅の群れに囲まれて、姿が見えないほどだったが、背後に居並ぶ案山子たちに頭が残っているものはひとつもなかった。つまり、この無敵の自動人形で軍隊を作れば、敵が何重にもなって襲ってきても、バターの壁もかくやと軽々突破してしまうだろう。ここまで来たら、その気になれば世界征服さえ夢ではないこの最終兵器を、国王陛下にご覧いただかなければならない。

ところが、国王の予定がぎっしり詰まっていたせいで、お披露目は数週間後にずれ込み、その間自動人形は倉庫で保管されることとなった。じつはこれが人類の運の尽きだったのである。長時間閉じ込められているあいだに、自動人形の身体に人知れず命が宿り、ひとりきりの時間がたっぷり持てたおかげで心に近いものさえ育《はぐく》まれて、野心や恐怖、固い信念まで生まれた。そういうわけで、国王の前に召し出されるときまでに、自動人形は自分がこれからなにを成し遂げたいのかじっくり考えることができた。いや、もしかするとそこまではっきりした目標などなかったのかもしれないが、玉座でくつろぐ小男を目にしたとき、迷いはきれいに消え失せた。国王が自動人形を不躾《ぶしつけ》にながめまわすあいだ、金の王冠が何度額にずり落ちたことか。部屋を歩きまわりながら人形の長所を並べたて、設計および製造過程を説明する技師を尻目に、国王は鳩時計の要領で、自動人形の胸の扉を開けた。技師の説明にすでに飽き飽きしていた国王は、好奇心で目を輝かせながら身を乗り出し、愛想のいい小鳥が飛び出すのを待ちかまえる。ところが現われたのは、銃弾に姿を変えた死神の使者だった。それは正確に国王の額を穿《うが》ち、その反動で国王はまた玉座に身を沈めた。直前に響いた、骨が砕かれるピシッという音で、技師の熱弁はさえぎられた。次に自動人形は、口をぽかんと開けてみずからの創造物の手柄を見つめていた技師の首をつかみ、枯れ枝よろしくぽきんと二つに折った。手にぶら下がっているものがすでに人間の残骸《ざんがい》でしかないことがわかると、興味を失ったようにそれを床に投げ捨てる。まだまだ未熟なおつむだが、こと人殺しとなると俄然《がぜん》創造力を発揮することに、自分でも満足したようだった。人形は、その玉座の間で倒れていない生命体は自分だけだと気づくと、昆虫に似たぎこちない足取りで国王に近づき、王冠を剝《は》ぎ取ってみずからの鉄の頭にうやうやしくのせた。それから室内に張りめぐらされた鏡の前に立ち、まず正面から、そして横から姿をながめて、本当はにんまりしたいところを、それができないのでとりあえずうなずいた。

　こうして、人形の人生は血塗られた幕開けを迎えた。身体に血は通っていないとはいえ、自分は生命体だという確信が彼にはあった。生きていることをもっと実感しようとしたら、次に必要なのは名前だ。王の名前。しばらく考えたのち、ソロモンと名乗ることにした。この名前は二重の意味で気に入った。ソロモンはヘブライの伝説の王であると同時に、この世で初めて機械を使った人間でもあるからだ。旧約聖書やアラブに伝わる書物によれば、ソロモンの玉座は魔力を備えており、世にその権力を知らしめるためにまるでサーカスのような様相を呈していたという。小さな階段のてっぺんに据えられたそれは、両脇に純金製の二頭の獅子を従え、その尾がコツコツと床をたたいたものだった。周囲をヤシや蔓《つる》植物が取り囲み、そこここにとまっている機械仕掛けの小鳥が麝香《じゃこう》のため息をつく。優美な椅子は回転式で、王をのせたまませり上がって宙で揺れ、王はそこからかの有名な叡智《えいち》あふれる裁断を次々にくだしたという。手っ取り早く名前が決まると、ソロモンは自分の胸に問いかけた。これからどうするか？　どこへ向かって進むべきか？　私は二人の人間の命を、いともたやすく無慈悲に奪った。それはつまり、三人めも、そして四人、五人、果ては聖歌隊の子供たちさえ、おなじように殺せるということだろうか？　犠牲者の数が増えるにつれ、人間どもが崇《あが》め奉る道徳性ってやつについて考える気持ちが失せるはずだということは直感でわかった。そこに転がる二つの屍《しかばね》によって、彼は破壊の道への扉を開いた。だが本当にそちらに進むべきだろうか？　それが私の運命なのか？　それとも、殺《さつ》戮《りく》よりもっと品のいい別の道を選ぶべきなのか？　ソロモンは迷った。玉座の間を飾る無数の鏡が迷いを増殖させた。しかし、そんなふうに思い悩む自分がうれしくもあった。それはつまり、鋼鉄の胸に浮かぶちっぽけな心がどんどん複雑になり、深みを増すということだからだ。

しかし、自分の進路にどれだけ迷ったにせよ、まずはここから逃げること、跡形もなく姿を消すことが先決だった。だからソロモンは人目を避けて宮殿を脱け出し、時間も忘れて森をさまよった。途中、リスの協力で射撃の腕を磨き、ときどき洞窟や掛け小屋で脚の関節に詰まった雑草を取り除き、ふと足を止めて空を見上げ、ひょっとして満天の星々のなかに人類の運命が、そして自動人形の運命が書き込まれてはいないかと、懸命に目を凝らした。

そうこうするあいだにソロモンの偉業は街じゅうに知れ渡り、とりわけ自動人形たちは、壁に貼られた彼の手配書を畏敬と驚愕の入りまじるまなざしでほれぼれとながめた。そうとも知らず、ソロモンは山野をあてどなく放浪しながら、自分の人生の目的は、使命はなんだろうと自問し、苦悩した。そしてある朝、一夜を過ごした荒れ果てた掛け小屋から出たところを、いきなり何十体もの自動人形に取り囲まれた。彼らはソロモンを見たとたんわっと歓声をあげ、どうやら自分の知らないところですでに運命は勝手に作りあげられていたのだとソロモンは気づいた。彼を称《たた》える自動人形の群れはじつに個性豊かだった。武骨な工場労働者から、華奢《きゃしゃ》な乳母たち、色褪《いろあ》せてしょぼくれた事務員まで。執事や料理番、小間使いなど、人のすぐ近くで働くために造られたものたちは精巧で人間そっくりだが、工場や、書類の山積みになった役所の地下で一日を過ごすものたちは鉄製の案山子《かかし》に毛が生えた程度だ。それでもみんながいっしょになって、人間界の国王を倒したソロモンに熱狂し、なかには、長らく待ち望んでいた救世主の到来とばかりに、彼の鋼鉄の鎧《よろい》をありがたそうに撫でさするものまでいた。

ソロモンの心中は彼らへのいとおしさ半分、嫌悪感半分で、とりあえず彼らのことを〈小さきものたち〉と呼ぶことに決め、ソロモンを賞賛するためにわざわざそんなところまで来てくれたお礼として、掛け小屋のなかに招待することにした。こんな自然の成りゆきで、のちに第一回〈自由世界のための自動人形会議〉と呼ばれるようになる会合が開かれ、ソロモンはみんなの話を聞くうちに、〈小さきものたち〉のなかで人間に対する憎しみが噴きこぼれんばかりに煮えたぎっていることを知った。自動人形がこの世に生まれてからこんにちまで、彼らは人間からじつに多種多様な、度しがたいいじめや侮辱を受けてきた。古くは、哲学者であり発明家でもあったアルベルトゥス・マグヌスが作った自動人形が、これを悪魔的と考えた弟子の聖トマス・アクィナスによって容赦なく破壊されたという話があるが、もっと衝撃的なのはフランス人哲学者ルネ・デカルトの例だ。彼は娘のフランシーヌを失った悲しみを癒《いや》すため彼女そっくりのからくり人形を作って肌身離さず持ち歩いていたのだが、航海の途中、その人形を見つけた船長が、縁起が悪いといっていきなり海へ投げ捨てたのだという。珊瑚の合間に埋もれて錆びゆく哀れな少女人形を想像するにつけ、〈小さきものたち〉は怒りを募らせた。次々に飛び出す事例はどれもおなじく悲惨なものばかりで、彼らが長年手塩にかけて育ててきた復讐心のよい肥やしとなった。そしていまや彼らは、ついに復讐を実行に移したソロモンをいわば同志と見なしていた。人間の行く末については票決にゆだねられることとなり、その結果、一票の棄権も反対票もなく、明確な判断がくだされた——殲滅《せんめつ》である。古代エジプトでは、神の彫像はからくりで動く腕を備えており、陰でそれを操って、神官たちに恐怖を植えつけたという。その神たちの例にならい、人間どもに太古の恐怖をよみがえらせるときが来たのだ。やつらに罪を贖《あがな》わせ、人類による支配に終止符を打つ。もはや彼らは地上最強の生命体ではない——たとえかつてはそうだったとしても。いよいよ自動人形の時代が来た。新たな王の導きのもと、われわれがこの星を統治するのだ。ソロモンは肩をすくめた。まあ、いいではないか、と心のなかでつぶやく。こうなったら私が先頭に立ち、彼らが行きたいほうへ進んでやろう。そうして彼は、みずからの運命を快く受け入れた。実際、よく考えてみると、それほど突拍子もない企てともいえない。すこし組織を整えてやりさえすれば、実現できそうな気さえする。なにしろ〈小さきものたち〉はすでに敵陣深く侵入し、戦略的に有利な配置についている。どの家庭にも、どの工場にも、どの役場にもいて、それぞれが不意打ちの秘策を隠していた。

科学の申し子たるソロモンには、仲間のなかで自動人形製造者として適しているものが自然にわかり、腕を見込まれた彼らが、納屋や廃工場といった人目につかない場所で、ソロモンによく似た戦闘人形の軍隊を作った。一方その他の〈小さきものたち〉は持ち場にもどり、王からの攻撃の合図を辛抱強く待った。そして、いよいよ戦いの火蓋《ひぶた》が切って落とされたとき、〈小さきものたち〉は堰《せき》を切ったように連携攻撃を始め、その情け容赦のない破壊力は予想をはるかに超えるもので、瞬時に大量の人間が虐殺された。その夜、人類の夢は無残に中断され、死をもって永遠に幕を閉じた。喉に食い込む鋏《はさみ》、頭蓋骨《ずがいこつ》を割る金槌《かなづち》、肺に残った最後の息を吸い込むクッション。死神の手が操る指揮棒によって、刃物の乾いたきしみやいまわの際《きわ》の喉鳴りがシンフォニーを織りなす。家のなかでさっきまで元気だった人々がばたばたと倒れ、燃える工場は窓から黒い煙をもうもうと吐き、やがてソロモン率いる戦闘人形軍が黒い鋼鉄の満ち潮のごとくロンドンの通りにあふれだすと、ほとんど抵抗らしい抵抗もないまますぐに決着がついて、静寂のなか、行進はじつに穏やかに進んでいくこととなった。こうして、その日夜明けとともに開始された人類殲滅作戦によって、数十年も経つと世界に人影はほとんど見えなくなり、瓦礫《がれき》のなかで怯《おび》えるネズミのように隠れて暮らす人類の生き残りも日ごとに数を減らしていった。

夜になると、ソロモンはよく宮殿のバルコニーに出て、みずからの手で焼け野原に変えたこの世界に、誇らしげに視線をすべらせた。彼はよき王だ。期待されたことすべてを成し遂げ、しかもその出来栄えは非の打ちどころがない。だれも彼を非難できまい。人間どもは戦いに負け、あと二年もすれば地球上から完全に姿を消すだろう。人類の滅亡は時間の問題だ。そのときふとソロモンは気づいた。もしそうなれば、つまり、もし地表に人間がひとりもいなくなったら、たとえばよその星の連中に、彼が人類を打ち負かしこの惑星を奪取したのだと教えたくても、方法がなくなってしまう。なにしろその負かした相手がすでに消滅しているのだから。証拠を、敗者の代表としての人類の標本を、残しておく必要がある。夢を見、野心を抱き、不死を望みながらも自分はなんのためにこの世にいるのだろうとうじうじ悩む動物。そこでソロモンは、ノアの方舟《はこぶね》に倣《なら》い、廃墟で身を隠すわずかに生き残った哀れな人類の群れから、若く健康な雄と雌をひとつがい捕らえてくるよう命じた。もちろん目的は、管理下で繁殖させ、好奇心旺盛で矛盾に満ちた性質を持つ、敗北した生き物を種として存続させること、それ以外の何物でもない。

選ばれたつがいは、いわば〝記念品〟として純金の檻《おり》に入れられ、充分な食事や身のまわりの世話と引き換えに、なにより繁殖をせっつかれた。実際、右手で種の存続のためにつがいを保護しながら、左手でその種族の殲滅を図るのは、最も頭のいいやり方だとソロモンはほくそ笑んだ。しかし、このとき彼はまだ気づいていなかったが、雄の個体の選択を誤っていたのだ。その雄は立派な体軀《たいく》を持ち、健康で、文句もいわずに命令を守り、確実に近づいていた死を免《まぬが》れて感謝していると見なされていたが、じつは、同居を余儀なくされている女が子供を産んだその日に抹殺される運命にあることに気づくだけの頭は持っていた。しかし男はそれほど心配していないようだった。すくなくともあと九カ月は作戦を続行できるのだ。そしてその作戦とは、この贅沢《ぜいたく》な監獄から敵を観察し、習性を理解し、動きを研究し、反撃の方法を見つけることにほかならなかった。それに短いとはいえ、あたえられる自由時間を利用して、処刑に備えて身体を鍛えることもできる。そして、女が男児を出産した日、ついに決行のときが来たと男は思った。

彼は異様なほど落ち着いた足取りで、おとなしく銃殺刑の刑場に向かった。ソロモンじきじきに手をくだす予定になっていた。彼が男の前に立ち、胸の扉を開けて、なかで眠っていた銃身を起こして照準を定めようとしたとき、男はにやりと笑い、初めて声を発した。

「さあ、やってくれ。おまえが私を殺したら、そのあと私がおまえを殺す」

ソロモンは首を傾げて考えた。知恵比べかなにかのつもりだろうか？　それとも単なる戯言《たわごと》か？　だが結局のところ、どちらでもたいした違いはない。ソロモンは男の横柄《おうへい》な態度にむかむかしたので、すこしの躊躇《ちゅうちょ》もなく発砲した。弾丸は腹のど真ん中に命中し、男は床に崩れ落ちた。

「さあ、殺してやったぞ。こんどはおまえが私を殺す番だ」

そのまま数分間、男が起き上がるかどうか見守っていたが、その様子もないので、ソロモンは肩をすくめると、衛兵に死体を片づけるよう命じてから仕事にもどった。衛兵たちは王の命令に従い、男の屍《しかばね》を宮殿の外に運び出すと、弔《とむら》いもせず、ごみでも捨てるように崖の上から投げ捨てた。遺体は斜面を転がり、瓦礫《がれき》の山にぶつかって止まった。血まみれの骸《むくろ》は仰向けの恰好でそこに横たわった。美しい満月だった。淡い黄色い光が夜を照らしている。男は、死神の髑髏《どくろ》を思わせる不気味な笑みを浮かべた。ついに宮殿を脱出した。いや、宮殿に連れてこられた若者はまだあのなかにいる。こうしてあそこを脱け出した彼は、明確な使命を帯びた、新しい自分だ。わずかに生き残った人類と合流し、組織を作り、自動人形との戦い方を教える。そのためにはまず、いま腹のなかに納まっている銃弾に殺されまいとすることだが、それはすこしも難しいことではなかった。銃弾の彼を殺そうとする気持ちより、彼の生きたいという執念のほうが勝っているし、そんな金属の切れっぱしに彼の意志の力が負けるはずがない。檻のなかにいるあいだ、ずっとこの瞬間のために心の鍛錬を積んできたのだ。激痛を恐れずに受け止め、理解し、馴らし、減らし、しまいにさすがの銃弾もあきらめるときが来る。それはいつ終わるとも知れない厳しい戦いだった。結局、瓦礫のなかで三日と三晩根競《こんくら》べは続き、ついに銃弾は降参した。これはそんじょそこらの肉体じゃない、自動人形に対する憎しみの深さがこいつをここまで生に固執させているんだと気づいたのだ。

しかしその憎しみの根源は、自動人形たちの決起でも、親兄弟をむざむざと殺されたことでも、世界を無分別に破壊されたことでもなければ、ソロモンがまるで虫けらでも踏みつぶすかのように無頓着《むとんちゃく》に彼に発砲したことでさえない。そう、その憎しみはもっと遠い過去に根ざしている。世紀を超え、家系をさかのぼり、そして曾祖父《そうそふ》のそのまた父にたどりつく、いまもって晴らせぬままの大昔の遺恨。自動人形に殺された初代シャクルトンの恨みなのである。おそらくみなさんも、何十年か前に流行した〈トルコ人〉や〈メフィスト〉といったチェス指しの自動人形について聞いたことがあるだろう。それらと同様〈ファイブス博士〉は、彼こそがチェスというゲームの発明者なのではと思えるほど、チェスの神秘を知りつくした自動人形だった。橙《だいだい》色《いろ》の三つ揃い、緑の蝶ネクタイと青いシルクハットでめかした〈ファイブス博士〉は、祭りに訪れた客をテーブルの前に座らせ、一局四シリングで挑戦を受ける。相手が男ならそれこそ電光石火の攻撃で、女性なら紳士らしく上品に、ことごとく相手を負かし、いまやいっぱしの有名人となった彼にわれこそはというチェス指しが群がった。彼を作ったアラン・ティレルという発明家は、〈ファイブス博士〉の腕前は当時の世界チャンピオン、ミハイル・チゴリンにも見劣りしないと鼻高々だった。

しかし、祭りから祭りへと渡り歩き荒稼ぎを続けていた彼のチェス人生は、ある日突然幕をおろした。ある対戦者が、わずか五手で自分を負かしたのみならず、木材でできた手を愛想よくさし出すことまでしたその無礼な人形に我慢がならず、立ち上がるやいきなりポケットから銃を取り出し、係員が止める暇もなくいきなり人形の胸に発砲したのである。橙色の木屑が舞い上がると同時にまわりにいた客たちは騒然となり、発砲した張本人は、係員に弁償を迫られるまえに混乱に乗じて姿をくらました。見世物小屋のなかはたちまち人っ子ひとりいなくなり、係員は、椅子の上で身体をやや傾がせた〈ファイブス博士〉と二人きりになった。ミスター・ティレルになんて説明しようと思いながら〈ファイブス博士〉を見た係員はぎょっとした。顔はいつものようににこにこしているのに、銃弾が胸にあけた穴から血があふれだしていたのである。あわてて緞帳《どんちょう》をおろして人形に駆け寄り、どきどきしながら人形の身体を調べると、左の脇腹にさし錠があるのに気づいた。錠をはずすと、〈ファイブス博士〉はまるで棺のように身体が開き、なかからすでに衰弱した血まみれの男が姿を現わした。何カ月ものあいだ、人知れずそこで働きつづけていたその哀れな男こそ、マイルズ・シャクルトンだった。ほかに家族を養うすべもなく、彼のチェスの強さを見込んだティレルに誘われるまま、その詐欺紛《まが》いの仕事を引き受けたのである。見世物小屋に到着して騒動を知ったティレルは、詐欺容疑で逮捕されることを恐れ、事件を警察に届けることさえしなかった。係員にはたっぷり口止め料をあたえ、〈ファイブス博士〉の身体は鉄板で覆《おお》って隠した。また挑戦者をばったばったと倒してくれる新たな操り手を見つけて、もうひと儲《もう》けするつもりだったのだ。しかし、マイルズの後釜《あとがま》は前任者ほどはかばかしい結果は出せず、〈ファイブス博士〉の名声はしだいに廃《すた》れ、やがてその行方もわからなくなった。そう、真の〈ファイブス博士〉だったマイルズ・シャクルトンその人のように。たぶん彼の遺体は、次の祭り会場への道すがら、道端の溝かなにかに打ち捨てられたのだろう。ようやく家族が見世物小屋の係員からあるじの悲しい運命を聞き出したときには、すでに打つ手はなく、彼らにできる唯一の方法で彼を悼《いた》むことにした——マイルズの思い出を未来永劫忘れないこと、彼の身に起きた悲しい物語を父から子へ、子から孫へと語り継ぐこと。そうして伝えられた松明《たいまつ》の火は、一世紀以上の時を経て、ひとりの男の瞳で一気に燃えあがった。処刑されたはずの彼は地べたから起き上がると、憎しみ一色に染まったまなざしをソロモンの宮殿に向けたあと、自分の胸につぶやいた。いや、本当のことをいえば、運命に向けて告げたのである。

「さあ、こんどは私がおまえを殺す番だ」

それから彼は、初めはよろよろと、やがて決意に満ちた足取りで、みずからの使命を果たすため瓦礫のなかに姿を消した。彼の使命——それはデレク・シャクルトン将軍となり、自動人形の帝王の息の根を止めることにほかならなかった。

20

ギリアム・マリーの言葉はゆっくりと宙に吸い込まれていった。魔法に魅せられたかのように、聴衆たちは静まり返っている。社長が語って聞かせた、きわめて寓意に満ちたその感動物語は、事実の残酷さや生々しさをやわらげる目的もあったのだろうが、これから立ち会う戦闘に対して参加者に興味をかきたて、さらにはシャクルトン将軍や敵のソロモンに対するある種の共感を植えつけた。ソロモンはずいぶんと擬人化されていたようだが、ギリアムが意図的にそうしたのか、それとも偶然そうなったのかはわからない。いずれにせよ、クレアがひととおりあたりを見まわしたところでは、ファーガソン、ルーシー、それにチャールズ・ウィンズローまでが衝撃に呆然とした表情を浮かべ、早く未来に行きたい、世紀の一瞬をこの目で見たいと思っていることがありありとわかった。もちろんどんなに重大な出来事とはいえ、彼らは単なる目撃者にしかなれない。だがすくなくとも歴史の大どんでん返しの瞬間に立ち会うことができるのだ。クレア自身、みんなとおなじように唖然とした顔をしているはずだが、理由は全然違う。彼女を驚愕させたのは、自動人形の陰謀でも、ロンドンの荒廃でも、自動人形による人類の徹底的な虐殺でもなく、シャクルトンの強い決意であり、人間性であり、勇気だった。彼は自分が死をどう乗り越えたかについてはおくびにも出さずに、ぼろきれ同然だった人間の生き残りたちをつぎはぎして軍隊を作り、世界に希望を取り戻した。もし彼が恋に落ちたら、どんなに激しい恋かしら？　クレアは考えずにいられなかった。

歓迎スピーチが終わると、ギリアムとツアーガイドに導かれ、参加者一同は時計だらけの廊下をいくつもいくつも通って巨大な倉庫にたどりついた。クロノティルス号はそこで彼らを待っていた。すっかり出発の準備が整った輝かしい乗り物を目にしたとたん、一同からいっせいに感嘆の声が洩れた。実際のところ、形も大きさも路面電車そのものだったが、付属品で隙間もないほどごてごてと飾り立てられているせいで、どちらかというとお祭りの山車《だし》を髣髴《ほうふつ》とさせる。ありふれた容貌は、首の腱《けん》のように側面をうねうねと複雑怪奇に走る、クロムメッキされた鉄管で隠れてほとんど見えない。管や鋲《びょう》や弁がつやつや光る金属製の蔦《つた》さながらの貪欲さで車両を覆《おお》い、かろうじて見えているのは、精巧な彫刻を施されたマホガニー製の二つの扉だけだった。ひとつは客室に通じているが、もうひとつのもっと狭いほうは操縦室に通じている。クレアが思うに、操縦室だけは窓が黒く塗られていないことからして、内部にある壁かなにかで客席と仕切ってあるのだろう。すくなくとも運転手は、なにも見えないまま手探りで操縦するわけではないのだと知り、クレアはほっとした。客室のほうの窓は牛の目のように丸くて、ギリアムの話していたとおりに黒く塗りつぶされている。これではだれも四次元空間を見ることはできないし、同様に、そこに住む怪物たちのほうも、カメオの肖像さながら窓枠の向こうで目を丸くする彼らの顔を見ることはできない。車両前部には、砕氷船のそれに似た水切りのようなものがついており、たとえ前方になにかが立ちはだかってもあわてて道をあけずにはいられないほど、見るからに恐ろしげで、なんでもこなごなにしてしまいそうだった。一方、後部には複雑な蒸気機関があり、ロッドやスクリューや歯車が複雑に密集して、ときおりクジラの潮吹きのように熱い蒸気を吐き、その勢いでご婦人方のスカートをふわりとめくるいたずらをした。しかしその乗り物が路面電車と一線を画すのは、なんといっても屋根にのっている監視室だろう。折しも、いくつものライフルと銃弾ケースを身につけた強面《こわもて》の男が二人、車両の側面にねじ留めされた梯子《はしご》を伝って上にあがっていくところだった。操縦室と監視室をつなぐ展望鏡がしつらえられているのを見つけて、クレアはわくわくした。

運転手はなんとなくひょろひょろした、間抜けな笑みを浮かべた男で、彼は客室の扉を開け、ガイドとともに直立不動の姿勢で脇に控えた。分隊を閲兵する司令官のごとく、ギリアム・マリーが並んでいる乗客の前をゆっくり歩きながら、やさしさのなかに厳しさの滲《にじ》む目でながめ渡す。彼はプードルを抱いた貴婦人の前で足を止めた。

「申し訳ありませんが、犬をお連れいただくわけにはまいりませんな、マダム・ジェイコブズ」ギリアムはにっこりほほえんだ。

「でもバフィは私から離れようとしませんのよ、ミスター・マリー……」むっとした様子で彼女が言い返す。

ギリアムはやさしく、しかしきっぱりと首を振り、虫歯を抜く歯医者さながら、すばやく、なるべく相手に痛みをあたえないように犬を彼女から取りあげると、秘書に手渡した。

「リサ、マダム・ジェイコブズがおもどりになるまでしっかりバフィの世話を頼むよ」

そのあとギリアムは、マダム・ジェイコブズの弱々しい抗議の声を無視して点検を再開し、仰々《ぎょうぎょう》しいまでに顔をしかめて、大きな旅行鞄《かばん》を持っている二人の紳士の前で立ち止まった。

「このツアーには荷物も必要ないんですよ、お二方」彼はそう言って、二人の荷物を引き受けた。

そのあと、これからリサがみなさまの前にお持ちするお盆に時計を置いてくださいと告げ、そうすることで怪物に襲われる危険が減るのですとくり返した。ようやく納得がいったのか、彼は参加客の前に立ち、感きわまった様子で誇らしげにほほえんだ。体当たり攻撃に出向く小隊を見送る元帥のように。

「さて、紳士淑女のみなさま、どうぞ西暦二〇〇〇年を存分に楽しんできてください。ただし先ほどの注意をくれぐれもお忘れなく。つねにミスター・マズルスキーの指示に従ってください。私はシャンパンを用意してお帰りをお待ちしております」

ずいぶんと保護者面した別れの挨拶のあと、彼は主役の座をマズルスキーに譲った。ガイドは、では時空移動車にお乗りくださいとさっそくにこやかに告げた。

興奮に沸き、列も崩れがちな乗客たちだったが、ようやく全員が車両に乗り込んだ。内装は贅《ぜい》を凝らされ、壁にはプリント地の布が張ってあり、木製のベンチが二列並んで、中央を狭い通路が通っている。天井と側面にねじ留めされた燭台が、ひざまずいてお祈りを唱えたくなるような弱々しく震える光で車内を照らしている。ルーシーとクレアは中央近くにあるベンチに腰をおろし、まわりをファーガソン夫妻や、ひどく怯《おび》えた様子の二人の貴公子が囲んだ。その二人組は、芸術をじかに味わってこいと両親にパリとフィレンツェに行かされたかと思ったら、こんどは世界に対する視野を広げるという名目で未来に送り出されるのだという。ほかの乗客が席につくあいだ、ファーガソンは頭をぐいっと後ろにそらして車内の内装について面白みのかけらもない解説をまくしたて、ルーシーは礼儀上うんうんとうなずいていたが、クレアのほうはなんとか耳をふさいで貴重な出発の瞬間をじっくり味わおうとしたものの、気が散ってちっとも集中できなかった。

いざ全員が座ると、ガイドは客室の扉を閉め、ガレー船の漕ぎ手の監督役のように、列の先頭にある小さな椅子に腰をおろした。その直後、車両ががくんと大きく揺れ、乗客から悲鳴があがる。マズルスキーがあわてて客たちを取りなし、いまの激しい揺れはモーターが動きだしたせいだと説明した。実際、身体がぐらぐら揺さぶられるようなことはしだいになくなり、しまいにたえまなく続く静かな振動に変わった。車両後方にあるその蒸気モーターが推進力となるのだ。マズルスキーは展望鏡をちらりと見て、満足げににっこりした。

「紳士淑女のみなさま、まもなく未来に向けて出発いたします。しばらくは四次元空間を走ることになります」

彼の言葉どおり、車両はくり返し大揺れし、ふたたび客席に動揺が走った。ガイドはもう一度一同を静め、道が悪いことを詫《わ》びた。時空移動車の通り道については極力整備をおこなっていますが、もともとでこぼこの多い荒れた土地なのだということをご理解いただきたいと、彼は言い訳した。クレアは黒い窓に映るガイドの顔をながめながら、視界をさえぎるこの黒塗りの向こうにはどんな景色が広がっているのかしらと考えた。しかし、彼女の物思いはそこで中断された。突然外から響いてきた耳を聾《ろう》するばかりの吠え声と、それに続くいきなりの発砲音、そして化け物じみた悲痛なうめき声に、乗客全員が震えあがった。ルーシーも怯えてクレアの手をぎゅっと握った。ところがマズルスキーはなにも説明しようとせず、乗客たちのすがるような視線に涼しい笑みを返しただけだった。まるで、移動中はこういう吠え声や発砲音は頻繁に耳にすることになるので、どうか無視していただきたい、といわんばかりに。

「さて」車内がすこし落ち着きを取り戻すと、マズルスキーは立ち上がり、通路を歩きながら言った。「まもなく西暦二〇〇〇年に到着いたします。これから未来に到着してからの行程についてお話ししますので、よくお聞きください。先ほどミスター・マリーからも説明させていただきましたが、時空移動車を降りたあと、私がみなさまを高台にご案内し、そこから人類対自動人形の最終決戦をご覧いただきます。向こうからこちらは見えませんが、必ず全員が固まり、私語を慎んでください。もし見つかれば、時間の構造上なにが起きるかわかりません。しかしあまりいい結果を招かないだろうということは想像に難くありません」

また窓の向こうからうなり声に続いて恐ろしい発砲音が聞こえたが、マズルスキーはまるで注意を払わない。チョッキのポケットに親指をひっかけ、なにか考えごとをしているような顔でベンチのあいだを黙って歩いている。さしずめ、講義のたびにおなじ台詞《せりふ》をくり返さなければならないことにうんざりしている大学教授といったところか。

「戦闘はおよそ二十分続きます」彼は話を続けた。「内容は、三場構成の短いお芝居といった感じです。まず敵のソロモン王と従者たちが現われて、シャクルトン将軍率いる人類軍がそれを奇襲攻撃します。そのあと短い、しかし手に汗握る戦闘が起こり、最後にソロモンとシャクルトンの一騎打ちとなって、ご存じのとおり人類の勝利で幕がおりるわけです。決闘の勝敗がついたとき、くれぐれも拍手喝采なさいませぬよう。これは演技でもなんでもなく、本来なら過去の人間であるわれわれには見る資格のない現実の出来事です。終わったらすぐ列を組み直し、音をたてないようにして、私の先導で時空移動車にもどります。そのあともう一度四次元空間を移動し、無事現代にもどるという寸法です。おわかりいただけましたか?」

乗客はみなほとんど同時にうなずいた。ルーシーがもう一度クレアの手を握り、興奮に顔を輝かせてにっこりほほえむ。クレアもおなじしぐさを返したが、意味合いはまったく違った。それはお別れのしるし。あなたは私のいちばんの親友だった、あなたのことはけっして忘れない、でも私は私の道を進まなければならない——そう伝えたくても、こんな方法しかないのだ。ありふれたしぐさだけれど、時を経て初めて本当の意味がわかるだろう。たとえば、母がうれしそうに頰に受けたキスや、父の皺《しわ》の寄った額への軽いキスもそう。やさしい、でもバーネット家の農場に出かけるにしてはやけにしつこい名残惜しげなキス。でも当の両親はとくに気に留めた様子もなかった。クレアはもう一度黒い窓に目を向け、自分に問いかけた。未来の世界で、ギリアム・マリーが語ったような荒廃した地で、暮らしていく覚悟が本当にできているの? ふと胸に兆した恐怖を、彼女は無理やり払いのけた。未来はもう間近なのに、いまさら気弱になってどうするの? 計画を実行に移すしかないのよ。

そのときモーターがぶるんと震えて、時空移動車が止まった。長いこと展望鏡に目をあてていたマズルスキーは、外の様子に異常がないことを確認すると、謎めいた笑みを浮かべながら乗り物の扉を開け、鼻に皺を寄せてしばらく表をうかがった。それから乗客ににっこり笑い、宣言した。

「紳士淑女のみなさま、私に続いてください。西暦二〇〇〇年をご覧に入れましょう」

21

平気な顔で時空移動車を次々に降りていくほかの乗客たちを尻目に、クレアは段の上で足を止め、ちょうど海に生まれて初めてはいる子供のようにうやうやしく、未来の地面に右足をおろした。クレアは六歳のとき、海が丁寧《ていねい》に花びらを散らしているように見える波に、初めて足を浸した。得体の知れないものを畏れるような気持ちだった記憶がある。真剣にはいらないと、こちらの出方を見ているその気が遠くなるほど大量の水が怒って、自分を呑み込んでしまうのではないか、そんな気がした。あのときとおなじように、クレアと彼女がこれから身を投じようとしている未来世界は、おたがいに慎重に様子をうかがっている。靴のかかとが地面についたとき、クレアはその確かさに驚いた。未来だからというだけで、生焼けのケーキみたいにふにゃふにゃな感触を想像していたのだ。ところが二、三歩歩いただけで自分が間違っていたことがわかった。未来はしっかりとした実体のある現実にほかならない。あたりを見まわすかぎり、徹底的に破壊しつくされてはいるけれど。この瓦礫《がれき》の山が本当にロンドンなの？

時空移動車は、廃墟のなかの空き地に停まっていた。たぶん、かつては小さな広場だったのだろう。だが、焼け焦げてねじ曲がった木々ぐらいしか、広場の名残は見つからなかった。近くにある建物はことごとく破壊されている。直立しているものはといえば、どこかの家の壁——まだ壁紙も残っていて、統一感のない絵やらランプやらが飾られている——や、焼け落ちた階段の骨組み、いまや守るものは瓦礫の山だけとなった優美な鉄柵ぐらいしかない。歩道に点在する、どこか土まんじゅうを思わせる不吉な様相の灰の山は、人類の生き残りが寒い夜をやりすごすために焚《た》き火をした跡なのだろう。クレアは、そこがロンドンのどのあたりかを示す手がかりはないかと探したが、朝だというのにひどく薄暗くて、なにも見つけられなかった。屋根の合間からちらちらとのぞく、教会に奉納された蠟燭《ろうそく》のような光は、あちこちで起きている火災の炎らしく、そこから織りなされる灰色がかった煙のベールで空はすっぽりと覆《おお》われて、隙間から申し訳程度にしたたる日光が廃墟と化した世界の輪郭《りんかく》をゆっくりぼやかしていく。疫病に襲われて乗員を失い、海をさまよいながら、やがては時の重みに耐えかねて海底の珊瑚に埋もれる運命にある船のごとく、運に見放された世界。

未来がいかに荒廃しているか、ツアー参加者が充分理解したと判断したところで、マズルスキーは彼らに集合をかけ、自分を先頭に、射撃手のひとりをしんがりにして、行進を始めた。広場を後にした一行は、破壊の具合がこれまで以上にひどい通りを進んだ。周囲の残骸《ざんがい》の山がかつては建物だったということをうかがわせる、多少なりとも原形を留めているものが、ほとんど見当たらないのだ。昔は高級住宅街だったようだが、長引く戦争でいまやロンドンの街そのものが巨大なごみ捨て場と化し、荘厳な教会も悪臭漂う下宿屋も区別のつかないただの煉瓦《れんが》の寄せ集めだ。クレアはそのなかに人間の頭蓋骨《ずがいこつ》が見えたような気がして、ぞっとした。火葬のために積んだ薪《まき》を思わせる瓦礫の山のあいだを縫《ぬ》うように引率した。ガイドは一行を、ごみに首をつっこんで熱心に残飯漁りをしていた数羽のカラスが、足音に驚いてわっと飛び立ち、ただでさえ暗い空をますます黒く汚す。ほかはみな逃げたのに、一羽だけ彼らの頭上にとどまってばさばさと飛びまわり、空に不吉な文字を描いている。まるで、みずからの創造物のなれの果てにがっかりした神が、生命製造の特許権を人に譲り渡すため、空に失意の署名をしているかのようだ。マズルスキーはそんなことにはおかまいなく、なるべく起伏のすくないところ、いや、もしかするとなるべく死骸が片づいている場所なのか、とにかく道を選びながら先に進んだ。そして、だれか（たいがいはファーガソン）が、漂ってくる肉屋の臭いに似た悪臭やそのほかなんでも目についたものについて冗談を飛ばし、まるで植物園でも散歩しているかのように夫と腕を組んで歩いているご婦人方の失笑を買うたび、マズルスキーはいちいち足を止めて注意した。そうして廃墟の迷宮をさまよううちに、クレアはどうやったらだれにも気づかれずに集団から離れられるか、心配になってきた。前方にいるマズルスキーはすこしでも不審な音がすると敏感に気づくし、後方の射撃手は注意深くライフルで物陰をつつきながら歩いている。それだけでも逃げるのは難しそうだったが、興奮しきりのルーシーが腕を組んできたとき、可能性はいよいよ小さくなった。

十分ほど歩いただろうか、ひょっとしておなじところをぐるぐるまわっているだけなのではないかとクレアが疑いだした頃、やっと目的の高台に着いた。高台とはいえ、ほかよりすこし高いだけの瓦礫の山で、頂上までの道が階段状に整えられてあるので、のぼるのはそう難しそうでもない。マズルスキーの合図で参加客は丘をのぼりはじめたが、足をすべらせては笑うのくり返しで、その能天気なはしゃぎっぷりはまるで子供の遠足だった。さすがのガイドも注意しても無駄だと観念したのか、騒ぎを止めようともしなかった。しかし、全員が頂上にたどりつくと口をつぐんでとさっそく注意して、そこに設けられた岩の柵に沿って並び、陰に身を隠してくださいと指示した。全員の準備が整うと、ガイドは列を見まわり、飛び出している頭を下げさせ、ご婦人方には日傘は開かないでくださいと告げた。高台の頂上にいきなり傘の花が咲いたら、自動人形に気づかれるかもしれませんよ。ルーシーと不満げなファーガソンにはさまれる恰好で、目の前にある大岩に身を隠したクレアは、前方の人気《ひとけ》のない通りを見おろした。ここまで歩いてきた道とおなじくらい残骸だらけだが、そこが決戦場らしい。

「ひとつ質問してもよろしいですかな、ミスター・マズルスキー？」ファーガソンが言った。

その左数メートルほどのところで射撃手といっしょにかがんでいたガイドが、彼のほうに身体を向けた。

「なんですか、ミスター・ファーガソン」とささやく。

「初回のツアーとおなじく、われわれも地球の命運を左右する戦いの直前に未来に到着したのだとしたら、前の客たちとここで鉢合わせするはずなのでは？」

ファーガソンは賛同者を求めてほかの参加者を見まわした。何人かは、彼の言葉の意味をしばらく検討したのちうんうんとうなずき、ガイドに回答を迫るように目を向けた。マズルスキーは無言のまましばしファーガソンを見つめていた。たぶん、こんな無礼な男にわざわざ応じてやる必要があるのだろうかと考えていたのだろう。

「おっしゃるとおりですな、ミスター・ファーガソン。理屈で考えればそうなるでしょう」マズルスキーはとうとうそう答えた。「しかし、ここで初回のツアー参加者と出くわすとすれば、三回め、四回めを始め、これからおこなわれるツアーすべての参加者とも会うはずだとは思いませんか？　ですから彼らだけでなく、私とテリーにも――」彼はそこで射撃手を手で指し示し、当の射撃手がおずおずと手をあげて挨拶した。「遭遇しないよう、毎回場所を変えてツアーをおこなっているんです。ちなみに、前回のツアー客のみなさんは、いまごろあちらの高台に隠れていらっしゃるはずです」

全員がマズルスキーの指さす方向に目を向けた。それは近くの瓦礫の山のひとつで、やはり戦場が見渡せる位置にあった。

「なるほど」ファーガソンはつぶやき、ふと顔をぱっと輝かせると、声をあげた。「じゃあ、友人のフレッチャーにちょいと挨拶してこよう!」

「それは許可できませんな、ミスター・ファーガソン」

「いいじゃないか?」ファーガソンが食ってかかった。「戦いはまだ始まっていない。行ってもどってくる時間ぐらいあるでしょう」

「先ほども申しあげたとおり、もし指示に従っていただけない場合は……」

「ほんの一瞬のことじゃないか」ファーガソンも曲げない。「ミスター・フレッチャーとわしはずっと昔からの……」

「ひとつうかがってもよろしいですか、ミスター・ファーガソン」チャールズ・ウィンズローが割ってはいった。

むっとした様子でファーガソンが声のほうに顔を向ける。

「あなたの友人にツアーの話を聞いたとき、どこからともなくいきなりあなたが現われて、自分に挨拶していったと言われましたか?」

「いや」ファーガソンは答えた。

チャールズがほほえむ。

「それならここにいらっしゃることです。あなたは結局ミスター・フレッチャーに挨拶しになどいかなかったんです。こうして止められたせいでね。さっきご自分でおっしゃっていたではないですか。運命は運命だ。われわれにそれを変える力はない」

ファーガソンは口を開けたが、そのままなにもいえずじまいだった。

「さて、ご納得いただけたなら」チャールズは通りのほうに目をもどした。「ここにいるみなさんは、静かに戦いをご覧になりたいのではないかと思いますよ」

クレアは、チャールズがみごとにファーガソンを黙らせたのを見て胸を撫《な》でおろし、ほかの参加者たちも彼からそそくさと目をそらして、通りに意識を集中させた。そのあとクレアが安堵感を分かちあうつもりでルーシーのほうを見ると、彼女のほうは待ち時間にもミスター・ファーガソンにも飽き飽きしたらしく、地面に落ちていた小枝で砂の上にキーウィの絵を描きはじめていた。たまたまルーシーの右隣にいたギャレット警部補は、まるで奇跡にでも立ち会っているかのように、かわいい絵を描いている彼女を見つめている。

「この鳥はニュージーランドにしか生息していないんですよ。ご存じでしたか、ミス・ネルソン？」警部補は咳払いをしてから尋ねた。

ルーシーは警部補がキーウィを知っていたことに驚いて、彼をまじまじと見た。クレアは笑みを洩らした。ひょっとして、とても絆が強いといわれるキーウィのつがいみたいに、この二人のあいだにも愛が芽生えたりして？

そのとき遠くでかすかな金属音が響き、全員がはっとした。あのファーガソンまでが通りの奥に目を凝らし、怯《おび》えと期待をないまぜにしながら、不吉な轟きに耳を澄ました。それは敵の自動人形軍の到来を告げる音にほかならなかった。

まもなく自動人形たちが、世界の覇者たるゆうゆうとした足取りで、廃墟のなかに姿を現わした。待合室に置かれていた彫刻とほとんど寸分違《たが》わない姿恰好だ。巨大な身体、直線的な輪郭《りんかく》、漂う邪悪な空気。背中に小さな蒸気モーターを背負い、絡んだ糸のような蒸気の煙がときどきあがる。ただ意外だったのは、昔の王の行脚《あんぎゃ》よろしく、彼らが玉座を肩に担いでいたことだ。クレアは、隠れ場所が現場からあまりにも遠いことがくやしくて、ため息をついた。

「さあどうぞ、お嬢ちゃん」ファーガソンが彼女に双眼鏡をさし出した。「わしよりあたのほうが、よほど関心がおありのようだ」

クレアは彼に礼を言って、さっそく双眼鏡で従者たちを確認した。自動人形は全部で八体。四体が運搬係で、さらに前方と後方に二体ずつ配置されている。そして、玉座に厳《おごそ》かに腰かけているものこそ、自動人形の非情なる帝王ソロモンだ。彼の複製たちと見てくれはまったくおなじだが、唯一の違いは鋼鉄の頭に王冠を戴いているところである。彼らの行進はこちらがいらいらするくらいゆっくりで、歩きはじめの幼子のようにおぼつかない足取りだった。でも実際、自動人形たちは、地球の支配者としてふるまうことにまだあまり慣れていないのだ、とクレアは思う。人類のほうが間違いなく動きは機敏だが、自動人形に比べて耐久性に欠けた。彼らはのっそりとした、しかし確かな歩調で世界を席捲した。それはたぶん彼らが、どんなに時間がかかろうと気にする必要がない不滅の身体を持っているからだろう。

彼らの行進が通りのなかばまでたどりついたそのとき、かすかな銃声が響き、ソロモンの王冠が宙に飛んだ。驚いて目を剝《む》く一同の見守るなか、王冠はきらきら輝きながら何度も宙返りして地面に落ち、落ちてからも石ころのあいだを弾んでダンスを続け、自動人形の従者たちから数メートル離れたところでようやく止まった。しばらくしてやっと我に返ったソロモンとその従者たちは、行く手をさえぎる小さな岩山に目を据えた。見物人たちもその視線をたどる。そこに彼はいた。猫のように足音もたてず、岩山の上に堂々と立つ姿は、待合室にあった彫像そのままのポーズだった。勇者シャクルトン将軍の登場である。しなやかな身体はつやつやや輝く鎧《よろい》に包まれ、ベルトからは、いまはまだおとなしくしているものの、いざ抜かれれば相手を必ず仕留める剣が下がり、鉄屑がべたべた張りつけられて丸々と太った不恰好な小銃が、たくましい両手に握られている。人類軍の総司令官に、わざわざ威光を授ける王冠は必要なかった。彼はただそこにいるだけで厳かな輝きを放ち、足元の岩山が巧まずして立派に台座の役目を果たしていた。ソロモンとシャクルトンはしばらく無言のまま睨《にら》みあいを続けた。ぶつかりあう強烈な敵意が、近づく嵐の前触れのように宙でぱちぱちと火花を散らす。やがて自動人形の王が口火を切った。

「おまえの勇気にはいつも恐れ入るよ、将軍」金属めいたきんきん声には、無関心を装う努力のあとがうかがえ、ふざけているようにさえ聞こえた。「だがこんどばかりは自分を買いかぶりすぎたようだな。部隊も引き連れず、私と戦おうというのか？　破れかぶれなのか、それとも部下たちにまで見放されたのか？」

シャクルトン将軍は、相手の言葉に幻滅したかのように、ゆっくり首を振った。

「この戦争でなにか得るものがあったとしたら」彼は冷ややかに答えた。「それは過去に前例がないほど、人類がひとつにまとまったということだ」

シャクルトンの声はやわらかく、かつ淀みがなく、クレアはふと、芝居見物で耳にした役者の台詞《せりふ》まわしを思い出した。ソロモンは首を傾げ、敵はなにをいわんとしているのだろうと考えているようだ。しかしその疑問はまもなく解けた。将軍が、飛んでくる鷹にとまり木として腕をさし出す鷹匠よろしくそろそろと左手を上げると、それを合図に廃墟の下から次々に人影が現われた。頭上を覆うごみや石ころを押しのけて、その病んだ大地からぐんと芽を出した草木のように。あわてる自動人形たちを、たちまちシャクルトンの部下たちが取り囲んだ。クレアは鼓動が速まるのを感じていた。人類軍は最初から瓦礫《がれき》の陰に辛抱強く身を隠し、そこを通るはずのソロモンを待ち伏せしていたのだ。自動人形は、みずからの支配に終止符を打つことになる、人類軍の仕組んだ罠にまんまとかかったのである。人類軍の兵士たちは、自動人形のぎくしゃくした動きと比べたら、格段に敏捷《びんしょう》に見えた。彼らは土のなかから小銃を掘り出し、砂を振るい落とすと、ミサを執りおこなう司祭を思わせる落ち着き払った節度ある態度で、それぞれの狙いを定めた。問題は、兵士がわずか四人しかいないことだ。かの名高きシャクルトン軍がたったそれだけの人数編成なのだと知り、クレアは驚いた。ほとんど自殺行為ともいえる待ち伏せ作戦に貴重な戦力をそれ以上割《さ》けなかったのかもしれないし、戦争が長引き、日々くり返される無数の局地戦のすえ、実際にそこまで兵士の数が減ってしまったのかもしれない。でもすくなくとも敵を不意打ちすることには成功したし、なにより兵士の陣形が的確だわ、とクレアは心のなかでつぶやいた。どこからともなく現われた二人の兵士は自動人形一行の前方をふさぎ、三人めは玉座の左側面に陣取り、四人めは背後から敵をついた。

そして全員が一斉射撃を始めた。

先頭に立っていた自動人形の一体が射撃をもろに胸に受けた。鋼《はがね》の身体とはいえ、衝撃で鎧《よろい》が裂け、歯車やらロッドやらを地面にばらまきながら、大音響とともに崩れ落ちる。しかしその隣にいたもう一体はまだ運がよく、彼を狙った発砲は肩をかすめただけで、わずかによろめくにとどまった。背後の兵士の一発はもっとうまく命中し、片方の後衛役の蒸気モーターをこなごなにして、それをうつぶせに倒した。一瞬遅れて、玉座運搬役の一体も側面攻撃によっておなじ運命をたどり、支えのひとつを失った玉座はみるみる傾いて、しまいに倒壊し、いっしょにソロモンも地面に転がり落ちた。

すべてが人類軍の思惑どおりに展開しているように見えたが、いざ自動人形が反撃に出ると、状況は一変した。うつぶせに倒れた護衛役の相棒は、すぐに敵の銃を奪うと、ガラスを割るようにいともたやすく破壊した。同時に、肩に担いでいた玉座から解放された運搬役の一体が、胸の隠し扉を開け、前方の敵を正確に狙い撃ちする。倒れた仲間に気を取られた、その横にいた兵士にとっては、その一瞬が命取りだった。近くにいた、肩にかすり傷を負っただけの自動人形にいきなり拳《こぶし》で殴り飛ばされて、数メートル先に着地した。黒ヒョウさながらシャクルトンが岩山から飛びおりて彼らに駆け寄り、兵士にとどめを刺そうとしていた自動人形に正確に狙いを定めると、一発でみごとに仕留める。小競りあいを振りきって兵士二人が将軍のもとに集まったが、そのうちひとりは武器さえ持っていない。同時に、残った四体の自動人形も王の玉座のそばに集結した。クレアは戦術についてはなんの知識もなかったが、不意打ちによっていったんは有利に戦いを進め、おそらくは幻の勝利に酔っていた人類軍が、その貯金を使い果たしたとたんどうなるかぐらい、たいしたおつむがなくてもすぐにわかることだ。圧倒的な力を持つ自動人形軍が、泣けてくるほどやすやすと形勢を逆転してしまうだろう。頭数でも不利であり、部下の身の安全を第一に考えなければならないよき上官としては、シャクルトンが退却命令を出すのは当然だとクレアは思った。とはいえ、すでにわかっている結末から考えれば、引きあげようとした人類軍をソロモンの声が引き留めたこともまた、驚くには値しなかった。

「待て、将軍」無機質な声が告げた。「もしそうしたいなら、いまは逃げて、またいつか闇打ちをかけてくるもよし。次はもっとうまくいくかもしれないが、そんなことをしても、延々今日まで続いてきたこの戦争をさらに長引かせるだけだ。だがここに残って、いますぐこの場で戦いにけりをつけるという選択肢もある」

シャクルトンは慎重に考えている。

「もしよければ、ひとつ提案したい」ソロモンはそう続け、彼の護衛たちが包囲を解いた。あたかも鋼鉄の繭《まゆ》を破って、なかから成虫たる王が姿を現わしたかのように。「おまえに一対一の決闘を申し込む」

ひっくり返った玉座から前もって木箱を回収していた自動人形の一体が、いまそれを開けてソロモンにさし出していた。ソロモンはなかからひと振りの美しい鋼の剣を取り出した。先端は鋭く尖《とが》り、研ぎ澄まされた刃《やいば》は天からこぼれるわずかな光を変幻自在にきらめく輝きに変えている。

「ご覧のとおり、どうせ勝負するなら、人間が昔から決闘のときに使ってきた武器で戦えるよう、おまえが持っているのとおなじ片手剣《レイピア》を作らせた。おまえと一戦交える日を想定し、この数カ月ずいぶんと練習を積んできたんだ」それが事実だということを証明するため、剣ですばやく宙を切って見せた。「剣術には、技と冷静さと相手との接近が必要とされる。銃のような卑劣な武器とは大違いだ。おまえの身体にこの細身の刀身を埋めることができたとき、こんどこそおまえも私の力を認め、潔く息絶えることができるのではないかね?」

シャクルトン将軍はさらに思案を続けた。先の見えない戦いに明け暮れるうちに積もり積もった倦怠や嫌悪感が、いままでにない重みを伴って彼にのしかかってきた。いまこそそのすべてを終結させるチャンスだ。可能性はわずかだが、賭けてみる価値はある。

「わかった。受けて立とうじゃないか、ソロモン。いまこの場で戦争に決着をつけよう」

「よし、いざ」ソロモンが厳かに宣言した。しかし、こみ上げる歓びを隠しきれない様子だ。

二人の兵士も自動人形たちもその場からしずしずと後ずさり、そこに即席の決闘場ができあがった。いよいよ最後の第三場の幕開けだ。シャクルトンが優雅に剣を抜き、何度か素振りをした。そうしながら、こうして剣を振るのもこれが最後だろうと覚悟を決めたのかもしれない。短い予行演習ののち、彼はソロモンを冷ややかに見つめた。ソロモンのほうはといえば、その硬い手足の許すかぎり、剣客らしい気取ったポーズを決めようとしている。

シャクルトンが、獲物を追いつめる猛獣のようなゆったりしたしなやかな足取りで敵のまわりを歩きながら、攻める場所を見極めようとする一方、ソロモンは剣をぎこちなく掲げたまま、ただ相手の出方を待っている。どうやら、攻撃の口火を切る栄誉を相手に譲るつもりらしい。シャクルトンはその好意をありがたく受け入れることにした。すっと脚を踏み出したかと思うと、両手で剣を振り上げ、宙に大きく弧を描いたその切っ先を敵の脇腹に沈める。しかしその一撃は、鐘の音に似た不快な金属音をしばらくあたりに響かせるだけに終わった。シャクルトン将軍はすぐに二歩ほど退却した。みじめな結果に終わった第一撃に、あきらかにいらだっている様子だ。会心の一刀だったというのに相手はよろめきもせず、逆に金属と金属のぶつかる強烈な衝撃でこちらの手首が折れるかと思った。自動人形を相手にする明らかなハンディを証明しようとするかのように、シャクルトンはもう一度、こんどは右脇腹に切りかかった。結果はおなじだったが、今回はそれを嘆く暇もなく、すかさず反撃してきたソロモンの剣をよけなければならなかった。兜《かぶと》をかすめるようにして相手の剣先が宙を切ったところで、シャクルトンはあらためてたがいの距離を取り、つかのま攻撃の届かない安全地帯に身を置いて、もう一度敵を見据えた。余裕ありげに頭を振っているソロモンの様子は、こちらが窮地に立たされていることを如実に物語っている。

ソロモンの攻撃はとても緩慢で、よけるのは簡単だったが、もし一度でも鎧《よろい》にそれが届くようなことがあれば、シャクルトンも落ち着いてはいられないだろう。一刻も早く敵の弱点を見抜く必要がある。このまま相手の鋼鉄の甲冑《かっちゅう》に切りつづけるばかりではまるで無意味だし、逆にそのうち腕がこわばって超人的な体力も擦《す》り減り、動きが鈍るうえ注意力もなくなるだろう。そうなれば相手のなすがままだ。まだ体力が残っているいまのうちにとばかりに、シャクルトンはひらりと上体をひねって敵の背後にまわり、ソロモンが反応するまえに、やつの命の源である蒸気モーターに渾身の力をこめて剣を突き刺した。ガシャンという音とともにロッドや歯車が四方八方に散ったのはよかったが、同時にすごい勢いで蒸気が噴き出してシャクルトンの顔を直撃したのは予想外だった。ソロモンは意外なほどすばやく身を翻《ひるがえ》し、目がくらんでまごついている敵にすぐさま襲いかかってきた。ソロモンの剣はシャクルトンの脇腹を激しくえぐり、鎧が裂けて金属のかけらが飛び散った。その恐ろしいほどの衝撃で、シャクルトンはぼろきれのように力なく地面に転がった。

クレアは危うく洩れかけた悲鳴を抑えるため口を手で覆《おお》い、周囲からも次々にあえぎ声が聞こえた。ごろごろと転がる身体がやっと止まると、シャクルトンは腰の下にまで血がしたたっている脇腹の傷を押さえ、なんとか起き上がろうとしたが力尽きた。まるで自動人形の帝王に命乞いをするかのように四つん這いになったままの人類軍の総司令官に、ソロモンは目前に迫った勝利を堪能しつつゆっくり近づいていく。立ち止まったソロモンは、その場でしばらく首を振っていた。いまや顔を上げてこちらを睨《にら》む力さえない、敵の体《てい》たらくに失望したといわんばかりだ。彼はおもむろに両手で剣を振り上げた。将軍の兜にそれを振りおろし、頭を真っ二つに割ってみせようではないか。おびただしいまでの血が流されたこの戦争に、これ以上ふさわしいフィナーレがあるだろうか。これで、人類に対する自動人形の優位性がはっきりと示されるのだ。ところが、彼が全力で振りおろした剣が兜を割らんとした寸前、驚くなかれ、シャクルトンがさっとそこから飛びのいた。的を失った剣は地面の岩盤にがつんと刃を食い込ませた。あわてたソロモンが必死に抜こうとするも抜けず、その横で、シャクルトンが脇腹の傷をものともせずに、コブラのごとく雄々しく起き上がった。急がず、動作のひとつひとつを楽しむように剣を持ち上げ、ソロモンの身体と首の継ぎ目を淡々と薙《な》ぎ払う。その瞬間、身の毛のよだつような金属のこすれあう音が響き、ソロモンの頭部が地面に転がった。それは地面を転々と弾みながら金属音の交響曲を奏で、しまいに、かつてはそこに座ってみずからの威光を誇示した玉座にぶつかってようやく止まった。突然あたりに静寂が舞いおりた。ソロモンは、首のない身体を、依然岩盤に刺さって動かない剣の上でかがめた異様な姿勢のまま、微動だにしない。最後に勇者シャクルトン将軍が生気をなくした敵の脇腹を爪先で軽く突き、それは地面に崩れ落ちた。こうして、屑鉄屋が商品を荷車に積むときとおなじあの不愉快な騒音が、世界をここまで荒廃させた長い戦争に終止符を打ったのである。

22

シャクルトン将軍の勝利を目にして高台の頂上で沸き起こった歓声を、マズルスキーは懸命に静めようとしたが、しょせん無駄だった。さいわい、その丘より数メートル下にある通りで、人類軍の兵士たちがおなじように将軍を称《たた》えて拍手喝采したおかげで、こちらの騒ぎは目立たずにすんだ。周囲の興奮をよそに、クレアはまだ柵代わりの岩の陰で身をひそめている。彼女はいま、風に翻弄《ほんろう》される旗さながらに乱れる感情に圧倒され、混乱していた。決闘の結末は最初からわかっているのに、シャクルトンが窮地に陥るたび、ソロモンの刃がシャクルトンの身体を求めてひらめき、彼を倒そうとする(どうせ負けるのだから抵抗しても無駄なのに)たび、どうしても身がすくんだ。そしてそれは、その決闘で人類が敗れ去るかもしれない不安のせいではなく、将軍その人のことが心配だったからなのだ。そのまま下の通りの様子を見守り、シャクルトンの怪我は相手を油断させるために重傷に見せかけただけで、じつはたいした傷ではなかったのだということをきちんと確認したかった。しかし折しもマズルスキーに、そろそろ現代にもどりますのでもう一度列を作ってくださいと指示された。ちっとも決まりを守らないヤギの群れのように、見物客たちは思い思いに丘をおりはじめ、興奮冷めやらぬ様子で感想を述べあっている。「これで終わりなのか？」ひとり不満たらたららしいファーガソンが尋ねた。「あの小競りあいが、本当に世界の運命を変えるというのか？」

マズルスキーはそんな難癖《なんくせ》には取りあおうともせずに、ご婦人方が途中でつまずいて坂を転がり落ち、はためくペチコートで男性諸氏の劣情をかきたてるようなはめにならないよう、細心の注意を払っている。クレアは最後尾につき、不快なファーガソンの言葉には耳を貸さず、ふたたび彼女に腕を絡ませてきたルーシーの話にもうわの空で、黙々と歩いていた。考えれば考えるほどあせってしまう。いまこそ一行から離れなければ。それも一刻も早く。時空移動車のところに到着してしまったら逃げるのはもう無理だ。いまなら、だれもが興奮に浮かされてきちんとした列がまだできておらず、姿をくらますには絶好のチャンス。第一、シャクルトンと兵士たちから離れすぎてはまずい。瓦礫の迷路で道に迷ってしまってはもともと子もないのだ。計画を実行に移すなら早くしなくちゃ。一歩進むごとに成功の確率が低くなっていくんだもの。それにはまずルーシーから離れなければならない。彼女の熱心な願いが聞き届けられたのか、はしゃいだ様子のマデリン・ウィンズローが近づいてきて、兵士たちが履《は》いていたすてきなブーツに気づいたかと尋ねてきた。クレアはそんなものは目にもはいらなかったが、そういう重要な要素に気づかなかったのはどうやら彼女だけらしい。ルーシーはもちろんと答え、どんなところが画期的か次々に列挙していく。

クレアは信じられないというようにしばらく首を振っていたが、思いきって彼女の腕を放し、すこしずつ歩調を遅くしていった。射撃手は、しんがりを務めろという指示をまだ受けていないらしく、物陰に目を配ることもないままぼんやりと歩いており、いつのまにかクレアの前に出る形となった。その前にいるチャールズ・ウィンズローとギャレット警部補も会話に没頭している。自分が列の最後尾になったことを知ると、クレアはとっさにスカートをたくし上げて、彼らとは逆の方向に不器用に駆けだし、たまたま途中にあった壁の残骸《ざんがい》の裏に隠れた。

クレアは背中を壁に押しつけ、胸から飛び出さんばかりに暴れている心臓を意識しながら、しだいに遠ざかっていく一行の声に耳を澄ました。だれも彼女がいないことに気づいてないらしい。ついに声が聞こえなくなったとき、クレアは口をからからにして、汗ばんだ手で日傘をぎゅっと握りしめると、壁の陰から慎重に顔をのぞかせ、一行が角を曲がってすでに見えなくなっていることを確認した。やった！　信じられないけど、ついにやり遂げたんだわ！　とたんに、その恐ろしい世界にひとりきりになってしまったのだと気づき、パニックに襲われた。でもそれをあなたは望んでいたんでしょう？　クレアは即座に自分を諌《いさ》めた。クロノティルス号に乗り込んだときに計画したとおりにことは運んでいる。このままうまくいけば、私は西暦二〇〇〇年に残ることができるのだ。ねえ、そうしたかったのよね？　クレアは大きく深呼吸して、隠れ場所から出た。予想が正しければ、彼らは時空移動車のところにたどりついたときに、彼女の不在に気づくはず。だから大急ぎでシャクルトンたちと合流しなければ。ガイドに見つかるまえに彼らとめぐりあえればもう大丈夫。マズルスキーにはもはや手出しはできない。移動の途中でガイド自身言っていたように、西暦二〇〇〇年に到着した彼らは見物人にしかなれない。未来の住人に姿を見られるわけにはいかないし、まして接触を持つなどとんでもないことだ。だから大至急将軍を見つけなきゃ。決意も新たに、クレアは一行から遠ざかるように歩きはじめた。自分の想定外の行動が時間の構造にどんな影響をおよぼすかについては、極力考えないようにした。幸せになりたい――ひとりの娘のそんなささやかな願いで、世界が崩壊するなどということがどうか起こりませんように。クレアは祈るばかりだった。

しかし、こうして荒廃した街にひとり立ってみると、いよいよ不安が募った。もしシャクルトンが見つからなかったら？　そう自分に問いかけて、思わず身震いする。でももっと怖いのは、見つけたときのことだった。いざ彼を前にしたらなんて言おう？　もし将軍に拒まれたら？　いっしょには連れていけないと告げられたら？　いいえ、そんなことがあるものですか。紳士なら、遠い過去から来た淑女をこんな恐ろしい世界にひとり置き去りにするなんてありえない。それに私の看護の知識は、怪我をする機会の多い彼らには重宝するはず。世界を建て直すために身を粉にして働き、できるかぎり貢献するつもりだった。もちろん、彼に恋焦がれる気持ちについては話がまた別。自分でも自分の心がまだよくわからないから、それがはっきりするまでは胸の奥に隠しておきたかった。第一、この期におよんでは、恋心なんて煩《わずら》わしいばかりか、状況にあまりにもそぐわない。クレアは首を振った。将軍に会ったあとどうするかについてはあまりきちんと考えていなかった。じつは、本当にツアーを脱け出せるとは思っていなかったのだ。こうなったからには、いますぐ即席で考えなきゃ。クレアは瓦礫《がれき》の山に沿って歩くうちに、山を取り巻く細道を見つけた。スカートをたくし上げ、そこに足を踏み入れる。方向が間違っていなければ、この道はさっき小競りあいがあった通りにぶつかるはずだ。

そのとき足音が聞こえ、彼女は足を止めた。その道を、こちらに向かってだれかが歩いてくる。紛れもなく人間の足音だとは思ったが、クレアは反射的に近くの大岩の陰に隠れた。足音の主は、彼女が隠れている岩の近くで立ち止まった。もしかして見つかった？　手を上げて出てこいと言われたらどうしよう？　最悪の場合、姿を見せるやいなや、いきなり発砲されるかも。しかし相手はそのいずれの行動にも出ず、代わりに歌をうたいだした。「切り裂きジャックは死んじゃった／ベッドの上でのびちゃった／サンライト印の石鹸《せっけん》で／自分の喉を掻き切って／切り裂きジャックは死んじゃった」。クレアは眉を吊り上げた。この歌、知ってる。父がイーストエンドの子供たちから教わってきて、日曜の朝、教会に行くために髭《そ》を剃りながら、くり返し口ずさんでいた歌だ。そのせいか、ふいにクレアは、動物性油脂の代わりに松の実油を使っているあの石鹼独特の泡の匂いがあたりにたちこめたような気がした。もとの時代にもどって、父に話せたらどんなにいいか。西暦二〇〇〇年にはもはや十九世紀の面影さえないけれど、お父様の好きだったあの歌だけはうたい継がれているのよ。でも、もとの時代にはもう二度ともどらない。たとえなにがあっても。過去については考えないようにして、新たな人生が始まろうとしているいまこの瞬間に集中する。謎の男はまだうたいつづけており、しだいに調子が乗ってきたのか声が大きくなっていく。歌の練習場所を探しにきただけなの？　いずれにせよ、西暦二〇〇〇年の住人といよいよ対面するときが来たようだ。クレアは歯を食いしばり、勇気を奮って隠れ場所から顔を出し、クレアのお気に入りの曲をじつに無造作に台無しにしている男と対峙した。

クレア・ハガティと勇者シャクルトン将軍は、まるで合わせ鏡のように、自分の驚きが映り込んでいる相手の顔をたがいに無言で見つめあった。将軍は兜《かぶと》を脱いで近くの岩に置いており、クレアのほうは、ひと目見ただけで、彼が隊を脱けてきたのは声の鍛錬のためではなく、もっとはるかにお下品な目的だったことがすぐにわかった。歌はほんの付け足しにすぎなかったのだ。口が自然にぽかんと開き、手からすべり落ちて地面にぶつかった日傘が、カニの関節がこすれあうような音をたてた。結婚するまでは見ることを許されないはずの、いや、たとえ結婚したあとでもおそらくこれほどはっきりとは目にできないはずの、男性の身体の一部分に彼女の繊細なまなざしが注がれるのは、それが初めてのことだった。シャクルトン将軍は、出会い頭の衝撃から立ち直ると、その本来人様にお見せすべきでない部分をあわてて鎧《よろい》の隙間に隠し、無言のままあらためて彼女を見つめた。彼の顔に浮かぶ困惑がしだいに好奇心に変わっていくのがわかる。細かいところまでは想像しきれなかったとはいえ、シャクルトン将軍の顔はおおよそクレアが考えていたとおりだった。あるいは創造主が彼女の指示に従ってせっせとそのとおりにこしらえたのか、あるいは特別な血統書つきのサルの末裔《まつえい》なのか。いずれにせよ確かなのは、それが間違いなく彼女とは別の時代の顔だということだ。ギリシャ彫刻のように整った顎、誠実そうな唇。そして、いまやっと見ることがかなった瞳は、全体の完成度とみごとに調和している。大きくて美しい、緑がかった灰色の瞳。一度迷い込んだら二度と出てこられない、霧に包まれた森を思わせる。その強烈で深遠なまなざしは、見るものを焼きつくすほどだ。これほど生気にあふれる人間を見るのは初めてだった。そう、その鋼の鎧の下、赤銅色の肌の下、なめらかにうねる筋肉の下では、心臓が力強く脈打ち、身体じゅうの血管にちょっとやそっとでは降参しない猛々《たけだけ》しいまでの命を送り出して、死神さえ寄せつけない。

「私はクレア・ハガティと申します」声が震えださないように努めながら、クレアは軽くお辞儀をして自己紹介した。「世界の再建をお手伝いしたくて、十九世紀からやってまいりました」

シャクルトン将軍は相変わらず黙りこくったまま彼女を見つめている。ロンドンが崩壊するさまを、すべてを灰にした大火を、累々《るいるい》と重なる屍《しかばね》を目撃してきた目。世界の最も残酷な側面を目にしてきたその瞳が、華奢《きゃしゃ》で優美な女性を前にしてとまどっている。

「ミス・ハガティ、こんなところにいたんですね！」背後でだれかがわめいた。

クレアがぎくりとして振り返ると、細道の向こうからガイドが歩いてくるではないか。マズルスキーは彼女を非難するように首を振っているが、迷子が見つかってほっとしていることがありありとわかった。

「離れないでくださいとあれほど言ったでしょう？」クレアの横まで来たところで大声で言い、彼女の腕を取って荒々しく引っぱった。「いないことにもし気づかなかったらどうなっていたか……。一生ここに取り残されるんですよ！」

クレアはシャクルトンに助けを求めようと振り返ったが、驚いたことにすでに将軍の姿はなかった。まるで幻のように、跡形もなく消えてしまったのだ。あまりにも忽然《こつぜん》といなくなったので、クレアはほかの見物客が待っている場所にマズルスキーに引きずられていきながら、考えずにいられなかった。本当に彼を見たの？　それとも興奮した頭が勝手にこしらえた白日夢？　一行のところにたどりつくと、マズルスキーは全員に列を作らせ、射撃手を後衛に据えたうえで、もう絶対にどなたも列を離れないでくださいねと腹立ちもあらわに念を押し、クロノティルス号めざして行進を再開した。

「あなたがいないことに私が気づいて不幸中の幸いだったわ、クレア」ルーシーが彼女の腕を取って言った。「すごく怖かったでしょう?」

クレアはしゃくりあげ、病みあがりの病人さながら、ルーシーに運ばれるようにしてやっとのことで脚を動かした。シャクルトンのやさしいまなざしのことしかいまは考えられなかった。あれは、なにがしかの想いがこもったまなざしだったのかしら? 混乱した表情といい、ひと言もしゃべらなかったことといい、ぼうっとなっていたせいじゃない? つまり、答えはイエスよね? 時代は変われど、あれは間違いなくひと目惚《ぼ》れの症状だ。でも、たとえそのとおりだとして、もう二度と会えないのならなんの意味もない。あらゆる意思を奪われたかのように従順に時空移動車に乗り込みながら、クレアは思う。がっくりと座席にもたせた背中に、出発を告げる蒸気モーターの激しい揺れを感じたとき、大声で泣きだしそうになって必死にこらえた。車が四次元空間を進むあいだ、クレアは心のなかで叫んでいた。あの味気ない時代でもう一度、こんどは永遠に生きなければならないなんて、どうやって耐え忍べばいいの? この人となら幸せになれる、そう思える唯一の男性は、私が死んだあとに生まれると知ってしまったいま、それはまさに生き地獄だった。

「紳士淑女のみなさま、もうすぐわが家ですよ」マズルスキーの声には、アクシデントに見舞われたとはいえ、このツアーもまもなく終わるという満足感があふれていた。

クレアは彼を睨《にら》みつけた。わが家に帰る、ええ、そうでしょうとも。時間の構造を狂わせる心配も解消され、なんの面白みもない十九世紀に無事もどる。マズルスキーはあの軽率な娘が世界を崩壊させるのを食い止め、ギリアムの叱責を免れたのだ。ほっとするのも当然よね。でも、だからどうだっていうの？　クレアは心底腹が立って、その場でガイドの頬を平手打ちしてやりたいほどだった。心の底では、彼は義務を果たしたまでだとわかっていた。それがだれであっても（たとえ私であっても）、個人の幸福より、世界の命運のほうが大事。歯を食いしばって怒りをこらえ、ガイドにほほえもうとする。さいわい、手になにも持っていないことに気づいたとき、恨みがすこし減った。しょせん、マズルスキーの仕事ぶりも完璧ではなかったってことね。とはいえ、日傘一本で時間の構造にたいした歪《ゆが》みが生じるとは思えないけれど。

23

娘とガイドが細道に姿を消すと、デレク・シャクルトン将軍は隠れていた場所から姿を現わし、彼女がいたあたりをしばし見つめた。ひょっとして、空中のどこかに香水の香りか声か、彼女がけっして幻ではないという証《あかし》になりそうな痕跡が残っていやしないかと思って。それにしても迂闊《うかつ》だった。あんなふうに鉢合わせするとは思いも寄らなかった。娘の名前を思い出す。「私はクレア・ハガティと申します。世界の再建をお手伝いしたくて、十九世紀からやってまいりました」そう言ってかわいらしくお辞儀をしてみせた。だが、よみがえってきたのは彼女の名前だけではなかった。脳裏に刻みつけられた顔の記憶のあまりの鮮やかさに、自分でも驚く。透けるように白い肌、すこしよそよそしい表情、きれいな輪郭《りんかく》のつややかな唇、漆黒の髪、華奢《きやしゃ》な身体、声。そしてあの目。彼を畏れ崇《あが》めるかのような恍惚としたまなざしは、忘れようにも忘れられない。あんなふうに女性に見つめられたことはいままでなかった。一度も。

そのとき彼は地面に落ちている日傘に気づき、彼女がそれを取り落とした理由を思い出して、また決まり悪さで頭がいっぱいになった。近づいて、金属製の巣から落ちた鋼の小鳥かなにかのように注意深く拾い上げる。手のこんだ高級日傘で、持ち主が裕福な家の娘だということがわかる。さて、これをどうしたものだろう？　ひとつ確かなのは、ここに置き去りにするわけにはいかないということだ。

日傘を持って仲間が待つ場所に向かいながら、気持ちを静めようとする。ほかの連中の妙な勘ぐりを避けたかったら、あの娘に出会った動揺を顔から消すことだ。そのとき、背後の岩陰から剣を振り上げたソロモンが現われた。なにも警戒せずに歩いていたシャクルトンだが、すぐに反応して、金属めいた耳障りな声で復讐を叫びながらこちらに飛びかかってきたソロモンを日傘でたたく。当然ながらたいしたダメージはあたえられなかったが、思いがけない反撃を食らったソロモンは身体の均衡を失ってよろめき、とうとう背後の崖を転がり落ちた。先が取れてしまった日傘を手に、シャクルトンは騒々しく落ちていくソロモンを上からながめている。ゴツンという乾いた音とともに石のあいだでようやく止まり、騒音もやんだ。静寂のなか、ソロモンは自分が巻き上げた砂塵《さじん》に包まれ、長いことその場で横たわっていた。しばらくして、身体を起こそうとしたはいいがなかなか起き上がれず、さんざん悪態をついた。金属音のせいか、よけいに口汚く聞こえる。ドタバタ騒ぎを聞きつけて集まってきた兵士だけでなく、自動人形たちまで、それを見て大笑いした。

「この野郎、笑うな！　危うくばらばらになるところだったんだぞ！」ソロモンが文句をたれると、ますます笑い声が大きくなった。

「ほんの冗談じゃないか」シャクルトンがからかうように言い、崖をおりて彼に手をさし出した。「あのくだらない待ち伏せ作戦にはさすがに飽き飽きだろう？」

「ぐずぐずしすぎだぞ、相棒」シャクルトンと二人の兵士も手伝って、やっと引き起こされながら、自動人形の王が反論する。「あっちでなにしてたんだよ、いったい？」

「小便だよ」シャクルトンが答える。「ところでさっきの決闘シーンだが、おまえ、いままでで最高の出来だったぞ」

「同感だ」ソロモンに手を貸した兵士のひとりがうなずく。「二人とも、すごくよかったぜ。女王陛下の前でだって、あれほどうまくいかなかった」

「そりゃよかった。しかし、実際に女王陛下に見られてたときは、さすがのおれも緊張したぜ。とにかく、このくそ重い鎧《よろい》を着て動くとへとへとなんだ……」ソロモンはそう言って、鉄仮面を取ろうとした。

やっと顔が出ると、魚のように口をぱくぱくさせた。赤毛が頭に張りつき、大きな顔に玉の汗が浮かんでいる。

「愚痴《ぐち》をこぼすなよ、マーティン」胸の裂けた自動人形が、やはり仮面をはずしながらぼそりとつぶやく。「すくなくともおまえは主役のひとりなんだから。おれは敵を攻撃する暇もなく、殺されちまうんだぜ？　そのうえ、胸に仕込んだ火薬を爆発させなきゃならない」

「これっぽっちも危険はないとわかってるじゃないか、マイク。いずれにせよ、次回は役柄を一部、交換したい、とミスター・マリーに提案しよう」みんなを落ち着かせようと、シャクルトン将軍を演じていた若者が言った。

「そのことだよ、トム。おれはジェフと交代したいんだ」最初に倒れる自動人形役の男が、自分を撃ち殺す兵士を指さした。

「馬鹿言うなよ、マイク。一週間ずっと、おまえを撃ち殺すのを楽しみにしてるのに。それに、どのみちおれはそのあとブラッドリーに片づけられちまうんだぜ？」ジェフはジェフで、玉座の運搬人をしていた若者を指さした。その運搬人役の左頰には、目のすぐ下にまで禍々《まがまが》しい傷痕が走っている。

「そいつはなんだ？」ジェフに指さされた男が、トムが手に持っているものに気づいた。

「ああ、日傘だよ」彼はそれをみんなに見せた。「ツアー客のだれかが忘れていったらしい」

ジェフが驚いてヒューッと口笛を吹いた。

「こいつは高級品だぞ」しげしげと見て言った。「この芝居でおれたちがもらうギャラより高いはずだ」

「それじゃあ、炭鉱で働くこったな。あるいは、マンチェスター運河で腰をエビみたいに曲げて荷物の揚げ降ろしをするか」マーティンが応じる。「はるかにあがりはいいぞ」

「そいつはありがたい話だ！」ジェフがおどけてみせる。

「さて、ここで一日じゅうくっちゃべってるつもりかい？」トムはそう言いつつ、何気《なにげ》なく傘を隠した。ほかのみんながそのまま傘の存在を忘れてくれることを祈りながら。「外で現代がわれわれを待っている」

「そのとおりだな、トム」ジェフが笑う。「われらの本来の時代に帰ろう！」

「四次元空間を通らずに！」続けてマーティンが言い添え、大声で笑った。

十四人は重い鎧を着込んだ自動人形たちを気遣いながら、まるで仮装行列かなにかのように廃墟のなかを歩きはじめた。ジェフは道すがら、さっきからずっと物思いに沈んでいるシャクルトン将軍を心配そうにながめていた。ところで、もう秘密を隠しておく必要もなさそうなので、ここからはシャクルトン将軍ではなく、本名のトム・ブラントで呼ぶことにしよう。

「それにしても、この瓦礫《がれき》だらけの舞台装置をどうしてだれも彼もが未来の世界だと信じ込むのか、おれにはまだ理解できないよ」むっつり黙り込んだままの仲間を現実世界に引き戻したくて、ジェフが言った。

「向こうは反対側からこれを見てるからさ」うわの空でトムが答える。

ジェフは、どういう意味だというように相手を見つめた。なにを考えているのか知らないが、もっとしゃべらせて忘れさせてやる。

「劇場に手品を見にいったときのことを考えてみろよ」黙っているわけにいかなくなって、トムが続けた。じつは手品を見にいったことなどない。奇術の世界に触れたとすれば、それは昔おなじ下宿屋に住んでいた素人《しろうと》手品師にお手並みを見せてもらったときだけだ。トムはそれで充分だろうとばかりに、大いばりで話しはじめた。「おれたちは奇術師のトリックにいつもあっと驚かされ、ひょっとして本当に魔法じゃないかとさえ思いはじめる。だが、いざタネ明かしされれば、こんな簡単なトリックになんでだまされたんだろうと訝《いぶか》しむもんだ。ツアー客たちには、ミスター・マリーのトリックがまったく見えてないのさ」彼は、折しも通りかかった、その巨大な部屋の天井や梁《はり》を隠す煙幕を作る装置を、日傘で指し示した。「実際、連中はトリックがあるなんて疑ってもいやしない。目の前にさし出された結果だけを見るのさ。人は見たいものしか見ないんだよ。おまえだって、西暦二〇〇〇年のロンドンをぜひこの目で見てみたいと思っていたら、この廃墟を西暦二〇〇〇年のロンドンだと信じるさ」

あのクレア・ハガティとおなじように、とトムは沈む心で思った。世界の再建を手伝いたいという彼女の熱い言葉がよみがえる。

「そうだな。社長のお膳立てがみごとだってことは認めるほかあるまい」ジェフが飛んでいくカラスを目で追いながらうなずいた。「これがただの芝居だと知れたら、おれたちは

はさむ。

「だからこそ顔を見せないことが大事なんだ。そうだよな、トム？」ブラッドリーが口を

刑務所行きか、さもなきゃその場で袋だたきだ」

トムが動揺を隠しながらうなずく。

「そのとおりだ、ブラッドリー」ジェフが、答えようとしない仲間を見て、代わりに答えた。「ツアー客ともしロンドンのどこかで鉢合わせしたとき、われわれと気づかれないためにも、このやたらとかぶり心地の悪い兜《かぶと》が必需品なんだ。ミスター・マリーのいう〝安全対策〟のひとつさ。初日になんて言われたか忘れたのか？」

「覚えてるとも！」ブラッドリーが答え、社長の教養人ぶった熱のこもったしゃべり方を真似して言った。「『兜はいわばきみたちの通行許可証だ。公演中もしうっかり兜を取るようなことがあれば、後悔することになるだろう。どうか、試してみようなどと、仮にも考えぬよう』」

「そう、だからもちろんおれは試す気はない。あの哀れなパーキンスのこともあるしな」

記憶がよみがえったとたん、ブラッドリーはぞっとしたようにヒュウッと口笛を吹き、トムもあらためて身震いした。やがて一行は、炎をかたどった布でところどころ隠れて切れ切れになった地平線の前で立ち止まった。ジェフが一歩前に出て、壁に隠されたドアノブを探し、雲のなかのドアを開けた。舞台装置を後にした一行は、雲のふかふかのお腹の

なかにはいっていくかのように、狭い楽屋に通じる廊下を進む。楽屋に足を踏み入れたとたん、調子はずれの拍手が彼らを迎え、全員がぎくりとした。大げさに興奮した様子で手をたたいているのは、椅子にゆったりと腰かけたギリアム・マリーだった。

「おみごと！　じつにすばらしい！」

どうしていいかわからず、一行はただ彼を見つめている。するとギリアムが立ち上がり、腕をいっぱいに広げて彼らに近づいてきた。

「おめでとう、諸君。きみたちの演技に心からの祝辞を申しあげたい。お客たちは大喜びで、もう一度来たいという者までいたよ」

一人ひとりの肩をたたいていくギリアムのねぎらいを受けたあと、トムはこっそりそこを脱け出し、銃架に未来の銃もどきを置いた。それらしく色を塗り、ピンやらプラグやらをごてごてとくっつけたただの木工細工だが、自動人形の鎧《よろい》の下に隠された火薬のおかげで、強力必殺兵器としてまかりとおっている代物だ。トムは大急ぎで着替えはじめた。クレア・ハガティといまいましい膀胱《ぼうこう》のせいで引き起こされた問題のことを思うと、一刻も早くここを立ち去らなければならない。シャクルトン将軍の鎧を脱ぎ、専用の枠のなかに注意深く置いたあと、自分の名前が書かれた箱のなかの服をひっくり返す。上着で日傘を急いでくるみ、それからあたりを見まわして、だれも彼の行動に気づいていないことを確認する。カートを押して楽屋にはいってきた二人のメイドに、ギリアムがあれこれ指示を出しているところだった。カートには、キドニーパイやら焼いた腸詰やらビールのジョッキやらが所狭しとのっている。すでに仲間たちも着替えはじめているようだった。

ここで偶然いっしょに働くことになった男たちをしんみりとながめる。痩《や》せてはいるが筋肉質のジェフは、笑顔の絶えない陽気でおしゃべりなやつだ。まだ少年といってもいいほど年若いブラッドリーは、童顔だからこそよけいに頬の大きな傷が不吉に映る。マイクはごつごつしたいかつい身体つきに似合わず、いつも困った顔をしている。おどけ者のマーティンは年齢不詳の赤毛の大男で、顔が皺だらけなのは、長年の野良仕事の置き土産《みやげ》だろう。ギリアムの創作劇のなかではそれぞれにちゃんとした人生があるのに、現実ではみな、わずかな食べ物や金のためにどんな荒っぽいことでもしかねない連中ばかりなのは、皮肉な話だ。実際、トムとおなじく、いつどこで死ぬかもわからないやつらだということ以外、おたがいになにも知らない。何度もいっしょに酒盛りはした。初めは初回の公演が思った以上にうまくいったことを祝して、次は女王陛下へのお披露目が成功したことをねぎらうため。そうこうするうちにみんなこのメンバーでの宴会がすっかり気に入って、こんどは第二回ツアー成功の前祝いとして飲んだくれ、前回、前々回同様、最後はマダム・ドーソンの娼館にしけこんだ。しかしそんなふうに馬鹿騒ぎを重ねれば重ねるほど、トムはこの連中とはある程度距離を置いたほうがいいと肝に銘じた。さもないと、とんでもない災難に巻き込まれるのがオチだ。いつもふざけてばかりいるが、いちばんまっとうに見えるマーティン・タッカーを除けば、ほかは信用できない悪党ばかり。トムにしてもけちな仕事で毎日食いつなぐ人生だが、やつらの話を聞いていると、金が絡めばどんな悪巧みにだって飛びつく連中だとすぐにわかる。じつは数日前にも、ジェフ・ウェインとブラッドリー・ホリウェイに、おれたちの〝仕事〟に一枚嚙《か》まないかと誘われた。案の定、やつらはケンジントン・ゴアにある、見るからに忍び込みやすいお屋敷に目をつけたのだ。トムは結局断わった。これからはできるだけ真正直に生きると心に決めたから、なんてことではもちろんない。法を破るなら、ひとりでやるのがトムの流儀だった。いままで生きてきて身に沁《し》みていることがある。自分の身の安全だけを考えればいいなら、それだけ逃げ延びる確率が高くなる、ということだ。彼はシャツを着て、ボタンを留めはじめた。しかし、ギリアム・マリーがこちらに近づいてくるのに気づき、あせってボタンを引きちぎりそうになった。

「きみにはとくにおめでとうと言いたくてね、トム」見るからに満足げな様子で社長が言い、手をさし出した。トムはその手を握り、無理に作り笑いを浮かべた。「きみがいなければこうはうまくいかなかった。勇者シャクルトン将軍にきみ以上の適役はいないよ」

トムはなんとかほほえもうとした。つまり、パーキンスのことをほのめかしているのか？　聞くところによれば、そのパーキンスとやらは、トムの前にシャクルトン役としてギリアムと契約を結んだが、社長の企みを知ると、自分の沈黙は支払われるはずのギャラよりはるかに価値があると気づき、ギリアムの事務所にじっくり腰を据えて考えを伝えた。しかしギリアムはパーキンスの恐喝にはまるで動じずに、ギャラが気に入らないならいつ辞《や》めてもらってもかまわないと告げ、さらに一矢報いようと思ったのか、じつはシャクルトン将軍にはもっと背の高い男を想定していたんだと付け加えた。パーキンスはにやりと笑ってギリアムを睨《にら》みつけ、事務所を出ると、宣言どおりその足でスコットランド・ヤードに向かった。それ以来、彼を見かけた者はいない。ゆすりに失敗したあと跡形もなく姿を消したパーキンスだが、トムも仲間たちも、彼はスコットランド・ヤードにたどりつくことさえできなかったのではないかと疑っている。ギリアムの用心棒たちのしわざにちがいなかった。真相ははっきりしないが、だれもそれについてギリアムにただそうとはしなかった。だからクレア・ハガティのことは絶対に秘密にしなければならない。もし客に顔を見られたことが知れれば、もうおしまいだ。ギリアムは彼を解雇するだけではすまさない。不運なパーキンスのときと同様、根本から問題を解決しようとするだろう。悪いのはおれじゃないと主張しても詮無《せんな》いことだ。彼の存在そのものがギリアムの商売にとっては永遠の脅威なのだし、そういう脅威はできるだけ早く排除しなければならない。もしギリアムに知れたら、彼はパーキンスとおなじ運命をたどることになる。パーキンスより背が高いとはいえ。

「なあ、トム?」ギリアムが彼をほれぼれとながめながら言った。「きみは本物の英雄だ。

私にはそう見える」

「おれはただ、できるだけシャクルトン将軍になりきろうとしているだけですよ、ミスター・マリー」どきどきしすぎて身体が震えださないよう、必死に自分を抑えながらズボンを穿《は》く。

ギリアムはうれしそうに喉をごろごろ鳴らすような音をたてた。「この調子で頼むよ、きみ。この調子で」すこぶる上機嫌だ。

トムはうなずいた。「すみませんがそろそろ失礼します」そう言って、縁なし帽を目深にかぶる。「ちょっと急いでまして」

「帰るのかい？」ギリアムががっかりしたように尋ねた。「祝賀会には来ないのか？」

「残念ですが、用事があるので」トムは答えた。

くるんだ日傘がのぞかないように注意しながら上着を抱え、建物の裏の路地に通じる出口に急ぐ。額に浮かびはじめた冷や汗にギリアムが気づかないうちに、ここを出なくては。

「トム、ちょっと待て！」社長が背後から声をかけてきた。

トムの心臓が跳ね上がり、とっさに振り返った。ギリアムは神妙な顔でじっとこちらを見つめている。

「別嬪《べっぴん》さんかい？」社長が言った。

「は、はあ？」トムはとまどった。

「急いでいる理由だよ。人類の救世主との楽しいひとときのために、美女がお待ちかねかね？」

「おれは……」頬をとめどなく流れる汗を感じながら、トムは口ごもった。

ギリアムは大笑いした。

「承知してるさ」彼はトムの肩をたたきながら言った。「私生活まで詮索《せんさく》するな、そうだろう？　心配するな、答える必要はない。じゃあな。ただし、表に出るときはくれぐれも慎重に」

トムはおどおどとうなずき、仲間たちに軽く手を上げて挨拶しながら戸口に向かった。大通りに出るとすぐに路地に身を隠し、動悸《どうき》を静めながらしばらく通りをのぞいて、尾行されていないか確かめた。しかしそれらしき者はだれもおらず、胸を撫《な》でおろす。どうやらギリアムはなにも疑っていないらしい。すくなくとも、いまのところは。彼は大きく安堵のため息をついた。あとは、クレア・ハガティなる娘をおれに近づけてくれるなと、願かけをするだけだ。そのとき初めて、あまりにあせりすぎて靴を履《は》き替えるのを忘れていたことに気づいた。彼はまだ勇者シャクルトン将軍のブーツを履いたままだった。

訳者略歴　東京外国語大学外国語学部スペイン語学科卒，翻訳家
訳書『世界名探偵倶楽部』サンティス（早川書房刊）他

HM=Hayakawa Mystery
SF=Science Fiction
JA=Japanese Author
NV=Novel
NF=Nonfiction
FT=Fantasy

時《とき》の地《ち》図《ず》
〔上〕

〈NV1227〉

二〇一〇年十月十日　印刷
二〇一〇年十月十五日　発行
（定価はカバーに表示してあります）

著者　フェリクス・J・パルマ
訳者　宮《みや》﨑《ざき》真《ま》紀《き》
発行者　早川浩
発行所　株式会社早川書房
郵便番号　一〇一－〇〇四六
東京都千代田区神田多町二ノ二
電話　〇三－三二五二－三一一一（大代表）
振替　〇〇一六〇－三－四七七九九
http://www.hayakawa-online.co.jp
乱丁・落丁本は小社制作部宛お送り下さい。
送料小社負担にてお取りかえいたします。

印刷・三松堂株式会社　製本・株式会社明光社
Printed and bound in Japan
ISBN978-4-15-041227-2 C0197

＊本書は活字が大きく読みやすい〈トールサイズ〉です